AF301881

Saskia Louis lernte durch ihre älteren Brüder bereits früh, dass es sich gegen körperlich Stärkere meistens nur lohnt, mit Worten zu kämpfen. Auch wenn eine gut gesetzte Faust hier und da nicht zu unterschätzen ist ... Seit der vierten Klasse nutzt sie jedoch ihre Bücher, um sich Freiräume zu schaffen, Tagträumen nachzuhängen und den Alltag einfach mal zu vergessen.

SASKIA LOUIS

Mordsmäßig durchgebrannt

LOUISA MANUS
ZEHNTER FALL

Erstausgabe Juni 2024

Copyright © 2024 dp Verlag, ein Imprint der
dp DIGITAL PUBLISHERS GmbH
Made in Stuttgart with ♥
Alle Rechte vorbehalten

Mordsmäßig durchgebrannt

ISBN 978-3-98998-327-4
E-Book-ISBN 978-3-98778-756-0
Hörbuch-ISBN: 978-3-98998-067-9

Covergestaltung: ArtC.ore-Design / Wildly & Slow Photography
Umschlaggestaltung: ARTC.ore Design
Unter Verwendung von Abbildungen von
stock.adobe.com: © wirakorn
Lektorat: Janina Klinck
Satz: dp DIGITAL PUBLISHERS GmbH
Druck und Bindung: Books on Demand GmbH, Norderstedt

Für meinen Rispo. Weil ich mit keiner anderen Person auf der Welt so viel lache wie mit dir. Und du unsere Pflanzen am Leben hältst.

Kapitel 1

„Es riecht irgendwie … tot hier unten, findest du nicht?"

„Nichts da, Lou!", sagte Josh düster und schob mich an den Schultern in den rechten Gang. „Vor der Hochzeit keine Leiche mehr."

Dramatisch sog ich die Luft ein – was ich sofort bereute, da ich eine Nase voll Moder, Schimmel und anderer Kölner-Keller-Kunst einatmete. „Bist du verrückt? Sag so was doch nicht so laut. Es sind nur noch zwei ganze Tage, bevor wir heiraten, und wenn du nicht aufpasst, forderst du mit deinem unachtsamen Gerede den Leichengott heraus."

Josh lachte leise, ließ die Hände von meinen Schultern sinken und blieb vor Abteil drei stehen. Die nackte Glühbirne über unseren Köpfen flackerte und warf verzerrte Schatten an die Betonwände, die Auffangstation für Wasserflecken in Not zu sein schien.

„Ich huldige dem Leichengott täglich mit meiner Arbeit bei der Kripo. Ich hab was gut bei ihm", murmelte Josh, während er einen Schlüssel aus seiner Jeanstasche zog und das Kellerabteil der Familie Rispo öffnete.

Joshs Vater wohnte mit seinen Söhnen – mittlerweile nur noch mit zwei von fünf plus meiner sehr schwangeren Schwester Emily – seit Ewigkeiten in diesem Mehrfamilienhaus in Köln-Zollstock. Das schien auch der ungefähre Zeitraum zu sein, vor dem jemand das letzte Mal ihrem Kellerabteil einen Besuch abgestattet hatte.

„Oh mein Gott." Ich quietschte erschrocken auf und klammerte mich an Joshs Arm fest, als etwas Schwarzes mit viel zu vielen Beinen vor dem Lichtkegel meines Handys weglief, mitten in den Berg an Gerümpel vor uns, der aus einem kaputten Fahrrad, einer verstaubten Campingausrüstung und einem Haufen Pappkartons bestand, die über und über mit, wie es schien, buntem Müll gefüllt waren.

„Ernsthaft, Lou?" Josh schälte meine Nägel aus seinem Unterarm. „Du schaust Mördern ins Gesicht und traust dich, Trudi zu sagen, dass ihr Kleid *,zu wenig Stoff*' hat und *,unpassend*' für unsere Hochzeit ist, aber vor Spinnen hast du immer noch Angst?", fragte er kopfschüttelnd.

Ich zog eine Grimasse. Trudi war meine ehemalige Angestellte, die ich schließlich hatte feuern müssen, weil in ihrer Anwesenheit die Brandgefahr in meinem Blumenladen einfach zu groß geworden war. Doch sie war noch immer eine gute Freundin, hatte das Herz eines Elefanten, das Stilgefühl eines Paradiesvogels auf Crack und war in etwa so alt wie die pissgelben Wasserflecken an den Wänden dieses Kellers. Also Äonen.

„Trudi und Mörder haben etwas Wichtiges gemeinsam, Josh", erklärte ich und zog beim Anblick der Spinnenweben, die sich über die Decke fächerten, die Schultern höher.

„Beide machen mir das Leben schwer und sollten definitiv keine Waffe in die Hand gedrückt bekommen?", fragte Josh trocken.

Ich schnaubte. „Nein. Sie haben nur zwei Augen und zwei Beine. Sind also harmlos."

Abgesehen davon hätte ich Trudi nicht in dem Hauch von Nichts und eigenen Hautfalten bei unserer Hochzeit auftauchen lassen können. Denn wenn es etwas gab, vor dem ich noch mehr Angst als vor Spinnen, Trudis Trotzanfällen und Mördern hatte, dann war es die steile Falte zwischen den Augenbrauen meiner Mutter. Sie bedeutete Schlimmeres als den Tod. Nutella-Verbot beim Sonntagsbrunch, Hunde mit zerrissenen Trommelfellen und Sätze wie: *„Ich bin sehr enttäuscht von dir, Louisa Josephine Manu!"*. Das Risiko war schlichtweg zu groß und Trudis Kleid schlichtweg zu hässlich gewesen.

„Du hast auch zwei Augen und zwei Beine – und ich würde niemals auf die Idee kommen, dich harmlos zu nennen", murmelte Josh und scannte mit dem Blick die Unordnung vor ihm. „Was genau suchen wir?"

„Etwas Blaues oder Geliehenes", erklärte ich und leuchtete die verschiedenen Kisten ab, in denen sich neben dem Papiermüll auch altes Spielzeug, Videokassetten, Skischuhe und andere Sperrmüllberge befanden. „Wann hat hier unten das letzte Mal jemand aufgeräumt?"

„Keine Ahnung. Als meine Mutter noch gelebt hat?", mutmaßte Josh und neigte den Kopf. „Also vor knapp siebzehn Jahren."

„Mann. Erinnere mich daran, dass *wir* unseren Keller mal aufräumen. Bevor er so aussieht."

Josh legte mir eine Hand in den Nacken und strich mit dem Daumen darüber. Als ich den Blick hob, sah ich, dass seine dunklen Augen amüsiert funkelten. „Was?"

„Wen genau umfasst dieses *Wir*?", wollte er interessiert wissen.

Ich lächelte breit und drückte seine Hand. „Dich und deine Muskeln?"

Er seufzte gespielt schwer. „Ich wusste, dass du mich nur wegen meiner Muskeln und meiner Fähigkeit, Spinnen zu entfernen, heiratest."

Ich grinste. „Das ist nicht wahr. Du vergisst deine Lasagne und die Tatsache, dass ich hier draußen vor eurem Abteil stehen bleiben darf, bis du jede einzelne Kiste angehoben hast und sichergegangen bist, dass dort drunter nichts lebt. Ach, und dein Geld natürlich."

„Welches Geld?"

„Wie, du hast kein Geld?", rief ich ungläubig. „Aber schön, wenn es sein muss, heirate ich dich eben auch ein wenig wegen deines Charakters."

Seine Mundwinkel zuckten und die altbekannte Wärme flutete meinen Körper, die sich auch nach etlichen Jahren Beziehung noch immer in meiner Brust ausbreitete, sobald er mich ansah und lächelte.

Viele glaubten, dass Joshua Rispo seine Mundwinkel nicht oft benutzte und seine Fähigkeiten sich darauf beschränkten, Mörder zu fangen, Liegestütz und seine vier jüngeren Brüder zur Sau zu machen. Ach ja, außerdem brillierte er natürlich noch darin, mich mit düsterem Blick und einer Menge Fantasie daran zu hindern, ihm dabei zu ... ähm ... nannten wir es mal *helfen, Kriminelle hinter Gitter zu bringen*. Doch die meisten seiner Bekannten würden behaupten, dass er nicht gut darin war, zu lachen, Spaß im Leben zu haben und den Moment zu genießen.

Und sie hatten absolut recht. Außer, er war mit mir zusammen.

Das waren nicht meine Worte! Es waren seine. Ich hatte möglicherweise aus Versehen sein Ehegelübde gelesen – und dabei die ein oder andere Träne vergossen. Josh war nicht dafür bekannt, seinen Gefühlen Ausdruck zu verleihen, von Wut mal abgesehen, und hatte trotzdem genau die richtigen Worte gefunden. Ich bereute es fast, sie schon zu kennen und auf meiner Hochzeit nicht das erste Mal zu hören. Aber wenn er mich davon hätte abhalten wollen, das Gelübde zu lesen, hätte er es wirklich besser verstecken sollen. Natürlich hatte ich es im Ofen gefunden, ich bewahrte dort schließlich manchmal meine Chipstüten auf.

Egal, bald war er vertraglich dazu verpflichtet, mir meine Neugierde zu verzeihen. Denn wenn nichts schiefging – was mein Plan war! –, würden wir übermorgen einmal laut *„Ja"* sagen und endlich Steuern sparen. Außerdem natürlich für immer zusammen und glücklich sein und ... was auch immer ich in *mein* Ehegelübde schreiben würde. Das ich ganz sicher heute in Angriff nehmen würde. Es war acht Uhr morgens, ich hatte eine Menge Zeit und ... Ich zuckte zusammen, als sich eine Spinne von der Decke auf einen alten Schlafsack abseilte, auf den jemand mit Edding

Josh und Mo stinken. Sehr!

geschrieben hatte. Ach, Geschwisterliebe.

„Lou", sagte Josh sanft. „Wir können auch wieder hochgehen. *Du* wolltest hier runter!"

„Nein, nein, schon gut." Ich streckte die Schultern durch. Das hier war mir wichtig. „Ich bin … stark."

Josh pikste in meinen nicht vorhandenen Bizeps.

„Mental!", erwiderte ich verärgert und schlug seine Hand weg. „Finn meinte, dein Vater hätte all die Bastelarbeiten deiner Mutter nicht weggeschmissen, sondern hier unten in eine Kiste gepackt. Also: die suche ich."

Josh seufzte. „Lou, meine Mutter in allen Ehren: Sie war keine großartige Künstlerin. Sie hat Müll zu neuem Müll verarbeitet. Willst du dir ernsthaft eine alte Blume aus Zeitungspapier und Büroklammern an dein schönes Hochzeitskleid pinnen? Oder ein Kastanienmännchen mit zerquetschen Kronkorkenbeinen ins Haar stecken?"

„Ja", erwiderte ich und lächelte. „Ich habe deine Mutter nie kennengelernt, aber ich fände es schön, wenn sie trotzdem bei unserer Hochzeit dabei ist, weißt du? Zumindest symbolisch. Finn meinte, sie hätte ganz viele kleine Figuren gebastelt, so wie seinen Schlüsselanhänger, und an Haarspangen geklebt. Vielleicht finden wir so was Ähnliches? Das kann ich zur Not unter meinen Haaren verstecken. Oder mich doch noch für einen Schleier entscheiden."

„Okay", murmelte Josh, schloss den Arm um meine Schultern und zog mich fest an sich, bevor er sacht meine Schläfe küsste. „Ich mag die Idee. Dass sie … symbolisch dabei ist. Danke also, dass du dein Modebewusstsein für sie aufs Spiel setzt."

Ich sank in seine Berührung und lachte. „Von welchem Modebewusstsein redest du?" Ich trug heute eine

Jeans mit einem Loch an der Stelle, wo meine Oberschenkel aneinanderrieben, einen Schnürsenkel als überhaupt nicht funktionellen Gürtel und mein *Louisa's Flower Power*-Poloshirt, das Emmi sich weigerte, zu tragen, weil es mit seiner Hässlichkeit gegen ihre religiösen Überzeugungen verstieß. Sie war feste Anhängerin des Schwachsinntums.

„Na, du weißt, wie du Jeans und T-Shirt erfolgreich kombinierst", sagte Josh leichthin und gab mir noch einen Kuss auf den Scheitel, woraufhin ich warm seine Hand drückte.

Man hätte es ihm nicht am Gesicht angesehen, aber über seine Mutter zu sprechen, machte ihn immer emotional. Das erkannte ich allein an seinem Extrakuss.

Seine Mutter war vor fast siebzehn Jahren ermordet worden, ihr Täter nie gefasst, was der Grund war, aus dem er Kriminalkommissar geworden war. Josh meinte immer, dass es okay war. Dass es nicht mehr so wehtat. Doch ich wusste, dass das nicht stimmte. Dass es ihn noch immer bis in seine Träume verfolgte, dass der Mörder auf freiem Fuß war. Letztes Jahr hatte er einmal kurz die Hoffnung gehabt, dem Täter auf die Spur zu kommen. Sie hatten herausgefunden, dass ein Auftragskiller verantwortlich für den Tod seiner Mutter gewesen war. Doch die Recherche nach dem Schuldigen hatte Josh fast seinen Verstand, sein Leben, nicht zu vergessen unsere Beziehung gekostet. Weshalb er mir hatte versprechen müssen, dass er den Fall aufgab, bevor ich ihm versprach, den Rest meines Lebens mit ihm zu verbringen. Aber das war mittlerweile ferne Vergangenheit und nie wieder Thema gewesen. Wir waren drüber hinweg.

„Also was Blaues oder Geliehenes", murmelte er, trat ins Abteil und hob die ersten Kisten an. „Nicht einfach *was Altes?"*

„Nee ..." Ich lächelte breit. „Trudi ist mein *was Altes.*"

Josh lachte leise. „Ernsthaft?"

„Na, sie wollte unbedingt Teil der Hochzeit sein! Ich erfülle ihr den Wunsch. Und können wir uns ein wenig beeilen, bitte? Mir ist kalt."

„Immer dieses *Wir*", murmelte er amüsiert und fing an, systematisch die Kisten zu durchsuchen.

Wir, also größtenteils Josh und seine Muskeln, beeilten uns, hoben jede Kiste an, durchstöberten altes Spielzeug und *Drei Fragezeichen*-Kassetten – und fanden trotzdem nichts außer einer Reihe alter, selbst gebastelter Handtaschen, zusammengenäht aus verschlissenen Einkaufstüten, die weder mir noch der Falte zwischen den Augenbrauen meiner Mutter jemals gefallen würden.

Nach einer Dreiviertelstunde gaben wir schließlich auf. Josh musste zur Arbeit und ich hatte Trudi versprochen, heute Vormittag ein neues Kleid mit ihr zu kaufen. Meine Mitarbeiterin Sonja und meine Azubine Leonie würden sich um den Laden kümmern. Emily war zu schwanger, um zu arbeiten, und Sonja und Leonie sehr froh darum. Meine Schwester war schon ohne Schwangerschaftshormone des Teufels, geschwollene Füße und tretendem Baby in ihrem Körper keine freundliche, zuvorkommende Person. Doch ihr letztes Trimester wirkte sich definitiv *nicht* positiv auf ihr Gemüt aus. Was man jetzt deutlich durch die Wohnungstür von Rispo Senior hören konnte.

„Ich hab dir gesagt: Nur über Lous Leiche nennen wir unser Baby *Mandalorian*!", drang Emmis liebliches Gebrüll durch das Holz, das jeden *König der Löwen*-Fan wohlig hätte aufseufzen lassen. „Und was hast du gegen Persephone für ein Mädchen?"

„Persephone hört sich an wie der Markenname eines persischen Handyanbieters", rief Finn zurück, Joshs jüngerer Bruder und der Vater des ungeborenen Kindes.

„Sie ist die Göttin der Unterwelt!"

„Kann nicht sein. Denn ich bin mir scheiße sicher, dass *du* den Job gerade hast!", feuerte Finn zurück.

„Warum muss es über *meine* Leiche sein?", fragte ich ungläubig. „Warum kann es nicht *deine* oder ihre eigene sein?"

„Kein Leichengerede, Lou!", sagte Josh warnend. „Wir fordern es nicht heraus, schon vergessen?"

Ich seufzte, nickte jedoch, bevor ich unglücklich auf die Tür sah, durch die Emily Finn gerade zu verstehen gab, dass er Liebe mit seinem Knie machen sollte. „Meine Handtasche ist noch da drin."

„Mhm. Hartes Leben." Josh schlug mir auf die Schulter und trat einen Schritt zurück. „Ich geh zur Arbeit."

Ungläubig sah ich ihn an. „Du kommst nicht noch mit rein?"

„Nope. Aber ich frag meinen Vater, ob er weiß, wo die Kiste mit Mamas Kram ist, ja?"

Mit verengten Augen sah ich zu ihm auf. „Es wäre sehr unhöflich von dir, mich da jetzt allein reingehen zu lassen."

Seine Mundwinkel zuckten, bevor er mich sacht küsste. „Wie gut, dass niemand uns beide jemals als *höflich* beschimpft hat. Außerdem: du bist schon mit diversen Mördern fertig geworden, du wirst auch Emmi und Finn bezwingen."

„Aber Sie haben im Gegensatz zu Mördern keine Manieren und kennen keine Zurückhaltung!"

„Ja, hast recht. Mörder sind für ihren menschenfreundlichen Umgang bekannt", bemerkte er trocken, als sein Handy klingelte. „Rispo?", meldete er sich im nächsten Moment, und der Tatsache, dass sein Gesicht sich innerhalb von Sekunden in Marmor verwandelte, entnahm ich, dass es die Arbeit war. „Schon wieder?", sagte er genervt und rieb sich den Nacken. „Wo? Ja. Ja. Ich bin in zwanzig Minuten da. Bis dann."

„Ein Mord?", wollte ich wissen, sobald er aufgelegt hatte.

„Nein. Noch ein Feuer in der Kanalisation."

„Ernsthaft?"

Seit mehreren Wochen fand es eine Gruppe Jugendlicher äußerst witzig, in Gullys zu steigen und unter der Erde Dinge anzuzünden. Und da die Polizei zurzeit durch eine Krankheitswelle unterbesetzt war, hatte Josh die Freude gehabt, sich die immer größer werdenden Brandstellen anzusehen – und doppelt so oft zu duschen wie sonst.

„Ja. Diesmal war es in der Nähe einer Schule. Sie fangen an, sich Sorgen zu machen, also ... Ich muss wirklich los." Er drehte sich um und nahm die erste Treppenstufe. „Viel Spaß mit Finn und Emily. Bis heute Abend, Lou!"

„Josh! Es ist *dein* Bruder!", rief ich ihm hinterher.

„Was mein ist, ist auch dein – und Emmi deine Schwester", hallte seine Stimme durch den Flur und im nächsten Moment fiel die Haustür ins Schloss.

Klasse.

Genervt stieß ich die Wohnungstür auf, die wir vor unserem Kellerbesuch nur angelehnt hatten. Die letzten Wochen waren mehr als anstrengend gewesen. Ich war immer davon ausgegangen, dass die Organisation einer Hochzeit zwar stressig sein, aber die Aussicht auf eine riesige Torte – und zweitrangig, aber fast ebenso wichtig: die Ehe – als Belohnung es am Ende schon erträglich machen würde. Leider hatte ich in meiner Rechnung vergessen, meine Mutter hinzuzuaddieren, die mir erklärte, dass eierschalenfarbene Servietten eine Zumutung waren, und ein DJ, der Lieder mit Schimpfwörtern darin spielte, einer satanistischen Huldigung glich. Dementsprechend hatte ich in den letzten Monaten schon eine Menge Geschrei ertragen müssen und konnte auf weiteres von meiner Schwester und ihrem Freund verzichten. Am besten machte ich mich also unsichtbar – so gut das als Frau mit einer Vorliebe für Schokolade eben ging.

Ich stahl mich auf Zehenspitzen durch den schmalen Flur, an drei Türen vorbei und lugte ins Wohnzimmer, auf dessen Esstisch meine Handtasche lag.

Emily und Finn standen mit dem Rücken zu mir und blätterten geräuschvoll in einem Buch namens *Besonders absurde Babynamen, die kein Kind tragen sollte* herum. Der Titel war reine Spekulation meinerseits, aber die Vorschläge, die sie laut vorlasen, die von Horst-Horton über Yogurette bis zu Fantalina reichten, sprachen für sich. Sie waren dementsprechend so beschäftigt damit, den hässlichsten Namen der Welt zu finden, dass ich Hoffnung schöpfte. Vielleicht bemerkten sie mich gar nicht, wenn ich mich ganz vorsichtig –

„Lou! Hilf mir! Erklär Finn, warum man ein Kind nicht Horst-Horton nennen kann!“

Seufzend blieb ich stehen. „Alle Namen, die ich in den letzten sechs Monaten gehört habe, waren nicht … menschenfreundlich, Emmi“, gab ich zögerlich zu. Denn ich würde nicht den Fehler machen, mich auf eine Seite zu schlagen. „Deine Ideen ebenso wenig wie die von Finn.“

Schockiert schnappte Emmi nach Luft. „Ich hab Marie vorgeschlagen.“

„Mit Zweitnamen Juana!“, erinnerte ich sie.

Pikiert hob sie das Kinn. „Nun, sie wurde unter Einfluss von Marihuana gezeugt. Es wäre symbolträchtig.“

Finn schnaubte. „Mit dem Namen kann unser Kind niemals in die USA einreisen. Und was, wenn es superintelligent wird und die Energiekrise nur in New York lösen oder Krebs nur in Toronto heilen kann?“

„Toronto ist in Kanada!“, rief Emmi.

Finn winkte ab. „Alles dasselbe. Außerdem wird es ohnehin ein Junge.“

Emmi verdrehte die Augen. „In deinen Träumen. Es wird ein Mädchen. Ich spüre es.“

„Wäre es nicht leichter, sich für einen Namen zu entscheiden, wenn ihr herausfinden würdet, welches Geschlecht das Baby hat?“, schlug ich vor und zog meine Handtasche vom Tisch.

„Bist du bescheuert?“ Irritiert sah Finn mich an. „Überraschungseier machen keinen Spaß mehr, wenn man weiß, was für ein Spielzeug drin ist. Das weiß doch jeder. Und irgendeinen lustigen Nebeneffekt muss Kinderkriegen doch haben, oder nicht? Warum sonst sollte man sich das da antun." Er gestikulierte zum dicken Bauch meiner Schwester.

Emily nickte bestätigend. Sie hatte offenbar überhaupt kein Problem damit, sich selbst als Überraschungsei zu definieren.

Ich war froh, als mein Handy klingelte, da es mich davor bewahrte, einen Kommentar abgeben zu müssen. Allerdings hielt meine Glückseligkeit nicht lang an.

„Hast du die Anzeige gesehen, Lou?"

Ich blinzelte und unterdrückte dann ein schweres Seufzen. Wie unvorsichtig von mir, nicht auf die Anruferkennung zu gucken. „Dir auch einen schönen Morgen, Mama! Hast du gut geschlafen?", erwiderte ich schließlich freundlich.

„Louisa! Hast du die Anzeige gesehen?"

„Du wurdest angezeigt? Wofür?", fragte ich unschuldig.

„Lou! Eure Hochzeitsanzeige. Emily hat mir gerade das Foto geschickt. Es ist eine Katastrophe!"

Verärgert wandte ich mich zu meiner Schwester um. „Was hat Emily dir geschickt?"

Meine Schwester grinste bei meinen Worten breit und deutete auf die andere Seite des Tisches, auf der eine Zeitung lag.

„Du hast es versäumt, deine eigene Hochzeitsanzeige zu studieren?", fragte meine Mutter perplex.

„Ja", erwiderte ich gelassen und umrundete den Tisch. „Wenn ich meinen Namen lesen will, schau ich mir den Schriftzug über meinem Blumenladen oder alte Polizeiberichte an." Wenn es nach mir gegangen wäre, hätte es überhaupt keine Ankündigung zu Rispos und meiner Hochzeit gegeben. Aber meine Mutter hatte sich mit Joshs Vater abgesprochen und sie hatten es für eine nette Geste gehalten, ein Foto von Josh und mir sowie unser baldiges Hochzeitsdatum in eine Ausgabe der *Rheinländer Rundschau* drucken zu lassen. Der Zeitung, bei der Joshs Mutter vor ihrem Tod gearbeitet hatte. Also hatte ich der Rundschau widerwillig einen Text geschickt. Wer wusste schon, was meine Mutter verfasst hätte?

Vermutlich: Undankbare Tochter, 30, endlich unter der Haube, gerade rechtzeitig, bevor ihre Eierstöcke verschrumpeln!

„Schau sie dir einfach an, Louisa!", sagte meine Mutter unwirsch, also tat ich ihr den Gefallen.

Emily hatte bereits die richtige Seite aufgeschlagen und …

Ich unterdrückte ein Lachen. Leider ohne Erfolg.

„Das ist nicht witzig!", herrschte Mama.

„Mir gefällt sie", widersprach ich leichthin. „Ich glaub, diese Louisa Mandu könnte sehr glücklich mit Joshua Risotto werden. Sie sehen süß zusammen aus und werden immer gut genährt sein."

„Du hast das absichtlich gemacht!", fuhr sie mich an. „Ihnen eure falschen Namen gegeben."

„Nein, wirklich nicht", meinte ich lachend. „Ich hab ihnen den Text per WhatsApp geschickt und die Autokorrektur muss den Rest erledigt haben. Sorry, das war ein Versehen. Aber hey: Mandu und Risotto sind unfassbar lecker."

Ich war sehr froh, die steile Falte zwischen Mamas Augenbrauen, die sich definitiv gerade bildete, übers

Telefon nicht sehen zu können. „Louisa Josephine Manu, du nimmst das nicht ernst."

„Es ist nur ein Missverständnis, Mama!"

„Das korrigiert gehört. Wir können uns diese Woche keine Fehler leisten."

„Ach, ich leg immer ein bisschen Geld für meine Fehltritte beiseite." Ich machte einfach zu viele und meine Versicherung zahlte für zu wenige.

Meine Mutter ignorierte mich. „Ich hab schon angerufen, aber die Zeitungsleute meinen, sie haben gedruckt, was sie bekommen haben, und es kann nur Beschwerde einlegen, wer die Anzeige aufgegeben hat. Also musst du vorbeifahren."

Ich seufzte schwer. „Ich ruf gern heute Nachmittag an, aber -"

„Nein! Du fährst vorbei", sagte sie laut. „Der junge Mann am Telefon meinte, dass sie sich keiner Schuld bewusst seien, und das können wir nicht so stehenlassen."

„Es ist nur eine Zeitungsanzeige, Mama! Niemand liest mehr Zeitung."

„Alle meine Freundinnen schon, Louisa. Und ... und deine Großmutter auch. Sie kommt morgen und wird mir die Schuld für dein Versagen geben."

Ich rieb mir mit der Hand über die Stirn. Meine Mutter hatte ein eher angespanntes Verhältnis zu ihrer Schwiegermutter. Sie liebte sie genug, um sie über meine Hochzeit bei ihr und Papa wohnen zu lassen, allerdings hatte sie auch angemerkt, dass es schwierig werden würde, auf die Schnelle einen Sarg aufzutreiben, in dem der alte Vampir schlafen konnte.

„Also: Regle das. Sie sollen eine korrigierte Version veröffentlichen, sonst bin ich *äußerst* enttäuscht." Im nächsten Moment legte sie auf.

Stöhnend ließ ich den Kopf in den Nacken fallen.

„Was ist los?", wollte Emily scheinheilig wissen. „Hat ihr die Anzeige nicht gefallen? Ich persönlich finde sie toll!"

„Es war gemein, ihr das Bild zu schicken", informierte ich sie verärgert. „Sie will, dass ich hinfahre und sie dazu überrede, eine Korrektur zu drucken."

„Na, wenigstens hat sie dann keine Zeit mehr, mich zu einer natürlichen Geburt ohne PDA zu überreden. Denn ich will alle Drogen, die ich kriegen kann, wenn ich schon Finns Dickschädel aus mir rauspressen muss."

Genervt sah ich sie an. Das machte Emily seit achtundzwanzig Jahren. Von sich selbst ablenken, indem sie mit dem Finger auf mich zeigte. „Ich hab keine Zeit, ich muss mit Trudi ein neues Kleid kaufen."

„Oh, sehr gut, ich komm mit", verkündete Finn.

Blinzelnd wandte ich mich zu ihm um. „Was? Warum?"

„Ich brauch eine Krawatte. Papa meinte, ich soll bei eurer Hochzeit eine tragen."

„Nein, nein. Schon okay." Ich winkte ab. „Ich finde, ein Hemd reicht, um -"

„Ich komm verdammt noch mal mit! Ich lass mir heute von keiner Mandu-Frau mehr sagen, was ich zu tun und zu lassen habe", fuhr er mich an und stürmte an mir vorbei.

Seufzend sah ich zu meiner Schwester. „Alles gut bei euch beiden?"

Sie blinzelte perplex. „Ja. Besser denn je. Warst du gerade nicht dabei? Wir kommunizieren voll. Warum fragst du?"

Meine Mundwinkel zuckten. Sie hatte nicht unrecht. Rispos kommunizierten nun einmal mit Gebrüll und bösen Blicken.

„Freut mich, Emmi. Und nur noch anderthalb Wochen, dann ist der Geburtstermin. Du hast es bald geschafft." Bevor der richtige Spaß losgehen würde.

„Jaja", murrte sie. „Es ist ätzend, aber ich überleb es schon."

Ja. Ich hoffte nur, Finn auch.

Kapitel 2

„Noch ein Keks?"

„Trudi, ich liebe dich", seufzte ich eine Dreiviertelstunde später, als ich auf dem Parkplatz der Rheinländer Rundschau hielt, und nahm mir ein weiteres Kokos-Marmeladen-Plätzchen aus der Tupperdose, die sie über die Mittelkonsole nach vorn reichte.

Wenn ich nur oft genug Zeit mit Trudi verbrachte, war das ganze Jahr über Weihnachten. Egal, ob gerade erst September war oder nicht. Das lag daran, dass sie in ihren Taschen Kekse versteckte, als wäre sie ein Eichhörnchen, das sich auf den Winter vorbereitete. Oder daran, dass ihre Augen aufleuchteten wie Lichterketten, wann immer sie ein „superhottes" Mitglied der Familie Rispo zu Gesicht bekam, die mich zugegebenermaßen umschwärmten wie Motten das Licht. Heute hörte ich außerdem in Gedanken *Jingle Bell Rock* spielen, während ich ihre gigantische rote Lederjacke mit weißem Kunstfellkragen und -saum betrachtete, die sie aussehen ließ wie Santas heiße Rocker-Affäre, die in der Waschmaschine eingelaufen war.

„Willst du auch einen, Finn?"

„Nee", meinte der und schnallte sich ab. „Emmi meint, es reicht, wenn einer in unserer Beziehung dick ist, und zurzeit ist sie das. Und im Gegensatz zu ihr könnte ich all den Zuckermist, den ich in mich reinstopfe, nicht wieder innerhalb weniger Stunden rauspressen."

Trudi nickte, als würde das einleuchten. „Freu dich auf die Geburt“, sagte sie verklärt. „Das ist so ein magischer Moment.“

Finn runzelte zweifelnd die Stirn. „Ich hab ein Video gesehen und wenn alle Magie so eklig ist, hat Uri Geller mein herzlichstes Beileid verdient.“

Meine Mundwinkel zuckten, bevor ich mich ebenfalls abschnallte. „Ihr müsst nicht mitkommen, wisst ihr, ich brauch nicht lang. Bleibt ruhig im Auto sitzen.“

Trudi musterte mich kritisch. „Aber wer ist denn dann dein Ablenkungsmanöver, während du dich reinschleichst?“

„Ich muss mich nicht reinschleichen“, sagte ich verdutzt. „Ich lege eine freundliche Beschwerde ein, das ist alles. Ich tue nichts Verbotenes oder Geheimnisvolles.“

„Oh.“ Sie sah enttäuscht aus. „Dein Leben ist langweiliger geworden, Louisa. Und dabei bist du noch nicht einmal verheiratet.“

Finn nickte vielsagend, als wäre das die allgemeine Meinung zu meiner Person, bevor er hinzusetzte: „Ich komm trotzdem mit. Will Mamas altes Büro sehen. Gucken, ob die Delle in der Wand noch da ist, wo Mo versucht hat, Joshi eine runterzuhauen, und er sich zu schnell geduckt hat.“

„Oh, das will ich auch sehen“, verkündete Trudi sofort, bevor sie mir einen bedeutungsschweren Blick zuwarf. „Siehst du, Louisa, hier weiß noch jemand, wie man Spaß hat. Du gibst dir in letzter Zeit ja nicht einmal Mühe, einen Toten zu finden.“

Ich verdrehte die Augen, stieg aus und schloss das Auto ab. Wenn ich ehrlich war, mochte ich, dass mein Leben die letzten sechs Monate etwas ruhiger gewesen war. Dass ich keinen Wein getrunken hatte, in dem Leichenteile schwammen. Dass ich nur in Bedrängnis geriet, wenn meine Nichten mich fragten, was eine Orgie war, und ich Angst hatte, dass sie mir nicht glaubten, wenn ich erwiderte: „Ein großes Instrument, das in der Kirche steht". Nicht etwa, weil jemand in einem Stripclub eine Waffe auf mich richtete. Grundsätzlich hatte ich ja nichts gegen die Leichen, die mir in den Weg fielen, aber zwei pro Jahr waren genug und ich hatte mein Pensum erreicht. Ich wollte nur noch meine Mutter beschwichtigen, Trudi dazu überreden, auf meiner Hochzeit ihre Brüste zu bedecken, und mich auf die Ankunft von dem kleinen Horst-Horton freuen. Ach ja, und Josh heiraten.

Ich steckte meinen Schlüssel in die Handtasche und hielt zusammen mit Trudi und Finn auf das hohe, gläserne Gebäude der Rheinländer Rundschau zu, dessen Bild im Lexikon sicherlich hinter dem Begriff *Ästhetisches Architekturversagen* zu finden war, denn es sah aus wie ein riesiger Legobaustein.

„Wisst ihr, all das Gerede über Leben und Tod macht mich immer sehr nachdenklich", meinte Trudi und zupfte ihre stahlgrauen Locken zurecht, bevor sie tief Luft holte und verkündete: „Und ich denke, dass es langsam Zeit für mich wird."

Wie angewurzelt blieb ich stehen und sah sie schockiert an. Sogar Finn war sichtlich verblüfft und der zuckte nicht mal mit der Wimper, wenn Emily mit Besteck nach ihm warf.

„Was?", rutschte es mir heraus, während mein Herz mir in den Hals sprang. „Nein! Du hast noch eine Menge Zeit! Du bist noch ... jung, Trudi." Na ja, fast. Im

Vergleich zum durchschnittlichen amerikanischen Präsidentschaftskandidaten.

„Eben! So was sollte man planen, während man noch jung ist", sagte Trudi geschäftig. „Ich muss am Nabel der Zeit bleiben. Und alle machen es. Britney, Oppenheimer, dieser Steve Arbeit. Es ist der neueste Schrei!"

Ich blinzelte und warf Finn einen verwirrten Blick zu. Ich hatte das Gefühl, mir fehlten ein paar Infos.

„Steve Arbeit?", fragte Finn vorsichtig.

„Na, dieser nette Herr vom Apfel-Imperium", sagte Trudi spitz, als würden wir uns anstellen. „Jeder kennt ihn, Finn. Du solltest häufiger die Medien verfolgen. Bildung ist wichtig."

Ein Grinsen erschien auf seinem Gesicht. „Meinst du Steve Jobs von Apple?"

„Ja, das ist, was ich sagte. Und wenn er und Britney es können …"

„Aber Britney ist nicht tot", platzte ich heraus. „Oder?" Hatte ich was verpasst?

„Tot?" Trudi machte große Augen. „Du liebe Liese, warum sollte Britney tot sein? Nein! Sie steht in der Blüte ihres Lebens."

Okay. Ich kam nicht mehr mit. „Trudi", sagte ich vorsichtig. „*Wofür* wird es Zeit bei dir?"

„Na, meine Memoiren zu verfassen!"

Meine Schultern sackten mehrere Zentimeter nach unten und erleichtert stieß ich einen Schwall Luft aus. Trudi hatte keine Probleme mit ihrem Leben – nur mit ihrer Ausdrucksweise.

„Geil", sagte Finn und sein Grinsen wurde noch breiter. „Das ist das Buch, das wir alle brauchen."

„Nicht wahr?" Trudi nickte zufrieden. „Ich hab so viel zu erzählen! Ich bin sexy, ich bin reich, ich habe einen Playboy als Mann und fange seit ein paar Jahren praktisch eigenhändig Mörder. Wenn das kein Spiegelbestseller wird, weiß ich auch nicht."

„Du fängst *eigenhändig* Mörder?", wollte ich trocken wissen und setzte mich wieder in Bewegung, in Richtung der automatischen Schiebetüren, hinter denen die verchromte Rezeption der Rheinländer Rundschau glänzte. Dass ihr Ehemann Manni nicht im Playboy abgedruckt werden, sondern höchstens in der Zeitschrift *Steuerberater mit Akkordeon* über siebzig landen würde, behielt ich lieber für mich.

„Na ja." Trudi winkte ab. „Ich würde meinen Geister-Autor natürlich darum bitten, dass er nicht unerwähnt lässt, dass du mir ab und zu geholfen hast. Aber ich werde ihm eine Menge Geld bezahlen, er schreibt dann schon, was ich will."

Das war meine Befürchtung.

„Ich mach's! Ich werde dein Ghostwriter", sagte Finn sofort. „Ich schreib deine Biografie, Trudi. Dann musst du nicht nach einem anderen Autor suchen, der dich am Ende enttäuscht."

„Oh, wirklich? Das würdest du tun?"

„Klar. Du kannst mir vertrauen. Ich kenne dich. Ich kann das Geld gebrauchen. Ich kann Deutsch. Ich bin der perfekte Kandidat. Ey, ich hab sogar schon einen Titel." Selbstgefällig legte er eine Hand auf die Brust, bevor er stirnrunzelnd fragte: „Lou, heißt es richtig: Ein Leben am Rand vom Wahnsinn oder Ein Leben am Rand des Wahnsinn?"

Finn war offenbar weder Fan vom Namen Persephone noch vom Genitiv. „Es ist beides falsch. Es ist des Wahnsinns", korrigierte ich und trat durch die Schiebetür.

Ich würde mich nicht in Trudis Biografie einmischen, es war schlimm genug, dass ich darin vorkam. Aber sollten die beiden machen, was konnte es schon schaden? Ich hatte einen Job zu erledigen: nämlich meine Mutter zufriedenzustellen und Trudis Brüste für meine Hochzeit zu bedecken. Also ließ ich die beiden an der Tür stehen und trat auf die Rezeption zu.

Ich war schon einmal hier gewesen. Anfang des Jahres waren zwei der Mitarbeiter der Rheinländer Rundschau in den Mord eines Funkenmariechens verwickelt gewesen und Rispo und ich hatten Zeugen vernommen. Deswegen erkannte ich den jungen Mann an der Rezeption, der Hemd und Krawatte, ein schwarzes Headset und einen äußerst genervten Gesichtsausdruck trug.

„Nein. Das wird nicht funktionieren", zischte er in das kleine Mikro vor seinem Mund. „Wir hatten einen Deal ... Ist mir egal. Wir –" Er brach ab, als er mich sah, und presste die Lippen zusammen. „Ich ruf später zurück", sagte er abgehackt, bevor er auflegte und mich gezwungen anlächelte. „Guten Morgen, was kann ich für Sie tun?"

„Hey", sagte ich freundlich. „Ich bin Louisa Manu und meine Mutter hat vorhin bei Ihnen angerufen ..."

„Oh Gott, wir leben nicht mehr in der Steinzeit, warum müssen Leute *vorbeikommen*, wenn es Mail und Telefon gibt?", stieß er aus und verdrehte die Augen. „Wir haben den Text gedruckt, den Sie uns geschickt haben. Sie kriegen Ihr Geld nicht zurück."

„Jaja, schon gut." Beschwichtigend hob ich die Hände. „Ich will einfach nur eine korrigierte Anzeige in Auftrag geben und meiner Mutter dann vorlügen, dass ihr einsichtig wart. Was muss ich dafür tun?"

Der Jungspund betrachtete mich mit verengten Augen. „Schön. Trimovitz ist für die Anzeigenseite zuständig. Nerven Sie den. Letztes Büro links im Gang." Er gestikulierte Richtung Flur, der hinter einer Tür von der Rezeption abging.

Ich zog eine Grimasse. Simon Trimovitz war einer der Verdächtigen im Februar-Fall gewesen ... und ich hatte dafür gesorgt, dass einer seiner guten Freunde hinter Gitter gewandert war. Ich vermutete, dass er nicht mein größter Fan war ... Ach, man konnte nicht von allen gemocht werden. Obwohl mich der Gedanke wirklich, wirklich störte! Meiner Meinung nach war ich sehr liebenswert und ich bevorzugte es, wenn alle anderen Menschen das genauso sahen wie ich.

„Danke", sagte ich dennoch. „Dauert bestimmt nicht lang."

„Das ist mir herzlich egal. Hauptsache Sie ... Hey, Moment!", bellte der Rezeptionist und sah verkniffen zu Finn und Trudi, die bereits an der Tür waren, auf die er gedeutet hatte. „Sie können da nicht einfach *alle* rein."

„Doch, doch", sagte ich hastig, denn ich wollte keine Szene riskieren, die Trudi definitiv machen würde. Sie stand nicht so drauf, wenn Leute ihr sagten, was sie tun und lassen sollte. „Sie ist meine ... Emotional-Support-Seniorin, und er", ich deutete auf Finn, „seine ... äh ... Mutter arbeitet hier!"

„Was?" Der Rezeptionist blinzelte verwirrt, doch Trudi winkte nur fröhlich und lief Finn voran durch die Tür in den mit grauem Kurzflorteppich ausgelegten Flur.

„Ach, whatever", machte der Jüngling und rieb sich über die Augen.

Eine kluge Entscheidung. Er sah nicht aus, als hätte er heute die Energie dafür, eine Naturgewalt namens Trudi aufzuhalten. Tatsächlich wirkte er etwas blass. Aber er hatte heute ja auch schon mit meiner Mutter telefoniert, also ...

Ich lief den beiden anderen hinterher, die nach wenigen Metern stehen blieben.

„Das hier war das Büro meiner Mutter", erklärte Finn und stieß ohne viel Federlesens die Tür zu seiner Rechten zu einem Raum auf, in dem niemand arbeitete außer ein Wasserkocher. Denn es war eine Küche.

Von allen existierenden Wohnräumen mochte ich Küchen am wenigsten. Denn in ihnen musste man kochen. Als Josh und ich darüber geredet hatten, ob wir wohl einen Ehevertrag bräuchten, obwohl keiner von uns auf Gold, Diamanten oder Geld saß, war mir mein einziges Anliegen gewesen, dass ich es gern schwarz auf weiß hätte, dass er den Rest unseres Lebens den Großteil der Nahrungszubereitung übernahm. Woraufhin er bemerkt hatte, dass er an seiner Küche und meinem Leben hing, das also eine Selbstverständlichkeit sei.

Herd, Ofen und ich führten seit Anbeginn der Zeit eine tragische Dreiecksbeziehung, in der wir uns immer wieder aufs Neue gegenseitig verletzten. Also hatte ich die oftmals viel zu heiße Affäre beendet, und diese

Küche hier ließ mich meine Meinung wirklich nicht ändern. Weder die Plastikfliesen noch der halbgefüllte Messerblock, aus dem angelaufene Holzgriffe mit rostigen, spitzen Metallenden ragten, noch der Kalkkocher – sorry, Wasserkocher! – noch die grimmig dreinblickende, ältere rothaarige Frau mit Hornbrille und geschürzten Lippen, die in ihrer Mitte saß. Diese Küche war kein Symbol fürs Kochen. Nein, sie war ein Symbol für das Aussterben der Printmedien.

„Was tun Sie hier? Wer sind Sie?" Die Rothaarige sah uns irritiert an.

„Ups, falsche Tür", meinte Finn unbeeindruckt, winkte und schloss sie wieder. „Es ist wohl die nächste."

„Finn, du kannst nicht einfach so irgendwelche Türen öffnen", sagte ich seufzend. „Sonst werden wir rausgeschmissen."

Er warf mir einen ironischen Blick über die Schulter zu. „Ist das nicht immer, was Josh zu dir sagt?"

Meine Wangen wurden warm. „Ja, eben. Ich hab Erfahrung in dem Bereich. Deshalb weiß ich ja, dass wir dann rausgeschmissen werden. Also klopf das nächste Mal, okay? Ich regle das kurz mit Trimovitz."

Ich drückte seine Schulter und schob mich an ihm vorbei, weiter den Gang hinunter, bis ich die letzte Tür zur Linken erreichte. Da ich meine Beziehung zu nicht abgeschlossenen Türen bessern wollte, klopfte ich einmal laut.

„Ich hab zu tun!", kam die gehetzte Antwort, bevor ein dumpfes Geräusch erklang. Als hätte jemand gerade ein paar Aktenordner zu Boden geworfen.

„Herr Trimovitz?", rief ich vorsichtig. „Ich brauch wirklich nur eine Minute Ihrer Zeit."

Ein Fluchen erklang, das meine Mutter in die Ohnmacht getrieben hätte, und im nächsten Moment wurde die Tür aufgerissen.

„Was?", blaffte Trimovitz. Der Journalist war um die vierzig, dünn und drahtig mit einem Kopf voller dunkler Locken, die zu allen Seiten abstanden. Er wirkte bleich und durcheinander. Er sah ein wenig so aus, wie ich mich fühlen würde, wenn jemand mir erzählte, dass mein Leben von dem nächsten Drei-Gänge-Menü, das ich kochte, abhinge.

„Hey …", sagte ich langsam und trat einen Schritt zurück. „Sie erinnern sich vielleicht nicht an mich, aber –"

„Louisa Manu", unterbrach er mich fahrig und rieb sich über die Augen. „Frauen, die meine Fotografen hinter Gitter bringen, vergesse ich so schnell nicht."

Nun, das war fair. „Richtig. Also, ich habe letzte Woche eine Hochzeitsanzeige geschaltet und –" Ich brach ab, denn mein Blick war an ihm vorbei in sein Büro gefallen und … Es war ein Schlachtfeld. Ich wusste, wie eines aussah. Ich war mit der schwangeren Emmi vor ein paar Wochen beim Pralinenausverkauf meiner besten Freundin Ariane gewesen und hatte Dinge gesehen, die ich nie wieder vergessen würde. „Ist alles okay?", fragte ich schockiert. „Wurde bei Ihnen eingebrochen?"

Das Büro sah schlimmer aus als die Küche. Der quadratische Raum war ein einziger Friedhof aus Aktenordnern, die aus ihren Regalen gesprungen zu sein schienen, Müsliriegel-Müll, rausgerissenen Schubladen und einer Zettelwirtschaft mit Rekordbruttoinlandsprodukt.

„Eingebrochen? Nein!“, erwiderte er irritiert. „Ich ...
Moment.“ Stirnrunzelnd neigte er den Kopf. „Was ist,
wenn wirklich jemand eingebrochen ist? Das kann sein,
oder? Dann wäre es nicht meine Schuld.“

„Was wäre nicht Ihre Schuld?“

„Dass er verdammt noch mal weg ist!“, sagte er laut.
Er blinzelte mittlerweile so oft, dass Tornado-Warnzen-
tren um die ganze Welt Alarm geschlagen hätten, wären seine Augenlider Schmetterlingsflügel. „Ich finde
ihn nirgendwo! Ich könnte schwören, dass ich ihn
heute Morgen in meiner Aktentasche hatte. Aber er ist
nicht mehr da!“

Panik kroch in seine Stimme, während er hektisch
auf eine schwarze Tasche deutete, die vornüber ge-
stülpt auf seinem chaotischen Schreibtisch lag. Leider
verriet mir ein Blick in die Richtung nur, dass Simon
Trimovitz eine Schwäche für Zimt-Kaugummi hatte,
nicht etwa, worum es ging. Er fuhr sich mit beiden Händen in die Haare, schüttelte den Kopf und wandte mir
den Rücken zu, um sich den See an Papiermüll auf dem
Boden anzusehen.

„Scheiße. Vielleicht hab ich ihn nicht verloren. Vielleicht kam jemand rein, während ich in der Küche war,
und hat ihn gestohlen. Mensch, das wäre wundervoll!“

„Ähm ... ich möchte Ihren persönlichen Zusammenbruch nicht unterbrechen“, sagte ich vorsichtig. „Aber
wovon reden Sie?“

„Na, vom verdammten Probedruck!“, fuhr er mich an
und erklärte damit ungefähr ... gar nichts. „Scheiße. Es
ist die einzige Verantwortung, die ich in diesem verdammten Laden trage. Ich darf es nicht versaut haben!
Nicht diese Woche. Gott, wenn ich zum Chef gehen und

ihm erklären muss, dass ich seine letzte Ausgabe ruiniert habe, wir noch mal neu drucken müssen oder irgendwer von der Konkurrenz unsere Schlagzeile für Sonntag schon gesehen hat, weil ich so dämlich war, den Probedruck irgendwo liegen zu lassen ..." Besorgt beugte er sich an mir vorbei in den Flur, als könnte besagter Chef genau diesen Moment wählen, den Gang hinunterzukommen. Doch der Flur war leer – bis auf Finn und Trudi.

„Die Delle ist noch da", sagte Finn zufrieden grinsend. „Mann, ich hab immer gute Erinnerungen an die Male, als Mo jemand anderen schlagen wollte als mich."

Trimovitz' Blick schwenkte von mir zu meinen beiden Begleitern und Verwirrung stand in seinem Blick. „Was zur Hölle ist hier los? Ist schon wieder ein Mord passiert und Sie wollen unsere Belegschaft um ein weiteres Mitglied kürzen?"

„Nein, nein", sagte ich hastig. „Wie ich vorhin schon sagte, es geht um die Hochzeitsanzeige für das Paar Mandu und Risotto."

„Was ist damit? Ich fands ziemlich lustig", sagte er ungeduldig.

„Ja, meine Mutter leider nicht. Also ..."

„Bei Ihnen ist es sehr unordentlich", unterbrach Trudi mich und rümpfte die Nase, während sie in Trimovitz' Büro lugte.

„Ich suche etwas, okay!", sagte er genervt.

„Oh, Sie sollten sich von Louisa beim Suchen helfen lassen", erklärte sie. „Sie hat ein Talent dafür, Dinge zu finden, die niemand findet ... und oftmals auch niemand finden will, schätze ich."

Trimovitz' Blick schwenkte zu mir und ein Hoffnungsschimmer flackerte über sein Gesicht. „Oh mein Gott, ja, oder? Sie sind so was wie eine Detektivin."

Rispo hätte eine Menge gegen diese Feststellung einzuwenden gehabt, doch da er nicht da war, zuckte ich nur die Achseln. „Manchmal."

„Okay, dann helfen Sie mir!" Flehentlich sah er mich an. „Mein Boss geht nächste Woche in Rente. Ich habe den Probedruck für die Sonntagsausgabe gestern persönlich von der Druckerei abgeholt und in meiner Aktentasche im Auto verstaut. Irgendjemand muss ihn im Zeitraum von gestern Nacht bis jetzt gestohlen haben."

Ich seufzte schwer. Eigentlich wollte ich meiner To-do-Liste wirklich keinen weiteren Punkt hinzufügen. „War der Probedruck aus Gold?"

„Nein. Papier natürlich."

„Dann bezweifle ich, dass irgendwer Interesse daran hatte, ihn zu stehlen", stellte ich fest. „Sie haben ihn bestimmt nur irgendwo verlegt."

Trimovitz schüttelte den Kopf. „Ich –"

„Simon, wir müssen gleich los." Ein glatzköpfiger Mann mit beeindruckendem dunkelgrauem Schnurrbart und schwarzem Mantel streckte den Kopf aus dem gegenüberliegenden Büro. „Können wir bitte wieder deinen Wagen nehmen? Ich kann nicht mehr gut fahren, seit …" Er verstummte. Das hätte ich auch, wenn ich bemerkt hätte, dass drei fremde Leute mich anstarrten.

Trimovitz seufzte schwer. „Gib mir zwanzig Minuten, Bernhard. Ich sag dir Bescheid."

Bernhard nickte nur abwesend, achtete jedoch nicht wirklich auf Trimovitz. Er sah Finn an. Was schon verwunderlich war, da Trudi direkt neben ihm stand und sie Finn allein aufgrund des roten Glitzers auf ihren Augenlidern hätte überstrahlen müssen.

„Sie glotzen, alter Mann", informierte Finn ihn höflich und verschränkte die Arme vor der Brust. Finns freundliches Gemüt schien Bernhard aus seiner Trance zu reißen.

„Mhm. Ich dachte, Sie wären dieser Rispo, der hier letztes Jahr dauernd herumgeschnüffelt hat."

Finn verdrehte die Augen. „Sie beleidigen mich. Ich bin um ein Vielfaches hübscher als mein Bruder."

„Mhm", wiederholte der Mann und verschwand in seinem Büro.

„Was ein gut aussehender Bursche", flüsterte Trudi so laut, dass es sicherlich auch der Rezeptionist gehört hatte. „Da fragt man sich direkt, was diesen prächtigen Schnurrbart zum Zittern bringt, oder?"

Finn grinste breit. „Ja. Das ist alles, woran ich denken kann."

Ich für den Rest des Tages wohl leider auch.

„Frau Manu, kommen Sie schon. Helfen Sie mir!", flehte Trimovitz, und er musste wirklich verzweifelt sein, wenn es ihm so leicht fiel, Trudis verstörenden Kommentar einfach zu übergehen.

„Nein. Ich ... Ich habe noch nie einen Diebstahl untersucht."

„Ach, das ist wie bei einem Mord", meinte Trudi. „Nur dass keiner tot ist."

Trudi sollte Lexika schreiben, ihre Liebe für detaillierte Definitionen war bemerkenswert. Aber schön, ich war nicht ganz herzlos und Trimovitz erinnerte mich an eine vertrocknete Pflanze, die die Blätter hängen ließ. Dann würde ich ihn eben mit ein wenig Hilfe übergießen.

„Sind Sie sicher, dass er gestohlen wurde?", fragte ich seufzend. „Könnte der Probedruck nicht einfach immer noch in Ihrem Auto liegen?"

„Nein. Ich habe ihn ziemlich sicher in meiner Aktentasche gehabt."

„*Wie* sicher?", wollte ich wissen.

Hätte man von Trimovitz' Antlitz in diesem Moment ein Porträt gezeichnet, es hätte den Titel *Mit Sicherheit unsicher* getragen.

„Eben", sagte ich knapp. „Kommen Sie einfach mit raus, wir gucken in Ihrem Auto nach. Und wenn er da auch nicht ist, überlege ich mir, ob ich den dramatischen *Fall des verschwundenen Probedrucks* näher betrachte." Verärgert sah ich zu Trudi. Ich hatte wirklich keine Zeit, mich um eine verschusselte Zeitung zu kümmern! „Aber nur, wenn Sie mir eine korrigierte Hochzeitsanzeige in der nächsten Ausgabe spendieren."

„Okay, okay. Klar", sagte Trimovitz atemlos und hetzte im nächsten Moment den Gang entlang. Wir folgten ihm nach draußen zu einer alten grauen Ford-Focus-Limousine, deren Stufenheck, in dem sich der Kofferraum verstecken musste, so weit nach hinten ragte, dass jedes Einparken ein Albtraum sein musste. Der Wagen sei nicht abgeschlossen, weil er eigentlich nur kurz den Probedruck zur Kontrolle an eine Kollegin hatte übergeben wollen, bevor er mit Bernhard über die Eröffnung eines neuen Katzencafés hätte berichten sollen, erklärte er hastig, bevor er nacheinander die Türen aufriss. Er sah auf den Sitzen, unter den Sitzen, im Handschuhfach und unter der Ikea-Tüte gefüllt mit Pfandflaschen nach, die den Großteil der Rückbank vereinnahmte. Doch da war nichts.

„Sehen Sie!" Die Panik war zurück in seinem Blick. „Der Probedruck ist weg!"

„Was ist mit dem Kofferraum?", fragte Trudi, die gerade einen Keks aus ihrer Handtasche zog.

„Ich benutze meinen Kofferraum nie! Ich werfe immer alles auf die Rückbank."

„Vielleicht waren sie gestern so müde und erschöpft, dass sie eine Ausnahme gemacht haben", gab ich zu bedenken. „Das passiert. Ich habe meine Chipstüten früher immer im Ofen aufbewahrt, weil ich ihn nicht benutze, jetzt vergesse ich immer, dass sie plötzlich im Vorratsschrank liegen." Was der Grund war, weshalb ich Joshs Ehegelübde gefunden hatte.

Trimovitz schnaubte, lief jedoch zusammen mit mir um das Auto herum und zog an dem Henkel zum Kofferraum. „Ich sage Ihnen, mein Kofferraum ist leer, ich –"

Er verstummte.

Trudi sog entzückt die Luft ein.

Finn würgte.

Ich glotzte mit aufgerissenen Augen.

Trimovitz hatte unrecht. Sein Kofferraum war nicht leer. Denn in ihm lag eine Leiche.

Ich schlug die Hand über Mund und Nase, doch beißender Uringestank, der süßliche Geruch nach Tod und etwas mir Unbekanntem, das auf meiner Zunge brannte, drängten sich trotzdem in meine Atemwege.

Übelkeit floss in meinen Magen. Schob sich meinen Hals hoch. Der Speichel in meinem Mund zog sich zurück und ich schmeckte Säure, während mein Blick über den toten Mann huschte, der in den Kofferraum gequetscht worden war.

Sein Kopf lag gebettet auf seiner mit getrocknetem Blut überströmten Brust, die eine einzelne Stichwunde zierte. Die Beine angewinkelt, die schlammbespritzten Schuhe gegen die Rückwand des Kofferraums gepresst.

Ich schluckte. Hielt mein Frühstück unten. Wollte wirklich nicht auf den toten Körper kotzen. Doch es war schwer!

Es war nicht nur der Geruch, obwohl der nicht half. Es war das Gesamtbild, das der Tote abgab.

Ich hatte in meinem Leben schon mehr Leichen gesehen, als für meinen Schlaf, Rispos Stimmbänder und die Nerven meiner Mutter gut war. Einen Toten mit Stricknadeln, die aus seinem Hals ragten. Eine nackte alte Frau, deren geschundener Körper über und über mit Glassplittern durchlöchert war. Eine weindurchtränkte Leiche mit Tausenden Kakteenstacheln in der Haut. Ich würde behaupten, dass mein Leichen-Portfolio recht kreativ und umfassend war.

Aber das hier ...

„Oh fuck, das ist ja ekliger als eine Geburt!“, stieß Finn aus und stolperte zurück. Er zog sich den Kragen seiner Übergangsjacke über Mund und Nase und gab Geräusche von sich, die an Kleinkinder erinnerten, denen Spinat vorgesetzt wurde.

Ich musste ihm recht geben.

Das Gesicht des Opfers war verquollen, sodass es schwer war, sein Alter zu bestimmen. Ende vierzig,

Mitte fünfzig vielleicht. Zornige, rote Flecken und Wülste zogen sich über seine Haut, die an einigen Stellen aufgeplatzt, an anderen völlig unversehrt war. Helle, weiße Flecken wechselten sich mit dem Dunkelrot und Braun des Blutes auf seiner Kleidung ab, die an manchen Stellen einfach weggeätzt, an anderen mit Hautfetzen verschmolzen war.

Seine Haare waren dunkel und waren es doch wieder nicht. Es sah aus, als wäre der Tote kurz vor seinem Ableben zum selben Friseur wie Cruella de Vil gegangen. Seine Haare hatten bleiche Flecken. Seine Kleidung war manchmal hell, andermal dunkelrot, genauso wie seine Haut ... Als hätte jemand mit Chemikalien auf seinem Körper herumexperimentiert.

Mir wurde schwindelig und meine Atmung mit jeder Sekunde hektischer. Es war wenig Blut. Sehr wenig Blut. Sehr viel verätzte, verbrannte Haut. Und dann war da noch ...

„Das ist ja unglücklich", bemerkte Trudi, die keinen einzigen Schritt zurückgewichen war. Im Gegenteil. Sie trat bei ihren Worten näher an den Kofferraum heran. „Da hat der Kerl schon eine Pistole in der Hand und wird trotzdem erstochen? Wie viel Pech muss man haben, mit einer Schusswaffe gegen einen spitzen Gegenstand zu verlieren? Heute war wohl nicht sein Tag."

Ein Gurgeln entwich bei ihren Worten meiner Kehle. Eine Mischung aus hysterischem Lachen und panischem, tränenlosen Weinen. Denn sie hatte recht. Der Tote hielt eine schwarze Pistole in seiner steifen rechten Hand, während er die Linke merkwürdig verkrampft zur Faust geballt hatte.

„Trudi, bleib zurück!“, wies ich sie krächzend an, als sie Anstalten machte, sich über den leblosen Körper zu lehnen. „Sonst landet deine DNA noch auf ihm.“

„Schön. Aber ich muss schon sagen, Louisa: Das ist um einiges aufregender, als shoppen zu gehen. Gut gemacht!“

„Ich hatte nichts hiermit zu tun!“, erwiderte ich mit hoher Stimme.

„Na ja, nicht direkt. Aber du musst schon zugeben, dass du es zu jeder Zeit mit einem Leichenspürhund aufnehmen könntest“, sagte sie mit geschürzten roten Lippen. „Nur dass sie natürlich sehr viel knuffiger sind als du.“

„Und Leichen finden *wollen*“, erinnerte ich sie.

Sie winkte ab. „Lirum, larum. Hey, meinst du, er ist der Täter? Seine DNA ist bestimmt drauf, oder? Wo es doch sein Kofferraum ist und so.“ Sie deutete mit dem Finger auf Simon Trimovitz, der so bleich wie eine der Haarsträhnen des Toten war, und offenbar unter Schock stand. Zumindest zitterte er heftig und Schweiß sammelte sich an seinen Schläfen. Er starrte in seinen Kofferraum, den Mund geöffnet, die Hände lose zu seinen Seiten herabhängend.

Meiner Meinung nach sah er nicht wie ein Mörder aus, der unglücklicherweise vergessen hatte, was er da in seinem Kofferraum spazieren fuhr – aber scheiße, es war *sein* Kofferraum.

„Komm, Finn, mach schnell ein Foto, bevor Lou uns den Spaß verdirbt und die Polizei ruft! Für meine Memoiren“, forderte Trudi.

„Trudi, das ist nicht erlaubt, du –“ Doch ich hätte genauso gut mit der Leiche reden können. Die war ähnlich aufmerksam.

Trudi positionierte sich bereits breit lächelnd neben dem Kofferraum, beide Daumen triumphierend in die Luft gereckt, als hätte sie einen großartigen Fund während einer archäologischen Ausgrabung gemacht. Finn ließ widerstrebend seinen Jackenkragen vom Mund sinken und schoss als Nächstes ein Foto davon, wie Trudi mit einer Fingerpistole auf die Leiche zielte, bevor sie stirnrunzelnd innehielt und in den Kofferraum sah.

„Was hat er da in der Hand? Siehst du das, Lou?“

Ich sah gar nichts. Ich war damit beschäftigt, mein hämmerndes Herz zu beruhigen, mein Handy in meiner zu großen Handtasche zu suchen und mich darum zu sorgen, ob Trimovitz noch atmete. Denn seine Brust hob und senkte sich nicht mehr.

„Trudi, sei bitte kurz still. Ich rufe Josh an.“ Mit klammen Fingern drückte ich die Durchwahltaste eins.

„Aber Lou!“, beschwerte sich Trudi. „Sieh doch mal …“

Ich achtete nicht auf sie, denn Rispo hob ab.

„Hey, Lou, was –“

„Du bist schuld!“, unterbrach ich ihn unwirsch, meine Stimme unnatürlich hoch. „Du musstest den Leichengott ja mit deinem dummen Gerede herausfordern. Das hier geht auf *deine* Kappe, Josh! Nicht auf meine.“

Abrupte Stille folgte. Dann: „Du verarschst mich.“

„Hör ich mich so an, als würde ich dich verarschen?!“ Meine Stimme ging mit jeder Silbe eine Oktave höher.

„Fuck.“

„Ja!“

„Das kann nicht dein Ernst sein, Lou. Keine Leiche vor der Hochzeit. Das war meine einzige Bitte an dich.“

„Oh, nein!“, wehrte ich mich. „Du hast den Leichengott verhöhnt und er hat sich revanchiert.“

„Lou! Hör auf, über fiktive Götter zu reden“, bellte Josh. „*Wo* bist du? Und hast du wirklich eine Leiche gefunden oder –“

„Josh, der Typ ist so tot, wie du sein wirst, wenn du mir noch einmal –“

„Lou. *Wo?*“

„Bei der verdammten Rheinländischen Rundschau! Im Kofferraum von Simon Trimovitz. Shit ... Josh.“ Meine Hand zitterte so heftig, dass ich mir ständig das Telefon gegens Ohr schlug. „Er steht direkt neben mir und ich glaub, er ist in Schockstarre. Er wird mit jeder Sekunde bleicher. Er sieht aus, als hätte er einen Zusammenbruch ...“

„Beobachte ihn einfach und solange er nicht abhaut, ist alles okay“, sagte Rispo ernst. Er war im vollen Cop-Mode. „Du kennst das Prozedere. Bleib, wo du bist. Fass nichts an.“ Ich hörte einen Motor aufheulen. „Ich informiere die Kollegen und bin unterwegs, ich –“

„Hey Lou, jetzt guck doch mal“, rief Trudi genervt über Rispo hinweg. „Ich glaub, da steckt ein Zettel zwischen seinen Fingern.“

„Was?“ Verwirrt folgte ich ihrem Blick, sah auf die Hand des Opfers, die er nicht um die Waffe geschlossen hatte, und ... „Shit, du hast recht. Da ist ein Zettel.“

„Wo ist ein Zettel?“, wollte Josh scharf wissen.

„In der Hand der Leiche.“

„Soll ich gucken, was draufsteht?“ Trudi schob sich in den Kofferraum.

„Halt Trudi von der Leiche fern!", rief Josh entnervt, als wäre ihm glasklar, was hier vor sich ging. „Lass den Zettel verdammt noch mal, wo er ist."

„Trudi!", sagte ich warnend. „*Niemand* fasst diese Leiche an!"

„Jaja, klar", meinte Trudi sofort, auch wenn ihre Worte über Trimovitz' Würgegeräusche und Joshs schillernde Flüche kaum zu verstehen waren. „Aber wenn ihm der Zettel jetzt aus der Hand fallen würde?"

„Das wird er aber nicht."

Der Kerl musste bereits ein paar Stunden tot sein. Zumindest hatte die Leichenstarre schon eingesetzt. Man müsste ihm den Zettel schon aus den Fingern reißen oder …

Trudi zog die Tupperdose mit ihren Keksen aus der Handtasche und stupste die Hand der Leiche an, die sich ein paar Millimeter weiter öffnete.

„Trudi!"

„Was zur Hölle ist bei dir los, Lou?", brüllte Josh zornig.

„Ich hab sie nicht berührt", rief Trudi unschuldig zurück.

Stöhnend legte ich den Kopf in den Nacken. Ich bekam das Gefühl, mit einer Kindergartengruppe auf einem ungesicherten Friedhof zu spielen.

„Es reicht jetzt", sagte ich streng zu Trudi. „Die Polizei ist bald hier. Alle treten jetzt einen Schritt zurück! Niemand kontaminiert diese Leich–"

Trimovitz übergab sich in den Kofferraum. In einem Moment stand er noch neben mir, im nächsten beugte er sich unter lauten Würgegeräuschen vor und reiherte mitten auf die Brust des Toten.

Seine Schockstarre hatte sich auf die denkbar schlechteste Art und Weise aufgelöst. Es half nicht, dass ich ihn sofort an der Schulter zurückzerrte, sodass der nächste Schwall auf seinen Füßen landete. Der Schaden war längst angerichtet.

Es herrschte gespenstische Stille auf Rispos Seite, dann: „Bitte sag mir, dass sich gerade niemand auf die Leiche übergeben hat."

„Das würde ich gern!", erwiderte ich hitzig. „Aber du erzählst mir andauernd, ich solle weniger lügen!"

„Lou!", fuhr er mich an.

„Was denn? Es ist nicht *meine* Kotze!" Möglicherweise klang ich ein wenig hysterisch. „Ich kann nur meinen Magen, nicht den von allen anderen kontrollieren!"

„Mann. Das ist unpraktisch", bemerkte Finn so trocken, wie die Leiche gerade noch gewesen war.

„Fuck. Fuckedifuck!", stieß ich aus, was alle hier dachten, und kniff die Augen zusammen. „Josh, ich leg jetzt auf. Ich muss mich konzentrieren."

„Lou, verdammt, wenn es ein Mord war und die Magensäure relevante Spuren zerstört ..."

„Natürlich war es Mord! Der Kerl ist nicht auf natürliche Art und Weise während eines kleinen Schläfchens in einem fremden Kofferraum verreckt", gab ich wütend zurück. „Und glaub mir: Das Opfer wünscht sich, dass sein größtes Problem die Säure aus Trimovitz' Magen gewesen wäre. Beeil dich einfach *bitte*!" Im nächsten Moment drückte ich auf den roten Hörer und ließ das Handy in meine Handtasche fallen. „Trimovitz", blaffte ich. „Treten Sie verdammt noch mal von dem Toten zurück!"

Der Journalist tat wie geheißen. Er hatte aufgehört, seinen Magen zu leeren, und schleifte seine Füße einen Meter nach hinten. Noch immer vornübergebeugt, die Hände auf die Knie gestützt.

Leider konnte ich dasselbe nicht von Trudi behaupten.

„Oje", sagte sie, kritisch über die Leiche gebeugt. „Jetzt rinnt die Kotze in die Hand des Opfers und macht alle Fingerabdrücke oder DNA-Spuren auf dem Zettel zunichte."

Ich zog sie schwer seufzend nach hinten … und stellte fest, dass ihr Gedankengang leider nicht blöd war. Erbrochenes rann seelenruhig an den Seiten der Leiche hinab, auf den Zettel in seiner Hand zu.

Panik kribbelte unangenehm in meiner Brust, rauschte in meinen Ohren, während ich immer noch angeekelt Trimovitz' Frühstücksresten dabei zusah, wie sie langsam, aber sicher auf das Beweismittel zusteuerten. Gott, das konnte doch nicht wahr sein! Wenn das hier eine Prüfung im Fach *Umgang mit Tatorten* gewesen wäre, stünden wir alle kurz davor, durchzufallen. Ach, zur Hölle, wir wären schon längst des Klassenraums verwiesen worden. Aber wenn ein möglicherweise wichtiger Beweis flöten ging, nur weil Trimovitz einen schüchternen Magen hatte …

„Scheiße." Fluchend sprang ich vor, zog den Jackenärmel über meine Finger und umklammerte den Zettel in der Hand des Opfers. Ich musste fest daran reißen, um es zu bewegen, doch das Papier gab meinen Bemühungen schließlich raschelnd und im Ganzen nach.

Ich hoffte sehr für den Zettel, dass er den Anschiss, den ich von Rispo bekommen würde, wert war. Schwer atmend drehte ich ihn um – und erstarrte.

„Was steht drauf?", wollte Trudi neugierig wissen und beugte sich über meine Schulter.

Doch ich hörte sie kaum. Mein Kopf war wie leergefegt und ein Piepen setzte in meinen Ohren ein. Mein Mund trocknete aus, Schweiß sammelte sich in meinem Nacken und Blut floss aus meinem Gesicht, bis mir schwindelig wurde. Da war nichts mehr außer dem schmerzhaft heftig schlagenden Puls an meinem Hals und die zwei Zeilen auf dem Zettel in meiner Hand.

Dem Zettel, den ich soeben aus der Hand eines absolut fremden und sehr, sehr toten Mannes gezogen hatte.

„Oh, es ist eine Adresse", schloss Trudi. „Weißt du, wo das liegt?"

„Ja", hauchte ich und der Zettel knitterte in meinen zitternden Fingern. „Ich wohne dort."

Kapitel 3

Der erste Streifenwagen traf nach fünf Minuten ein. Rispo schaffte es in zehn.

Das war genug Zeit, um den Zettel aus der Hand des Mörders in eine Gefriertüte zu packen, die Trudi aus ihrer Handtasche gezaubert hatte. Genug Zeit für Trimovitz, auf den Boden zu sacken und den Kopf in den Händen zu vergraben. Genug Zeit für Finn, festzustellen, dass er für Drama auch hätte zu Hause bleiben können. Genug Zeit für die gesamte Rheinländer Rundschau, darauf aufmerksam zu werden, dass irgendetwas Seltsames auf dem Parkplatz vor sich ging.

Nacheinander strömten die Mitarbeiter nach draußen. Unter anderem der Rezeptionist, die rothaarige Journalistin aus der Küche, der Fotograf Bernhard sowie Hubert Klein, der Boss und Chefredakteur der Bagage, den ich noch vom letzten Fall bei der Zeitung kannte. Als ihnen klar wurde, was los war, ging der Zirkus erst richtig los. Herr Klein wurde so blass, dass ich Angst hatte, er könnte in Ohnmacht fallen. Die Rothaarige schlug die Hände vor den Mund. Der Rezeptionist fing hysterisch an zu lachen und Bernhard legte mit starrem, schockiertem Blick den Arm um die Rothaarige. Als müsste er sich an etwas – oder jemandem – festhalten. Doch es war nur die schockierte Ruhe vor dem hysterischen Sturm, den der Rezeptionist mit einem lauten: „Was zur Hölle geht hier ab?", lostrat und der schnell von einer Tsunamiwelle aus Flüchen, Angstschreien, lautstarken Meinungen zu Mordopfer, Todesursache und Fundort des Toten begleitet wurde. Die eingetroffenen Beamten hatten einige Schwierigkeiten damit, sie davon abzuhalten, zu Simon Trimovitz zu stürzen, der das reinste körperliche wie emotionale Wrack war.

All das bekam ich nur am Rande mit. Denn das Blut rauschte immer noch in meinem Kopf und die Plastiktüte mit dem Zettel in meiner Hand zitterte heftig, während ich den schwarzen Audi anstarrte, der gerade auf den Parkplatz fuhr, Josh hinterm Steuer.

Finn und Trudi saßen in meinem Passat. Finn, weil er die Polizei hasste – möglicherweise, weil er eine Laufbahn als Kleinkrimineller hinter sich hatte. Und Trudi, weil sie ihm nähere Anweisungen für ihre Biografie geben wollte und man sich von einem kleinen Mord nicht all seine Zeit und Nerven stehlen lassen sollte.

Ich hätte das Ganze gern so entspannt wie sie gesehen, aber ... da stand meine Adresse auf dem Zettel. *Unsere* Adresse. Das konnte ein absoluter Zufall sein und musste überhaupt nichts bedeuten, wir wohnten schließlich in einem Sechsparteienhaus in Sülz. Vielleicht war das Mordopfer der Sohn unserer alten gebrechlichen Nachbarin aus dem dritten Stock und hatte ihr eine Postkarte schreiben wollen. Aber ... Scheiße. Warum hielt ein Mordopfer eine Waffe und einen Zettel mit unserer Adresse in den Händen? *Warum?*

Das war die erste Frage, die ich Josh stellte, als er aus dem Auto ausstieg.

Josh öffnete den Mund, blinzelte, schüttelte den Kopf, bevor er das einzig Logische sagte: „Was?“

Ich biss mir auf die Lippen, damit sie aufhörten zu beben, und reichte ihm wortlos den Zettel weiter.

Die Plastiktüte knisterte in seiner Hand, während er auf die Zeilen starrte, die in krakeliger Schrift auf das Papier geschmiert worden waren. Seine Miene war absolut unleserlich.

„Der Tote hatte ... hatte das in der Hand? Und du hast es ihm *abgenommen*?“ Er biss die Zähne aufeinander und hob kühl eine Augenbraue.

„Ich musste!“, verteidigte ich mich mit erhobenen Händen. „Sonst hätte die Kotze es kontaminiert. Aber ich habe es nicht angefasst. Ihr könnt es immer noch untersuchen und ... Josh, da steht unsere Adresse!“

„Das sehe ich“, sagte er angespannt und fuhr sich mit flacher Hand übers Gesicht, bevor er tief einatmete. „Shit, Lou. Was zur Hölle?“

„Ich glaub nicht, dass die Hölle was damit zu tun hat“, erwiderte ich leise. „Es war der –“

„Wenn du jetzt noch einmal vom Zorn des Leichengottes anfängst, koch ich nie wieder für dich.“

Ich schloss pflichtbewusst den Mund. Manche Warnungen sollte man besser ernst nehmen.

„Fuck“, murmelte er, rieb sich mit Daumen und Zeigefinger die Augen und fixierte dann wieder mich. „Geht es dir gut?“

Ich schluckte und hob eine Schulter. „Es ist nicht meine erste Leiche, oder?“

Josh starrte mich nur weiter an, bevor er wiederholte, diesmal leiser und sanfter: „Geht es dir *gut*, Lou?“

Meine Augen fingen an zu brennen und ich rang die Hände. „Er sieht schlimm aus", hauchte ich. „Richtig schlimm. Ich hatte mich darauf eingestellt, dass ich heute damit klarkommen muss, Trudi nackt zu sehen. Nicht ... nicht ..." Ich nickte ruckartig in Richtung Auto und atmete tief durch. „Aber das Schlimmste ist vorbei. Ich komm schon klar."

Josh nickte, bevor er sacht mit dem Daumen über meine Wange strich und dann einen kurzen Kuss auf meine Stirn drückte. „In Ordnung. Dann ... Hey." Josh hielt eine braunhaarige Frau in weißem Overall an, über deren Brust der Name *Müller* gestickt war, und reichte ihr die Plastiktüte. „Das gehört zur Spurensicherung. Das Opfer hatte es in der Hand."

„In der *Hand?* Aber warum ist es nicht mehr ..." Ihr Blick landete auf mir, dann auf Rispos ausdruckslosem Gesicht und sie verstummte sofort. „Alles klar." Sie schluckte. „Ich vermerke, dass ich es in seiner Hand gefunden habe."

Erleichtert sackten meine Schultern hinab. Es hatte auch was Gutes an sich, dass Rispo allein mit seinem Blick so viel Eindruck schinden konnte, wie ein Pfau mit geschlagenem Rad.

Rispo pflügte sich den Weg durch die Gaffer, hob das Absperrband an, damit wir darunter hindurchschlüpfen konnten, und zog einen kleinen Block aus seiner hinteren Jeanstasche. Er war altmodisch, wenn es darum ging, Beweise zu sammeln und Hinweise zu notieren. Als ich ihn mal danach gefragt hatte, warum er sich doppelte Arbeit machte, da er seine Notizen auch noch ins digitale Polizeisystem übertragen musste, hatte er nur gemeint, dass es ihm dabei half, seine Gedanken zu ordnen. Dinge schriftlich festzuhalten. In seinen Notizen suchen zu müssen und dabei immer wieder jede einzelne Information vor Augen geführt zu bekommen. Und dass es ein Pluspunkt war, dass ich seine Handschrift nicht lesen und ihm somit keine Informationen abluchsen konnte, wenn ich mal wieder auf einer meiner „Kamikaze-Mördersuchen“ war.

„Kennst du den Toten?“, fragte Josh und hielt auf Trimovitz’ Wagen zu, um den zwei weitere Menschen in weißen Overalls standen. Trimovitz selbst war in eines der Polizeiautos verfrachtet worden. Er hatte keine einzige Frage beantwortet und sich erst vom Boden erhoben, als zwei Beamte ihm unter die Arme gegriffen hatten. Ich fragte mich, ob er offiziell wegen Mordes an Unbekannt festgenommen worden war. Die Leiche hatte nämlich kein Portemonnaie und somit auch keine Ausweispapiere bei sich gehabt, so viel hatte ich mitbekommen. Und dann fragte ich mich, ob ein Mörder so angeekelt von seinem eigenen Opfer sein konnte, dass er ihm auf die Brust kotzte. Ob ein Mörder so dumm sein konnte, mich praktisch darum zu bitten, mit ihm sein Auto zu durchsuchen, wenn ihm klar war, dass mir der Inhalt seines Kofferraums nicht gefallen würde.

„Lou?“

Ich blinzelte. „Nein, ich kannte ihn nicht“, flüsterte ich. „Er … Ich meine, sein Gesicht ist noch ziemlich intakt und ich schwöre dir, ich hab ihn noch nie gesehen.“

„Okay. Vielleicht ist die Adresse irrelevant“, murmelte er. „Vielleicht ist er Postbote. Vielleicht ist es Zufall und es gibt irgendeine dumme Erklärung dafür, warum er mit unserer Straße und Hausnummer in der Hand gestorben ist." Doch sein Kiefer spannte sich bei seinen Worten an und ich wusste, dass er sich selbst nicht glaubte. Zufall und Leichengott hatten seiner Meinung nach nämlich eine Menge gemeinsam: Sie existierten nicht. „Es ist auch egal. Ich werde den Fall jemand anderem geben", meinte er abwesend. „Mordfall und Hochzeit vertragen sich nicht gut. Irgendjemand, der das Wochenende frei hat, wird das übernehmen, also ..." Er verstummte.

Wir hatten den Kofferraum von Trimovitz' Wagen erreicht, sein Blick war auf den Leichnam gefallen ... und Rispo sah aus, als würde er einen Geist sehen. Sein Mund war geöffnet, seine Augen geweitet, sein Notizblock nur noch Papiermüll in seiner Faust.

Unruhe breitete ich in meinem Magen aus und meine Finger verkrampften sich in meinem Jackensaum. Wir waren nicht allein, um uns herum unterhielten sich die Leute von der Spurensicherung und die Polizeibeamten, manche der Mitarbeiter weinten laut und es riefen immer noch Schaulustige durcheinander. Doch das alles trat in den Hintergrund. Wurde zu nichts als einem Rauschen, während ich Joshs Gesicht betrachtete, das mit jeder Sekunde härter zu werden schien. Als wäre es Medusa, die in dem Kofferraum lag und ihn mit ihrem Blick langsam, aber sicher versteinerte.

„Josh?", fragte ich nervös. „Was ist los? Kennst du ihn?" Die Frage war aus meinem Mund, bevor ich entschieden hatte, ob ich die Antwort hören wollte.

„Ja." Seine Stimme war leise und unendlich ruhig, während seine Schultern und sein Kiefer so angespannt waren, dass ich Angst hatte, sie könnten jeden Moment zerspringen.

„Woher? Wer ist das?"

„Das ist der Auftragskiller, der meine Mutter umgebracht hat."

Mein Herz gefror zu Eis, wurde zu schwer für meinen Brustkorb und fiel scheppernd zu Boden. „*Was?*"

„Ich erkenne ihn. Er war in dem Gewächshaus, in das du reingebrettert bist. Ich dachte, er wäre vielleicht der Auftraggeber, aber die Waffe ..." Er sah zur Pistole in der Hand des Opfers. „Das Modell ..."

Ein Kloß drängte sich meinen Hals hinauf, ein Ball aus Angst, Unruhe und Unverständnis. Es war nun fast neun Monate her, dass Josh den Auftragskiller fast geschnappt hatte. Warum zur Hölle sollte er wiederkommen? Warum riskieren, von Josh oder Mo, seinem Bruder, der ihn ebenfalls gesehen hatte, identifiziert und gefasst zu werden? Außer ... Meine Gedanken wanderten zu der Adresse in seiner Hand. Außer, er hatte einen neuen Auftrag erhalten.

Mir wurde schlecht und ich trat einen Schritt zurück. Es hatten sich heute schon genug Menschen auf Mordopfer übergeben. „Nein. Das ist nicht logisch", flüsterte ich atemlos. „Er kann es nicht sein ... Warum sollte er ..." Ich atmete durch. „Bist du *sicher*?"

„Ich habe das Gesicht des Kerls nicht vergessen, der meine Mutter auf dem Gewissen hat und mich umbringen wollte, Lou", sagte Josh kalt. „Und seit wann bist du Freundin der Logik?"

Nun, dann wenn es bedeutete, dass nicht zwei Tage vor unserer Hochzeit alte Wunden aufgerissen wurden. Wenn das hieß, dass es keine direkte Verbindung zwischen dem verätzten Leichnam vor mir und dem Mann gab, den ich liebte. Wenn die Logik mir versprechen könnte, dass wir in ein paar Stunden nach Hause gingen und alles so sein würde wie zuvor, dann würde ich sie zu meiner verdammten Trauzeugin machen!

Doch Josh hatte recht. Mit Logik hatte ich eine noch kompliziertere Beziehung als mit Ofen und Herd und …

„Scheiße", flüsterte ich und wischte eine vorwitzige Träne von meiner Wange. „Ich schätze, du gibst den Fall nun doch nicht mehr ab, was?"

Josh antwortete nicht. Es war, als sähe er nichts anderes mehr als den Toten. Als würde er jeden Zentimeter des Leichnams scannen, um ihn detailgetreu in seinem Gedächtnis zu speichern.

Klasse. Unsere Hochzeit würde ein richtig fröhliches Ereignis werden.

Ich hatte vergessen, dass das wirklich Lästige daran, eine Leiche zu finden, die Tatsache war, dass man den Tatort nicht einfach so verlassen und das nächstbeste Bällebad zur Beruhigung seiner Nerven aufsuchen konnte. Stattdessen musste man sich endlosen Befragungen der Polizei unterziehen, vorwärts und rückwärts erzählen, was man während der letzten Stunde gesehen, getan, gehört, gerochen und gesagt hatte, nur um am Ende noch eine freundliche Einladung aufs Präsidium zu bekommen, auf dem ich heute Nachmittag oder morgen früh noch einmal alles wiederholen würde müssen. Es half meiner Laune nicht, dass die Beamten mich bereits kannten und sich einen Spaß daraus machten, sich bei mir darüber zu beschweren, dass sie gewettet hätten, ich würde erst während unserer Flitterwochen die nächste Leiche finden, nicht schon vor der Hochzeit.

Heute dauerte die Befragung am Tatort gefühlt noch länger als sonst und das aus verschiedenen Gründen. Trudi wollte wissen, ob sie die Polizisten namentlich in ihrer Biografie erwähnen dürfte, Finn gab den Polizisten ungefragt sein Alibi der letzten achtundvierzig Stunden und ich war einfach nicht bei der Sache. Ich war unkonzentriert und suchte immer wieder nach Rispo, dessen Gesicht einer von Michelangelo geschlagenen Marmorfigur glich. Wunderschön und absolut steinern. Selbst seine dunklen Haare schienen vom Wind unberührt.

Das hier sollte etwas Gutes sein. Der Täter, der seine Mutter umgebracht hatte, war tot. Er hatte bekommen, was er verdiente. Es war nur ... Wer tötete einen Auftragskiller? *Wer?* Engagierte man einen Auftragskiller für einen anderen Auftragskiller? Hatte der Tote zu *uns* gewollt, bevor er umgebracht worden war?

Und er mochte Rispos Mutter ermordet haben, aber er war nicht der Auftraggeber. Er war es nicht, der sie hatte tot sehen wollen und somit die Verantwortung an ihrem Mord trug. Josh würde sich nur für den Strippenzieher interessieren und hoffen, dass der Mörder des Auftragskillers einen Hinweis zum Tod seiner Mutter lieferte. Er würde in dasselbe Kaninchenloch fallen wie vor einem Jahr, besessen davon, den Täter zu finden und ...

Scheiße! Meine Augen hörten nicht auf, zu brennen, während ich hinter dem Absperrband stand und Josh dabei zusah, wie er Anweisungen gab und sich Notizen machte. Vollkommen in seinem Element. Es war *sein* Fall und niemand würde ihn dazu überreden können, ihn abzugeben.

Das hier war unfairer als der Umstand, dass Zucker und Fett so köstlich wie ungesund waren. Das Timing war das Allerletzte! Mein Leben war heute Morgen noch so wunderbar ordentlich gewesen, nur gefüllt mit dem Zetern meiner Mutter, Emilys und Finns Geschrei und ein paar pissgelben Wasserflecken. Doch eine Leiche später war es wieder … durcheinander.

Grau.

Taub.

Bunt.

Laut.

Menno! Ich hatte heute doch nur die Brüste einer Seniorin verdecken, nicht etwa in einen Albtraum voller Mörder und Killer und Toten, die Zettel mit unserer verdammten Adresse darauf in Händen hielten, geraten wollen! Vielleicht war ich etwas exzentrisch, aber ich startete meinen Tag doch lieber mit Kaffee und einer Dusche.

Ich ballte die Hände zu Fäusten und atmete tief durch. Es würde alles gut werden. Das war es, woran ich glauben musste.

Ich hatte Kekse in Reichweite und Josh und ich waren klüger als letztes Jahr. *Ich* war klüger. Denn ich würde nicht zulassen, dass er wieder im Alleingang versuchte, seine Mutter zu rächen. Er wollte den Fall nicht abgeben? Schön. Ich verstand es. Aber dann würde er damit leben müssen, dass ich meine Nase so tief in die Polizeiangelegenheiten steckte, dass er mich selbst mit seinen blöden Muskeln nicht wieder daraus hervorzerren konnte.

Ich reckte das Kinn und atmete tief durch. Ich wusste nur noch nicht, wo genau ich anfangen würde. Denn wenn Trimovitz der Täter war ...

„Er ist unschuldig.“

„Was?“ Überrascht wandte ich mich um. „Oh, hallo Herr Klein.“

Der Chefredakteur der *Rheinländer Rundschau* war ein silberbärtiger Mann mit Glatze und kleinem Kölsch-Bauch Mitte fünfzig und offenbar der einzige Mitarbeiter, der hatte draußen bleiben dürfen. Der Rest war vermutlich von der Polizei nach drinnen gescheucht worden, um verhört zu werden.

„Ich kenne Simon Trimovitz seit fast zwanzig Jahren“, sagte er mit brüchiger Stimme und strich sich über die Knopfleiste seines gespannten Hemdes. „Er könnte keiner Fliege was zuleide tun. Er ist ein guter Mann. Seine Frau ist schwer krank. Sie hat Krebs. Sie braucht ihn. Er würde nie etwas tun, was dazu führen könnte, dass sie allein ist.“ Er schluckte hörbar und schüttelte den Kopf. „Er ist unschuldig. Sie müssen den richtigen Täter finden!“

Ich nickte und mein Herz wurde schwer. „Meistens bemüht sich die Polizei schon darum, den Richtigen zu finden.“

„Wirklich?“ Er sah nicht überzeugt aus. „Kommen Sie, Frau Manu. Er hat sich auf die Leiche erbrochen. Seine

DNA ist auf dem gesamten Körper. Es ist sein Kofferraum. Sie werden ihn des Mordes anklagen. Sie haben genug Beweise, um es zu tun."

Ich schluckte. „Vielleicht. Aber es sieht so aus, als würde Kommissar Rispo den Fall übernehmen", meinte ich. „Sie kennen ihn doch. Er hat die höchste Aufklärungsquote in ganz Köln. Er weiß, was er tut. Er wird jedem Hinweis nachgehen."

Klein presste die Lippen zusammen. „Sie wollen sich den Fall also nicht selbst ansehen?"

Meine Wangen wurden heiß. „Ich bin Blumenladeninhaberin. Ich würde nie –"

„Sparen Sie sich das", sagte er schnaubend. „Ich habe all die Artikel über Sie gelesen. Sie haben ein Händchen dafür, die Wahrheit herauszufinden. Also ... Sie sollten helfen und den Fall untersuchen."

Überrascht öffnete ich den Mund. Ich hatte selbstverständlich vorgehabt, genau das zu tun. Aber normalerweise bat mich niemand darum. Meistens gab es eher eine Menge Leute, die mich davon abzuhalten versuchten.

„Kommissar Rispo ist ein guter Polizist", sagte er mit gesenkter Stimme. „Aber er hält sich an Regeln. Sie nicht. *Bitte*, helfen Sie Simon." Er wandte den Blick und sah mir nun in die Augen. „Er ist ein guter Kerl. Und intelligent genug, Sie daran zu hindern, in seinen Kofferraum zu sehen, wenn er weiß, dass dort eine Leiche drin liegt."

Ich schluckte und rang die Hände. Er hatte recht. Ich hatte schon denselben Gedanken gehabt. Es wäre schon sehr dumm, mich absichtlich zur Leiche zu führen. Sehr dumm oder äußerst gewieft.

„Warum genau waren Sie überhaupt zusammen an seinem Auto?", hakte Klein verwirrt nach.

Ich zog die Schultern hoch. Ich würde Simons Chef jetzt ganz sicher nicht auch noch erzählen, dass er nicht nur eine Leiche spazieren gefahren hatte, sondern auch noch den Probedruck der kommenden *Rundschau*-Ausgabe verschlampt hatte. Denn ich glaubte nicht wirklich daran, dass ihn jemand gestohlen hatte. Ein Kerl, der nicht wusste, dass ein Toter in seinem Auto lag, war auch schusselig genug, einen Probedruck zu verlieren.

„Zufall", sagte ich deswegen vage. „Ich bin hier, um meine Hochzeitsanzeige korrigieren zu lassen."

„Nun, dann war es Schicksal", meinte der Chefredakteur mit einem bitteren Unterton. „Also ... Helfen Sie ihm einfach. Bitte." Er warf mir einen letzten Blick zu, dann verschwand er durch die Schiebetüren in den Rezeptionsbereich des Zeitungsverlags.

Seufzend sah ich ihm nach. Das Gespräch ließ mich relativ unzufrieden zurück. Also, erstens: Ich brach keine Regeln. Ich bog sie. Manchmal sprang ich auch drüber. Zum Beispiel, wenn sie in Form eines Zauns auftauchten. Obwohl *springen* hier auch ein Euphemismus für *hieven* war. Egal. Zweitens: Josh würde Trimovitz nicht verhaften, wenn er unschuldig war. Er war ein verdammt guter Polizist. Ich wusste das, denn dieser Umstand erschwerte es mir seit drei Jahren, mich in Dinge einzumischen, die mich nichts angingen. Drittens: Klein rannte offene Türen ein. Denn das hier *ging* mich etwas an! Ich würde Rispo nicht allein in sein Verderben springen lassen und war ganz sicher nicht noch hier, weil ich es liebte, mit der Kölner Polizei abzuhängen. Nein. Mein Blick war auf das Fahrzeug gerichtet, auf dessen Rückbank das Wrack namens Trimovitz saß. Es konnte nicht schaden, mir seine Seite der Geschichte anzuhören, oder?

Josh war so im Tunnel und all die Anwesenden hatten so viel Angst davor, ihn zu enttäuschen – es würde niemanden stören, wenn ich mich kurz ins Polizeiauto setzte, um mit ihm zu plaudern.

Ich warf einen letzten Blick zu Josh, der mit derselben Kollegin der Spurensicherung sprach, der er auch die Tüte mit der Adresse gegeben hatte, bevor ich mich leicht duckte und unauffällig in Richtung der Autos lief. Die restlichen Gaffer boten einen guten Schutzschild, während ich mich zwischen die Wagen quetschte und mein Ziel erreichte.

Die hinteren Türen eines Polizeiwagens waren immer verschlossen, damit die Verbrecher nicht einfach an einer Ampel abhauen konnten. Aber die meisten Polizisten waren arrogant genug ...

Jap, die Beifahrertür war offen. Bevor ich es mir anders überlegen konnte, ließ ich mich auf den Sitz fallen und zog die Tür leise hinter mir zu.

Trimovitz schreckte auf. Er war noch immer blass und der Geruch nach Erbrochenem haftete wie seine schweißgetränkte Kleidung an ihm.

„Hey", sagte ich leise und lächelte freundlich. „Nehmen Sie es nicht persönlich, aber nur ganz kurz, um sicherzugehen: Haben Sie den Kerl im Kofferraum umgebracht?"

Schockiert öffnete er den Mund. „Was? Nein!"

Gott sei Dank, er steckte nicht mehr in seiner Schockstarre fest. Mit Menschen, die sprachen, ließ es sich so viel leichter reden.

„Wundervoll. Das ist gut“, sagte ich aufmunternd.

„Wenn das gut ist, warum werde ich dann behandelt wie ein Verbrecher?“, fragte er mit hoher Stimme. „Ich kenne den Kerl in meinem Kofferraum nicht. Ich hab ihn noch nie gesehen. Ich schwöre es!“

Ich nickte und ließ den Blick aufmerksam über sein Gesicht schweifen. Ich war geneigt, ihm zu glauben, traute mir aber selbst nicht. Ich hatte schon oft gedacht, dass Leute unschuldig waren, nur um am Ende eines Besseren belehrt zu werden. „Wann haben Sie das letzte Mal in Ihren Kofferraum gesehen, Herr Trimovitz?“

„Keine Ahnung ... Ich benutze ihn kaum. Das hab ich doch schon gesagt. Er ist manchmal offen, aber meistens abgeschlossen. Und ich guck selten rein, also ...“ Verzweiflung tropfte aus seiner Stimme wie Blut aus einer offenen Wunde. Es war offensichtlich, dass er immer noch große Angst und, trotz besserer körperlicher Verfassung, Schwierigkeiten damit hatte, seine Gedanken zu ordnen. Ich verstand das, Leichen lagen meistens nicht innerhalb der menschlichen Komfortzone. Aber wenn Trimovitz eine Chance haben wollte, seinen derzeitig sehr schuldig aussehenden Hintern zu entlasten, musste er sich zusammenreißen.

„Was haben Sie heute Morgen gefrühstückt, Simon?“, fragte ich mit meiner *Sie können mir vertrauen*-Stimme, bei der Josh jedes Mal hellhörig wurde. Aber Trimovitz wusste nicht, dass ich sie nur nutzte, wenn ich etwas haben wollte. Auf ihn hatte sie also nur eine beruhigende Wirkung.

„Was? Wieso ist das wichtig?“

„Einfach so. Was haben Sie gesessen?“

Er blinzelte hektisch, die Schultern hochgezogen, der Atem flach. Schließlich murmelte er: „Toast. Mit Erdnussbutter. Meine Frau hasst den Geruch. Sie steckt gerade mitten in der Chemotherapie und ist unfassbar empfindlich, was manche Gerüche angeht. Aber sie macht mir trotzdem immer das Frühstück. Wenn sie einen guten Tag hat. Weil Sie sich nicht nutzlos fühlen will.“

Ein Engegefühl machte sich in meiner Brust breit, doch ich behielt das Lächeln auf dem Gesicht und nickte. „Das ist lieb von ihr. Als ich meinem Verlobten das letzte Mal Frühstück machen wollte, hat ihn der Feuermelder geweckt.“

Trimovitz lachte nervös, doch seine Schultern sanken hinab.

„Und heute Morgen“, fuhr ich freundlich fort. „Haben Sie da den Kofferraum geöffnet?“

Er schüttelte den Kopf. „Nein. Ich war spät dran. Ich habe gestern Abend keinen Parkplatz in der Nähe bekommen, musste fünfhundert Meter entfernt parken. Deswegen musste ich mich beeilen, um nicht zu spät zur Arbeit zu kommen.“

„Okay. Und gestern: Haben Sie gestern auch Toast gefrühstückt?“

Er nickte.

„Und dann sind Sie zum Auto und haben Ihren Kofferraum auch an dem Morgen nicht geöffnet?“

„Nein, ich … Doch!“ Er riss die Augen auf. „Doch, doch. Ich habe gestern in meinen Kofferraum gesehen. Direkt morgens. Ich habe meine Frau zur Chemotherapie gefahren. Sie nimmt sich immer eine Tasche mit. Mit einer weichen Decke, Wasser, Snacks. Damit die Infusion ... erträglicher ist. Und die Rückbank stand mit Altpapier und Altglas voll. Also hat sie die Sachen in den Kofferraum gepackt. Ich musste arbeiten, aber ich habe sie nach ein paar Stunden wieder abgeholt, zu Hause abgesetzt und die Sachen wieder aus dem Kofferraum geräumt. Und da war noch keine Leiche drin."

„Sehr gut. Um wie viel Uhr war das?" Ich öffnete mir eine Notiz auf dem Handy, denn mein Gedächtnis war nur für lateinische Pflanzennamen gut.

„Um zwei."

„Und wohin sind Sie danach gefahren? Wo haben Sie Ihr Auto abgestellt? Und ... schließen Sie Ihr Auto öfter mal nicht ab? Es war offen, als wir auf den Parkplatz gekommen sind."

„Ich schließ das Auto nicht ab, wenn ich nur einen kurzen Stopp mache", flüsterte er schuldbewusst.

Gequält sah ich ihn an. „Warum nicht? Sie sind in Köln, nicht im Regenbogenland. Hier stehlen Leute."

„Ich weiß! Aber wenn ich nur fünf Minuten weg bin ..." Er schluckte und schloss kurz die Augen. „Aber Sie, Sie glauben mir?" Er biss sich auf seine bebenden Lippen.

„Sie hätten mir nicht freiwillig Ihren Kofferraum geöffnet, wenn Sie gewusst hätten, was für eine Cargo-Ladung Sie mit sich herumfahren", erwiderte ich ruhig.

„Nein." Seine Stimme brach. „Hätte ich nicht."

„Also. Wo haben Sie Ihr Auto gestern überall unverschlossen abgestellt?"

Zitternd atmete Trimovitz ein, doch dann gab er mir eine Liste von Orten, an denen er geparkt hatte. Leider war er viel herumgekommen. Nachdem er seine Frau abgesetzt hatte, war er bei McDonalds Mittag essen gewesen. Dann hatte er zusammen mit seinem Fotografen Bernhard über einen hundertsten Geburtstag in einem Altenheim berichtet, bevor er zurück zum Büro gefahren war, um den Artikel vorzuschreiben. Er war lang geblieben und hatte um zwanzig Uhr mit der rothaarigen Kollegin, die Sabine hieß, und dem Rezeptionisten Damian im benachbarten Industriegebiet zu Abend gegessen.

„Sabine und Damian mussten aber beide um zehn gehen. Ich saß noch ein wenig da, bevor ich meinen letzten Stopp bei der Druckerei gemacht habe, um den Probedruck abzuholen.“

„Der verschwundene Probedruck?“, hakte ich nach.

Er nickte. „Eigentlich hätte ich ihn schon mittags abholen sollen, aber es gab eine Verzögerung wegen eines aktuellen Papiermangels. Da ich aber einen Schlüssel für die Druckerei habe, hat es mir nichts ausgemacht, auch spät noch hinzufahren. Ich war also erst um elf da, als alle Mitarbeiter schon gegangen waren. Ich hab den Druck geholt, das wird so eine Viertelstunde gedauert haben, weil ich dafür die ganze Papierfabrik durchqueren musste, die im selben Gebäude liegt, und bin nach Hause gefahren, wo ich keinen Parkplatz gefunden habe. Also musste ich unheilig weit weg, fast direkt am Schwimmbad am Lentpark, parken und ... Ja. Das wars.“

Er rang die Hände und sah mich hoffnungsvoll an. „Mir könnte überall jemand eine Leiche hinten reingepackt haben, oder?“

Ich unterdrückte ein Seufzen. Ja, das war das Problem. Es konnte überall und nirgendwo gewesen sein.

Das Ding war: Menschen tendierten dazu, die Polizei zu rufen, wenn sie beobachteten, wie jemand einen toten Körper in einen Kofferraum quetschte. Was bedeutete, dass der oder die Täterin es unbemerkt geschafft haben musste, Simon den toten Auftragskiller unterzuschieben. Das war im Dunkeln leichter – aber auch keine Kaktuspflege! Überhaupt: Warum den Toten in einen fremden anstelle seines eigenen Kofferraums packen? Das war um einiges riskanter. Außerdem sah Simons Kofferraum nicht aus, als wäre er aufgebrochen worden. Hatte der Mörder einfach Glück gehabt, den Wagen eines Deppen zu finden, dem Sicherheit so wichtig wie Ordnung im Büro war? Oder hatte er *gewusst*, dass Trimovitz manchmal nicht abschloss? Wollte er, dass Trimovitz für den Mord hinter Gitter wanderte?

Gott, ich hatte Trudi noch nicht einmal nackt gesehen und bekam schon Kopfschmerzen.

„Gibt es irgendjemanden, der Ihnen was Böses wollen würde, Simon?", fragte ich stirnrunzelnd und lehnte mich gegen die Autotür, um mich leichter zu Trimovitz umdrehen zu können.

„Was? Warum?" Verständnislos sah er mich an.

„Das frage ich Sie. Haben Sie Feinde? Bei der Zeitung? In Ihrem Privatleben?"

„Nein! Alle mögen mich."

„Alle?"

Das schien mir unwahrscheinlich. Selbst *mich* mochten manche Menschen nicht. Und ich war, wie wir bereits festgestellt hatten, ein sozialer Hochgenuss!

„Keine Ahnung." Er fuhr sich fahrig durch seine Locken. „Ich schätze, es gibt ein paar Leute, denen ich mit meinen Artikeln auf den Schlips getreten bin, aber –"

Meine Autotür wurde aufgerissen und elegant wie eine Leiche kippte ich seitwärts auf den Asphalt.

„Was zur Hölle?", fluchte ich und fing mich gerade noch mit den Händen ab, bevor ich herausfand, ob ich wirklich so dickköpfig war, wie alle immer behaupteten.

„Du nimmst mir die Worte aus dem Mund."

Oh Scheiße.

Blinzelnd sah ich auf ... direkt in Rispos düsteres Gesicht. Mein Magen zog sich zusammen. Grundsätzlich sah ich Josh sehr gern an. Weil er hübscher war als ein Tulpenfeld bei Sonnenaufgang. Seine dunklen Augen immer mehr sagten, als er mit Worten ausdrückte. Weil sein kantiger Kiefer eine Fanpage verdiente, die es mit der von Taylor Swift aufnehmen könnte. Aber dieser Blick, den er mir jetzt zuwarf, hätte ihm sofort die Hauptrolle in dem Theaterstück *Jack the Ripper – jetzt noch blutiger!* garantiert. Irgendwie hatte Josh immer ein Problem damit, wenn ich mich an Orten befand, an denen ich nicht sein durfte. Er war großer Fan von Regeln. Was meiner Meinung nach etwas engstirnig von ihm war.

„Hey! Du hättest mich ruhig mal auffangen können", beschwerte ich mich verärgert und krabbelte ungelenk aus dem Wagen. Angriff war bei Rispo immer die beste Verteidigung.

„Du hättest ruhig mal nicht in ein fremdes Polizeiauto einbrechen können", erwiderte er trocken.

Ich verdrehte die Augen und rappelte mich auf. „Ich finde, *einbrechen* ist ein hässliches Wort. Ich war müde. Leichen zu finden, erschöpft. Ich wollte mich nur mal kurz setzen."

„Lüg besser oder gar nicht, Lou."

Ich kniff die Augen zusammen. „Manchmal sind deine Erwartungen an mich einfach zu hoch."

Er schnaubte. „Konntest du mir nicht wenigstens eine halbe Stunde geben, bevor du dich in den Fall stürzt?"

Ich blickte auf meine Handyuhr. „Es waren schon vierzig Minuten. Und du weißt, wie sehr ich Warten hasse!"

„Dafür kommst du ganz schön oft zu spät!" Genervt warf er die Tür des Polizeiwagens zu, sein Copface so ernst, dass mein Herz schwer wurde. „Ein Nachmittag. Das ist alles, was ich will. *Ein Nachmittag*, an dem ich mir das Ganze in Ruhe ansehen kann und keine Angst haben muss, dass du dich direkt in Lebensgefahr begibst."

Unzufrieden wippte ich auf meine Hacken. „Du wirst den Nachmittag nur dafür nutzen, zu entscheiden, dass es zu gefährlich für mich ist."

Rispo wandte das Gesicht ab. „Es ist der Killer meiner Mutter …"

„Ja", sagte ich scharf. „Und diesmal wirst du dich nicht allein in den Fall stürzen und mich und die Welt dabei vergessen, haben wir uns verstanden?"

„Louisa …"

Oh Gott. Wenn er schon meinen vollen Namen benutzte, war es mehr als ernst.

„Nur der Nachmittag. *Bitte*. Brich nur diesen Nachmittag nirgendwo ein. Piss nur diesen Nachmittag keine Mordverdächtigen an."

„Ich breche nie irgendwo –"

„Lass es mich anders formulieren: Spazier heute einfach durch keine offenstehende Tür, die eigentlich nicht für die Öffentlichkeit zugänglich ist!"

Mist. Wieso nahm er mir jedes Schlupfloch? Ich verzog das Gesicht. „Aber geschlossene machen es mir so schwer."

„Lou!"

Seufzend rieb ich mir über die Stirn, bevor ich mit leiser Stimme sagte: „Trimovitz ist unschuldig."

Rispo presste die Lippen zusammen. „Das kannst du nicht einfach entscheiden."

„Sieh ihn dir an, Josh!" Ich gestikulierte zum Polizeiwagen, in dem der Journalist wie ein Häufchen Elend zusammengesackt auf der Rückbank saß und uns mit großen Hundeaugen beim Diskutieren zusah. „So sieht kein Mörder aus."

„Du siehst auch nicht wie eine durchgeknallte Blumendetektivin aus und damit liegen auch alle falsch", gab er zu bedenken.

„Ich bevorzuge exzentrisch", informierte ich ihn. Doch Rispo lächelte nicht über meinen Witz. Er sah mich einfach nur weiter an. Ernst und unnachgiebig und ... besorgt.

Scheiße. Manchmal war es regelrecht lästig, dass der Kerl mich so sehr liebte, dass er nicht wollte, dass mir etwas zustieß!

„Okay", flüsterte ich widerwillig. „Keine lebensbedrohlichen Situationen diesen Nachmittag. Ich halt mich zurück."

Seine Schultern verloren etwas an Spannung. „Danke. Über den Rest ... Über den reden wir heute Abend, ja?"

„Josh, wenn das Opfer wirklich der Kerl ist, der deine Mutter getötet hat –"

„Heute Abend, Lou", wiederholte er sanft und drückte kurz meine Hand. „Ich muss mich jetzt konzentrieren. Und das kann ich nicht, wenn du ..., wenn wir ..." Er brach ab. Doch ich konnte den Satz auch so beenden: *Wenn ich wütend war. Wenn wir stritten.*

„Okay, ich verstehe", flüsterte ich und lächelte matt. „Alles gut. Dann spiel mal weiter mit deinen Mördern. Ich fahre. Trudi braucht immer noch ein Kleid."

„Danke. Bis später."

Er ließ meine Hand los und meine Finger fühlten sich augenblicklich kalt an. Unruhig sah ich ihm nach. Ich hätte mich als einen entspannten Menschen bezeichnet. Man wuchs nicht im Hause Manu auf, ohne eine gewisse Stressresistenz zu entwickeln. Doch jetzt gerade hatte ich das Gefühl, auf einem Nagelbett zu liegen. Unsicher darüber, wie lang es dauern würde, bis die Spitzen meine Haut durchdrangen und es anfangen würde, richtig wehzutun.

Mir war klar, dass Josh nicht damit würde leben können, diesen Fall abzugeben. Nicht, wenn er so eng mit dem Mord an seiner Mutter verstrickt war. Aber wir waren schon einmal in dieser Situation gewesen. Er hatte schon einmal die Finger nicht von einem Mordfall lassen können, der mit dem Auftragskiller zusammenhing, der Trimovitz' Kofferraum verschönerte. Und damals ... Damals hatte es ihn fast zerbrochen. *Uns* zerbrochen.

Mein Herz brannte, doch ich ignorierte es. Reckte nur stur das Kinn.

Nicht diesmal. Ich würde diesen Fall so schnell lösen, dass Josh nicht einmal einen Fuß ins Kaninchenloch setzen konnte, in das er letztes Jahr gefallen war. Noch vor der Hochzeit würde alles geregelt sein.

Oh Gott. Das war selbst für meine Verhältnisse etwas überambitioniert, aber es war besser, als Angst zu bekommen. Positiv. Ich musste positiv bleiben.

Ich nickte, wie um mir meine eigenen Worte zu bestätigen, bevor ich mich auf den Weg zu meinem Passat machte, in dem bereits Trudi und Finn saßen.

„Wir gehen einen Mörder suchen, oder?", fragte Trudi begeistert.

„Können wir erst shoppen und dann Mörder suchen gehen?", wollte Finn wissen. „Ich muss heute Nachmittag noch Tiermist wegschaufeln und kann auf menschlichen verzichten. Und sag mal, kennt Joshi den Toten? Er sah voll entsetzt aus, als er ihn gesehen hat. Und nicht auf die witzige Art und Weise, wie wenn du euch noch mehr Pflanzen ins Haus holst."

Ich schluckte, hob jedoch nur die Schultern. Das sollte Rispo seinen Brüdern selbst erzählen. Ihre Mutter war immer ein wundes Thema und es reichte, dass Josh am Rad drehte. Finn musste nicht auch auf den Zug nach Durchdrehhausen aufspringen. Er hatte schließlich genug damit zu tun, Emily davon abzuhalten, ihr zukünftiges Kind Mozzarella zu nennen.

„Musst du ihn selbst fragen", erwiderte ich vage. „Aber die richtige Mördersuche startet ohnehin erst morgen. Wir machen vor dem Shoppen nur noch einen völlig harmlosen, überhaupt nicht lebensbedrohlichen kleinen Abstecher." Damit Josh nicht sauer wurde.

„Oh." Enttäuscht ließ Trudi die Schultern hängen. „Aber wir belästigen fremde Leute?"

„Jap. Ich gehe davon aus."

Denn ich würde zumindest die Orte abfahren, die Trimovitz mir genannt hatte, und fragen, ob jemand was Auffälliges gesehen hatte. Mich ein wenig mit fremden Leuten zu unterhalten, war nicht gefährlich. Die Zeugen Jehovas machten das jeden Tag, richtig?

„Supidupi." Trudi klatschte in die Hände. „Ich ruf meinen Schnurzel an und sag ihm, dass es später wird. Keks, Louisa?" Sie streckte die Tupperdose nach vorn.

„Nein. Wir haben zu tun." Ich startete den Motor … und blinzelte. Okay, es stand schlimm um mich. Ich hatte im Zug nach Durchdrehhausen wohl schon einen Platz reserviert, den ich schleunigst stornieren sollte. „Sorry. Zwei bitte."

Man ging besser gestärkt auf Mörderjagd. Selbst ohne lebensbedrohliche Situationen.

Kapitel 4

Merkwürdigerweise nahmen die McDonalds-Mitarbeiter meine Frage, ob sie gestern Abend jemanden dabei beobachtet hätten, wie er eine Leiche in ein fremdes Auto hievte, nicht ernst. Ebenso wenig wie die Kellner des Italieners, bei dem Simon mit seinen Arbeitskollegen zu Abend gegessen hatte. Bei McDonalds gab es sowieso überall Kameras, den Ort schloss ich also kategorisch als Leichenübergabe-Platz aus. Der Italiener lag in einem Industriegebiet, das nicht viel von Straßenbeleuchtung hielt, sodass der Parkplatz nachts in absolute Finsternis gehüllt daliegen musste. Kameras konnte ich auch keine entdecken. Hier hätte man also gut unbemerkt eine Leiche umschichten können. Auch wenn es sehr unhygienisch gewesen wäre. Leichen sollten sich einfach nicht in Spuckweite von einer Küche befinden.

Die Adresse des Heims der alten Dame, die ihren hundertsten Geburtstag gefeiert hatte, hatte Trimovitz nicht mehr im Kopf gehabt. Die würde ich also anderweitig in Erfahrung bringen müssen. Letztendlich standen nur noch Simons Zuhause und die Druckerei auf der Liste. Da ich fest damit rechnete, dass die Polizei gerade in Simons Wohnung herumlungerte, um seine Frau zu befragen und möglicherweise seine Wohnung zu inspizieren, entschied ich mich für die Druckerei.

Druckerei und Papierfabrik Walzen und Falzen teilten sich zusammen ein riesiges Fabrikgebäude mitsamt gigantischem Gelände nicht weit von der Rheinländer Rundschau entfernt, am Rande von Hürth und Köln. Auf der einen Seite des Geländes sammelten sich Lkws und Laster, die andere wurde von Lagerhallen mit dreckigen weißen Wänden und flachen Dächern sowie einem gefüllten Parkplatz in der Größe von Joshs Stimmvolumen dominiert.

„Oh, wie praktisch, Papierfabrik und Druckerei direkt unter einem Dach zu haben", meinte Trudi anerkennend. „Das ist, als würde man seine Kühe direkt neben einer Milchfabrik parken."

Ich nickte abwesend, ließ den Blick schweifen und entschied mich gegen den Parkplatz, auf dem viel zu viele Menschen herumwuselten. Stattdessen fuhr ich weiter um das Gelände herum.

„*Ist* die Kuh nicht die Milchfabrik?", fragte Finn nachdenklich. „Gibt es nicht nur Milchverarbeitungs- und Milchverpackungsanlagen?"

„Oh, sehr guter Punkt, junger Mann!"

Ich achtete nicht auf die beiden, sondern bog nach links ab und fuhr nun die Rückseite des Fabrikgebäudes entlang.

Es gab weder Zaun noch Tor, die jemanden daran gehindert hätten, das Gelände zu betreten. Kameras oder Sicherheitsmänner konnte ich auch keine erkennen. Das war gut für mich, denn es verringerte die Chance, dass ich entdeckt und rausgeworfen wurde. Aber es war ebenso von Vorteil für einen Mörder, um eine Leiche von A nach B zu tragen.

Nur wo war A? Und wieso war Trimovitz' Kofferraum B?

Ich schnaubte. Abgesehen davon waren das hier Druckerei und Papierfabrik. Was zur Hölle hatte man als Auftragskiller hier zu suchen?

Nein, das war alles Blödsinn. Ansehen würde ich es mir trotzdem. Simon hatte erzählt, dass er zum Hintereingang gefahren war, zu dem er einen Schlüssel besaß. Er war circa eine Viertelstunde, höchstens zwanzig Minuten vor Ort gewesen, die er dazu genutzt hatte, die gigantische Papierfabrik zu durchqueren, um zum Sekretariat der Druckerei zu kommen, in dem wie gewöhnlich der Probedruck auf ihn wartete.

Der Hintereingang war also mein Ziel. Auch hier ignorierte ich den kleinen Parkplatz, den niemand zu benutzen schien, und fuhr stattdessen in eine schmale Nebenstraße, die nicht zum Fabrikgelände gehörte und vor fremden Blicken verborgen lag.

„Mhm. Also, ich war mal im Papiermuseum in Düren", meinte Trudi kritisch. „Und das fand ich schon langweilig. Wenn ich eine Mörderin wäre, würde ich meine Zeit nicht gern in einer dämlichen Fabrik oder Druckerei verbringen. Ich würde meine Opfer in einem Freizeitpark oder Bällebad oder einer Kirmes oder so umbringen. Für den Spaßfaktor, versteht ihr?"

„Klar", sagte ich trocken und hielt den Wagen an. Mord und Spaßfaktor gingen schließlich Hand in Hand.

„Apropos Freizeit", grätsche Finn rein. „Sag mal, Lou, was machen Josh und du morgen Abend?"

„Keine Ahnung, wir haben nichts vor ..." Ich warf ihm einen verwirrten Blick zu. „Wieso fragst du?"

„Nur so.“

Skeptisch sah ich ihn an. Die Worte waren etwas zu hastig über seine Lippen gekommen. „Wieso, Finn?“

Finn sah so unschuldig aus wie eine Baby-Nonne. „Was denn? Darf ich mich nicht für meinen Bruder und seine liebliche Verlobte interessieren?“

„Seit wann genau bin ich *lieblich*?“

„Seit Emily mir verboten hat, während ihrer Schwangerschaft zu trinken, und ich gern Adjektive benutze, die auch auf Alkohol zutreffen“, erklärte er geduldig. „Und warum parken wir hier?“

„Weil uns hier hoffentlich niemand bemerkt“, erklärte ich. „Ich will nicht dabei erwischt werden, wie ich auf dem kleinen Parkplatz beim Hintereingang nach Blutspuren oder was anderem Auffälligem suche.“

Wir schnallten uns ab, öffneten die Tür und –

„Hey!“, brüllte eine männliche Stimme, und ich zuckte zusammen. „Sie können hier nicht parken!“

Verwirrt wandte ich mich um und erkannte einen großen, untersetzten Mann Mitte fünfzig in Jeans, Hemd und Krawatte, der die Hände in die Seiten gestemmt auf uns zustapfte. Sein Gesicht war so rot, dass jeder Sonnenbrand beeindruckt gewesen wäre, und stand im hübschen Kontrast zu seinen dünnen weißen Haaren. Mann, diesem Kerl standen so viele Karnevalskostüme offen! Warnschranke, Pommes rot-weiß, Absperrband ...

„Steigen Sie wieder ein, fahren Sie!“, rief er und gestikulierte zu meinem Passat.

„Entschuldigung, was?“, tat ich unschuldig, während Finn sich zu mir beugte und meinte: „Also, ich war ja noch nicht oft mit dir auf Mördersuche, Lou. Aber funktionieren deine Pläne immer so beschissen?"

„Oh ja!", sagte Trudi und nickte. „Das macht das Ganze so witzig."

Ich zog eine Grimasse. Wir beide hatten in dem Bereich zwei sehr unterschiedliche Meinungen.

„Haben Sie das mobile Halteverbotsschild nicht gesehen!", blaffte die menschliche Zuckerstange, deren Namensschild sie als Gunter Bauer auswies. „Es kommen Laster für die Gerätschaften! Wir schleppen jeden ab, der da steht, verstanden?" Er gestikulierte hinter mich und ich drehte mich um.

Oh, er hatte recht. Direkt hinter einem Baum, und deshalb nur sehr schwer zu erkennen, hatte jemand ein Halteverbotsschild aufgestellt. Das Problem war nur: Wenn ich direkt wieder fuhr, war ich umsonst hergekommen und hatte Zeit sowie Sprit verschwendet. Das war schlecht für die Umwelt und mein Gemüt. Gunter sah mit seiner Krawatte wie ein Manager oder zumindest jemand aus, der eine höhere Position im Papierimperium *Walzen und Falzen* besetzte. Er könnte über wichtige Informationen verfügen und ihn würde sicherlich interessieren, wenn etwas Merkwürdiges auf seinem Gelände vorgefallen war. Und weil Josh mich nicht darum gebeten hatte, darauf zu verzichten, zu lügen, bis sich die Papierwalzen bogen, wäre es doch eine Schande, mein Talent zu verschwenden, oder?

Da ich mich ebenso erfolgreich selbst belog wie andere, rutschte mir bereits heraus: „Nun, da wir von Verboten reden, trifft es sich gut, dass ich vom Ordnungsamt bin."

„Was?" Bauer zog die Augenbrauen zusammen und musterte mich verwirrt.

Gunter war es offensichtlich nicht gewohnt, kackendreist belogen zu werden, denn er schien einen Moment zu zweifeln –und mehr brauchte ich gar nicht.

„Sind Sie Herr Bauer?" Auffordernd sah ich ihn an. „Der Leiter des Ganzen hier?"

Mein Gegenüber öffnete den Mund, sah zu Trudi und Finn neben mir und zögerte ...

Mist. Ordnungsämter hatten nicht die Autorität, die ich eigentlich bräuchte. Viel lieber hätte ich behauptet, dass ich von der Polizei kam. Aber dann hätte ich mich heute noch in eine lebensbedrohliche Situation begeben – nämlich dann, wenn Josh es herausfand und mich deswegen umbrachte. Und ich hatte ihm schließlich versprochen, das zu vermeiden.

Egal, das Ordnungsamt konnte auch schon einigen Schaden anrichten, ich musste wohl nur etwas autoritärer wirken.

„Das war keine schwere Frage", sagte ich scharf, streckte die Schultern durch und stellte mir vor, dass ich meine Mutter war, die gerade herausgefunden hatte, dass Emily ihr Baby auf den Namen Mandalorian-Mozzarella getauft hatte.

„Ja. Jaja." Herr Bauer blinzelte und machte einen Schritt zurück. „Der bin ich. Aber ich bin nur der Geschäftsführer der Papierfabrik. Mit der Druckerei habe ich nichts am Hut. Wenn es da also Probleme gab ..."

„Nein." Ich zog einen Zettel aus meiner Handtasche und tat so, als würde ich ihn studieren. Mist, ich hätte gestern offensichtlich Toilettenpapier kaufen sollen.

Stattdessen hatte ich die meiste Zeit bei den Snackregalen verbracht. „Hier steht, dass es auf diesem Gelände gestern Abend einen … Tumult gab?" Ich fischte im Blauen, aber irgendwo musste ich ja anfangen.

„Einen was?" Irritiert sah er mich an.

„Einen Tumult", wiederholte ich. „Jemand hat sich wegen Lärmbelästigung beschwert. So gegen … elf?" Das war die Uhrzeit, zu der Trimovitz hier gewesen war.

„Jaja, das war ich", meldete sich Trudi zu Wort und hob die Hand. Als säße sie in der Schule. „Ich habe einen Schrei gehört."

Bauer verengte die Augen. Vielleicht, weil Trudi so alt aussah, dass er anzweifelte, dass sie des Hörens noch mächtig war.

„Das ist Blödsinn. Hier war nichts", sagte er hart. „Die Druckerei und Fabrik schließen um neunzehn Uhr. Dann kommt hier keiner mehr rein, der keinen Schlüssel besitzt. Es gab keinen Tumult."

„Der Tumult könnte auf dem Parkplatz stattgefunden haben", erklärte ich. „Ist Ihnen nichts auf den Aufnahmen Ihrer Überwachungskameras aufgefallen?"

„Unseren … was?" Er blinzelte. „Wir haben keine."

„Dann würde ich gern mit dem Sicherheitsbeamten sprechen."

„Was für ein Sicherheitsbeamter?" Ungläubig weitete er die Augen. „Wir reinigen hier keine Goldbarren oder verstecken das verdammte Bernsteinzimmer. Wir stellen Papier her und drucken Zeitungen. Wer sollte hier was stehlen sollen?"

„Nun, die Gerätschaften –"

„Sind so alt, dass sie Samstag ausgewechselt werden. Deshalb das verdammte Halteverbot! Wir müssen heute Nachmittag damit anfangen, die ersten Teile wegzuschaffen. Und sie kommen in ...“ Er sah auf seine Uhr und ... Gott, war das eine Rolex? Ich dachte immer, die würden nur von Models in Uhrenwerbungen getragen werden. „In fünfzehn Minuten. Also müssen Sie Ihren verdammten Wagen bewegen.“

„Herr Bauer“, sagte ich mit Nachdruck. „Wir können die Beschwerde nicht einfach ignorieren. Irgendetwas ist gestern Abend passiert. Wer besitzt denn einen Schlüssel zu den Fabriken? Und war gestern Abend vielleicht jemand –“

„Moment“, unterbrach Bauer mich scharf. Sein Blick war an mir vorbei zum Passat gewandert. „Wenn Sie vom Ordnungsamt sind ... warum zur Hölle steht auf Ihren Autotüren dann *Louisa's Flower Power?*“

Okay, vielleicht sollte ich besser gehen.

„Vielen Dank für Ihre Zeit, Herr Bauer! Wir bleiben in Kontakt“, sagte ich freundlich, aber bestimmt und bedeutete Trudi und Finn mit einem Kopfrucken, zurück ins Auto zu steigen.

„Hey!“, blaffte er und sein Gesicht wechselte von Ketchup- zu Sonnenuntergangsrot. „*Wer* sind Sie?“

„Einen schönen Tag noch!“, wünschte ich, schwang mich hinters Steuer und wartete nur, bis Trudi die Tür hinter sich zugezogen hatte, bevor ich rückwärts wieder aus der Straße fuhr. Herr Bauer blickte mir zornig und mit zusammengepressten Lippen nach, doch er konnte weder mit Rispo noch mit meiner Mutter mithalten, schüchterte mich also nicht im Geringsten ein.

„Du bist eine ganz schön nice Lügnerin, Lou“, sagte Finn beeindruckt, sobald wir die Lagerhallen sicher hinter uns gelassen hatten. „Ich seh, was Joshi an dir findet.“

Ich zog eine Grimasse. „Dein Bruder hat eher gemischte Gefühle bezüglich meiner Fähigkeiten als profilierte Lügnerin.“

„Ach, er ist da einfach merkwürdig“, meinte er und winkte ab.

Ich grinste. Finn war manchmal ein so kluger Kerl. „Danke, Finn. Ich ergänze es in meinem Lebenslauf.“ Es würde gut zwischen *Kann hundert Kakteenarten aufzählen* und *Gekonnt Gitti Manu aufregen* passen.

„Und was machen wir jetzt?“, fragte Trudi neugierig. „Haben wir irgendetwas herausgefunden? Wenn ja, dann hab ich es nämlich verpasst.“

Sie hatte nichts verpasst. Die letzten Stunden waren die reinste Zeitverschwendung gewesen. „Jetzt kaufen wir dir ein Kleid und Finn eine Krawatte.“

Ich sah im Rückspiegel, wie sie die Lippen schürzte. „Schön. Aber ich will etwas, das glitzert, wenn ich schon nicht mein Dekolleté präsentieren darf.“

„Wieso darf Trudi ihr Dekolleté nicht präsentieren?“, fragte Finn verwirrt.

„Das ist eine gute Frage“, echauffierte sich die Siebzig-plus-Dame. „Hier, guck mal, Finn. Das wollte ich eigentlich anziehen. Das ist das Outfit, das ich auch auf dem Cover meiner Memoiren tragen sollte, findest du nicht?“

Finn nahm das Handy entgegen, das sie ihm nach vorn reichte, und warf einen Blick drauf.

Einige Sekunden lang starrte er nur mit geöffnetem Mund auf das Foto. Dann sagte er: „Ein neues Glitzerkleid zu kaufen, ist voll die coole Idee."

Jap. Genau mein Gedanke.

Stunden und Dutzende blank polierte Nervenstränge später kam ich erschöpft zu Hause an. Es war schon nach neun und die Tatsache, dass mein Kater Twinky um meine Beine strich und mich anknurrte, ließ mich darauf schließen, dass Josh noch nicht hier war und ihn gefüttert hatte. Seufzend sank ich in die Hocke, streichelte Twinky über das weiche Fell, bevor ich im Schrank nach Hundefutter für ihn suchte, denn er weigerte sich, etwas anderes zu fressen. Josh meinte immer, er wäre verhaltensgestört, doch ich sah Twinky eher als Gourmet, der seine Träume nicht aufgab. Wenn Emily sich als Überraschungsei definieren durfte, dann mein Kater auch als Hund. Es war außerdem praktisch, ein Tier zu haben, das meine Gabel apportierte, wenn ich sie aus Versehen vom Tisch warf. Unhygienisch, aber praktisch.

Ich gab ihm sein Futter, bevor ich mich selbst als nasser Sack Kartoffeln definierte und auf die Couch fallen ließ.

Wir hatten eine Krawatte für Finn gekauft und ihn dann zum Kölner Zoo zur Arbeit gebracht, bevor ich mich mit Trudi zurück ins Getümmel auf der Schildergasse gestürzt und geschlagene neunzehn Kleider später etwas gefunden hatte, das Rispo während der Zeremonie nicht zum Lachen bringen, meine Mutter in die Ohnmacht oder meine Großmutter ins Grab treiben würde. Trudi hatte sich mit den unheilvollen Worten „Ich kann das Kleid ja immer noch etwas aufpimpen" verabschiedet, während ich zum Laden gefahren war, weil ich die blöde Idee gehabt hatte, meinen Hochzeitsstrauß sowie alle Blumenarrangements für die Veranstaltung selbst binden zu wollen.

Aber es war günstiger und auf diese Weise bekam ich zumindest die Blumengestecke meiner Träume. Und das obwohl ich mich von Josh dazu hatte breitschlagen lassen, Rosen anstelle von verwelkten Aloe-Vera-Pflanzen, die einen Sinn in ihrem Leben verdienten, zu verwenden. Leider hatte ich länger gebraucht als sonst, weil meine Gedanken immer wieder zu dem Auftragskiller im Kofferraum gewandert waren – und zu unserer Adresse in seinen Fingern.

Ich musste kein Genie sein, um eins und eins zusammenzuzählen: Der Auftragskiller hatte zu uns nach Hause gewollt. Und unter allen Bewohnern unseres Mehrparteienhauses war Josh der Mann mit den meisten Feinden. Weil er ungefähr drei Trillionen Verbrecher verhaftet hatte. Also hatte der Mörder, der den Killer von Joshs Mutter auf dem Gewissen hatte, vielleicht Rispos Leben gerettet? Weil er auf dem Weg zu uns gewesen war, um ihn ... umzubringen?

Mir wurde übel und ein wenig schwindelig.

Shit. Es ergab keinen Sinn. Wo zur Hölle war die Verbindung zwischen Trimovitz, dem Killer von Frau Rispo und Josh?

War es ... die Zeitung?

Gott, ich wusste zu wenig. Überhaupt sollte ich jetzt endlich mein Ehegelübde schreiben. Aber meine Konzentration war für die Tonne. Ich war zu sehr damit beschäftigt, die Eingangstür oder mein Handydisplay anzustarren. Ich hatte Josh zwei Nachrichten geschrieben. Einmal, um herauszufinden, ob es was Neues zum Fall gab. Einmal, um zu fragen, wann er nach Hause kommen würde. Er hatte beide ignoriert. Und als ich ihn jetzt anrief, hob sofort die Mailbox ab.

Rispo. Nachricht nach dem Piep.

Ich legte auf, bevor ich ihm zum hundertsten Mal aufs Band sprach, dass seine Ansage so ansprechend wie der Kothaufen-Emoji war.

Die Minuten strichen dahin, die Uhr zeigte halb zehn und Josh gab noch immer kein Lebenszeichen von sich. Er war nicht hier, er hatte keine Nachricht geschrieben, dass es spät werden würde, er hatte sich nicht gemeldet …

„Scheiße", flüsterte ich und rieb mir über die Augen. Alles, was mit dem Mord an seiner Mutter zu tun hatte, war … sensibel. Gefährlich für sein und mein Seelenheil. Das letzte Mal war Josh so besessen davon gewesen, einen Durchbruch in ihrem Fall zu erzielen, dass er vergessen hatte zu essen, zu schlafen, zu leben. Dass er fast *mich* vergessen hatte. Uns. Und der Gedanke, dass er in dasselbe Kaninchenloch fallen könnte …

Nein. Nicht diesmal, das würde ich nicht zulassen. Ich stand auf und schnappte mir meine Autoschlüssel.

Kapitel 5

Die Kölner Polizeihauptwache und ich sahen uns so oft, dass ich sie eigentlich hätte zur Hochzeit einladen müssen. Aber da sie zwar viel Spaß mit mir, ich aber meistens nur Ärger mit ihr hatte, war unsere Beziehung schlichtweg zu kompliziert.

Denn auch jetzt befiel mich ein ungutes Gefühl, als ich den Betonklotz betrat und unschlüssig vor der Reihe orangefarbener Plastikstühle stehen blieb. Die Rezeptionistin seufzte schwer und verdrehte die Augen, als sie mich erkannte.

„Wissen Sie, dass Sie schon mehr Leichen gesehen haben als die meisten Polizisten in ganz Köln?", begrüßte sie mich.

„Und trotzdem hat mir noch niemand eine Medaille verliehen", erwiderte ich kühl. „Ich bin enttäuscht. Und wo ist er?"

Sie sah auf ihre Nägel. „Ich bin nicht befugt, Ihnen das zu sagen."

Mit zusammengepressten Lippen trat ich vor. Doch bevor noch ein weiterer Polizeibericht über mich entstehen konnte, wuselte ein schlaksiger Mann mit großen treuen Augen und blonden Haaren in den Eingangsbereich.

„Marvin", sagte ich erleichtert und wandte der Rezeptionistin den Rücken zu.

Der ehemalige Recherchist sah auf und lächelte, als er mich erblickte. „Louisa Manu – wo drückt der Schuh?"

Meine Güte. Der Kerl war schrecklich gut gelaunt, seit er meine beste Freundin Ariane datete. Aber das war okay, er hatte es verdient, glücklich zu sein.

Marvin war seit ein paar Jahren vom Schreibtischdienst auf Rispos Wunsch hin zu seinem Partner befördert worden. Einfach aus dem Grund, dass Marvin ein menschlicher Golden Retriever war und mein werter Verlobter seine Entscheidungen lieber allein traf.

Marvins große Vorbilder waren seine Mutter, das Karate Kid und Rispo. Sein Charakter glich einem Gänseblümchen, sanft und unschuldig. Außerdem war er laut meiner Trauzeugin Ariane unfassbar süß, überraschend muskulös unter seiner meistens zu weiten Kleidung und noch ein paar andere Dinge, die ich seit Monaten versuchte zu verdrängen.

Na ja, ich hoffte zumindest, sie würde meine Trauzeugin sein. Wenn die Hochzeit denn stattfand. Scheiße.

„Wo ist er, Marvin?", übersprang ich den Small Talk, denn ich hatte gerade einfach keine Geduld, darüber zu reden, dass der September zu regnerisch war und es nervte, dass bereits die ersten Weihnachtsmänner im Supermarkt auslagen.

„Öhm." Unangenehm berührt kratzte er sich das Kinn. „Weiß er, dass du kommst?"

Ich mochte Marvin. Er war ein guter Typ. Unfassbar nett. Und er tat immer das Richtige. Was gerade ein Problem für mich darstellte.

„Marvin", sagte ich streng. „Wo?"

„Louisa, ich kann dich nicht einfach in einen Bespre-
chungsraum mitnehmen, in dem Beweise in einem aktuellen Mordfall ausliegen. Das weißt du. Ich –"

„Also in einem der Besprechungsräume, danke!" Ich
lief an ihm vorbei zu den Fahrstühlen. Josh nutzte meistens die Besprechungsräume im zweiten Stock, weil
sein Büro vor ein paar Monaten dorthin verlegt worden
war.

„Oje!" Hastig lief Marvin mir nach und drängte sich
neben mich in die enge Kabine. „Du solltest dich wenigstens an der Rezeption anmelden", meinte er und
rieb sich nervös den Nacken, wodurch meine Aufmerksamkeit auf seinen Hals gelenkt wurde ...

„Oh mein Gott, Marvin, ist das ein Knutschfleck?",
sagte ich ungläubig. „Hat Ariane den gemacht?"

Marvin lief so schnell so rot an, dass der Knutschfleck
fast in seiner beschämten Hautfarbe unterging. Fast.
„Ähm ... nein. Nein, nein. Hab mich gestoßen."

Amüsiert sah ich ihn an. „An Arianes Lippen?"

Marvin öffnete den Mund, schloss ihn wieder, wusste
offenbar nicht, was er sagen sollte. Aber wenigstens
hielt er mich nicht auf, als ich im zweiten Stock ausstieg und den Gang an den verglasten Türen zu den Be-
sprechungsräumen entlangging und in jedes hinein-
sah.

„Ich schätze, es läuft also gut zwischen euch?"

„Ja", erwiderte er fast schüchtern, bevor er alarmiert
fragte: „Wieso? Hat sie was anderes gesagt?"

„Nein. Aber sie würde sich sehr darüber freuen, wenn
du mir die Suche ersparst und mir einfach verrätst, wo
Josh ist."

Nervös lachte er. „Ich ... ich vermische ungern Job- und Privatleben. So wie Rispo auch, also ...“

Ich schnaubte und blieb vor der letzten Tür stehen, durch die ich zwei dunkelhaarige Männer sehen konnte, die sich tief über einen Tisch beugten, sowie einen rothaarigen Kerl in Anzug mit einer Menge Akten im Arm.

„Nun, dann hätte er sich *wirklich* eine andere Verlobte suchen müssen“, sagte ich knapp und stieß die Tür auf.

Ich hätte mir gewünscht, dass sie mit einem Krachen gegen die dahinterliegende Wand klatschte. Doch leider war sie dafür zu schwer und ich zu schwach. Trotzdem sahen alle auf.

Der Rothaarige ließ die Akten auf den Tisch plumpsen und Mo, Nummer zwei der Rispo-Brüder-Dynastie, hatte den Schneid, genervt auszusehen. Josh wirkte einfach nur überrascht. Aber da Josh es hasste, überrascht zu werden, wertete ich das ebenfalls als schlechtes Zeichen.

„Hey“, begrüßte ich sie und verschränkte die Arme vor der Brust.

Marvin seufzte und trat hinter mich. Entweder, um mir mehr Raum zu geben oder sich zu verstecken. Mo beschloss anscheinend, mich zu ignorieren, zumindest wandte er den Kopf wieder den Bildern zu, die er und Josh gerade auf dem Tisch studiert hatten, und der Rothaarige schnalzte missbilligend mit der Zunge.

„Sie haben hier wirklich nichts verloren! Zivilisten können nicht einfach –“ Er verstummte, und als ich in Joshs Gesicht sah, wusste ich auch warum. Der Blick, den er seinem Kollegen zuwarf, war Warnung und Drohung zugleich und versprach einen schmerzhaften Unfall, sollte er weiterreden.

„Herzlich willkommen!", fing sich der Beamte mit plötzlich hoher Stimme. „Ihre Haare sehen heute toll aus." Hastig wuselte er aus der Tür und erst als er nicht mehr zu sehen war, fragte Josh: „Was zur Hölle tust du hier?"

Ich verdrehte die Augen und trat ein. Marvin war verschwunden. Sein Überlebensinstinkt musste eingesetzt haben. „Du darfst mir also sagen, dass ich hier nichts verloren habe, aber der Rotschopf nicht?"

„Ja", sagte er grob. „Also?"

Ich verengte die Augen. „Es ist gleich zehn, Josh!"

„Was?" Überrascht blinzelte er, sah auf seine Uhr und seufzte schwer. „Fuck. Sorry, ich habe die Zeit aus den Augen verloren. Ich wollte dir eigentlich schreiben ..."

„Schon klar", murmelte ich angespannt und rang nervös die Hände. „Also ... was ist los? Warum ist Mo hier?"

Josh seufzte. „Weil ich den Fehler gemacht habe, ihm zu sagen, was Sache ist, und ihn nicht davon abhalten konnte."

Mo reckte seine Finger zu einem bestätigenden Peace-Zeichen in meine Richtung, achtete ansonsten aber nicht auf mich.

Etwas Bitteres flutete meinen Magen und ich zog die Arme enger um mich. „Also hast du *ihm* Bescheid gesagt – ihn praktisch dazu eingeladen, mitzurecherchieren –, aber mich nicht?", schloss ich kühl, während ein Kloß sich meinen Hals hinaufarbeitete, als wäre er Reinhold Messner und meine Kehle die Eiger-Nordwand.

„Ich habe niemanden eingeladen", sagte Josh ruhig. „Und ich hätte mich bei dir gemeldet, es war nur so viel los und ..." Er verstummte und trat einige Schritte auf mich zu. Sein Gesichtsausdruck besorgt. „Lou?" Unruhig sah er mich an. „Du siehst irgendwie aus, als würdest du gern weinen."

Ich schluckte. Er hatte sich den Titel als Kriminalkommissar redlich verdient. „Mir ist auch ein wenig danach zumute."

„Ich habe keine Taschentücher hier und Toilettenpapier tut deiner Nase weh", warnte er mich.

Ich lachte oder vielleicht war es eher ein Hicksen.

„Hey", murmelte er und umfasste mein Gesicht mit beiden Händen. Sie waren groß und rau und doch so unendlich sanft. „Es ist alles gut."

„Wer von uns sollte jetzt besser oder gar nicht lügen?"

„Okay. Es *wird* alles gut."

„Josh! Der Auftragskiller deiner Mutter hatte unsere Adresse in der Hand. Er wollte dich vermutlich *umbringen*. Irgendwer ist noch da draußen, der dich tot sehen will!"

„Das wissen wir nicht", sagte er und ich hasste ihn ein wenig dafür, dass er noch immer gelassen und entspannt klang, während ich nicht übel Lust hatte, mich in Embryonalstellung auf den Boden zu setzen und mich vor und zurück zu wiegen. „Das sind nur Spekulationen. Es könnte ein dummer Zufall sein. Er könnte hinter dir her gewesen sein ..."

„Oh, das macht alles viel besser!", erwiderte ich mit hoher Stimme. „Ich habe schon immer gehofft, mich irgendwann mit meinem Ehemann darum streiten zu können, wer von uns beiden auf der Abschussliste eines Killers steht. Und warum zur Hölle lächelst du jetzt?"

Rispo, der Bastard, hob jetzt auch noch den anderen Mundwinkel. „Weil es absurd klingt ... und du ein bisschen durchdrehst. Was doch normalerweise meine Aufgabe ist, wenn es um den Mordfall meiner Mutter geht. Außerdem sind wir noch nicht verheiratet, Lou", erinnerte er mich.

„Das *weiß* ich." Ich schloss die Augen und schüttelte den Kopf. Ließ die Wärme von Joshs Händen in meine Haut sickern. Mir ein wenig Ruhe schenken. Ein wenig mehr Rationalität, auch wenn ich davon nie viel zur Verfügung hatte. „Wegen Samstag: Ich weiß, dass die nächste Woche jetzt vermutlich stressig wird. Dass du dich auf den Fall konzentrieren willst. Und", ich schluckte, „es ist okay, wenn du die Hochzeit verschieben möchtest. Aber ich fände es nicht okay, wenn du dich wieder vollkommen vor mir verschließt und –"

Josh ließ die Hände sinken und sah mich verständnislos an. „Wovon redest du? Warum sollten wir die Hochzeit verschieben?"

Ich schnaubte. „Josh! Ich war keines dieser Mädchen, die ihr Leben lang von ihrer Hochzeit geträumt haben. Aber in meiner Vorstellung war der Bräutigam zumindest *anwesend*. Wenn sich jetzt etwas Neues im Fall ergibt und –"

„Lou. Ich werde auf meiner eigenen Hochzeit sein", unterbrach er mich fest. „Ich werde mir den Tag nicht kaputtmachen lassen, okay?"

„Das sagst du *jetzt*! Aber du kannst nicht wissen, was passiert, du –"

„Doch, das kann ich. Ich habe aus meinen Fehlern gelernt. Glaub mir. Ich setze meine Prioritäten mit Bedacht. Du stehst über dem Mörder meiner Mutter."

Ich schluckte und Wärme breitete sich in meinem Bauch aus. „Steh ich auch über deinen Hanteln?"

„Sorry, aber das ist einfach nur unrealistisch", erwiderte er trocken.

Meine Mundwinkel zuckten und Erleichterung strömte durch meinen Körper. Mir war bis zu diesem Zeitpunkt nicht klargewesen, was für große Angst ich davor gehabt hatte, dass Josh direkt in sein altes Muster zurückgefallen sein könnte.

„Okay, also ... Was ist der Plan? Willst du den Fall doch abgeben?"

Er schüttelte den Kopf. „Ich kann nicht", flüsterte er und sah unsicher zu mir herab. „Ich weiß, du wolltest, dass ich nie wieder was mit dem Mordfall meiner Mutter zu tun habe, aber ..."

„Ich verstehe es", murmelte ich. „Du musst. Du bist der beste Kommissar in Köln. Du willst es niemand anderem anvertrauen."

Ich würde auch niemanden meine Blumen umtopfen lassen. Nicht, wenn ich wüsste, dass ich die beste Kandidatin für den Job war und andere Fehler machten. Mein Job beinhaltete nur sehr viel weniger Tote.

„Ja", sagte er zögerlich. „Die Waffe in der Hand des Opfers ... Es ist dieselbe, mit der meine Mutter getötet wurde. Ich war mir zwischendurch unsicher, ob ich ihn nicht verwechsle, aber ... Er ist der Kerl, der Mama umgebracht hat. Der auch Konstantin Rubens umgebracht hat. Du erinnerst dich? Das war der Mitarbeiter aus der Metallverarbeitungsfirma. Außerdem hat er auch den

Supermarktinhaber und den Mitarbeiter von der Füllerfirma LAMY getötet, von denen ich dir schon einmal erzählt habe."

Ich biss die Zähne zusammen. „Und du glaubst immer noch, dass die Morde zusammenhängen?"

„Sie wurden vom selben Täter verübt."

„Ja, aber er ist Auftragskiller. Kein Auftraggeber."

„Man nimmt als Auftraggeber immer denselben Auftragskiller, Loubalou", kam es genervt von Mo. „Guckst du keine Mafia-Filme?"

„Nein", erwiderte ich verärgert. „Denn es kommen keine Einhörner und keine Happy Ends drin vor."

Josh lächelte müde. „Wir können uns nicht zu hundert Prozent sicher sein, dass der Auftragskiller für all diese Morde von ein und derselben Person angeheuert worden ist. Aber ... es kann kein Zufall sein, dass er bei Trimovitz im Wagen lag. Dass der Killer meiner Mutter bei der Rheinländer Rundschau geendet ist. Es könnte sogar sein, dass es sein eigener Auftraggeber war, der ihn umgebracht hat. Oder zumindest ist es gut möglich, dass der Mörder mehr über den Killer weiß als wir, das Internet und die Polizeidatenbank."

Gott, ich hasste es, wenn Rispo recht hatte. „Schön! Also gibst du den Fall nicht ab. Aber wenn Samstag etwas passiert ..."

„Ich habe für diesen Fall einen weiteren Partner." Er nickte zur Tür. „Du hast ihn gerade kennengelernt. Kommissar Patrick Lothring. Er ist derjenige, an den ich den Rubens-Fall damals abgetreten habe. Er kennt sich mit der Materie also aus und ... Es sind ohnehin zu viele Informationen, zu viele Akten, zu viele Dinge zu beachten. Ich kann die Unterstützung gebrauchen.

Wenn Samstag irgendetwas ist, wird er sich drum kümmern. Er ist ein guter Polizist. Er wird es nicht versauen."

Mit geöffnetem Mund sah ich ihn an. *Wer* war dieser Mann?

„Wow", stieß ich aus. „Kommissar Joshua Rispo mit gleich zwei Partnern ... Und dann gibt er auch noch zu, dass er Unterstützung gebrauchen kann, *und* macht einem Kollegen ein Kompliment? Du weißt schon, dass es verpönt ist, wenn Polizisten Drogen nehmen, oder?"

Er schnaubte. „Es ist das Richtige. Ich nehme jede Hilfe, die ich kriegen kann."

Das ließ mich hellhörig werden. „*Jede?*"

Er presste die Lippen zusammen.

„Das heißt auch meine?", drängte ich weiter.

Joshs Gesichtsausdruck erinnerte mich an den meiner Nichte Lara, wann immer ich ihr beim Sonntagsbrunch sagte, ich würde Anspruch auf den letzten Löffel Nutella erheben. Ein wenig gequält, aber gleichzeitig sicher, dass sie den Kampf verlieren würde.

„Und wenn ich jetzt *Nein* sage?", fragte Rispo leise und glitt mit dem Blick langsam über mein Gesicht. „Wenn ich dich darum bitte, dich aus dem Fall rauszuhalten, weil die Sache zu gefährlich ist? Weil ich den Gedanken nicht ertrage, dass du nicht in Sicherheit bist. Dass es *dieser* Fall sein könnte, der den Tod meiner Mutter erklärt und ich dich am liebsten so weit weg wie möglich von den Leuten fernhalten will, die meine Familie kaputtgemacht haben?"

Ich schluckte. Sein Gesicht hatte jegliche Härte verloren. Es war nicht mehr das eines Polizisten, sondern genau das, in das ich mich verliebt hatte. Des Mannes, der hart und unnachgiebig sein konnte, aber so verdammt zärtlich und weich, wann immer es um die Menschen ging, die er liebte. Um mich.

Ich streckte die Hände aus und nahm seine in meine.

„Dann würde ich sagen, dass ich deine Sorge verstehen kann ... ich aber nicht riskieren will, dass du dich wie am Anfang des Jahres im Mordfall deiner Mutter verlierst und vergisst, was wichtig ist. Ich will dir helfen, Josh", erwiderte ich warm. „Und ich kann dir helfen, das weißt du. Leute vertrauen mir Dinge an, die sie vor dir und der Polizei geheim halten. Ich bezweifle zum Beispiel, dass Simon Trimovitz dir erzählt hat, was er mir erzählt hat."

Er schloss die Augen und ich sah, wie sich sein Adamsapfel einmal hob und senkte, bevor er kaum merklich nickte. Ich wusste, was für ein Zugeständnis es für ihn an mich war, dass er mir weder widersprach noch laut wurde. Normalerweise hatte er nämlich in etwa genauso viel Kontrolle über sein Stimmvolumen wie ich über meinen Keksverzehr. „In Ordnung", murmelte er nach einer halben Ewigkeit.

Mein Magen verkrampfte sich. „In ... Ordnung? Einfach so?"

„Ich will, dass du das Wort ‚einfach‘ in Bezug auf dich sofort aus deinem Vokabular streichst", sagte er schroff. „Aber ich werde dich nicht davon abhalten können, dich einzumischen, und mir ist es lieber, darüber Bescheid zu wissen, was du tust und was du planst, als dich dazu zu zwingen, heimliche Kamikazeaktionen zu starten, die niemand außer Trudi für eine gute Idee hält." Er seufzte, hob jedoch widerwillig einen Mundwinkel. „Wir müssen außerdem noch klären, wer wessen Namen nach der Hochzeit annimmt – und wenn ich mich richtig erinnere, hat derjenige, der den letzten Clou im nächsten Fall findet, die Entscheidungsgewalt darüber.“

Ich lachte widerwillig. Oh, so etwas Wichtiges vergaß ich nicht, obwohl ich mich darüber gefreut hätte, wenn besagter nächste Fall *Wer hat meine Schokolade geklaut?*, nicht *Wer hat meine Mutter umgebracht?* gelautet hätte.

„Du wirst untergehen, Herr Manu“, informierte ich ihn matt lächelnd und drückte seine Finger.

„Lehn dich nicht zu weit aus dem Fenster, Frau Rispo.“

„Niemals. Ich steig nur durch Fenster ein.“

Er stöhnte leise. „Du solltest solche Dinge im Beisein eines Polizisten wirklich lieber für dich behalten.“

„Aber wie sonst bringe ich diesen süßen, griesgrämigen Gesichtsausdruck bei dir hervor?“, fragte ich unschuldig.

„Oh, du bist kreativ, dir fällt schon noch was ein.“

Damit könnte er recht haben. Doch bevor ich mich Hals über Kopf in den Fall stürzte ...

„Ist das wirklich okay für dich?“, fragte ich vorsichtig. „Dass ich wieder auf Mördersuche gehe?“

„Willst du, dass ich es mir anders überlege? Ich brauch nämlich keine große Motivation dazu“, bemerkte er trocken.

„Nein, nein. Ich will nur, dass ... es dir gut damit geht. Mit allem.“

„Witzig. Und ich will, dass es *dir* gut damit geht.“ Er holte tief Luft. „Es ist okay. Ich habe schon geahnt, dass du dich einmischen würdest. Ich komm klar, sofern du unsere Regeln befolgst, mir Bescheid sagst, wenn es gefährlich wird, und abbrichst, wenn es *zu* gefährlich wird. Außerdem ..." Er zögerte. „Außerdem will ich nicht wieder wegen Mamas Fall am Rad drehen. Und du bist die einzige Person, die mich auf dem Boden der Tatsachen halten kann und daran erinnert, was ich zu verlieren habe, wenn ich unüberlegte Entscheidungen treffe."

Ich hatte das Gefühl, mein Herz wuchs um drei Nummern. Ich war seltsam ... stolz auf Josh. „Okay", sagte ich fest. „Dann ... lösen wir den Mord. Gemeinsam."

Er verzog das Gesicht. „Ja. Nur ... bitte sag das nicht meinem Chef."

Ich lachte. „Bitte sag du es nicht meiner Mutter."

„Deal."

Er nickte ernst, schob die Hand in meinen Nacken, hob sacht mein Kinn an und beugte sich herunter, um mich ...

„Meine Fresse, könnt ihr endlich mit eurem schmalzigen Kitschzeug aufhören und helfen?", fuhr Mo uns an, die Arme vorm Körper verschränkt, der Blick so düster wie Joshs Ausstrahlung. „Wenn ihr weitermacht, kotz ich auf all den Papierkram hier. Und es ist schlimm genug, dass wir noch nicht einmal Fotos vom Opfer ohne Trimovitz' Mageninhalt haben, also ..."

„Oh, ich hab welche", sagte ich stöhnend, trat widerwillig von Josh zurück und legte die Hand an meine Stirn. „Beziehungsweise Finn hat welche. Trudi wollte den Moment für ihre Memoiren festhalten."

Mit offenem Mund sah Rispo mich an. „Für ihre ... was?"

„Frag einfach nicht“, meinte ich gequält. „Schreib Finn, er soll dir die Fotos schicken. Ich weiß nicht, ob die Qualität gut ist, aber da ist der Tote zumindest noch … sauber.“ So sauber, wie man blutbefleckt eben sein konnte.

„Mann, da ist Finn ja doch mal zu was zu gebrauchen“, bemerkte Mo und zog sein Handy aus der Tasche. „Er heißt Karl Kummerkicker.“

Ich blinzelte. „Was?“

„Der Auftragskiller, der Mama auf dem Gewissen hat, heißt Karl Kummerkicker“, sagte Mo ungeduldig, bevor er sich an uns vorbei auf den Flur schob, das Handy am Ohr.

„Ihr habt einen Namen?“, sagte ich verblüfft. „Und der lautet Karl Kummerkicker? Hört sich an wie ein Marvel Bösewicht – der aufgrund seines albernen Namens von anderen Marvel Bösewichten verprügelt wird.“

„Jap. Seine Fingerabdrücke waren in der Datenbank. Auch wenn wir Glück hatten, überhaupt noch einen Abdruck abnehmen zu können. Seine Hände waren ganz schön verätzt.“ Rispo schlenderte zu dem Tisch und öffnete eine Mappe. Ich folgte ihm und starrte auf die Kopie eines Ausweises.

Da war er. Karl Kummerkicker. Dreiundfünfzig Jahre alt und auf dem Bild braun- nicht schwarzweiß-haarig. Er war gebürtiger Berliner, doch laut Notiz unter dem Ausweisbild wohnte er mit Frau und Kind auf Mallorca.

„Scheiße. Er hatte eine Familie?“

„Auftragskiller sind auch nur Menschen, Lou“, erwiderte Josh tonlos.

„Habt ihr sie schon benachrichtigt?“

„Marvin hat sie angerufen. Kummerkickers Frau war der Überzeugung, dass er geschäftlich in Berlin sei. Sie dachte, er sei freiberuflicher Sales Consultant mit Kunden überall auf der Welt.“

Ich schluckte. „Wie viele Menschen, meinst du, hat er getötet?“

„Ich möchte es gar nicht wissen“, sagte er tonlos. „Ich bin froh, dass er tot ist. Das hält mich aus dem Gefängnis fern, weil ich ihn sonst umgebracht hätte.“

Ich hätte gern gelacht, doch ich wusste, dass er keine Witze machte. Der Hass auf den Mann und seinen Auftraggeber, der die Familie Rispo auseinandergerissen hatte, saß tief. „Also glaubst du, seine Familie wusste wirklich nichts?“

„Ja. Ich glaube, er hat sein Zweitleben erfolgreich geheim gehalten. Die Polizei auf Mallorca wird Kind und Ehefrau befragen, aber ... Ich glaub, es wird nichts bei rumkommen.“

„Mallorca“, murmelte ich. „Nun, ich denke nicht, dass es übermäßiges Sonnenlicht war, das seiner Haut derartig zugesetzt hat.“

„Nein, das dürfte das unverdünnte Chlor gewesen sein.“

Ich blinzelte. „Das was?“

„Jemand hat Kummerkicker mit Chemikalien überschüttet“, sagte Josh grob. „Größtenteils mit Chlor. Deswegen sah er aus, wie er aussah. Das Messer in seinem Rücken wäre vermutlich gar nicht nötig gewesen. Die Verbrennungen hätten gereicht, um ihn langsam, aber sicher zu töten. Aber jemand schien es eilig gehabt zu haben.“

„Ihr habt ein Messer gefunden?“

„Nein, aber die Einstichwunde ist ziemlich eindeutig. Die Tatwaffe fehlt allerdings und ich bezweifle, dass Trimovitz' Kofferraum der Tatort war … den haben wir also auch noch nicht."

„Hast du Trimovitz persönlich befragt?"

„Ja."

„Und … glaubst du, er ist der Mörder?"

Josh schnaubte. „Die Nerven des Kerls lagen so blank, dass er sich nicht einmal richtig die Schuhe zubinden konnte. Ich bezweifle, dass er dazu in der Lage wäre, jemanden umzubringen. Und es wäre schon sehr dämlich gewesen, dir freiwillig seinen Kofferraum zu zeigen."

Erleichtert ließ ich die Schultern sinken. „Das dachte ich auch. Er war schon vollkommen durch den Wind, weil er den Probedruck der *Rundschau* verloren hat. Obwohl er natürlich behauptet, dass er gestohlen wurde."

Josh runzelte die Stirn. „Er hat was?"

Verdutzt sah ich ihn an. „Ich dachte, du hast ihn befragt?"

„Er hat keinen Probedruck erwähnt."

„Was?"

Kopfschüttelnd sah Josh mich an. „Okay. Wir arbeiten zusammen, also verrat mir, was Trimovitz dir gesagt hat, als du dir heute Morgen widerrechtlich Zutritt zu dem Polizeiwagen verschafft hast, um mit ihm zu reden."

Ich verzog das Gesicht. „Zu meiner Verteidigung: Ich habe wirklich damit gerechnet, dass du es nicht mitbekommst."

„Das ist keine Verteidigung, sondern eine weitere Ur-
sache für meinen Bluthochdruck, und ich hab nun einmal nur Augen für dich", erwiderte er trocken. „Also?"

Ich gab nach und erzählte ihm jedes Detail, an das ich
mich erinnern konnte. Selbst, dass ich mir die Orte, an
denen Trimovitz gewesen war, heute Vormittag ange-
schaut hatte. Nur dass ich mich als Mitarbeiterin des
Ordnungsamts ausgegeben hatte, behielt ich für mich.
Das war ein unwichtiges Detail, das niemanden außer
Joshs Bluthochdruck interessierte, und den wollte ich
lieber nicht behelligen.

Als ich geendet hatte, starrte Rispo mich mit offenem
Mund an. „Unfassbar."

„Was denn! Die Tür vom Auto stand offen, ich –"

„Das meine ich nicht. Dass du nicht mit fremden offenen Türen umgehen kannst, weiß ich. Es ist unfassbar,
dass er dir das erzählt hat und ich nur die Hälfte aus
ihm herausbekommen habe! Der Kerl war so nervös,
dass er kaum einen vollständigen Satz bilden konnte."

„Nun, den Effekt hast du auf Menschen", stellte ich
entschuldigend fest.

„Auf dich nicht!"

„Na ja, ich habe dich nackt gesehen. Angezogen bist
du einfach nur halb so beeindruckend."

Er schnaubte, doch seine Mundwinkel zuckten. „Es ist
wirklich eine verdammte Gabe von dir, dass dir Menschen unbedingt vertrauen wollen."

„Danke!", sagte ich stolz.

„Und vollkommen unberechtigt."

„Hey! Man kann mir vertrauen."

„Du hast Trudi zwölf Oben-ohne-Bilder von mir geschickt, damit sie sich einen Kalender basteln kann."

Ich grinste. „Ich hab auch einen bekommen. Es war ein gutes Geschenk.“

Josh betrachtete mich nur kopfschüttelnd.

„Ich verstehe das Chlor nicht“, beendete ich das unangenehme Thema. „Wo hat jemand Chlor her? Und warum überschüttet er damit Menschen?“

Rispo fuhr sich durch die Haare. „Letzteres weil es eine ätzende Wirkung hat und es von Vorteil ist, wenn dein Gegner so sehr unter Schmerzen leidet, dass er sich nicht bewegen kann. Und ... Trimovitz Wohnung ist nicht weit vom Schwimmbad am Lentpark entfernt. Er meinte, er musste gestern Abend bei ihnen auf dem Parkplatz parken, also ...“

„Also glaubst du, jemand hat heute Nacht Kummerkicker im Schwimmbad ermordet und Trimovitz danach die Leiche in den Kofferraum gepackt?“

„Vielleicht. Es ist möglich. Doch die Leiche hätte auch an jedem anderen Ort in seinem Auto landen können.“

„Aber ... *warum* hat jemand Kummerkicker umgebracht? Und wer?“

Rispo hob eine Augenbraue. „Ich glaub, dein letzter Mord liegt zu weit zurück, wenn du schon vergessen hast, dass wir nicht hier stehen würden, wenn wir bereits Antworten darauf hätten.“

Verärgert sah ich ihn an. „Hast du nicht zumindest einen Verdächtigen?“

„Ich habe Dutzende: alle Mitarbeiter der Rundschau zum Beispiel. Allen voran Sabine Müller und Damian, der Rezeptionist, denn sie wussten ein ganzes Abendessen lang, wo Trimovitz’ Auto stand. Doch wir haben weder zu ihnen noch zu anderen Rundschau-Mitarbeitern konkrete Hinweise. Dabei bin ich mir sicher, dass mindestens einer von ihnen in den Mord verstrickt ist. Alle Indizien deuten darauf hin. Aber anscheinend hat keiner von Simons Kollegen und Kolleginnen ein Motiv. Ich habe rumgefragt, alle mochten Simon."

Ich öffnete den Mund.

„Jaja, vielleicht haben sie mich alle belogen. Aber wo ist die Verbindung zu Kummerkicker? Die Verbindung zu unserer verdammten Adresse? Wer kennt einen Auftragskiller *und* Simon Trimovitz? Und wer zur Hölle hat Zugang zu unverdünntem Chlor? Also war es vielleicht doch jemand, der beim Schwimmbad arbeitet." Frustriert rieb er sich übers Gesicht. „Ich hab keine Ahnung. Und warum eine Leiche in einem fremden Auto ablegen?"

Ich zuckte die Achseln. „Wir sind in Köln. Vielleicht hat der Täter kein Auto und wollte die Leiche nicht mit der Straßenbahn transportieren."

„Aber darum kümmert man sich doch, bevor man jemanden umbringt."

„Vielleicht hat der Täter im Affekt gehandelt."

„Wer schafft es, ohne Vorbereitung und Plan einen Mann zu töten, der beruflich mordet? Kummerkicker war kein Amateur."

Seufzend fixierte ich den Marvel-Bösewicht auf seinem Ausweisbild. „Ich mag es nicht, wenn du gute Fragen stellst", beschloss ich schließlich verdrießlich.

„Und ich mag es nicht, keine Antworten zu haben."

„Dann hättest du vielleicht nicht bei der Kripo anfangen sollen. Haben die Mitarbeiter sonst etwas Interessantes zu berichten gehabt?"

„Nicht wirklich."

„Niemand steckt mitten in einer spektakulären Sexkapade?"

Josh schnaubte. „Nein. Du musst dir langsam mal ein anderes Mordmotiv als skandalöse Affären suchen."

Das war eher unwahrscheinlich. „Schön. Gibt die Leiche nicht noch ein paar Hinweise her?"

„Nein. Kummerkickers Brieftasche ist verschwunden. Sein Handy ist verätzt, wir konnten nur noch ein paar Fotos von seiner SD-Karte retten." Er zog zwei Bilder unter dem Ausweisfoto von Kummerkicker hervor. Das eine war ein Foto von einer Tankstellenrechnung aus Hannover, das andere ...

„Er hat Sightseeing in Hannover betrieben und war Fan von Kronleuchtern?"

Man durfte mich nicht falsch verstehen: Der weiß angemalte Leuchter mit rund ein Dutzend elektrischen Kerzen, der an einer rostroten Klinkersteindecke hing, war ganz hübsch. Das Eisen schwang sich kunstvoll umeinander, formte elegante Ranken und Blätter, die Dornröschen im Schlaf beseufzt hätte. Aber auf dem Handy eines Auftragskillers hätte ich eher mit Bildern von abgetrennten Gliedmaßen und den schicksten Schalldämpfern für Waffen aller Art gerechnet.

„Kummerkicker kam in Berlin an und hat sich dort ein Auto gemietet, das wir noch nicht gefunden haben. Und der Kronleuchter ... Keine Ahnung."

„Wir wissen nicht sonderlich viel, oder?", stellte ich fest.

Rispo presste die Lippen aufeinander. „Nein."

„Okay. Darf ich mir das abfotografieren?" Ich deutete auf die Bilder.

„Nein, das ist verboten", sagte er schroff. „Also lass es mich nicht sehen." Im nächsten Moment drehte er sich um.

Ich lachte und zog eilig mein Handy aus der Tasche, um Fotos zu machen. „Wie sehr tut es dir weh, deine geliebten Regeln zu biegen?"

„Ich will nicht drüber reden."

Mein Lachen wurde lauter, gerade als Mo reinkam.

„Oh klasse. Lou steht kurz für *Abso-lou-t witzig*, oder?", fragte er griesgrämig.

Süß lächelte ich ihn an. „Nein. Für Louisa. Das solltest du mittlerweile wirklich wissen. Und was genau ist dein Problem, Mo? Ich bin hier, um zu helfen."

„Ja, aber sobald du mit von der Partie bist, wird Josh zum noch größeren Spielverderber als ohnehin schon!", beschwerte er sich.

„Moritz ...", warnte Rispo.

„Na, ist doch wahr! Dann denkst du zweimal darüber nach, ob du in Hornissennestern herumstocherst."

Ich blinzelte. „Warum solltet ihr in Hornissennestern rumstochern? Sie stehen unter Artenschutz!"

„Das war eine Metapher", sagte Mo verärgert. „Und weißt du, ich habe akzeptiert, dass du Joshi verbietest, seinen Junggesellenabschied zu feiern. Aber wenn er mit der Gefahr auf den Straßen Kölns tanzen will, weil es die Chance steigert, den Typen zu finden, der Mamas Tod eingefädelt hat, dann solltest du ihn das tun lassen!"

Ich blinzelte verblüfft. Wovon redete Mo? „Also erst einmal: Josh hasst es, zu tanzen, du musst wirklich an der Sinnhaftigkeit deiner Metaphern arbeiten. Und zweitens: Ich habe ihm *was* verboten?"

Josh kniff hinter Moritz die Augen zusammen und schüttelte kaum merklich den Kopf in meine Richtung. Das universelle Zeichen dafür, dass ich lieber still sein sollte.

Nun, das Schweigespiel war noch nie meine Stärke gewesen.

„Was zur Hölle?" Ungläubig sah ich ihn an. „Du hast deinen Brüdern erzählt, dass du *meinetwegen* keinen Junggesellenabschied feiern willst? Nicht etwa, weil, ich zitiere: ‚der Abend eskalieren würde, ich es hasse, betrunken zu sein, und den ganzen Scheiß nicht will?'"

„Er hat *was* gesagt?" Mo sah so schockiert aus wie Trimovitz, als er die Leiche in seinem Kofferraum gefunden hatte. „Alter, Josh! Ist das dein Ernst?"

„Danke fürs Aufklären, Lou", sagte Josh trocken.

„Kein Problem. Ehrlichkeit ist mir sehr, sehr wichtig", erwiderte ich süß. „Und ich fasse es nicht, dass du mir die Schuld in die Schuhe schieben wolltest. Ich warte seit Jahren darauf, dich betrunken zu erleben. Also tu dir keinen Zwang an und feiere deine letzten Abende als freier Mann ruhig."

„Meine Rede!", bestätigte Mo.

Josh seufzte. „Wir haben zurzeit ernsthaft andere Probleme ..."

„Ja! Nämlich, dass mein ältester Bruder Spaß scheiße findet."

Ich biss mir auf die Unterlippe, um mich vom Lachen abzuhalten. „Das kann nicht wirklich eine Neuigkeit für dich sein", verteidigte ich Josh fröhlich.

Ich erntete einen weiteren düsteren Blick von meinem Verlobten.

„Unfassbar." Mo schüttelte den Kopf. „Willst deinen Brüdern noch nicht einmal die Chance geben, dich gebührend in den Tod zu verabschieden."

„Ich sterbe nicht, ich heirate!"

„Ich sehe da keinen Unterschied. Alter, erst lügst du deswegen und jetzt weigerst du dich, uns die Möglichkeit zu geben, dich abzufüllen? Klasse Leistung." Mo zeigte Josh den Mittelfinger, verließ auf ein Neues den Raum und knallte die Tür hinter sich zu.

„Fantastisch", stellte Josh in die Stille hinein fest. „Das war, was dieser Tag noch gebraucht hat."

„Vielleicht ist das das Zeichen dafür, diesen Tag zu beenden." Denn mein Kopf rauchte und ich war unfassbar müde. Ich wollte keine fremden Kronleuchter, sondern nur noch mein Schlafzimmer sehen. Und vielleicht Joshs muskulösen Oberkörper. Denn das war besser als Schäfchen zählen.

„Schön." Josh seufzte, ließ die Akten, wo sie waren, vermutlich, um am nächsten Tag genau hier weiterzumachen, bevor er mich zur Tür schob und den Raum hinter sich abschloss.

„Weißt du, was ich vorhin dachte?", flüsterte ich, als wir den Gang entlang zu den Fahrstühlen liefen. „Möglicherweise hat Kummerkickers Mörder dein Leben gerettet."

„Oder deins, Lou. Oder keins."

Ich sah zu Boden und nickte. Mir persönlich waren das zu viele *Oders*.

„Josh", flüsterte ich. „Kommt es nur mir so vor oder scheint dieser Fall ... sehr persönlich?"

„Nein", erwiderte er ruhig und legte mir sacht eine Hand in den Nacken, als bräuchte er die Berührung. „Es *ist* persönlich. Und das ist, was mir Angst macht."

Ich nickte. „Mir auch. Und Josh?"

„Was?"

„Nur weil wir jetzt bei diesem Fall offiziell ein Team sind, wirst du nicht damit aufhören, zu versuchen, mich davon abzuhalten, gefährliche Dinge zu tun, oder?"

„Nope."

„Hm. Das wird mich nerven."

Er lächelte schief. „Ich freu mich drauf."

Kapitel 6

Ich schlief unruhig und wachte nachts mehrfach auf, weil Rispo mich unsanft auf meine Betthälfte schob. Möglicherweise hatte ich ihn im Schlaf fast von der Matratze verdrängt. Aber er war warm und mich durchlief die ganze Nacht ein seltsames Frösteln, es war also überhaupt nicht meine Schuld!

Um halb sieben wurde ich schließlich von der Dusche und meinem vibrierenden Handy geweckt. Stöhnend tastete ich danach, ignorierte die Nachricht von Mama, die wissen wollte, ob sich das mit der Hochzeitsanzeige erledigt hatte, und blinzelte stattdessen auf die Sprechblase meiner Freundin Ariane.

Wenn du immer noch eine Hochzeittorte willst, hör auf, den armen Marvin wegen seines Knutschflecks zu tyrannisieren! Steht heute Mittag noch?

Oh, sie wusste, wo ich am verwundbarsten war!

Ich hatte Angst um seine Gesundheit. Den letzten Knutschfleck hab ich in der elften Klasse gesehen. Ich dachte, es sind vielleicht die Masern. Und ja, das Essen steht noch!

Ich legte gerade das Handy wieder weg, als Josh mit Handtuch um die Hüften, feuchter Haut und feuchten

Haaren ins Schlafzimmer kam. Eine seiner schlechtesten Angewohnheiten war, sich möglichst schnell und effizient anzuziehen. Ich hatte nur Zeit, den Weg von zwei Wassertropfen seine Muskeln hinab zu betrachten, da trug er auch schon Jeans und T-Shirt. Es war wirklich sehr unsensibel von ihm, mich nicht einmal dafür zu belohnen, so unheilig früh wach zu sein.

„Der andere Kommissar hat einen Anzug getragen", meinte ich, gähnte und setzte mich auf. „Schon mal drüber nachgedacht, dass du underdressed bist?"

„Von einer Frau, die mehr Gummistiefel als BHs besitzt, lass ich mir keine Kleidungstipps geben", kommentierte er vielsagend und zog einen Gürtel durch die Laschen seiner Hose.

„Gummistiefel sind praktisch."

„Für Leute, die gern im Dreck wühlen, meinst du?"

Na ja ... Ja! „Außerdem ist es unmöglich, passende BHs zu finden. Ich kann mich glücklich schätzen, dass ich zwei besitze", informierte ich ihn. „Und gestern meintest du noch, ich hätte Modebewusstsein."

„Ich wollte höflich sein" Er lächelte schief und sank neben mir auf die Bettkante. „Und? Was hast du heute so vor?", fragte er beiläufig.

„Mich nicht umbringen zu lassen oder dir zumindest Bescheid zu sagen, falls ich doch noch – was meinte Mo? – mit den Gefahren auf den Straßen Kölns tanzen will", antwortete ich pflichtbewusst.

„Genau mein Typ Frau", murmelte er zufrieden, küsste mich und wollte aufstehen, doch ich hielt ihn am Handgelenk zurück.

„Vergiss nicht heute Mittag."

Rispo blinzelte. „Was ist heute Mittag?"

„Josh! Wir haben das Doppeldate mit Ariane und Marvin."

Er stieß einen Schwall Luft aus. „Ah ja, ich erinnere mich. Weil du findest, dass ich zumindest ein *Date* mit meinem Trauzeugen haben sollte."

„Ja. Exakt."

Marvin war seit ein paar Jahren Joshs Partner und vergötterte ihn auf platonische und meiner Meinung nach zu intensive Art und Weise. Es hätte mich nicht gewundert, wenn Trudis Kalender, in dem zwölfmal Joshs nackter Oberkörper abgebildet war, über seinem Bett hing. Ehrlich gesagt könnte ich ihm das noch nicht einmal übel nehmen, jeder sollte davon einen haben! Vielleicht ließ ich bei meiner Familie durchblicken, dass es ein schönes Hochzeitsgeschenk wäre, die Kalender in großer Auflage zu drucken.

Wie auch immer: Josh und Marvin sahen sich jeden Tag, aber sie *unternahmen* nie etwas miteinander. Sie waren Arbeitskollegen, und ich fand, dass der Kerl, der unterschrieb, dass Josh und ich auf ewig zusammenbleiben würden, zumindest als *Freund* definiert werden sollte. Nicht als *Der einzige Typ, der mich als Trauzeuge nicht stressen oder Zwietracht zwischen den Rispo-Geschwistern säen wird.* Deswegen das gemeinsame Mittagessen. Ariane und ich waren da, um das Männerdate zu unterstützen und dafür zu sorgen, dass Josh und Marvin beste Freunde wurden. Denn dann könnten wir zu viert in den Urlaub fahren, etliche Abendessen und Spieleabende genießen ... Es wäre ein Traum!

„Schön", seufzte Josh, bevor er nachdenklich die Stirn runzelte. „Aber lass mich das Restaurant aussuchen, okay? Ich schreib dir. Bis später."

Und weg war er.

Mein Blumenladen *Louisa's Flower Power* lag in der Südstadt, unweit vom Rhein entfernt. Er schrieb seit zwei Jahren solide schwarze Zahlen, was vor allem daran lag, dass ich durch die Mordfälle, in die ich andauernd verstrickt wurde, sehr oft Leute kennenlernte, die Blumen für eine Beerdigung brauchten. Und seitdem ich Trudi gefeuert hatte, war meine Versicherungspolice auch stabil und erhöhte sich nicht jeden Monat.

Trudi interessierte allerdings herzlich wenig, dass sie nicht mehr bei mir arbeitete. Sie tauchte trotzdem fast jeden Tag pünktlich zur Ladenöffnung auf – heute war keine Ausnahme. Auch wenn sie anstelle ihrer üblichen Kekse etwas nicht ganz so Süßes mitbrachte: meine Schwester.

„Emily, was machst du hier?", fragte ich überrascht. „Du bist im Schwangerschaftsurlaub."

„Das hab ich ihr auch gesagt", murrte Finn, der hinter dem wandelnden Überraschungsei in den Laden trat.

Meine Schwester verdrehte die Augen. „Du hättest wirklich nicht mitkommen müssen."

„Doch, ich muss Eindrücke vom Laden sammeln, damit ich ihn in Trudis Memoiren detailgetreu beschreiben kann."

„Du warst schon hundertmal hier."

„Nicht als *Autor*", meinte er sachlich. „Außerdem ..." Sein Blick glitt zu mir und er verengte die Augen. „Du hättest ruhig mal durchblicken lassen können, *wer* da in dem Kofferraum vom Zeitungsheini lag."

Meine Wangen wurden warm. „Sorry. Ich dachte, Josh würde es euch lieber selbst erzählen wollen."

„Als ob." Finn zeigte mir den Vogel. „Einen Dreck hat er. Ich hab es von Mo ... Und Papa ist nicht glücklich darüber, wen Josh da gefunden hat. Er will überhaupt nichts von dem Killer wissen. Er meint, der Mörder hätte schon genug kaputtgemacht und Joshi und wir anderen sollten uns keine Zeit und keine Nerven mehr von ihm rauben lassen. Aber er wird uns auch nicht davon abhalten, das Geschehen ... zu verfolgen."

„Du willst das Geschehen verfolgen?", fragte ich.

„Na ja, in diesem Fall bist *du* das Geschehen", bemerkte er grinsend. „Ich würde gern in Team Manu aufgenommen werden."

„Oh, klasse." Trudi strahlte. „Wir können die Verstärkung gebrauchen, richtig, Lou?"

Oh Gott. Ich fand *Verstärkung* war hier nicht das passende Wort.

„Ich teil auch das Geld mit dir", versprach Finn.

Irritiert runzelte ich die Stirn. „Welches Geld?"

„Ach so. Ich hab mit Mo gewettet, dass wir den Täter eher finden als er und Joshi. Wenn wir verlieren, schuldest du mir übrigens hundert Euro."

„Super. Weil dieser Fall noch ein wenig mehr Druck braucht", bemerkte ich.

„Nimm ihn einfach in dein Team auf, Lou", bemerkte Emily ungeduldig. „Dann bin ich ihn wenigstens ein paar Stunden am Tag los. Ich habe nämlich meine Ärztin gefragt und sie hat mir stark davon abgeraten, in meinem Zustand einen Mörder zu jagen."

Hörte sich vernünftig an und dennoch ... „Ich habe kein *Team*!", sprach ich das Offensichtliche aus. „Und Emmi, du gehörst nach Hause! Du sollst dich ausruhen."

Sie winkte ab. „Ausruhen kann ich mich, wenn das Kind da ist."

Manchmal hatte ich das Gefühl, Emily wusste zu wenig über Kinder.

Trudi kicherte und öffnete den Mund, vielleicht um meine Schwester darauf aufmerksam zu machen, doch in diesem Moment ging die Tür auf und ein Kunde trat ein. Er hielt einen Blumenstrauß in den Händen, den er aus einem der Eimer gefischt haben musste, die ich vor das Schaufenster gestellt hatte. Als er bemerkte, dass wir alle ihn anstarrten, blieb er unsicher stehen.

„Ähm …" Er kratzte sich am Kopf. „Sie haben doch schon geöffnet, oder?"

Bevor ich antworten konnte, sagte Emily schroff: „Ja. Aber ob ich für diesen einen mickrigen Blumenstrauß an die Kasse gehe, weiß ich wirklich nicht."

Verdutzt öffnete der Kunde den Mund. „Ich fand den Strauß … hübsch. Meine Frau mag rosa."

„Er ist sehr klein und billig und rosa Rosen sind geschmacklos", erwiderte meine Schwester naserümpfend.

„Emmi", sagte ich warnend.

„Was denn? Der Strauß kostet keine zehn Euro. Sie sagen Ihrer Frau also: Meine Liebe für dich ist zehn Euro wert."

Und genau deswegen hielt ich Hormonmonster Emily lieber weit weg vom Laden!

„Nein, nein", versuchte ich den schockierten Kunden zu beruhigen. „Ihre Frau wir sich sicher freuen."

Emily schürzte die Lippen. „Sie wird zumindest so *tun.*"

Nervös lachte der Kunde, bevor er mir kurzerhand den Strauß in die Hand drückte und sich einen größeren aus einem Eimer direkt vor der Kasse aussuchte, der fünfundzwanzig Euro kostete.

„So besser?", fragte er Emily besorgt.

Sie verzog das Gesicht und strich sich über ihren Bauch. „Ein wenig. Aber von fünfundzwanzig Euro kann ich meinem ungeborenen Baby auch keine Schuhe kaufen."

„Moment, was?" Finn sah sie mit großen Augen an. „Babys brauchen keine *Schuhe!* Sie laufen nicht. Warum zur Hölle sollte ich ihnen dann Schuhe kaufen? Das ist, als würde man einem Maulwurf eine Brille geben. Der Kerl ist blind! Da muss man nicht noch drauf rumreiten."

Der Kunde fing sichtlich an zu schwitzen, während er zwischen Emmi und Finn hin und her sah. „Babys brauchen Schuhe."

„Oh Gott." Finn wurde blass.

„Sehen Sie?", sagte Emily laut. „Mein Freund hat kein Geld für Babyschuhe. Und wissen Sie, wie teuer Windeln sind? Kaufen Sie zwei Blumensträuße!"

Der Kopf des Kunden sank zwischen seine Schultern. „Aber ... ich brauche nur einen. Für meine Frau."

„Dann kaufen sie den zweiten für ihre Affäre."

„Ich habe keine Affäre."

„Na, dann legen Sie sich eine zu!" Verärgert sah Emily ihn an. „Wollen Sie, dass mein Kind kalte Füße bekommt, nur weil Sie nicht Manns genug sind, Ihre Frau zu betrügen?"

„Ähm ... nein?", fragte er irritiert.

„Eben! Also: Kaufen Sie zwei."

Er kaufte zwei – und würde sicherlich nie wieder herkommen.

„Menschenskinder", sagte Trudi beeindruckt. „Du bist wirklich ein Verkaufsgenie, Emily."

„Ich weiß", sagte meine Schwester leichthin. „Aber wir könnten wirklich mehr Geld gebrauchen. Wisst ihr, wie teuer es ist, einen Haushalt babysicher zu machen?" Sie sah mich mit großen, ernsten Augen an. „Und Babyproofen sollte wirklich mit einer Anleitung kommen. Ich meine: Wie babyprooft man Messer?"

„Du lässt sie nicht auf dem Boden oder in der Kinderkrippe liegen?", schlug ich vor.

„Oh. Das ist eine gute Idee!" Erleichtert seufzte sie. „Wie kommst du auf so geniale Einfälle? So was können doch nur Erwachsene wissen."

„Du bist achtundzwanzig, Emmi."

„Das ist *nicht* erwachsen."

Ich prustete. „Was ist denn dann erwachsen?"

„Meinen Bruder dazu zu bringen, dir Polizeiakten zu zeigen", erklärte Finn. „Ernsthaft: Hast du eine magische Vagina oder wie kriegst du es hin, dass Joshi tut, was du sagst?"

Stöhnend schloss ich die Augen. „Dieses Gespräch ist sehr schnell, sehr unangenehm geworden."

„Das sollte in meine Memoiren, Finn!", verkündete Trudi. „Obwohl wir das Wort Vagina auch noch an vielen anderen Stellen benutzen werden."

Finn nickte pflichtbewusst, zog sein Handy aus der Tasche und machte sich eine Notiz. Vermutlich mit dem Wort *Vagina.*

„Und Josh lässt dich in Polizeiakten sehen?", fragte Trudi weiter. „Seit wann das?"

Ich seufzte. „Es ist eine Ausnahme. Josh und ich haben uns darauf geeinigt, dass wir in diesem Fall so was wie ... ein Team sind."

„Oh. Wie langweilig", sagte Trudi enttäuscht. „Wenn ihr jetzt zusammenarbeitet, heißt das dann, dass du viel mehr Akten wälzen und solch schnöden Kram machen wirst?"

„Nein." Akten waren nicht so mein Ding. Außer jemand presste Trockenblumen damit. „Mein System funktioniert. Warum sollte ich es ändern?"

„Und was für ein System ist das?", fragte Emily interessiert. „Erzähl doch mal, Lou."

Ach, sie war gemein. „Ich ... besuche Orte und Leute, die wichtig sind, und gucke, was passiert?", überlegte ich laut.

„Und was für Orte und Leute sind das?", wollte Finn wissen. „Wir sollten nämlich wirklich langsam anfangen. Ich darf keine Wette gegen Mo verlieren."

Ich stieß einen Schwall Luft aus. „Ähm ... na ja, die Leute von der Zeitung ..."

„Die befragt Joshi heute den ganzen Tag", meinte Finn.

Mist. „Ich hab keinen Plan, okay?", sagte ich gereizt. „Ich habe nur zwei Fotos von dem Handy des Mörders und eine Menge Unwissenheit."

„Oh, Mörderhandy-Fotos?" Trudi klatschte in die Hände. „Zeig her."

Seufzend zückte ich mein Handy und reichte es an Trudi weiter. Sie warf nur einen Blick auf Kassenbon und Kronleuchter und nickte dann eifrig.

„Oh, unser Auftragskiller war Tourist. Wie spannend."

Ich blinzelte. „Was? Wovon redest du?“

„Na, dieser Kronleuchter. Er ist eine der besten Attraktionen, die Köln zu bieten hat.“ Sie wedelte mit dem Handy vor meinem Gesicht herum.

„Du *kennst* ihn?“

„Aber natürlich! Liebe Liese, Louisa“, sie schnalzte mit der Zunge, „und du nennst dich Kölnerin?“

Verblüfft sah ich den Kronleuchter an. „Kennt *ihr* den?“ Ich zeigte ihn Emmi und Finn.

Beide schüttelten den Kopf.

Dramatisch seufzte Trudi. „Die Jugend von heute: absolute Kulturbanausen.“

Ich wusste nicht, ob ich mich geschmeichelt fühlen sollte, weil sie mich zur *Jugend zählte*, oder angegriffen, weil sie mein Köln-Wissen infrage stellte.

„Was ist das jetzt für ein Kronleuchter?“

„Na, er hängt im Kronleuchter-Saal.“

„Wo?“

„In der Kölner Kanalisation.“

„Er tut … was?“

„Louisa. Du darfst nur aufhören, nachzudenken, wenn du *reich* heiratest“, schalt Trudi mich. „Aber da dein hotter Polizist nicht in Geld schwimmt, solltest du wirklich weiter deinen Kopf benutzen. Das ist der Kronleuchter, der in der Kölner Kanalisation im Kronleuchter-Saal hängt. Er wurde 1890 installiert, weil Kaiser Wilhelm der Zweite zu Besuch kam, um der Einweihung unserer technisch top eingerichteten Kanalisation beizuwohnen.“ Stolz reckte sie die Brust. Als hätte sie selbst den finalen Stein gelegt. „Ich war schon mal beim Konzert da. Die Akustik ist supidupi.“

Mit offenem Mund starrte ich sie an. „Woher weißt du das?", fragte ich perplex.

„Weil sie zu der Zeit schon gelebt hat", murmelte Finn – Gott sei Dank so leise, dass Trudis reife Ohren es nicht mitbekamen.

„Solche Dinge weiß man eben", sagte sie zufrieden. „Also, der Mörder war dort?"

„Ich weiß es nicht, er …" Doch meine Gedanken wanderten automatisch zu der Leiche in Trimovitz' Kofferraum. Und ihren dreckverschmutzten Schuhen und Hosensäumen.

Mist. Es war einen Versuch wert. Es war nur …

„Ich will nicht in die Kanalisation."

„Nun, das möchte ich auch hoffen, junge Dame", unterbrach mich eine herrische weibliche Stimme. „Eine Lady hat nämlich nichts an einem solchen Ort zu suchen."

Eine Gänsehaut kletterte meinen Rücken hinunter und ich fing Emilys alarmierten Blick auf. Oh nein.

„Was hast du in deiner Erziehung falschgemacht, Gitti", fuhr die Stimme fort, „dass deine Tochter überlegt, die Kanalisation zu besuchen?"

Ich zog den Kopf zwischen die Schultern und wandte mich langsam zur Tür. Ich fühlte mich wie der Kunde von gerade: maßlos überfordert. Denn meine Mutter war hier … und sie war nicht allein.

„Oma", stieß Emily pflichtbewusst aus. „Du bist schon da? Schön … schön, dich zu sehen?" Es klang wie eine Frage, doch meine Großmutter war zu sehr damit beschäftigt, Emmis angedeuteter Umarmung zu entgehen, um es mitzubekommen.

„Wie soll ich dich umarmen, Kind? Du bist so groß wie ein Frachtschiff", bemerkte sie kopfschüttelnd. „Und ist sie immer noch nicht verheiratet?" Meine Großmutter warf meiner Mutter einen prüfenden Blick zu, woraufhin Mamas Wangen Feuer fingen und sich ihre Hände zu Fäusten ballten.

Hektisch sah ich zwischen ihnen hin und her. Es war immer wieder faszinierend, die beiden miteinander interagieren zu sehen. Eigentlich hätte es meiner Mutter leichtfallen sollen, Oma zu bezwingen, denn die Dame kratzte an der neunzig und war eine sehr fragile, kleine Frau mit dünnen weißen Haaren und mehr Falten im Gesicht als eine sehr alte Bulldogge am ganzen Körper. Aber obwohl Oma nur unschuldige Farben wie Schwarz, Weiß oder Grau trug und manchmal Hilfe dabei brauchte, ihre Wasserflaschen zu öffnen, ging mir die Kälte in ihrem Blick durch Mark und Bein und veranlasste meine Mutter dazu, einen Schritt zurückzutreten.

„Ich dachte, du wolltest dafür sorgen, dass deine Kinder nicht in der Hölle landen, Gitti! Das Mädchen gehört verheiratet."

Meine Mutter presste die Lippen aufeinander. „Ich *arbeite* daran. Das habe ich dir gesagt."

„Nun, du warst noch nie sonderlich erfolgreich, wenn es um *Arbeit* ging", bemerkte meine Großmutter trocken.

Finn fielen fast die Augen aus dem Kopf, während er mit dem Mund die Worte „Ach du Scheiße" formte. Ich fand, er hatte meine einzige noch lebende Großmutter damit ganz gut getroffen.

„Hey, Oma“, sagte ich vorsichtig und drückte ihr einen Kuss auf ihre runzelige Wange, bevor sie sich beschweren konnte. „Was tut ihr hier?“ Ich fixierte meine Mutter und versuchte zu ignorieren, wie Trudi mit verschränkten Armen und verengten Augen meine Großmutter durchleuchtete. Sie betrachtete die andere alte Dame mit einer Skepsis, die sie sonst nur Keksen aus der Packung und Menschen mit Glitzer-Aversion vorbehielt.

„Euer Vater ist mit seinen Hospiz-Leuten unterwegs und du hast nicht auf meine Nachricht geantwortet, deswegen dachte ich, ich komm persönlich vorbei, um zu fragen, ob die Sache mit der Hochzeitsanzeige geregelt ist“, erklärte sie mir, ihre Lippen so dünn, dass nicht mal eine Profi-Turnerin darauf hätte balancieren können. „Deine Großmutter wollte mitkommen und das passte mir ganz gut, weil ich tatsächlich noch einige Besorgungen zu machen habe. Sie könnte sich ja, solange ich weg bin, deinen Laden ansehen?“

Ich blickte zu meiner Großmutter, die in den Verkaufsraum getreten war und nun kritisch die Blätter des mickrigen Blumenstraußes musterte, den ich vorhin wieder in einen Eimer gestopft hatte.

„Es gibt nichts zu sehen, Mama“, flüsterte ich scharf. „Es gibt nur *diesen* Raum.“

„Na, das sollte doch für ein paar Stunden reichen.“

„*Stunden?*“, stieß ich schockiert aus. „Mama!“

„Sie ist wegen *deiner* Hochzeit hier, Louisa.“

„Du wolltest immer, dass ich heirate!“, fuhr ich auf.

„Warum machst du so einen Krach, Louisa?“, wollte meine Großmutter sofort wissen.

Ich unterdrückte ein Stöhnen.

Ich mochte meine Mutter. Sie hatte mich zur Welt gebracht, das war ziemlich cool. Außerdem hatte sie meinen Bruder Jannis, nachdem er mir erzählt hatte, dass ich aufhören musste, grüne Dinge zu essen, weil ich den Aliens ihre Nahrung wegfuttern würde, zwei Wochen lang dazu gezwungen, *ausschließlich* Grünes zu essen. Das war ein Highlight meiner Kindheit gewesen.

Doch meine Mutter hatte die Angewohnheit, nach den Fehlern in meinem Leben, meinem Aussehen, meinem Job und meinem Charakter zu suchen – und die einzige Person auf der Welt, die noch besser als sie darin war, etwas zu finden, war meine Großmutter. Sie war die Mutter meines Vaters und er besuchte sie pflichtbewusst mindestens einmal im Monat. Der Rest unserer Familie sah sie allerdings nur zu Weihnachten – vermutlich, damit meine Mutter nicht durchdrehte.

Ich hatte erst vor ein paar Jahren erfahren, dass meine Oma nicht damit einverstanden gewesen war, dass mein Vater eine Frau heiratete, die kein Geld besaß, ihrer Mutter im Schneiderladen aushelfen musste und insgesamt mit nicht sehr viel auf die Welt gekommen war. Doch früher hatte Oma meine Mutter nur kaum merklich kritisiert, sodass ich es überhaupt nicht wahrgenommen hatte. Doch mit dem Alter war sie ... direkter geworden.

„Ursula, du wirst die nächsten Stunden mit deinen Enkelinnen verbringen", verkündete meine Mutter feierlich.

Sofort sah Emily sich hektisch um, als hoffte sie, noch andere Enkelinnen außer uns zu finden.

„Willst du mich wirklich jetzt schon abschieben, Gitti?", fragte meine Großmutter herablassend. „Bist du nicht einmal kreativ oder intellektuell genug, länger als eine Viertelstunde eine angeregte Unterhaltung mit mir zu führen?"

„Ich hab zu tun", erwiderte meine Mutter und reckte das Kinn. „Mir ist bewusst, dass du das nicht verstehst, weil du seit Jahren nicht anderes mehr tust, als gelangweilt aus dem Fenster zu starren, aber manche Menschen müssen *Erledigungen* vornehmen."

Emily und ich wechselten einen Blick. Uns beiden war schon immer klargewesen, warum Mama sich auch auf persönlicher Ebene nicht mit ihrer Schwiegermutter verstand: Sie waren sich schlichtweg zu ähnlich. Nur dass Oma unserer Mutter zwanzig Jahre Übung im Kritisieren voraushatte.

„Gitti, ich verbringe liebend gern Zeit mit Emily und Louisa", erwiderte sie deswegen nur kühl. „Sie werden um einiges unterhaltsamer sein."

„Also, eigentlich können wir gerade heute keine alten Leute gebrauchen."

Die Aussage allein war schon gewagt, aber die Tatsache, dass sie von Trudi stammte, die kaum zehn Jahre jünger als meine Großmutter war, war skandalös.

„Entschuldigung?", fragte Oma, und Mama nutzte ihre Ablenkung eiskalt aus, um einfach zu gehen. Offenbar war es ihr plötzlich gar nicht mehr wichtig, herauszufinden, ob die Hochzeitsanzeige korrigiert worden war.

Trudi blies ihre Backen auf und stellte hochmütig fest: „Wir haben heute extrem wichtige und vielleicht gefährliche Pläne. Das ist nichts für zarte Gemüter. Und

Frauen in Ihrem Alter sind normalerweise etwas fragil."

Meine Oma zog die Augen schmal und fixierte mich. „Wovon redet diese senile alte Frau?"

Trudi schnappte empört nach Luft, doch bevor sie explodieren konnte wie eine Glitterbombe, sagte ich: „Oma, wir wollten gerade los, um ... eine Kulturstätte zu besuchen." Denn nur über die Leichen meiner Kunden ließ ich Emmi und sie hier zusammen zurück! Wenn ich den Laden in Schutt und Asche legen wollte, bat ich Trudi um eine ihrer Feuer-Zaubershows. Aber ich konnte meiner Großmutter schlecht erzählen, dass ich sie mit auf Mörderjagd nehmen wollte.

Oma rümpfte die Nase. „Was für eine Kulturstätte?"

„Es handelt sich um einen alten historischen Ort, der immer noch sehr wichtig für Köln ist."

Denn ohne Kanalisation wäre diese Stadt noch sehr viel dreckiger.

„Schön. Wenn es sein muss. Aber es ist besser etwas Besonderes."

Oh, das war es.

Kapitel 7

Es gab drei Kategorien an Menschen, die man nicht mit auf Mörderjagd nehmen sollte.

Erstens: Kinder.

Zweitens: Senioren.

Drittens: Trudi.

Wie war es also gekommen, dass ich mit Finn, der sich meistens wie ein Kind verhielt, meiner Oma und Trudi im Auto saß, um in der Kanalisation einen Spaziergang zu machen und Hinweise auf einen Auftragskiller zu sammeln, der leider ungünstig auf einem Messer gelandet und mit unverdünntem Chlor besprenkelt worden war? Irgendeine Entscheidung, die ich bisher in meinem Leben getroffen hatte, musste sehr, sehr falsch gewesen sein.

Ich fühlte mich außerdem leicht unwohl damit, Emmi allein auf den Laden aufpassen zu lassen. Auch wenn meine andere Azubine, Leonie, in wenigen Stunden kam und meine Aushilfe Sonja um elf eintrudeln sollte. Aber in wenigen Stunden konnte eine Menge Schaden angerichtet werden. Ich wusste das aus eigener Erfahrung.

„Das hier ist eine städtische Zone, in der fährt man fünfzig und keinen Stundenkilometer mehr!", verkündete meine Oma. „Denk nicht, dass ich den Tacho von hier hinten nicht sehen kann."

Gequält lächelte ich, fuhr jedoch langsamer. Ich hätte meine Oma gern dazu überredet, dass ich sie zurück zu meinen Eltern brachte, damit sie sich ausruhen konnte. Doch die alte Dame war noch so fit wie … na ja, vielleicht kein Turnschuh, aber zumindest wie ein Gummistiefel. Kritik perlte einfach an ihr ab und auch aus Pfützen machte sie sich nichts. Und die Kanalisation war doch eigentlich nichts anderes als eine riesige unterirdische Pfütze.

„Was machst du eigentlich beruflich, Kind?"

„Ich bin Blumenladeninhaberin, Oma, das weißt du –"

„Ich rede mit dem jungen Mann, der meine andere Enkelin geschwängert hat."

Meine Nase war unmöglich gut genug – und doch bildete ich mir ein, Finns Angstschweiß zu riechen.

„Ich bin Tierpfleger beim Kölner Zoo."

„Hm. Verdienst du dort genug, um für Emily und euer Balg zu sorgen? Damit sie nicht wieder anfangen muss zu arbeiten?"

„Warum sollte Emily nicht wieder anfangen zu arbeiten?", fragte Finn verwirrt.

„Du bist der Mann, sie ist die Frau!"

Ich seufzte. „Es ist vollkommen okay und absolut normal, wenn beide Elternteile wieder arbeiten gehen, Oma."

„Mit dir rede ich nicht, Louisa. Du findest es auch okay, unseren Familiennamen in den Schmutz zu ziehen. Manu, nicht Mandu! So heißen wir."

„Apropos Schmutz", meinte Finn, der den Beifahrersitz ergattert hatte, nachdem meine Oma behauptet hatte, dass der Platz nicht sicher sei, wenn ich so fuhr, wie ich Zeitungsannoncen aufgab. „Was machst du, wenn wir in der Kanal–, äh, bei der historischen Stätte nichts finden?", wollte Finn wissen.

„Dann fahren wir zum Schwimmbad am Lentpark", beschloss ich. „Das Opfer wurde mit Chlor überschüttet und davon haben sie dort genug, oder?"

„Worüber redet ihr, Louisa?", wollte meine Oma wissen. „Sprich lauter, Kind!"

„Also, ich höre ja alles", sagte Trudi pikiert. „Bei welchem Chor hat das Opfer gesungen?"

„Chlor!", sagte ich lauter. „Wir reden über Chlor."

„Oh, deine Mutter benutzt das Zeug noch heute in verdünnter Form", beschwerte Oma sich sofort. „Weil sie in der Schneiderei gelernt hat, dass es das beste Mittel ist, um Kleidung zu bleichen. Dabei ist das Zeug Gift! Selbst auf Papier steht heute immer chlorfrei drauf. Aber nein, Gitti Manu will nicht auf mich hören."

Ich öffnete den Mund, drauf und dran, meine Mutter zu verteidigen – diese Woche war sehr merkwürdig! –, erstarrte jedoch. „Moment, was? Man bleicht mit Chlor? Auch Papier?"

„Heute nicht mehr."

„Überhaupt nicht mehr?", hakte ich nach. „In keiner ... Papierfabrik?"

Mein Herz machte einen Hüpfer. Das Schwimmbad hatte mich geblendet! Ich hatte Chlor sofort dem Hallenbad zugeordnet, dabei war es kein Geheimnis, dass man mit Chlor bleichen konnte. Und wenn die Papierfabrik *Walzen und Falzen* noch immer Chlor bei der Herstellung benutzte, suchten wir im Schwimmbad vielleicht an der falschen Stelle.

„Shit", flüsterte ich und zog, als ich das nächste Mal an einer Ampel hielt, mein Handy aus der Tasche. Oma hatte recht. Auf dem meisten Papier stand chlorfrei drauf. Aber wer wusste schon, was die Papierfabrik für Chemikalien benutzte ...

Mein Kopf ratterte und landete bei Hubert Klein, den ich deswegen fragen könnte. Er glaubte an Trimovitz' Unschuld, er würde mir bestimmt helfen.

Mir war klar, dass man am Steuer nicht telefonieren durfte, aber ich stand an der Ampel und die Durchwahl des Chefredakteurs der *Rheinländer Rundschau* im Internet ...

Ja, Regeln waren für mich eher so Richtlinien und ich war gut darin, Beschwerden – besonders innerhalb meiner Familie – zu ignorieren. Ich war trotzdem froh, dass Klein nach nur wenigen Sekunden abnahm, denn meine Oma kannte eine Menge unschöne Worte, die kunstvoll zusammenfassten, was sie davon hielt, dass ich am Steuer saß und gleichzeitig telefonierte.

„Hallo Herr Klein", begrüßte ich meinen Informanten höflich und laut, um Oma zu übertönen. „Hier ist Louisa Manu, ich hatte gehofft, dass Sie mir kurz eine Frage beantworten könnten?"

„Oh, hallo. Worum geht es genau?"

„Um die Papierfabrik, die neben der Druckerei liegt, in der die *Rundschau* gedruckt wird. Wissen Sie zufällig, ob sie ihr eigenes Papier bleicht? Möglicherweise mit Chlor?"

Stille.

Dann ein Hupen.

Mist, die Ampel war auf Grün gesprungen, also fuhr ich eilig los.

„Louisa Josephine Manu, es ist höchst illegal, was du tust!“, rief meine Großmutter, und ich fragte mich, was sie schlimmer fand: meine kriminellen Machenschaften am Steuer oder die Tatsache, dass ich sie eiskalt ignorierte.

„Das ist eine seltsame Frage“, meinte Herr Klein.

„Ja, ich weiß, aber vielleicht haben Sie ja trotzdem eine Antwort?“

Er seufzte. „Tut mir sehr leid. Ich habe mich noch nie mit Papierherstellung beschäftigt. Wir arbeiten nur mit der Druckerei zusammen. Welche Chemikalien für die Papierherstellung benutzt werden, könnte Google vermutlich besser beantworten.“

Ich zog eine Grimasse. Mist. Google kannte sich nur mit dem allgemeinen Prozess, aber vermutlich nicht mit den Zusatzstoffen, die in der Papierfabrik *Walzen und Falzen* verwendet wurden, aus. „Na gut, kein Problem. Trotzdem danke.“

„Gern. Wenn Sie Fragen haben, rufen Sie jederzeit an. Ach, und bevor Sie auflegen, Frau Manu: Sie haben doch gestern, bevor die Leiche gefunden wurde, mit Simon geredet. Hat er Ihnen zufällig gesagt, wo der Probedruck ist, den er abholen sollte? Wir brauchen ihn und Simon ist im Gefängnis so schrecklich schwer zu erreichen.“

Ich zog eine Grimasse und hielt an der nächsten Ampel. „Nein, keine Ahnung“, log ich. Trimovitz hatte wahrlich genug um die Ohren. Doch bei der Erwähnung des Probedrucks erinnerte ich mich daran, was Simon gestern gesagt hatte. „Herr Klein, wer von der Rheinländer Rundschau besitzt eigentlich alles einen Schlüssel zur Druckerei?“

Der Leiter der Papierfabrik hatte gesagt, dass nach neunzehn Uhr nur noch Leute mit Schlüssel die Lagerhallen betreten konnten, und es wäre eine große Hilfe, wenn ich ein paar Menschen aus dem Verdächtigenpool bei der Rundschau ausschließen könnte.

„Zurzeit nur Simon", meinte Herr Klein. „Wir arbeiten schon so lang mit der Druckerei zusammen, dass sie uns vertrauen. Deswegen hat immer der, der für die Probedrucke verantwortlich ist, einen Schlüssel."

„Und Trimovitz ist seit einigen Jahren dafür zuständig?"

„Ja, genau."

„Von wem hat er den Schlüssel bekommen?"

„Puh, vermutlich Bernhard? Nein! Er hatte ihn von Harry, dem Fotografen, den sie hochgenommen haben. Davor hatte ihn Bernhard. Sie geben sich den Schlüssel untereinander weiter."

„Wer war es vor Bernhard?"

„Sabine."

Ich kniff die Augen zusammen. Das hieß also, jeder, der schon einmal für die Probedrucke zuständig gewesen war, hätte sich den Schlüssel problemlos nachmachen, jederzeit in die Fabrik spazieren und dort einen Auftragskiller töten können?

Ich seufzte.

Was zur Hölle wollte ein Killer in einer Papierfabrik? Das ergab absolut keinen Sinn!

„Okay. Danke", murmelte ich. „Das hilft" ... überhaupt nicht.

Wir verabschiedeten uns und ich warf das Handy zurück in die Handtasche.

„Was genau geht hier eigentlich vor sich?“, wollte meine Oma in strengem Tonfall wissen. „Ihr verhaltet euch alle sehr seltsam.“

„Deine Oma sieht dich nicht oft, oder?“, fragte Finn leise. „Sie weiß nicht, was dein normal ist?“

Ich schüttelte den Kopf und hoffte für das Seelenheil meiner Mutter, dass sie es auch nicht herausfand.

Der Eingang zum Kronleuchtersaal in der Kölner Kanalisation lag am Theodor-Heuss-Park zwischen Rheinufer und Ebertplatz. Google hatte mir ausgespuckt, dass Konzerte dort unten stattfanden und es einige Führungen durch den Saal gab. Jedoch nicht mehr in diesem Jahr. Mich störte das nicht sonderlich. Es war schlimm genug, meiner Oma vorspielen zu müssen, dass wir Sightseeing und nicht Mördersuche betrieben. Da musste ich nicht noch einen armen städtischen Mitarbeiter belügen.

Ich parkte am Straßenrand und zahlte lächerliche zwei Euro fünfzig dafür, eine halbe Stunde lang nicht abgeschleppt zu werden.

„Halsabschneider, die Kölner Stadt“, kommentierte meine Oma, bevor sie Finn am Arm packte und ihn danach fragte, wie groß er seine Chancen einschätzte, sein Kind zu verkorksen.

Finns Gesicht ließ bei mir eher die Frage aufkommen, wie groß die Chance war, dass er Oma heute noch vor ein Auto stieß, aber es wäre unhöflich gewesen, die beiden zu unterbrechen, deswegen ließ ich es lieber.

„Louisa, ich verstehe nicht, warum sie mitmusste“, flüsterte Trudi mit gesenkter Stimme, deutliche Unzufriedenheit auf ihrem Gesicht. „Ihr habt schon einen Quoten-Silberfuchs in eurem Team. Eine andere Frau in der Blüte ihres Lebens stiehlt mir nur das Rampenlicht."

„Niemand kann dir das Rampenlicht stehlen, Trudi", versicherte ich ihr. „Sie ist harmlos. Ein wenig einsam." Ein wenig verbittert. „Sei einfach nett zu ihr, dann ist sie auch nett zu dir."

„Hrmpf", machte Trudi, streckte jedoch die Schultern durch und schloss zu meiner Oma auf, bevor ich sie widerwillig sagen hören konnte: „Sie haben eine sehr schöne weiße Bluse an. Sehr ... sauber."

Ich verkniff mir ein Lächeln. Das mit dem Komplimentemachen, übten wir dann noch mal.

Meine Oma blieb stehen und ließ den Blick einmal von Kopf bis Fuß über Trudi schweifen, die eine enge Leopardenleggings und ein schulterfreies, pinkes Top unter ihrer Jeansjacke trug, die so löchrig wie meine Argumentation war, wenn ich Josh die medizinische Relevanz von Schokolade erläuterte. Dann stellte sie fest: „Frauen in unserem Alter sollten sich nicht mehr so freizügig anziehen."

Trudi schnappte nach Luft. „In *unserem* Alter? Ich bin mindestens vierzig Jahre jünger als Sie!"

Mann, für hundertfünfzehn hatte sich meine Großmutter ja wirklich gut gehalten.

„Das war keine Kritik", echauffierte sich meine Oma. „Es ist Ihre Entscheidung, ob Sie billig herumrennen wollen oder nicht."

Das Wort *billig* führte dazu, dass Trudi sich dramatisch ans Herz fasste. „Die Leopardenleggings haben zweihundert Euro gekostet!"

„Was?", rief ich entgeistert. „Warum? Wurden sie vom Körper eines echten Leoparden gerissen?"

„Es sind Designerhosen, Louisa! Und deine Großmutter ist eine alte Hexe!"

„Besser als ein Leopard", erwiderte sie unbeeindruckt. „Und wo genau sind wir hier?"

Ich zog eine Grimasse und ignorierte Finn und Trudi, die meiner Oma giftige Blicke zuwarfen.

„Wir sind da", informierte ich sie hastig. „Das ist unser Ziel." Ich deutete auf das Loch, das sich vor uns im Rasen auftat und in das eine rote Steintreppe hinabführte. Eine schwere, massive Eisentür ragte aufgeklappt in die Höhe.

„Hm. Die Tür ist offen", stellte Trudi fest.

„Das sehe ich."

„Warum ist die Tür offen?", wollte Finn wissen.

„Keine Ahnung."

„Aber gut für uns, oder?" Trudi hob erwartungsvoll die Augenbrauen.

Ich rieb mir über die Arme und zuckte mit den Achseln, während ich nach rechts und links sah. Autos fuhren stetig auf der Straße auf und ab, aber ich konnte keine Menschenseele entdecken, die nicht mindestens fünfzig Meter entfernt war.

Alles, was mir ins Auge stach, war ein Schild hinter dem Eingang, auf dem Besucher darüber informiert wurden, dass Feuer, offenes Licht und Rauchen, Essen und Trinken sowie das Nutzen von Mobiltelefonen verboten waren.

Während Oma kritisch das Loch betrachtete, trat Trudi zu mir und murmelte: „Mann, unser Auftragskiller ist ein ganz schön böser Bube. Sein Handy zu benutzen, war verboten! Er hat trotzdem ein Foto gemacht."

„Ja", erwiderte ich trocken. „Wenn sie ihn schon nicht für all seine Morde verhaften, dann doch zumindest dafür."

„Louisa Josephine Manu", ließ mich meine Oma zusammenzucken. „In Gottes Namen, erwartest du, dass deine Großmutter in die Kanalisation steigt?"

Mhm. War das kein typischer Ort, an den man seine ältere Verwandtschaft mitnahm?

„Es ist eine Kulturstätte", bemerkte Trudi naserümpfend. „Ein historischer Ort. Ich persönlich interessiere mich ja für Geschichte. Aber eine ungebildete Dame vom Land wie Sie –"

„Ich interessiere mich für Geschichte", widersprach Oma sofort.

„Sie *ist* Geschichte", stellte Finn trocken fest.

Oma hörte ihn nicht. Sie starrte Trudi an, die verkündete: „Wenn das so ist, sollte Sie der Kronleuchtersaal dort unten interessieren. Aber wenn die Knochen der Dame zu alt sind, um ein paar wenige Stufen zu bewältigen ..."

Der Blick, den meine Großmutter Trudi zuwarf, hätte die Schneekönigin erfrieren lassen können. „Ich habe eine neue Hüfte –"

„Ich habe eine neue und eine kaputte", übertrumpfte Trudi sie.

„Meine Augen sind nicht mehr die besten –"

„Ha! Mein Arzt meinte, meine Augen wären eine Zumutung für den Straßenverkehr."

„Ich muss mich nicht dafür rechtfertigen, dass meine Arthrose –"

„Meine Arthrose tritt jeder anderen Arthrose in den Hintern!", verkündete Trudi selbstzufrieden – und ich kannte endlich die Währung, in der alte Leute sich maßen: ihre Krankheiten und Wehwehchen.

„Willst du nicht ... dazwischengehen?", fragte Finn unwohl.

„Nee." Ich schüttelte den Kopf. „Ich will nicht, dass mir Trudis Arthrose in den Hintern tritt."

Abgesehen davon war mir gerade aufgegangen, dass ich Rispo als wohlwollende Geste innerhalb unserer frischen Verbrecherjagd-Partnerschaft besser Bescheid sagte, wo ich war und was ich vorhatte. Nicht dass diese Situation gefährlich war, aber ich würde gleich wieder durch eine fremde offene Tür gehen und die Vergangenheit hatte gezeigt, dass er lächerlicherweise ein Problem damit hatte.

Ich wollte ihn allerdings nicht anrufen, denn dann könnte er es mir ausreden, also schrieb ich ihm nur hastig eine Nachricht.

Hoffe, du hast einen wundervollen Tag! Kurz was anderes: Mache einen Abstecher in die Kanalisation. Dort hängt der Kronleuchter von Karl Kummerkickers Handy. Und kann es sein, dass das Chlor aus der Papierfabrik und nicht aus dem Schwimmbad stammt? Viel Spaß dir!

Zwei Sekunden später fing mein Handy an zu klingeln und Joshs Foto blinkte auf dem Display auf.

Hm. Das war jetzt unpraktisch. Wie schade, dass mir das Schild verbot, mein Handy zu benutzen. Ich stellte es auf lautlos und stopfte es zurück in meine Handtasche.

„Okay", verkündete ich laut. In mir manifestierte sich die unrealistische Angst, Rispo könnte plötzlich hinter dem nächsten Baum hervorspringen und mich verurteilend ansehen – wir beeilten uns also besser. „Wir gehen los. Jeder, der hier oben bleiben will, bleibt einfach hier oben und wartet.“

Niemand wollte warten.

Kapitel 8

Ich fühlte mich, als wäre ich auf dem Weg, das Vermächtnis der Kanalisations-Tempelritter zu lüften. Der Eingang führte in einen steinernen Gang, der wohl mal aus dunkelrotem Klinker bestanden hatte, durch die Zeit und das gelbe künstliche Neonlicht an den Wänden aber mittlerweile blass wirkte.

Die Decke über uns wölbte sich leicht und wurde von rostigen Rohren geschmückt, die das Einzige waren, was den Gang nicht wie aus einem Fantasyroman entnommen wirken ließ.

„Dokumentier das hier am besten, Finn", wies Trudi ihn an, die uns voranlief. „Du kannst ja deine Gedanken aufnehmen und sie dann nachher aufschreiben."

Finn nickte pflichtbewusst, ließ sich etwas zurückfallen und sprach leise in sein Handy: „Mit einer Leichtigkeit, die man einer hundertjährigen Dame mit Mordsarthrose gar nicht zutraut, hüpft Gertrude Stein durch die stinkende Kanalisation ..."

Mhm. Er machte einen soliden Job. Er brauchte meine Hilfe nicht. Ich hielt mich lieber an meine Großmutter, die naserümpfend vor mir her stapfte.

Unsere Schritte hallten von den Wänden wider, die sich zunehmend zu einer Art rundem Tunnel formten. Je weiter wir uns vom natürlichen Sonnenlicht entfernten, desto feuchter wurden Boden und Wände. Die Neonlichter wanderten an die Decke und flackerten unruhig, während der Gang sich leicht nach oben bog und schließlich an einer kurzen Treppe endete, die in den deutlich helleren Kronleuchtersaal führte.

Es roch ... nicht gut. Und ich benutzte nur keine unmissverständlicheren Ausdrücke, weil ich die Gefühle des Kronleuchtersaals nicht verletzen wollte. Er wusste sicherlich, dass er nicht in derselben Liga anderer Paläste spielte, durch die kein dreckiger Kanal gefüllt mit den Exkrementen Kölns geleitet wurde. Mir war nicht bewusst gewesen, dass Wasser eine derartig grünbräunliche Farbe annehmen konnte – und war unsicher, ob ich mein Leben nicht auch ohne das Wissen hätte glücklich weiterführen können.

Der plätschernde Kanal lag etwa einen halben Meter unter dem Podest, auf dem wir uns befanden, das von einem eisernen Geländer umgeben wurde. Als müssten die Touristen davon abgehalten werden, freiwillig in das dreckige Wasser zu springen. Zwei rot-weiße Rettungsringe lehnten an dem Geländer, und instinktiv fragte ich mich, wie tief der Kanal wohl war, dass die Stadt Angst hatte, jemand könne darin ertrinken. Die Gedenktafel zu meiner Rechten zeigte zumindest keine Liste der Opfer, die in der Kanalisation ertrunken waren, sondern die Namen derjenigen, die man zur Rechenschaft ziehen konnte, falls dieser Saal in sich zusammenbrach. Direkt gegenüber von mir führte eine Treppe zum Geländer hoch, hinter dem sich ein rundes, schwarzes Loch auftat, in das der Abwasserkanal und eine Art breiter Bürgersteig führten. Die Stufen waren vermutlich für Mitarbeiter der Stadtwerke, die sich tiefer als bis in den Saal vorwagen mussten, denn sie erleichterten es einem, über das Geländer zu steigen.

Und zu guter Letzt, in der Mitte, direkt über unseren Köpfen, hing der Kronleuchter.

Trudi hatte recht gehabt. Es war der weißangemalte Leuchter von Kummerkickers Bild. Nur, warum zur Hölle war der Auftragskiller hier unten gewesen?

„Es stinkt", verkündete meine Großmutter und betrachtete die Gedenktafel.

„Es ist die Kanalisation, was haben Sie erwartet?", erwiderte Trudi, die am Geländer stand, sich darüber beugte und in das Abwasser starrte.

Ich achtete nicht auf die beiden und suchte stattdessen den Boden und die Wände ab. Nach was, wusste ich auch nicht so genau. Vielleicht hoffte ich, dass Karl Kummerkicker seinen Namen zusammen mit den Worten:

Ich war hier und habe eine Menge Leichen in der Kanalisation versteckt

in den Klinkerstein geritzt hatte. Oder aber:

Ich hatte eure Adresse nur in der Hand, weil ich mir eine Wohnung in eurem Mehrfamilienhaus ansehen wollte.

Meine Fantasievorstellungen hatten jedoch erst ein einziges Mal in meinem Leben der Realität entsprochen. Als Josh das erste Mal vor meinen Augen sein Shirt ausgezogen hatte.

Der Boden war dreckig, die Steine brüchig, aber ...

Ein lautes *Klonk*, ein durchdringendes Knacken, gefolgt von einem Scharren hallten durch den Tunnel vor uns.

Meine Nackenhaare richteten sich auf und ruckartig hob ich den Kopf. Langsam trat ich auf die Treppe zu, die in das schwarze Loch hinter dem Saal führte, und starrte in die Dunkelheit.

Angespannt horchte ich in die Stille, doch da war nichts. Nur …

„Es ist ein wenig gruselig hier, oder?", fragte Finn direkt neben mir.

Ich zuckte zusammen, während Decke und Wände als hundertfaches Echo bestätigten, dass es „gruslig, gruselig, gruselig" war.

„Keine Ahnung, was du meinst", sagte ich mit hoher Stimme und zog die Arme um meinen Körper. Mir war auf einmal kalt.

„Es ist voll leer hier. Ich glaub nicht, dass es Hinweise auf Kummerkicker oder seinen Mörder gibt", sprach Finn aus, was ich dachte.

Seufzend nickte ich und wollte mich schon wieder umdrehen … als ich auf der obersten Stufe vor mir etwas glitzern sah.

Stirnrunzelnd stieg ich die Treppe hoch und beugte mich vor. Direkt unter dem Geländer, das Abwasserkanaltunnel von Kronleuchtersaal trennte, lag ein goldener, runder Knopf. Er bestand aus Metall und hatte nur eine Öse, durch die man einen Faden ziehen konnte. Langsam beugte ich mich hinunter und hob ihn auf. Er erinnerte mich an die Knöpfe, die meine rot-goldene Blaskapellen-Uniform während meiner sehr kurzen Karriere als Karnevals-Trommlerin geschmückt hatten. Meine Mutter hatte es für eine gute Idee gehalten, dass ich ein Instrument lernte. Ich hatte es für eine gute

Idee gehalten, die hundert Euro teure Trommel als Blumentopf zu benutzen.

Gute Ideen waren in meiner Familie ein strittiges Thema.

Lächelnd drehte ich den Knopf in den Fingern. Er könnte seit Jahren hier unten liegen und ich brauchte noch etwas Altes für unsere Hochzeit, falls Trudi sich weigerte, den Part zu übernehmen. Also steckte ich ihn ein – bevor erneut ein Scharren aus dem düsteren Tunnel drang. Als würde jemand etwas Schweres über den Steinboden ziehen und dann sofort wieder aufhören.

Ich zog die Schultern hoch, fischte mein Handy aus der Tasche und betätigte die Taschenlampenfunktion, um hineinzuleuchten.

Doch ich sah nur den dreckigen Kanal und den Bürgersteig daneben, bevor der Gang eine Biegung machte und rein gar nichts mehr zu erkennen war.

„Vermutlich nur die Ratten", meinte Finn achselzuckend.

Ich erschauderte. Cool. „Okay, wir können wieder gehen", verkündete ich laut.

Oma sah mich verwirrt an. „Ich dachte, du wolltest Kultur genießen?"

„Ja, aber du hast recht: Es stinkt hier unten." Ich lächelte unschuldig und lief den anderen voran zurück in Richtung Ausgang. Ich musste Finn zustimmen: Es war gruselig hier unten. Ich lief den steinernen Flur entlang, darauf bedacht, nicht zu schnell für die arthrosebeinigen Seniorinnen zu gehen, und freute mich schon auf den Streifen Tageslicht am Ende des Tunnels ... doch der blieb aus. Und als ich am Ende des Gangs angelangt war, wusste ich auch, warum.

Die Luke nach draußen war geschlossen.

Mein Herz schlingerte in meiner Brust und meine Lunge stotterte. Vielleicht war der Wind sehr stark gewesen?

„Warum bleibst du stehen, Louisa?", wollte Trudi wissen.

„Ich bin nur ein wenig außer Puste und wollte durchatmen", erwiderte ich mit hoher Stimme, streckte die Hand nach der Klinke über meinem Kopf aus …

Oh, scheiße, es gab keine Klinke. Es gab nur glattes, kaltes Metall. Ich drückte mit beiden mittlerweile schweißnassen Händen, stemmte die Schulter dagegen … doch die Tür kooperierte nicht.

„Louisa, mach keine Faxen!", tönte meine Großmutter, als mit einem leisen Klirren alle Lichter gleichzeitig erloschen.

Kalte, unnachgiebige Dunkelheit fiel über uns her.

Oh nein.

Nein, nein.

Ich war wie eine Pflanze, ich *brauchte* Licht!

„Okay. Das ist uncool", stellte Finn hinter mir fest.

„Ich krieg die Tür nicht auf", zischte ich. „Sie muss von außen verschlossen worden sein."

„*Was?*", herrschte meine Großmutter.

„Oh, wie abenteuerlich", sagte Trudi entzückt.

„Überhaupt *nicht* cool!", rief Finn.

„Ich weiß, ich weiß", erwiderte ich und gab mir Mühe, meine Stimme ruhig klingen zu lassen, auch wenn diese Situation so hilfreich für meinen Blutdruck war, wie Butter unter mein Nutella zu streichen. „Moment. Das ist gar kein Problem." Mit klammen Fingern zog ich mein Handy hervor, schaltete meine Taschenlampe an und wählte Joshs Nummer ... nur um von meinem Telefon erzählt zu bekommen, dass ich keinen Empfang hatte.

Scheiße.

„Ähm, nur so aus Interesse", sagte ich im freundlichen Plauderton. „Hat einer von euch hier unten Handyempfang?"

„Louisa!", sagte Trudi. „Du darfst dein Handy hier unten nicht benutzen."

„Ich denke, es ist okay, die Regel für den Moment zu brechen", erwiderte ich mit viel zu hoher Stimme und atmete tief durch. Doch es half nicht wirklich. Ich war mir fast sicher, dass es hier unten auf einmal viel weniger Sauerstoff gab als noch vor ein paar Sekunden.

„Ich hab keine Balken", bemerkte Finn und schaltete ebenfalls sein Handylicht ein.

„Mein Handy liegt in deinem Auto, Louisa", verkündete Trudi.

„Ich besitze kein Handy. Die Strahlung schadet meiner Arthrose", echauffierte sich Oma.

Ich kniff die Augen zusammen und atmete tief durch die Nase ein und durch den Mund wieder aus. Ich hatte gerade nicht den Nerv dazu, mit meiner Großmutter über die Gefahren von Handystrahlung zu diskutieren. Ich war zu sehr damit beschäftigt, ruhig zu bleiben!

Josh hätte mir jetzt erzählt, dass ich rational bleiben musste und Panik mir nicht dabei half, einen klaren Kopf zu bewahren.

Vielleicht sollte ich mich also auf die guten Dinge konzentrieren: Ich hatte weder Klaustrophobie noch fürchtete ich mich vor Kanalisationen. Außerdem hatten wir ein wenig Licht und ich wusste dank Ratatouille, dass Ratten zutiefst missverstandene Tiere waren, die auch nur ihrem Traum hinterherjagten. Und solange sie nicht davon träumten, mich zu fressen, hatten wir kein Problem!

Ich stieß einen Schwall Luft aus und straffte die Schultern. „Na schön. Das ist unpraktisch", gab ich zu. „Aber kein Grund zur Sorge! Wir laufen erst einmal zurück zum Kronleuchtersaal. Der ist etwas höhergelegen, vielleicht haben wir ja dort Empfang."

Hatten wir nicht. Weder auf der Treppe, auf der ich mein Handy fast direkt bis an die Decke strecken konnte, noch bei der Gedenktafel.

„Lou", meinte Finn feierlich. „Irgendwer muss es dir sagen: Deine Pläne sind richtig scheiße!"

„Das hier war kein Plan!", verteidigte ich mich laut.

„Ja", erwiderte Finn trocken. „Das merkt man. Weißt du, ich mach viel Mist, aber ich bin noch nie mit meiner Oma in der scheißdunklen Kanalisation eingesperrt worden."

„Nein! Du bist nur bekifft mit deiner Freundin in den Zoo eingebrochen und hast dabei zugesehen, wie jemand eine Leiche wegträgt."

„Das war Emilys Idee gewesen, was meine These nur stützt."

„Was für eine These?", fragte ich verwirrt.

„Dass alle Manu-Frauen verrückt sind! Egal in welcher Generation!"

Es sprach dafür, wie ängstlich meine Großmutter war, dass sie zu dem Thema nichts beizutragen hatte.

Ich öffnete gerade den Mund, um Finn zu erzählen, dass auch Familie Rispo sich wahrlich nicht mit Ruhm bekleckerte, als Trudi sich zu Wort meldete: „Es riecht irgendwie verbrannt hier, oder?"

Ich verstummte und blinzelte, um mich auf die Luft konzentrieren zu können, die nach Pipi, Kacka ... und Rauch roch. Irritiert sah ich zu Trudi.

„Ich rieche es auch. Aber ..." Oh scheiße. Mein Magen verkrampfte sich ruckartig, als mir einfiel, dass Josh mir seit Wochen erzählte, dass hier unten Jugendliche herumkokelten. Und Feuer mit Jugendlichen zu kombinieren, war, nun, wie Feuer mit Trudi zu kombinieren. Schlichtweg keine gute Idee.

„Okay, ich denke, wir müssen hier raus", bemerkte ich, wischte meine feuchten Hände an meiner Hose ab und schluckte. Der Rauchgeruch konnte nur von vorn kommen, denn jugendliche Feuerteufel hätten wir auf dem Weg zum Ausgang unmöglich übersehen. Wir konnten aber auch nicht hier stehen bleiben, bis die Luft zu schlecht zum Atmen wurde. Alles, was uns übrig blieb, war geradeaus zu gehen und zu hoffen, dass der Geruch von weit weg herrührte und wir möglichst schnell einen anderen Ausgang fanden.

„Passt auf: Wir laufen am Kanal entlang und halten nach einer Leiter Ausschau, die zu einem Gully hochführt", schlug ich vor. Köln hatte eine Menge Gullys! Irgendwo musste man doch hoch zur Straße klettern können.

„Mein Arzt hat mir verboten zu klettern", bemerkte Trudi. „Er meinte, meine Knochen sind mehr zum Sitzen, höchstens ruhigem Stehen geeignet."

„Ich klettere auch nicht", fügte meine Großmutter steinern hinzu. „Das ... ziemt sich nicht für eine Frau von Rang und Namen."

Mhm, klar. Das war der Grund.

Unwohl leuchtete ich mit meinem Handy in Richtung meiner Großmutter, die sehr, sehr wütend ... und sehr, sehr ängstlich aussah. Fast, als würde sie sich in der stockdunklen Kanalisation nicht wohlfühlen.

Gott, ich würde definitiv nicht die Enkelin des Jahres werden. Doch was hatten wir schon für eine Wahl? Stehen bleiben und hoffen, dass sich die Tür von allein wieder öffnete?

„Okay", sagte ich. „Wir müssen jetzt einmal kurz doch ein bisschen klettern. Aber nur übers Geländer. Und wir helfen euch dabei."

Ich war in meinem Leben noch nie so froh darum gewesen, Finn dabei zu haben. Er konnte es zwar nicht mit den Muskeln seines Bruders aufnehmen, aber die beiden Seniorinnen über die Absperrung zu tragen, war kein Problem für ihn. Tiermist zu schaufeln sorgte offenbar für starke Arme.

„Finn, leuchte Trudi und meiner Oma, ja? Damit sie nicht hinfallen. Ich suche weiter nach Empfang."

Ich lief unserer kleinen Gruppe voran, darauf bedacht, nicht zu hetzen, damit niemand auf dem feuchten Boden ausrutschte. Vor allem Arthrose-Queen eins und zwei nicht. Das Handy hielt ich über meinen Kopf, weil mein Licht so weiter in die Ferne leuchtete und ich mit trockenem Mund auf das Display starren konnte, um zu sehen, ob ich nicht doch plötzlich Empfang hatte. Wir alle waren sehr still, was mir fast so viel Sorge bereitete wie die Dunkelheit, das gelegentliche Scharrgeräusch und der Feuergestank. Ich wusste nicht, ob der Rauchgeruch beißender wurde oder ich mich an den Kanalisationsmief gewöhnte und andere

Gerüche plötzlich mehr hervorstachen. Das einzig Beruhigende war, dass ich keine Rauchschwaden entdecken konnte, obwohl das natürlich auch daran liegen konnte, dass Finns und meine Taschenlampenfunktion nicht gerade für einen Flutlichteffekt sorgte. Wir waren hier unten noch blinder als Trudi im Straßenverkehr. Bei mir funktionierten nur noch meine Schweißdrüsen und meine Ohren hervorrag–

Ein Knall gefolgt von einem Platschen zerfetzte die Stille. Der Lärm riss an meinem Trommelfell und trieb mir das Adrenalin mit kleinen Nadelspitzen in den Körper, während Finn zusammenzuckte und die Hände in meine Schultern krallte. Entweder brauchte er etwas zum Festhalten oder einen menschlichen Schild – und ich brachte es nicht über mich, ihm zu sagen, dass ich ihn in etwa so gut schützen konnte, wie meine Oma freundlich sein.

„War das ... ein Schuss?", wisperte er. Seine Haut wirkte kalkweiß, aber vielleicht lag das auch nur an dem hellen Licht, dass er sich direkt ins Gesicht leuchtete. Als erzähle er Gruselgeschichten am Lagerfeuer.

Hinter ihm riss meine Großmutter schockiert die Augen auf, während Trudi versuchte, sich an uns vorbeizudrängeln, auf dem Steg aber nicht genug Platz fand.

„Ich glaub nicht", hauchte ich, ignorierte meinen verkrampften Magen und sah Trudi warnend an. „Es hat sich eher angehört, als hätte jemand was fallen–"

Meine Worte gingen in einem lauten Fluchen unter, das hundertfach im Gang nachhallte. Eine männliche Stimme benutzte eine Reihe unheiliger Wörter, bevor ein Rauschen ertönte – und plötzlich war unser Handylicht nicht mehr die einzige Lichtquelle. Ein warmes

Flackern flutete um die nächste Biegung und der Geruch nach Feuer verstärkte sich, sodass ich mich davon abhalten musste, zu husten.

Trudi öffnete den Mund, doch ich schüttelte nur heftig den Kopf und legte einen zitternden Finger an meine Lippen.

Wir waren definitiv nicht allein und die Stimme hatte sich nicht nach einem Jugendlichen angehört, der aus Jux ein paar Zeitungen verbrannte.

Scheiße. Mein Puls schoss in die Höhe und Angst zuckte in Schüben durch meinen Körper. Ich besaß keine Waffe. Ich besaß keinen Feuerlöscher. Ich besaß offenbar nicht einmal gesunden Menschenverstand! Ich war völlig unbewaffnet.

Aber vielleicht machte ich mir umsonst Sorgen. Vielleicht war der fluchende Mann sehr nett. Vielleicht *durfte* er hier unten sein und ein Feuer entfachen. Vielleicht erzählte ich mir selbst auch eine Menge Mist, den ich mir nicht einmal selbst abkaufte.

Langsam sog ich Luft durch die Nase ein und stieß sie durch den Mund wieder aus, während ich mein Handy über den Kopf streckte und hoffte, betete ...

Oh mein Gott, ich hatte einen Balken!

Ich biss mir von innen auf die Lippen, damit ich kein Seufzen der Erleichterung ausstieß, bevor ich, die Hände noch immer hoch erhoben, eine Nachricht an Josh tippte. Ich wollte ihn nicht anrufen, sonst hörte derjenige, der sich hinter der Biegung versteckte, mich noch. Ich hatte nämlich das ungute Gefühl, dass er nicht erwischt werden wollte, und zu hundert Prozent sicher, dass es vorhin doch kein Schuss gewesen war, der sich gelöst hatte, war ich mir auch nicht. In einem

Kampf zwischen zwei Gebissen und einer Pistole errechnete ich uns keine hohen Chancen.

Nein, nein: Wir würden schön still sein und hoffen, dass das Licht des Feuers unser Handylicht überstrahlte, denn in völliger Dunkelheit wollte ich hier auch nicht stehen.

Mit hämmerndem Herzen schickte ich meine erste Nachricht ab. Ich hielt es kurz und professionell.

Okay, du darfst nicht wütend sein! Aber du musst SOFORT in die Kanalisation kommen. Eingang zum Kronleuchtersaal.

Als zehn Sekunden später die drei Punkte bei WhatsApp erschienen, die mir versicherten, dass Josh bereits zurückschrieb, war ich so erleichtert, dass meine Knie zitterten. Ich hatte mich schon sehr oft darüber beschwert, dass Josh sein Handy nie auf leise stellte, falls auf der Arbeit etwas Wichtiges passierte, aber jetzt gerade war ich unendlich froh darum, dass er als wandelnde Lärmbelästigung unterwegs war.

Ich liebe es, wenn Unterhaltungen so anfangen. Was zur Hölle ist los?

Tür war offen. Bin mit Finn, Trudi und Oma in Kanalisation gestiegen. Jetzt ist Tür zu. Feuer!

Deine Anekdoten waren auch schon mal besser.

Ein neues Knacken ertönte und mir wurde ein wenig schwindelig.

Josh! Irgendwer ist hier unten, der hier nicht hingehört!

Du meinst abgesehen von euch?

Das ist nicht lustig. Jemand hat Feuer gelegt und wir sind hier unten eingesperrt! ... und vielleicht ist ein Schuss gefallen.

Scheiße. Du benutzt keine Emojis. Jetzt machst du mir Angst.

Ja!

Beweg dich nicht. Bin in der Nähe und unterwegs.

Was ist, wenn wir vor dem Feuer weglaufen müssen?

Na, dann bewegst du dich natürlich doch!!!

Ich atmete durch. Okay, das war ein Plan. Wir mussten hier nur stehen bleiben und nichts tun, wir ...

„Wo ist Trudi?", fragte ich alarmiert, meine Stimme so leise, dass sie beinahe in dem erneuten Knacken des Feuers unterging. Ich hatte mich zu den anderen umgedreht, um ihnen zu bedeuten, dass Hilfe unterwegs war, doch nur zwei ängstliche Gesichter schauten mir entgegen. Ich hatte die letzte Minute nur an die Decke gestarrt, also ...

„Oh, scheiß die Wand an. Ich glaub, sie geht gucken", meinte Finn gequält und nickte nach vorn.

Ich wirbelte herum und sah gerade noch, wie Trudi um die nächste Biegung verschwand. Doch nur, weil sie auf Zehenspitzen lief, hieß das nicht, dass sie unbemerkt blieb! Trudi blieb *nie* unbemerkt. Es steckte einfach nicht in ihren Genen!

Fuck!

Ein überhaupt nicht gutes Kribbeln setzte in meiner Brust ein. Meine Füße riefen den Notstand aus und fingen komplett von allein an, sich zu bewegen. Ich vergaß, dass niemand meine Schritte hören sollte, rannte einfach los, bereit, Trudi aus dem Weg zu boxen, falls der Feuerteufel doch bewaffnet war ... als ich hörte, wie sie rief: „Hey! Feuer machen ist hier unten verboten. Haben Sie das Schild nicht gelesen?"

Fuckedifuck!

Ich schlitterte um die Ecke ... und stieß fast mit Trudi zusammen, die hinter der Kurve stehen geblieben war.

„Ich hab ihm wohl Angst eingejagt", sagte sie schulterzuckend und nickte nach vorn.

Ich starrte über ihre grauen Locken hinweg und sah gerade noch durch ein paar züngelnde Flammen, wie ein Mann in schwarzem Mantel wegrannte.

„Kannst du durch Feuer springen? Dann könntest du ihm folgen", schlug Trudi vor.

„Meine feuerfeste Kleidung und Haut sind leider gerade in der Reinigung."

„Ey, ist das ... ein Kopf, der brennt?", fragte jemand an meinem Ohr. Finn, der mit Oma zu mir aufgeschlossen hatte.

„Was?" Erst jetzt konnte ich mich auf das Feuer konzentrieren. Es roch schlimmer, als es aussah. Es blockierte zwar den Gang, sodass man nicht daran vorbei-kam, außer man wollte schwimmen, war jedoch kaum größer als zwei mittelgroße, sich umarmende Feuer-pokémon. Außerdem breitete es sich nicht aus, sondern brannte fröhlich an Ort und Stelle, wo es mit seinen Flammen tatsächlich ein paar überdimensionale Köpfe verschlang. Gott sei Dank nur welche aus Pappmaché, nicht aus Haut und Knochen.

„Was zur Hölle ist das?", stieß ich aus und lief an Trudi vorbei auf das Feuer zu.

Jemand hatte ein paar schwere Holzscheite aufge-stellt und dann Pappmachéköpfe und weißes Papier zwischen sie gestopft. Die brennenden Gesichter ka-men mir merkwürdig bekannt vor. Waren das Fußball-spieler? Ich meinte, Oliver Kahn und Philipp Lahm so-wie Michael Ballack zu erkennen, was für mich noch weniger Sinn ergab als der Gegenstand, der am Rand der Flammen glänzte ...

„Guck mal, da ist ein Messer! Sieht blutig aus", stellte Trudi fest.

Mein Mund wurde trocken und ich beugte mich vor. Scheiße. Die Augen von Trudi waren schlecht, aber noch gut genug, denn das war ernsthaft ein Messer. Es hatte einen angelaufenen Holzgriff, den ein rostiges spitzes Metallende zierte, an dem bereits die Flammen leckten, während die blutige Klinge noch fast unbe-rührt war.

Ein lautes Rauschen setzte in meinem Kopf ein. Was zur Hölle war hier los? Wer ging in die Kanalisation, um leere Din-A2-Blätter, alte Fußballer und ein blutiges Messer zu verbrennen?

„Mhm", machte Trudi. „Wenn das ein Beweismittel ist, wäre es wohl besser, wenn es nicht verbrennt, oder?"

Ich hasste es, wenn Trudi recht hatte. So sehr. Kummerkicker war mit einem Messer erstochen worden ... und offenbar in der Kanalisation unterwegs gewesen. Was, wenn die Brände und sein Tod zusammenhingen? Was, wenn dieses Messer ihn umgebracht hatte – und alle Hinweise an Griff und Klinge gerade bis zur Unkenntlichkeit verkohlten?

„Okay, wir müssen das Feuer löschen!", stieß ich aus.

„Tu dir keinen Zwang an. Da ist Wasser", stellte Finn trocken fest und deutete auf den Kanalisationskanal.

„Hier, damit kannst du schöpfen." Trudi zog eine leere Tupperdose aus ihrer Handtasche, in der ziemlich sicher mal Kekse gewesen waren.

Ich nahm sie entgegen, ging auf die Knie und beugte mich vornüber, um ans Wasser zu gelangen. Doch der Kanal lag zu tief und ich kratzte mit dem Gefäß nur an der Oberfläche.

Scheiße.

„Okay. Das klappt so nicht. Irgendjemand muss reinspringen, Wasser rausschöpfen und das Feuer löschen!" Hektisch sah ich mich um, doch *irgendjemand* war einfach nicht zu finden. „Das sind womöglich Beweismittel, die gerade verbrennen! Komm schon, Finn!", fuhr ich auf, während das Feuer die kostbaren Sekunden, die verstrichen, dafür nutzte, den Messergriff zu schwarzer Kohle zu verbrennen.

„Neee." Er schnaubte und tippte sich mit dem Mittelfinger gegen die Schläfe. „Nicht in diesem Leben."

„Von was für Beweismitteln redet ihr?", wollte Oma wissen.

Ich ignorierte sie. „Finn! Du wolltest in meinem Team sein!"

„Ja. Und in einem Team herrscht Demokratie", erwiderte er gelassen. „Also: Wer ist dafür, dass Lou reinspringt?"

Trudis Hand schoss sofort in die Höhe und sogar meine Oma hob widerwillig den Arm.

Ungläubig sah ich sie an. „Ich bin Chefin dieses Teams, ich –"

„Chefinnen müssen Opfer bringen", stellte Trudi fest, streckte die Arme aus … und schubste mich in den Kanal.

Es sprach dafür, dass ich wirklich anfangen sollte, Sport zu machen und Muskeln aufzubauen, dass ich den knochigen Armen des Ü-70-Arthrose-Clubmitglieds rein gar nichts entgegenzusetzen hatte. Ich war zu überrascht. Mein Gleichgewichtssinn zu schlecht. Der Kanal zu nah.

Das Gute war, dass ich auf den Füßen landete und mein Kopf verschont blieb. Das Schlechte, dass ich nur knapp eins siebzig groß war und das Wasser mindestens einen Meter tief.

Was bedeutete, dass sich mehr Prozent von meinem Körper *in* dem dreckigen, grünlich-braunen Kanalwasser befanden als oberhalb. Ich stellte fest, dass ich kein Faible dafür hatte und der Gestank schlimmer wurde, je näher man sich an dessen Oberfläche befand. Außerdem wollte ich niemals erfahren, woraus der glitschige Untergrund bestand, auf dem meine Füße Mühe hatten, Halt zu finden.

Es war fast seltsam, dass ich Ekel überhaupt noch empfinden konnte, denn ich hatte in meinem Leben schon eine Menge abartige Dinge gesehen und getan. Ich hatte sowohl schon einmal unfreiwillig mit einer Leiche geschmust als auch meinen Feierabend in einem Müllcontainer gefüllt mit Tierüberresten verbracht. Aber dieser Moment schaffte es locker aus dem Stand in die Top drei. Er kam noch vor dem Sonntagsbrunch zu meinem siebzehnten Geburtstag, der mit einer Reihe ästhetischer Fotos von Geschlechtskrankheiten begonnen hatte, weil meine Mutter Kondome in meinem Zimmer gefunden hatte – die ich ehrlicherweise nur dafür benutzt hatte, Ballontiere zu basteln. Ich war eher ein Spätzünder gewesen und hatte meine Jungfräulichkeit erst mit über zwanzig verloren.

Leider lenkten meine Gedanken mich überhaupt nicht von dem schleimigen Gewässer ab, das gegen meine Hüfte klatschte, und unwillkürlich fragte ich mich, ob Kotze wohl ein gutes Löschmittel war. Denn davon könnte ich etwas bereitstellen.

Leider riss mich das plötzliche laute Knacken des Feuers aus meiner Selbstmitleidsspirale und erinnerte mich daran, dass es zurzeit Wichtigeres gab. Fluchend tauchte ich die Tupperdose ins Wasser und schöpfte es aufs Feuer. Ich war bereits in den dreckigen Brunnen gefallen, dann konnte ich jetzt genauso gut Beweismittel retten.

„Finn!", rief ich und schleuderte hektisch Wasser auf das blutige Messer am Rand des Feuers. Es hatte keinen Sinn, zu versuchen, alle Flammen mit meinem mickrigen Behälter zu löschen. Stattdessen konzentrierte ich mich nur auf die eine Stelle. „Sobald das Feuer am Rand klein genug ist, zieh das Messer mit dem Fuß raus.“

„Meine Sneaker sind weiß, Lou!“, beschwerte sich Finn.

„Na, dann hättest du mit ihnen wirklich nicht in die Kanalisation steigen dürfen“, fauchte ich zurück. „Aber komm ruhig rein und wir tauschen die Rollen.“

Miesepetrig verzog er das Gesicht. „Nee, du machst das schon sehr gut. Ich will dir nicht den Sinn deines Lebens rauben.“

Ich zeigte ihm den Mittelfinger und mir war egal, dass meine Großmutter schockiert die Luft einsog. Jetzt gerade konnte ich bei ihr ohnehin keine Pluspunkte sammeln. Es hätte mich nicht gewundert, wenn sie mich und meine Eltern gleich morgen aus ihrem Testament strich. Vermutlich mithilfe eines roten Stempels, der *unwürdig!* las.

Ich hatte keine Ahnung, wie lange ich Wasser schöpfte, ich wusste nur, dass Finn irgendwann fluchend vorstolperte, scheinbar mit den Füßen nach den Flammen trat und unter lautem Klappern das Messer rettete.

Es war trotzdem kaum noch wiederzuerkennen. Der Holzgriff war vollkommen verkohlt und das Blut auf der Klinge verdunstet und vertrocknet und nur noch eine einzige schwarze Schliere.

„Oh Gott“, meinte ich stöhnend, legte den Kopf in den Nacken und ließ die Tupperdose sinken. „Wenn das alles jetzt umsonst war …“

„War es nicht“, versicherte mir eine dunkle Stimme. „Unsere erste gemeinsame Weihnachtskarte als Ehepaar wird fantastisch. Bitte lächeln!“

Verwirrt blickte ich auf. Die Lichter der Neonröhren über unseren Köpfen sprangen an und ich sah gerade noch, wie Rispo, der hinter meiner Oma aufgetaucht war, ein Foto von mir schoss.

Ungläubig öffnete ich den Mund. „Du sollst dir Sorgen, keine Fotos von mir machen!", beschwerte ich mich.

„Oh, ich hab mir Sorgen gemacht", bestätigte er sachlich, seine Miene grimmig. „Aber dann habe ich euch schon von Weitem durcheinanderschreien hören. Und nachdem ich wusste, dass ihr alle lebt, bin ich wütend geworden." Er neigte den Kopf und verengte die Augen. „Aber mir hätte klar sein sollen, dass du irgendwann nicht nur metaphorisch in der Scheiße stecken würdest."

Ich schnaubte. „Hast du dir den Spruch auf dem Weg hierher ausgedacht? Und kannst du mir mal hier raushelfen?" Ich streckte die Hand nach ihm aus, doch Josh bewegte sich nicht.

„Sorry. Aber ich will meine Hände nicht schmutzig machen. Das ist eher dein Job, oder?"

„Bist du jetzt ernsthaft wütend? Ich habe dir Bescheid gesagt!"

Er schnaubte. „Ich glaube, wir müssen noch einmal darüber reden, was ‚Bescheid sagen‘ alles umfasst."

Lieber nicht. Ich vermutete nämlich, dass wir beide zwei sehr unterschiedliche Meinungen zu dem Thema hatten. In etwa so unterschiedlich wie dazu, wie man sich verhalten sollte, wenn man seine Verlobte bis zum Bauchnabel in einem Kanalisationskanal stehend vorfand.

Genervt stützte ich mich mit den Armen auf den Rand des Kanals und hievte mich aus dem Ekelwasser. Meine Arme zitterten und es musste von außen wohl aussehen, als versuche eine Babyrobbe ohne Flossen an Land zu kommen, aber wenigstens war ich aus dem Kanal. Auch wenn der Geruch an mir haftete wie der Ruß an dem Messer.

Als ich mich endlich aufgerappelt hatte, sah ich nur, wie Josh die Lippen zusammenpresste. Vermutlich um sich ein Lachen zu verkneifen, da ich eine wortwörtliche Shitshow ablieferte.

„Halt die Klappe."

„Ich hab nichts gesagt."

„Dein Gesicht sagt eine Menge."

„Na ja, es war vermutlich Karma, dass du reingefallen bist."

„Oh nein", meldete sich Trudi und hob stolz die Hand. „Das war ich."

Josh schien beeindruckt. „Du konntest dich nicht gegen eine alte Dame wehren?", wollte er von mir wissen.

„Sie hat mich überrascht und ihr Wille ist stärker als jeder einzelne meiner Muskeln", erwiderte ich verärgert.

Trudi nickte gütig, als sei das die Wahrheit, bevor sie sich an Finn wandte und wissen wollte: „Kannst du in meinen Memoiren schreiben, dass ich es war, die reingesprungen ist?"

„Klar." Finn grinste. „Ich kann dir auch einen Salto reinschreiben."

Trudi sah aus, als hätte ihr gerade jemand eine Flatrate auf Leopardenmuster geschenkt. „Oh, das finde ich klasse."

Ich schnaubte. „Das wäre beides eine Lüge."

„Louisa." Großmütterlich sah Trudi mich an. „Niemand interessiert sich für die Wahrheit."

„Und warum genau suchen wir dann den Mörder, wenn nicht um die Wahrheit herauszufinden?", fragte ich ungläubig.

„Rache?", schlug Finn vor.

„Spaß und Abenteuer?", meinte Trudi.

„Du suchst einen Mörder?", fragte meine Großmutter schockiert.

„Wow. Ich würde dir ja nahelegen, dass du Umgang mit den falschen Menschen pflegst, Lou", sagte Josh trocken. „Aber zumindest Finn habe ich dir angeschleppt. Dafür entschuldige ich mich aufrichtig."

Ich seufzte schwer und bevor Finn sich beschweren konnte, bemerkte ich an Josh gewandt: „Wir haben übrigens ein blutiges Messer aus dem Feuer gerettet, Blödmann. Außerdem haben wir den Mann sprechen und dann weglaufen sehen, der das Feuer gelegt hat. Du solltest besser die Spurensicherung herholen und die Gullys in der Nähe überwachen lassen, falls er noch nicht geflohen ist."

Josh öffnete perplex den Mund, bevor er kaum merklich den Kopf schüttelte. „Nur du schaffst es, hier unten einzubrechen, in die Kanalisation zu hüpfen und dann auch noch was vorweisen zu können."

Ich lächelte süß. „Ich bin wohl einfach was Besonderes."

„Na, das wusste ich auch schon vorher", erwiderte er gelassen.

Meine Mundwinkel zuckten – obwohl sie wirklich nicht sollten! Jeder, der mich ansah, wusste: Gerade gab es nichts zu lachen.

Aber das war irgendwie süß gewesen und …

„Ist das dein Zukünftiger, Louisa?", wollte meine Oma kritisch wissen, die wieder etwas Farbe im Gesicht hatte, seit das Licht angegangen war. „Die Haare lässt er sich aber vor der Hochzeit sicher noch schneiden, oder? Du kannst keinen Vagabunden heiraten."

Josh sah mich mit offenem Mund an und griff sich an den Kopf. „Entschuldigung, wer sind Sie? Und was stimmt nicht mit meinen Haaren?"

„Das ist meine Oma. Habe ich dir doch geschrieben", meinte ich seufzend. „Und klar, die kommen noch ab."

Josh weitete die Augen. „Ich mag meine Haare", flüsterte er alarmiert.

„Ja", wisperte ich zurück. „Aber meine Oma wurde gerade traumatisiert, da sollte sie nicht auch noch mit dem Wissen leben müssen, dass ich einen Vagabunden heirate."

Er schnaubte, doch klang belustigt. „Schön. Also, das Messer …"

Ich zeigte mit dem Daumen über meine Schulter. „Ist ganz deins. Ich gehe."

„Was?"

„Ich gehe!", wiederholte ich lauter. „Kommt, Leute, ich bring euch nach Hause."

„Lou. Du musst eine Aussage mach-"

„Jaja, Aussage hier, Aussage da. Die Polizei braucht mehr als eine von mir." Ich winkte ab. „Ich geh trotzdem nach Hause. Ich muss duschen, falls es dir noch nicht aufgefallen ist. Du kannst mich befragen, sobald du nicht mehr ganz so unkooperativ bist."

„*Ich* bin unkooperativ?", sagte er ungläubig.

„Ja. Normale Zeugen hättest du nicht ausgelacht und ihnen deine helfende Hand verweigert, damit sie noch ein wenig länger im Dreck Kölns stehen müssen", informierte ich ihn kühl. Außerdem hatte ich genug von diesem Ort. Genug von Polizisten. Genug von blutigen Messern. Ich wollte heißes Wasser – und vielleicht Kekse.

„Aber es sah schon voll witzig aus", gab Finn seine Fachmeinung ab. „Das versteh ich schon."

„Du kannst nach Hause laufen, Finn", sagte ich freundlich, nahm meine Großmutter vorsichtig beim Ellbogen und geleitete sie zurück in Richtung Ausgang.

„Ach übrigens, Lou", rief Rispo mir hinterher. „Falls es dir nicht aufgefallen sein sollte: Du stinkst."

Ich reckte den thematisch passenden Finger in die Höhe und stolzierte einfach weiter. Rispos leises Lachen hörte ich trotzdem bis zum Kronleuchtersaal.

Gott. Es war nicht einmal zwölf Uhr und dieser Tag war jetzt schon beschissen. Ich persönlich fand, dass ich ein wenig Ruhe verdient hatte.

Auf die Drohnachricht, die hinter meinem Scheibenwischer hing, hätte ich also wirklich verzichten können ...

Kapitel 9

Ich kniff die Augen zusammen und ließ das heiße Wasser auf mein Gesicht prasseln. Trudi und Finn mochte ich davon überzeugt bekommen haben, dass es sich bei dem Zettel um einen Pizza-Flyer handelte. Aber ich hatte den Fehler gemacht, den Zettel zu lesen.

Hände, die zu enthusiastisch im Dreck wühlen, werden abgehackt, werte Frau Manu.

Ich wollte ehrlich sein: Mir war schon Schlimmeres an den Kopf geworfen worden. Shit, mir waren schon schlimmere Drohnachrichten geschickt worden! Aber wenn man Zeit in einem stockdüsteren Kanal verbracht und dann ein blutiges Messer gefunden hatte, war man wohl etwas dünnhäutiger als sonst.

Ich hing an meinen Händen. Sie waren das perfekte Accessoire für meine Arme. Und als Blumenladeninhaberin waren meine Hände auf ganz natürliche Art und Weise öfter dreckig als die anderer. Also forderte der Drohbriefschreiber, dass ich meinen Job hinschmiss? Und wer benutzte heutzutage noch eine Schreibmaschine?

Ich stöhnte und stellte das Wasser ab. Ich hatte den Geruch der Kanalisation, eine Hautschicht und ein paar meiner Nerven verloren. Wenn jemand das Gefühl hatte, mir drohen zu müssen, hieß das eigentlich etwas Gutes. Es bedeutete, dass ich auf dem richtigen Weg war und die richtigen Leute genervt hatte. Aber dass eine Person, die höchstwahrscheinlich einen Auftragskiller ermordet hatte, meinen Namen kannte, fand ich dann auch wieder nicht so prickelnd.

Ich kniff auf ein Neues die Augen zusammen, in der Hoffnung, dass die Welt wieder in Ordnung war, wenn ich sie öffnete, und fischte mir ein Handtuch vom Haken. Ich war immer noch der Meinung, dass ich erschreckend wenig über den Mord wusste. Durch welche meiner Entdeckungen fühlte sich der Mörder also bedroht? Mir fiel bis auf das Messer keine nennenswerte Entdeckung ein.

„So eine Scheiße", flüsterte ich.

„Seh ich genauso."

Ich zuckte zusammen und öffnete ruckartig die Augen. Ich war nicht mehr allein im Bad. Rispo lehnte mit verschränkten Armen an der geschlossenen Tür und ließ den Blick über meine nackten Füße, meine Beine hinauf bis zum locker sitzenden Handtuch wandern. Wärme breitete sich in meinem Körper aus – die ich gerade wirklich nicht gebrauchen konnte!

„Meine Güte." Ich atmete lang und deutlich aus und nahm mir noch ein zweites Handtuch, um es um meine Haare zu wickeln. „Ich hab dich gar nicht gehört."

„Deine Unaufmerksamkeit ist ein weiterer Grund dafür, dass du keine Mörder jagen solltest."

Ich verdrehte die Augen. „Jaja. Kannst du mal von der Tür weggehen?"

Rispo rührte sich nicht. „Ich habe eine Frage", sagte er im Plauderton, der *unaufmerksamere* Menschen hätte täuschen und von ihnen als freundlich hätte abgestempelt werden können. Doch da ich nur schlecht im Hören, nicht jedoch im Lesen von Rispos Körpersprache war, sah ich ganz genau, dass sein Kiefer hart und seine Fäuste geballt waren.

Er war wütend. Es war nur schwer zu sagen, warum. Es standen zu viele Möglichkeiten zur Auswahl.

„Schieß los", meinte ich unschuldig.

„Wieso liegt eine Drohnachricht auf der Kücheninsel?"

Ah. Das war der Grund.

„Weil auf dem Wohnzimmertisch kein Platz mehr war", erwiderte ich leichthin, schob ihn mit beiden Händen von der Tür weg und lief durch den Flur ins Schlafzimmer.

„Von wem ist die Drohnachricht, Lou?", fragte Josh schroff und folgte mir.

„Der Ofen hatte endlich genug von mir."

„Lou!"

„Ich habe keine Ahnung, Josh. Sie hing hinter meinem Scheibenwischer, als ich aus der Kanalisation kam."

„Es ist derselbe Wortlaut, Lou!"

Irritiert sah ich über meine Schulter, während ich meine Haare trocknete und das Handtuch dann aufs Bett warf. „Derselbe Wortlaut wie was?"

„Wie die Drohnachricht, die ich Anfang des Jahres bekommen habe. Die ebenfalls mit Schreibmaschine getippt war."

Ich hielt inne und öffnete den Mund. Ich erinnerte mich dunkel daran. Josh hatte die Nachricht vor mir geheim gehalten, aber ich hatte sie in seinem Handschuhfach gefunden, als ich auf dem Weg zu einem illegalen Straßenrennen gewesen war.

„Hände, die zu enthusiastisch im Dreck wühlen, werden abgehackt, werter Herr Kommissar", murmelte ich.

„Jap." Joshs Miene war steinern. „Es ist derselbe Schreiber. Ich dachte, es wäre Kummerkicker gewesen, aber ... ich habe mich offensichtlich geirrt. Es gibt also eine Person, die darauf bedacht ist, dass wir der Lösung nicht zu nah kommen. Seit einem verdammten Jahr."

„Cool", sagte ich trocken. „Dieser Fall gefällt mir immer besser."

Josh schnaubte. „Also, Lou: Was hast du getan?"

Verwirrt sah ich ihn an. „Wovon redest du?"

„Was hast du getan, dass der Drohbriefschreiber es nicht länger auf mich, sondern auf dich abgesehen hat?"

„Vielleicht gebe ich einfach ein hübscheres Ziel ab?"

„Was hast du getan, Lou?", wiederholte er gefährlich leise und trat auf mich zu.

„Gar nichts!"

Mit verengten Augen beugte er sich zu mir vor. „Louisa, wen hast du innerhalb der letzten zwölf Stunden angepisst?"

„Niemanden außer dich!", rief ich ungläubig. „Ich bin durch die Rheinländer Rundschau gelaufen und die Orte abgefahren, die Simon am Tag des Mordes besucht hat. Aber dort habe ich weder meinen Namen fallen lassen noch Wut geschürt."

„Was ist mit der Papierfabrik? Die Fabrik, die tatsächlich mit Chlor arbeitet, so wie du meintest?", sagte Rispo düster.

„Ich habe es bei der Papierfabrik kaum aus meinem Auto geschafft, konnte also gar nicht genug sehen, um einen Hinweis zu finden. Und ist es wahr? Sind die Papierfabrik oder die Druckerei der Tatort?"

„Wir wissen es nicht", sagte Josh abgehackt. „Wir durften uns umsehen und haben nichts gefunden. Aber an einem Ort Blut zu entfernen, der hundert verschiedene Chemikalien führt, die man zum Bleichen nutzt, ist wohl auch nicht allzu schwer. Trotzdem: Es gibt keine Verbindung. Die Papierfabrik hat nichts mit der Rheinländer Rundschau zu tun. Die haben nur Kontakte zur Druckerei. Die Chemikalien fliegen da auch nicht einfach rum. Man braucht einen Schlüssel für die Schränke, in denen sie gelagert werden, und dort konnten wir keine Einbruchsspuren feststellen. Außerdem lenkst du vom Thema ab, Lou!"

Ich blinzelte. „Erinnere mich kurz: Was ist das Thema?"

„Dass du irgendetwas getan haben musst, um den Killer wütend zu machen!"

„Ich habe keinen Schimmer, was das gewesen sein soll", sagte ich genervt. „Außer ich habe ihm einen Blumenstrauß verkauft, der zu schnell verwelkt ist."

„Dann denk besser nach, Lou", knurrte er. „Mit der Person, die es schafft, einen Auftragskiller zur Strecke zu bringen, ist nicht zu spaßen!"

„Ach, du meinst im Vergleich zu all den anderen lieben Mördern, mit denen ich einmal die Woche in den

Zoo und Kuchen essen gehe, während sie mir einen Fritzchen-Witz nach dem anderen erzählen?"

„Louisa ..."

„Josh", sagte ich laut. „Beruhige dich! Es war nicht meine erste Drohnachricht."

„Ich *kann* nicht ruhig sein, wenn Karl Kummerkicker unsere verdammte Adresse in der Hand hatte und er es scheinbar auf dich und nicht auf mich abgesehen hatte!", donnerte er.

Perplex öffnete ich den Mund. Es war absolut nichts Neues, dass Josh laut wurde. Er hatte eine sehr kurze Zündschnur, wenn es um mich und Mörder ging, und ein bewundernswertes Stimmvolumen, um das Opernsänger ihn sicher beneideten. Aber meistens war er, wenn er mich anschrie, sichtbar wütend auf mich. Doch jetzt gerade wirkte er nicht wütend, eher ... ein wenig verzweifelt.

„Josh, was macht es für einen Unterschied?", fragte ich leise.

Er legte den Kopf in den Nacken. „Ich kann damit leben, selbst auf der Abschussliste von bösen Buben zu stehen. Aber nicht, wenn du wegen mir draufstehst."

„Wegen dir?" Ich lachte, hob die Hand und fuhr sacht mit dem Daumen über seine Wange, bis er mich wieder ansah. „Ich brauche deine Hilfe nicht, um Mörder wütend auf mich zu machen, Josh. Ich habe da ein Talent."

Er schloss die Augen und fuhr sich übers Gesicht. „Ja, das ist mein Problem. Lou, die Sache wird mit jeder Minute persönlicher, die Drohnachricht ist nur die Spitze des Eisbergs. Wir konnten die Pappmaché-Köpfe zu einer Karnevalsgesellschaft zurückverfolgen, die sie vor siebzehn Jahren auf einem ihrer Wagen installiert hatte. Es ist dieselbe Gruppe, über die meine Mutter ihren letzten Artikel geschrieben hat, bevor sie umgebracht wurde. Ebenfalls vor siebzehn Jahren."

Mein Mund wurde trocken. „Das kann kein Zufall sein."

„Nein. Ich habe angerufen, sie meinten, vor Wochen wäre jemand in ihre Lagerhallen eingebrochen und hätte alte Figuren gestohlen. Einen ihrer uralten Wagen bis auf das Gerüst ausgezogen und alles mitgenommen. Da aber kein wirklicher Schaden entstanden wäre, haben sie es nicht einmal gemeldet."

Blinzelnd sah ich ihn an. „Aber ... Hä? Welche Verbindung gibt es zwischen einer Karnevalskompanie, dem Mord und der Zeitung?"

„Meine Mutter", sagte er ruhig. „Sie ist die einzige Verbindung."

„Aber sie hat einen harmlosen Artikel über eine Karnevalsgesellschaft geschrieben."

„Ja, aber bevor sie fünf Kinder bekommen hat, war sie Enthüllungsjournalistin. Was, wenn sie irgendetwas Größerem auf die Spur gekommen ist? Irgendetwas, für das es sich lohnt, gleich mehrere Leute umzubringen, dir eine Drohnachricht zu schreiben und seit Wochen Beweise in der Kanalisation zu verbrennen?"

Überrascht blickte ich auf. „Die Feuer der letzten Wochen hängen mit dem Fall zusammen."

„Es ist gut möglich. Ich habe die Spurensicherung zumindest darum gebeten, sich genau anzusehen, was verbrannt wurde. Aber von dem meisten Zündmaterial ist nichts als Asche zurückgeblieben. Allerdings ..." Er zögerte und kratzte sich den Nacken.

„Allerdings was?"

„Sie haben die Reste vom Probedruck der *Rheinländer Rundschau* gefunden.“

Ich weitete die Augen. „*Was?*“

„Trimovitz hatte recht. Er wurde ihm gestohlen.“

„Was? Aber … warum? Stand was Schlimmes drin?“

„Nein. Es ist genau wie damals bei meiner Mutter. Es gibt keinen Artikel, der jemanden diskreditiert hätte – es ergibt alles keinen Sinn!“ Frustriert fuhr er sich durch die Haare. „Hast du die Stimme, die du in der Kanalisation gehört hast, wenigstens erkannt?“

„Nein.“ Ich rieb mir übers Gesicht. „Der Kerl hat so laut geschrien, dass seine Stimme ein hundertfaches Echo im Gang erzeugt hat. Es war alles … durcheinander. Es kann sein, dass ich die Stimme kenne, aber … Ich wüsste nicht, zu wem sie gehört.“

„Shit.“

„Ja, tut mir leid. Also, was wissen wir? Irgendjemand versucht … aufzuräumen?“ Ich runzelte die Stirn. „Zerstört seit Wochen Beweismittel?“

„Es scheint so.“

„Aber Beweismittel für was?“

„Keine Ahnung. Aber es kann kein Zufall sein.“

„Meinst du, in den Pappmaché-Köpfen war etwas versteckt?“

„Wenn ja, dann haben wir es nicht gefunden.“

„Und du glaubst immer noch, dass die Rheinländer Rundschau etwas damit zu tun hat?“

„Alle Hinweise deuten in dieselbe Richtung. Aber jeder Mitarbeiter hat ein Alibi für die letzten drei Stunden. Keiner von ihnen kann in der Kanalisation gewesen sein.“

„Und was bedeutet das?" Ich hatte das Gefühl, wir hatten keine einzige Frage geklärt, aber hundert weitere heraufbeschworen.

Rispo presste die Lippen zusammen. „Vielleicht gar nichts. Vielleicht dass wir nach mehr als einem Täter suchen. Vielleicht dass die Zeitung doch überhaupt nichts mit dem Mord zu tun hat."

Ich zog eine Grimasse. „Das sind eine Menge Vielleichts."

Josh nickte, während mein Handy anfing zu klingeln, das auf dem Bett neben dem Handtuch lag. *Mama* blinkte auf.

Mist. „Komm ich in die Hölle, wenn ich die Mailbox abheben lassen?"

„Nein. Aber auf die Abschussliste deiner Mutter. Und die ist möglicherweise schlimmer als die unseres freundlichen Mörders."

Josh machte Witze. Fast. Ich stieß einen Schwall Luft aus, ging ran – und bekam nicht einmal ein Hallo über die Lippen, bevor meine Mutter kreischte: „Du hast schon wieder eine Leiche gefunden!?"

Nun, da war die Leiche wohl aus dem Sack. Oder im Sack?

„Hey, Mama", sagte ich erschöpft. „Wer hat mich verpetzt?"

„Das kann doch nicht wahr sein ..."

„Es war Emily, oder?"

„Du warst es selbst! Indem du deine Großmutter mit in die Kanalisation genommen hast, um einen Mörder zu jagen. So was tut man einfach nicht, Louisa!"

„Nun, woher hätte ich wissen sollen, dass das sozial nicht anerkannt ist?", erwiderte ich unschuldig. „Es gibt eine Menge Seniorinnen in meinem Freundeskreis, die sich sehr darüber freuen, wenn ich mit ihnen böse Buben jage.“

„Trudi ist nicht repräsentativ für die Durchschnittsseniorin Deutschlands.“

Ja, das war leider ein triftiger Punkt, auf den ich nicht weiter eingehen würde. „Mama, es ist doch nichts passiert. Oma hat Köln ein wenig besser kennengelernt –“

„Sie hat mich gefragt, was ich bei meiner Erziehung falsch gemacht habe, dass du freiwillig in Kanalisationswasser springst!“

„Also, das ist nicht fair“, sagte ich und hob einen Finger. „Es war ganz sicher nicht freiwillig. Ich wurde geschubst.“

„Louisa Josephine Manu, du *heiratest* morgen! Du wirst eine Ehefrau.“

„Und? Ehefrauen ist es gesetzlich verboten, auf eigene Faust Mordermittlungen anzustellen und in die Kanalisation einzubrechen?“

„*Allen* ist es gesetzlich verboten“, informierte Josh mich trocken.

„Die Tür stand offen!“, verteidigte ich mich lauthals. „Mama, ich muss jetzt schlussmachen. Mein Bräutigam benötigt meine Aufmerksamkeit. Der findet es übrigens vollkommen okay, dass ich Mörder jage. Er unterstützt die Hobbys seiner Verlobten nämlich bedingungslos.“

„Tue ich nicht“, rief Rispo laut, doch Gott sei Dank hatte ich schon aufgelegt.

„So, wo waren wir?“, fragte ich unschuldig.

Josh schnaubte. „Ich fasse nicht, dass du ernsthaft deine Großmutter in die Kanalisation mitgenommen hast.“

„Na, mit ihrer Hüfte hätte sie es nicht den Dom hochgeschafft, was blieb mir für eine Wahl?“

„Alles klar.“ Seine Mundwinkel zuckten. „Du solltest dich jetzt wirklich anziehen“, murmelte er und zupfte mit der einen Hand an dem Knoten meines Handtuchs, mit dem anderen an einer meiner feuchten Haarsträhnen, während sein Blick sich verdunkelte und tiefer wanderte. „Wir müssen zum Essen mit Ariane und Marvin.“

Ich schluckte und Hitze kroch meinen Hals hinauf. „Weißt du, wenn du mich so ansiehst, hilft mir das nur, Kleidung zu verlieren. Nicht ... anzuziehen.“

Er hob einen Mundwinkel. „Wie sehe ich dich denn an?“

„So wie ein Mann, der sofort aus einer Kirche geworfen werden würde, weil zu viele dreckige, unsittliche Gedanken in seinem Kopf herumschwirren.“

„Mhm ...“, machte er nur und ließ die Hand in meinen Nacken gleiten. Seine Finger kühl auf meiner erhitzten Haut.

„Ich dachte ehrlich gesagt auch, dass du das Essen ausfallen lassen willst“, stellte ich etwas kurzatmiger als sonst fest. „Weil du doch neue Hinweise hast.“

„Nein. Wir gehen essen“, murmelte er und wanderte mit dem Zeigefinger zu meinem Kinn. „Ich habe einen Tisch reserviert.“

Skeptisch sah ich ihn an und versuchte die Gänsehaut zu ignorieren, die sich auf meinem gesamten Körper ausbreitete. „Wirklich? Dir ist ein Doppeldate wichtiger, als sofort zur Rheinländischen Rundschau zu fahren und zu überprüfen, wer nach Rauch und Kanalisation stinkt?“

„Marvin ist hingefahren, aber hat nichts Auffälliges entdecken können. Und ich hab so das Gefühl, dass wir die Reservierung wahrnehmen sollten ...“

Oh, ich hatte auch Gefühle.

„Ah, deswegen soll ich mich anziehen?“, fragte ich und krallte die Finger in sein Hemd.

„Ja. Gleich“, flüsterte er und küsste mich.

Meine Mutter hatte mir früher immer erzählt, dass Küsse von Menschen, die einen wirklich liebten, besser waren als die von Menschen, die man in einer Diskothek aufgabelte. Ich war mir ziemlich sicher gewesen, dass sie mir das nur hatte weismachen wollen, damit ich mit gewissen körperlichen Dingen noch ein wenig wartete. Doch mittlerweile musste ich ihr recht geben.

Denn die Top Ten meiner besten Küsse hatte ich alle von Joshua Rispo bekommen. Und die *Ich liebe dich*-Küsse waren die besten. Vor allem, wenn sie mit *Ich will dich*-Küssen gepaart waren. So wie dieser hier.

Mit der einen Hand fuhr Josh in meine Haare, mit der anderen zog er mich an seinen Körper, und das Einzige, was ich noch lieber tat, als seine Muskeln anzusehen, war, seine Muskeln anzufassen. Also spreizte ich die Finger über seine Brust, wanderte seine Bauchmuskeln hinunter, während er mich lang und ausgiebig küsste – wie ein Mann, der den Blitz Gottes nur allzu gern riskierte, wenn er dafür mich bekam.

Ich seufzte wohlig an seinen Lippen, stellte mich auf die Zehenspitzen ...

Ein Handy klingelte.

Josh löste sich weit genug von mir, um sein Handy aus der Jeans ziehen und auf das Display linsen zu können. Dann seufzte er laut.

„Das ist Frau Müller von der Spurensicherung. Da muss ich rangehen. Sorry." Er küsste mich ein letztes Mal, diesmal jedoch kurz und fest, und verließ dann das Zimmer.

Was wirklich schade war. Sich allein anzuziehen, machte so viel weniger Spaß als zusammen ...

Kapitel 10

„Worum ging es in dem Anruf, der dich davon abgehalten hat, mich besinnungslos zu küssen?", wollte ich wissen, als wir zehn Minuten später in Joshs Audi stiegen, um zur gemeinsamen Mittagspause mit Marvin und Ariane zu fahren. Es wäre albern und umweltschädlich gewesen, zwei Autos zu nehmen. Und ich war nur albern.

„Um das Messer, das du gefunden hast", meinte Josh. „Es ist zu siebenundachtzig Prozent die Mordwaffe."

Mein Herz machte einen aufgeregten Hüpfer. „Siebenundachtzig Prozent ist gut, oder?"

„Ja. Und es sind auch nur keine hundert, weil das Feuer das Blut auf der Klinge unbrauchbar gemacht hat und der Griff zu Holzkohle verarbeitet wurde, sodass keine Fingerabdrücke daran gefunden werden konnten. Aber Größe und Länge passen. Außerdem haben sie die Klinge vom Griff gelöst. In den Zwischenraum ist wohl etwas Blut gelaufen, was sie jedoch erst in ein paar Stunden mit dem von Kummerkicker abgleichen können."

„Mann, Mordwaffen zu verbrennen, ist als Mörder gar keine dumme Idee, oder?", sinnierte ich.

Rispo warf mir einen scheelen Seitenblick zu. „Planst du irgendetwas, von dem ich wissen sollte, Lou?"

Ich grinste. „Wenn ich es dir verraten würde, würde ich den ganzen Spaß ruinieren."

„Gott." Er schüttelte den Kopf. „Die gemeinsamen Jahre mit dir haben ernsthaft Spuren hinterlassen: Ich kann und will dir gerade nicht widersprechen."

Ich lachte. „Du bist mit mir an deiner Seite eben eine weisere Version deiner selbst. Und, wenn man Trudi glaubt, auch eine heißere!"

Skeptisch sah Josh mich an, bevor er den Motor startete. „Du hast mich *heißer* gemacht?"

„Ja", sagte ich überzeugt. „Weil du, ich zitiere Trudi, *seit du mich kennst, von innen leuchtest wie ein radioaktives Glühwürmchen mit einer Vorliebe für Glitzer.*"

Er nickte. „Klingt logisch."

Ich grinste. Er war sehr klug. Er hatte auch gelernt, Trudi nicht zu widersprechen.

Eine Viertelstunde später bogen wir in ein Industriegebiet ein, das ich nur zu gut kannte. Denn ich war gestern schon einmal hier gewesen.

Mit verengten Augen betrachtete ich Rispos absolut neutrales Profil, das auch dann keine Regung zeigte, als wir auf dem geräumigen Parkplatz eines Italieners hielten.

„Das hier ist das Restaurant, in dem Trimovitz an dem Abend, an dem ihm eine Leiche in den Kofferraum gestopft wurde, essen war", stellte ich fest.

„Oh, nein. Welch ein Zufall", meinte Josh abwesend und stieg aus.

Ich schnallte mich ab und folgte ihm. „Was hast du vor?"

„Mit dir, Marvin und Ariane essen zu gehen", sagte er sachlich und schloss seinen Wagen ab.

„*Hier?*"

„Hat eine gute Google-Bewertung."

„Klar. Das ist der Grund, aus dem wir hier sind. Meine Güte, du bist ein schlimmer Workaholic. Recherchierst selbst noch in deiner Mittagspause."

„Ich bin nicht hier, um zu recherchieren. Ich bin hier, um Leute zu Dummheiten zu inspirieren", stellte Josh überhaupt nichts klar, zog die Tür zum Restaurant auf und ließ mir den Vortritt.

„Es ist, als hättest du Trudis Job beschrieben", murmelte ich und hieß den Schwall warmer Luft geschwängert mit dem Duft nach geschmolzenem Käse willkommen. Wenn es ein Lebensmittel gab, das mit Schokolade und Keksen konkurrieren konnte, dann war es geschmolzener Käse. Fett, egal ob gepaart mit süß oder salzig, war einfach immer eine gute Idee.

Ich sog zufrieden den Geruch ein – als mein Blick auf eine lange hölzerne Tafel zu meiner Rechten fiel, an der etwa ein Dutzend Leute saßen. Allesamt Mitarbeiter der Rheinländer Rundschau. Da waren Herr Klein, die rothaarige Frau aus der Küche, der Fotograf Bernhard, eine zierliche Frau mit Seidentuch um den Kopf geschlungen, die ich von Fotos als Trimovitz' Frau erkannte, ein paar andere, die ich als Schaulustige von gestern, als wir die Leiche entdeckt hatten, zuordnete. Nur Damian, der Jungspund eines Rezeptionisten, war nirgends zu finden.

„Soso", sagte ich säuerlich. „Du hattest also ein Gefühl, dass wir diesen Termin wahrnehmen sollten, ja?"

„Möglicherweise ein begründetes Gefühl", raunte Rispo an meinem Ohr. „Ich habe uns den Tisch direkt daneben reserviert, ich hoffe, das ist okay?"

Ich schnaubte. „Das hier soll ein Date für dich und Marvin sein. Keine Arbeit."

„Lou, nichts für ungut, aber: Ein Date mit Marvin hört sich nach einer Menge Arbeit an."

„Marvin ist entzückend", verteidigte ich ihn sofort.

Rispo schüttelte nur den Kopf. „Hältst du es für eine gute Idee, mich noch vor unserer Hochzeit in die Arme eines anderen Mannes zu treiben?"

„Oh, bitte." Mitleidig sah ich ihn an. „Als könntest du einen so durchweg netten Kerl wie Marvin an Land ziehen."

Josh grinste und hängte seine Jacke an die Garderobe, bevor er meine entgegennahm. „Du würdest dich selbst also nicht als durchweg nett bezeichnen?"

„Ich bin resistent und freundlich, wenn ich mir Mühe gebe. Aber durchweg nett? In deiner Gegenwart? Wohl kaum."

Er lachte leise. „Wie gut, dass ich mit *durchweg netten* Frauen nichts anfangen kann."

Ja, das war tatsächlich ein glücklicher Zufall.

Wir schlenderten durch das Restaurant, an dessen Terrakotta-Wänden Fenster gemalt worden waren, die einen Blick auf die Toskana zeigten, während Eros Ramazotti durch die Lautsprecher von Liebe oder ... irgendetwas anderem sang. Mein Italienisch beschränkte sich auf Panini, Arancini, aglio e olio und Tiramisù.

Der Laden war hübsch eingerichtet mit kleinen Kronleuchtern an der Decke, rotkarierten Tischdeckchen auf den quadratischen Tischen und einer Horde alter Holzstühle, die bunt zusammengewürfelt waren. Als hätte der Besitzer bei sehr vielen Sperrmüllhaufen haltgemacht. Und vermutlich hatte er dabei nie einen abgetrennten Finger gefunden.

Manchmal war die Welt unfair.

„Ernsthaft, Josh: Was genau ist dein Plan?“, fragte ich im Flüsterton. „Warum sind wir hier?“

„Muss ich einen Plan haben?“

„Ja! Denn du bist nicht ich. Du hast immer einen Plan.“

Josh grinste. „Mann. Du kennst mich wirklich gut, oder?“

Ich verdrehte die Augen. „Das war keine Antwort auf meine Frage.“

„Du wirst gleich schon noch verstehen, was mein Plan ist“, erwiderte er ruhig. „Aber erst –“

„Kommissar Rispo?“

Es wunderte mich nicht, dass wir entdeckt worden waren. Josh kratzte an der einsneunzig und man sah ihn einfach gern an.

Die Frage kam von Bernhard, dem Fotografen, der sofort gerader auf seinem Stuhl saß. Sabine, die neben ihm Platz genommen hatte, ließ das Brot sinken, das sie gerade hatte essen wollen.

Alle am Tisch wirkten etwas nervös. Fummelten an ihren Servietten herum oder wischten mit ihrem Ciabatta – oh, ich konnte doch noch mehr Italienisch! – auf einem Teller voll Olivenöl herum. Aber das musste überhaupt nichts heißen. Josh hatte nun einmal eine Menge mit einem offenliegenden Stromkabel gemein. Man wollte ihn unbedingt anfassen, wusste aber, dass es eigentlich eine dumme Idee war. Und den klugen Menschen war außerdem klar, dass er sehr gefährlich war. Dass das Knistern, das manchmal von ihm ausging, nichts Gutes bedeutete.

Gott sei Dank gehörte ich manchmal nicht zu den klugen Menschen. Sonst wären wir vermutlich niemals zusammengekommen.

„Oh, hallo!", sagte Josh, und ich musste es ihm lassen: Hätte ich nicht gewusst, dass er das hier geplant hatte, ich hätte ihm seine gespielte Überraschung abgekauft.

„Sie haben uns doch alle schon befragt. Ist Ihnen was Neues eingefallen?", wollte die rothaarige Sabine wissen und reckte das Kinn, während sie das Stück Brot in den Händen drehte.

„Nein, nein." Josh winkte ab. „Das hier ist reiner Zufall. Die Polizei muss ihre Mittagspause auch irgendwo verbringen." Er hob eine Schulter. „Wir sind verabredet." Er nickte zum Tisch nebenan, an dem Marvin und Ariane bereits auf uns warteten und mit neugierigen Blicken zu uns herübersahen. „Also achten Sie gar nicht auf uns. Guten Hunger!"

Mit diesen Worten wandte er ihnen bestimmt den Rücken zu und schob mich mit einer Hand zwischen den Schulterblättern in Richtung des Tisches, der sich in Spuckweite von dem der Zeitungsleute befand. Wenn wir wollten, konnten wir hören, was sie sagten.

War das der Grund, aus dem Rispo hatte herkommen wollen? Sie würden doch jetzt kaum ihre dreckige Wäsche waschen, wenn wir direkt neben ihnen saßen.

„Du bist pünktlich. Josh hat einen guten Einfluss auf dich", sagte Ariane zur Begrüßung und umarmte mich einmal fest. Sie war auf vielerlei Ebenen ein Engel. Sie hatte glatte blonde Haare, die jeden Friseur glücklich seufzen ließen, das Gemüt von Mutter Theresa ... und außerdem roch sie immer nach Schokolade. Das und die Tatsache, dass wir zusammen unser langweiliges

BWL-Studium überstanden hatten, machte sie zu meiner besten Freundin und Trauzeugin.

„Ich bin immer pünktlich. Die meisten Leute verwechseln nur die Zeitzone“, informierte ich sie und umarmte auch Marvin, dessen Ohren bei der Zuneigungsbekundung rot anliefen.

Ich war mir ziemlich sicher, dass Marvin der letzte existierende Gentleman war und auf das Podest irgendeines Museums gestellt werden würde, sollte die Wissenschaft jemals von ihm erfahren.

„Hey“, sagte Josh und hob die Hand. Er umarmte *„fremde Leute“* nur ungern. Und jeder, der nicht den Nachnamen Rispo trug oder ich war, war praktisch fremd.

Marvin nickte stoisch, und es hätte mich nicht gewundert, wenn er in der nächsten Sekunde salutiert hätte.

Ariane lächelte nur. „Haben die Leute irgendetwas mit eurem Fall zu tun?“, wollte sie neugierig wissen und deutete unauffällig zu der langen Tafel der Rheinländer Rundschau, von denen uns immer noch einige Mitarbeiter kritisch beäugten.

„Das dürfen wir dir leider nicht verraten“, sagte Marvin entschuldigend.

„Ja“, sagte ich.

Josh seufzte und setzte sich auf den Stuhl, der dem Tisch der Rheinländer Rundschau am nächsten war. „Ich heirate einen Spitzel.“

„Und ich heirate ein Megafon“, gab ich zurück und nahm neben ihm Platz. „Unsere Geschmäcker sind wohl speziell.“

Ariane lachte laut. „Louisa ist keine Polizistin. Sie hat keine Schweigepflicht, oder?"

„Eine Schweigepflicht würde Lou vermutlich umbringen", murmelte Josh.

„Hey!", beschwerte ich mich. „Ich kann schweigen. Ich finde es nur oftmals sehr langweilig und entscheide mich deshalb dagegen."

„Ich mag, dass du so wenig schweigst", bemerkte Ariane lächelnd. „Und weißt du, ich verfolge ja viele deiner Mordfälle, Lou. Aber von dem, was ich mitbekommen habe, ist der hier noch spannender als die anderen."

Marvin nickte pflichtbewusst. „Das sehe ich genauso. Er wirft sehr viele interessante Fragen auf. Zum Beispiel: Warum bringt jemand einen Auftragskiller um?"

„Na ja, das ist ja wohl klar, oder nicht?", fragte Ariane verwundert. „Um nicht selbst umgebracht zu werden. Das ist der einzig logische Grund."

Ich öffnete den Mund und sah zu Josh, der nachdenklich den Kopf neigte.

„Hm", machte er.

Ich gab ihm recht. Arianes Gedanke war nicht dumm.

„Oh kommt schon, da könnt ihr nicht erst jetzt drauf gekommen sein!" Ariane lachte.

Ich zog eine Grimasse. Wenn ich ehrlich war, hatte ich noch nicht darüber nachgedacht. Aber jetzt, da sie es sagte ... Es war ein sehr gutes Motiv, einen Auftragskiller zu töten: nicht selbst von ihm ermordet zu werden. Vielleicht war es gar nichts Persönliches gewesen. Vielleicht hatte der Täter sich einfach verteidigt.

Aber welcher Mensch, der sich vielleicht sogar in diesem Raum befand, wusste oder tat Dinge, für die es sich lohnte, einen Killer anzuheuern? Was zur Hölle ging bei der Rheinländer Rundschau vor sich? Sie schrieben Artikel über hundertste Geburtstage, Katzencafés und Funkenmariechen. Das war nicht der Stoff, aus dem Thriller gemacht wurden.

Gott, es frustrierte mich, so wenig zu wissen. Alles, was ich sagte oder dachte, war reine Spekulation. Das war, wie wenn mich jemand fragte, was mein liebster Künstler der Renaissance war. Ich fing dann immer auf gut Glück an, Ninja Turtles aufzuzählen. Einer von denen musste einfach zur Renaissance gehören. Und wenn ich sagte, dass ich am liebsten Raffael mochte, weil sein ganzer Name Raffaello gewesen war und die nun einmal sehr lecker sind, sahen mich Leute immer komisch an. Als sei das nicht der beste Grund, einen Künstler zu mögen.

„Na ja, wir wollen ja auch gar nicht über die Arbeit reden", wechselte Ariane das Thema. „Wie laufen denn die Hochzeitsvorbereitungen? Schon alles erledigt für morgen?"

Ich dachte darüber nach, während der Kellner uns die Speisekarten brachte, und beschloss: „Ja. Ziemlich." Der Ort stand, das Essen stand, die Deko stand, die Musik stand, der Papierkram war erledigt und ich hatte Emily davon überzeugen können, dass ihr ungeborenes Baby tatsächlich auf der Welt sein müsste, um Blumenmädchen sein zu können. Wir mussten nur noch einen Mörder fangen und dafür sorgen, dass meine Mutter Oma nicht umbrachte, bevor Josh und ich vor die Standesbeamtin traten. Dann wäre alles super.

„Habt ihr auch schon eure Ehegelübde geschrieben?"

Ich erstarrte. Das Ehegelübde! Oh, scheiße. Ich *wusste* doch, dass ich etwas vergessen hatte!

„Ja", sagte Josh ohne Umschweife und sein Blick wanderte zu mir. „Wäre ein bisschen spät, damit anzufangen, oder?" Er hob einen Mundwinkel und … Gott, der Bastard wusste, dass ich noch kein einziges Wort auf Papier gebracht hatte! Er wusste so was immer. Das war der blöde Kommissar in ihm.

Ich war in der Schule immer die Person gewesen, die in Mobbing-Fachkreisen als *krasse Streberin* bekannt war. Nur weil ich meine Hausaufgaben gemacht, in der Pause lateinische Pflanzennamen gelernt, meinen Lehrer mit meinen Deutschanalysen zu Tränen gerührt und darauf verzichtet hatte, mit den Oberstuflern in der Raucherecke rumzumachen. Das war eher Emilys Expertise gewesen, während das Schlimmste, was ich in der Schulzeit verbrochen hatte, der geschwänzte Schwimmunterricht war, an dem ich aufgrund meiner stetig andauernden Periode leider nicht hatte teilnehmen können. Unterm Strich war ich jedoch immer äußerst gewissenhaft gewesen.

Doch das Ehegelübde für Josh konnte ich nicht einfach mit Papaver Rhoeas, Bellis perennis und anderen Pflanzennamen füllen, ebenso wenig wie ich die Analyse eines Barockgedichts vorlesen konnte. Ich musste Worte für das finden, was ich für ihn fühlte. Und das war … Nun, hätte ich Worte dafür, wäre die Sache mit dem Ehegelübde kein Problem.

Ich öffnete die Speisekarte und war einige glückliche Minuten schwer damit beschäftigt, zu entscheiden, ob ich Pasta oder Pizza wollte. Ariane, offenbar unwissend, dass sie ein für mich wundes Thema angesprochen hatte, plauderte fröhlich weiter darüber, dass

Marvin am Montag einmal kurz befürchtet hatte, unsere Eheringe verloren zu haben, aber nur vergessen hatte, sie in der Sockenschublade versteckt zu haben. Aus Angst, dass jemand einbrechen und sie stehlen könnte.

„Ach und für eure dreistöckige Torte ist auch schon alles vorbereitet", sagte sie lächelnd. „Die muss ich morgen nur noch fertigbacken, zusammenbauen und verzieren und dann steht eurem Tag nichts mehr im Weg."

„Dreistöckig?" Josh warf mir einen verwirrten Blick zu. „Hatten wir uns nicht auf zweistöckig geeinigt?"

Ich schüttelte den Kopf. „Du wolltest Obstsalat, ich eine fünfstöckige Torte. Eine dreistöckige Torte, bei der in einer Ebene Himbeeren drin sind, ist ein guter Kompromiss."

Marvin blinzelte. „Ähm, Louisa, das hört sich nicht nach einem fairen Kompromiss an ..."

Ich seufzte. Gott, der Kerl war viel zu ehrlich.

Ariane fand es offenbar süß, denn ihre Wangen liefen rosa an und sie drückte Marvins Hand.

„Siehst du", bemerkte Josh zufrieden. „Deswegen habe ich ihn als meinen Trauzeugen ausgesucht. Er ist immer auf der Seite der Gerechtigkeit."

Marvin lief tomatensoßenrot an, und ich unterdrückte ein Prusten. Er hatte Marvin genommen, weil er die unkomplizierteste Wahl gewesen war.

Der Kellner kam, um unsere Bestellung aufzunehmen, und ich nutzte den Moment, um mir meine nächsten Worte zurechtzulegen. „So, da Josh das Thema ja schon selbst angeschnitten hat", verkündete ich, sobald der Kellner weg war. „Wir sind aus einem bestimmten Grund hier, und zwar der, dass ihr beiden", ich sah fest

Marvin an und schwenkte dann zu meinem Verlobten, „dieses Essen nutzt, um euch noch einmal besser kennenzulernen. Bevor Marvin mit seinem Namen dafür bürgt, dass wir für immer zusammenbleiben." Ich wedelte mit dem Finger zwischen Josh und mir hin und her.

„Wir kennen uns gut genug", sagte Josh.

„Ich weiß nicht, Louisa", meinte Marvin.

„Wir vertrauen einander unsere Leben an", sagte Josh.

„Ich habe ihn schon einmal aus Versehen nackt gesehen", meinte Marvin.

Ich blinzelte perplex. „Was?"

„Wann?", fragte Josh verwirrt.

Marvins Beine mussten taub sein, denn sämtliches Blut von ihm befand sich in seinem Kopf.

„Ist doch auch egal", sprang Ariane ein, um ihren Freund zu retten.

„Ja, richtig." Ich nickte. Auch wenn ich die Geschichte gern gehört hätte. „Ihr sprecht euch meistens mit eurem Nachnamen an. Das zeugt nicht von einer persönlichen Ebene."

„Es stimmt schon", kam mir Ariane zur Hilfe. „Ihr beide seid Arbeitsfreunde. Keine ... Freizeitfreunde."

„Ich habe keine Freizeit", sagte Rispo irritiert.

Ich verdrehte die Augen. „Komm schon. Teile was Persönliches mit Marvin."

„Wie eine Niere?", wollte Rispo wissen.

„Nicht *so* persönlich! Eine Info über dich."

„Schön." Feierlich lehnte sich Josh in seinem Stuhl zurück und sagte: „Ich hasse Erbsen, Marvin."

„Oh." Marvin sah angemessen mitfühlend bei diesem Geständnis aus. „Das ist verständlich. Sie sind keine Gewinner unter den Hülsenfrüchten."

Josh nickte. „Das ist wahr. Die Gewinner der Hülsenfrüchte sind nämlich …?"

„Belugalinsen", sagte Marvin freundlich, als wäre es witzig, dass Josh das vergessen hatte. „Man muss sie nicht einweichen, sie heißen wie ein Wal und haben klasse Nährwerte."

Ariane lächelte breit. „Das hat er von Finn, Josh. Das solltest du wirklich wissen."

Ich verdrehte die Augen. „Komm schon! Ich habe mit *persönlich* nicht den Austausch eurer Lieblingshülsenfrüchte gemeint."

„Nun, das hättest du spezifizieren müssen, Lou", stellte Josh sachlich fest.

„Bitte. Werdet noch ein wenig persönlicher. Marvin, fällt dir etwas ein?"

„Ähm …" Er kratzte sich am Kopf.

„Gar nichts?"

„Na ja, Louisa", meinte Marvin zögerlich und faltete die Hände auf dem Tisch. „Ich habe mich, wenn ich ehrlich bin, gar nicht gewundert, dass Rispo, äh, Joshua mich als Trauzeuge ausgewählt hat. Ich bin die logische Wahl."

Ich blinzelte. „Bist du?"

„Ja." Er nickte fest. „Ich kenne euch beide sehr gut. Einzeln. Als Paar. Von Anfang an. Ich war da, als du das erste Mal in eine Polizeibesprechung gestolpert bist. Ich war da, als Ris–, Josh das erste Mal seine private Handynummer ans Schwarze Brett gepinnt und uns angewiesen hat, ihn direkt anzurufen, sobald du in irgendeinen Mord oder illegale Machenschaften verwickelt wirst. Ich habe gehört, wie du dich über ihn beschwert hast. Wie er sich über dich aufgeregt hat. Ich war dabei, als ihr euch getrennt habt, und musste deswegen unter seiner miesen Stimmung leiden. Ich weiß, wie Rispo, ähm, Joshua war, bevor er dich kennengelernt hat. Ich weiß, wie du ihn positiv beeinflusst hast. Welcher Mensch er ohne dich war und welcher Mensch er mit dir ist. Wer sollte besser bezeugen können, dass ihr zusammengehört, als ich?"

Ariane schluckte sichtbar und sah äußerst verliebt zu Marvin. Josh senkte den Blick, doch lächelte kaum merklich. Ich sah Marvin mit offenem Mund an.

Mist. Selbst er hatte seine Rede schon geschrieben.

„Das ist …" Ich räusperte mich. „Nun, ich schätze, du hast recht, Marvin. Mir war nicht bewusst, dass du uns so aufmerksam beobachtet hast."

„Nun, ihr hattet einen hohen Unterhaltungswert", sagte er und schmunzelte.

Ich musste lachen. „Na, wenigstens das."

„Gut", sagte Josh. „Heißt das, wir können jetzt in Ruhe essen?"

Als hätte er ihn mit seinen Worten heraufbeschworen, kam der Kellner und brachte uns Pizza und Pasta. Der Service war beeindruckend schnell. Der Tisch der Rheinländer Rundschau hatte eine Minute zuvor ihre Bestellung bekommen.

„Jaja, schon gut", grummelte ich. „Ihr müsst euch keine Freundschaftsarmbänder mehr knüpfen."

Wir stürzten uns auf das italienische Essen, Ariane erzählte von unserer Torte, Josh erzählte von meinem

Ausflug in die Kanalisation – irrte ich mich oder sprach er lauter als sonst? –, Marvin sprach von irgendeinem alten Falschgeld-Fall in Berlin, bei dem er den letzten Papierkram erledigen musste. Und zum ersten Mal seit zweiunddreißig Stunden konnte ich aufatmen. In dieser Viertelstunde war niemand hinter mir oder Josh her. Kofferräume waren nur zum Transportieren von Gegenständen, nicht von Toten da. Trudi würde ein Kleid bei unserer Hochzeit tragen, das keinen Teil ihrer Brüste zeigte. Es war recht ruhig und harmonisch, bis …

Stirnrunzelnd hob Josh sein Handy und starrte auf das Display. „Deine Mutter hat mir geschrieben."

Meine Nackenhaare stellten sich auf. „Ernsthaft?"

„Ja." Er hob den Blick. „Sie will, dass ich bis morgen meine Haare schneiden lasse, sonst wird sie meinem Vater für die Hochzeit doch noch die nackten Babybilder von mir rausleiern."

„Und mir wird gesagt, es ziemt sich nicht, die Polizei zu erpressen", sagte ich verärgert.

„Ich will meine Haare nicht schneiden lassen", meinte Josh ungläubig und fuhr sich durch die schwarzen Strähnen, die sich über seine Ohren kräuselten.

Entschuldigend sah ich ihn an. „Nun, die Entscheidung liegt natürlich bei dir … Aber du musst dir der Konsequenzen bewusst sein."

„Oh, bitte …"

„Ich will dich nur warnen! Meine Oma wird dich weiterhin als Vagabund bezeichnen und meiner Mutter die Schuld daran geben, dass ich einen Landstreicher heirate. Denn alle Fehler, die wir Kinder machen, führt sie auf Mama zurück", erklärte ich geduldig. „Das bedeutet, dass Oma wütend auf dich sein wird, Mama wütend auf dich sein wird und Papa wütend auf dich sein wird, weil du sie beide wütend gemacht hast."

Josh blinzelte. „Aber ... das ist nicht logisch."

Ich lachte laut. „Du kennst meine Familie schon etwas länger, oder? Sind wir dir je *logisch* erschienen?"

„Oh Gott", murmelte er und rieb sich übers Gesicht. „Warum habe ich deine Großmutter eigentlich noch nie kennengelernt?"

„Weil Mama meistens erfolgreich verhindert, dass sie uns besucht. Ihre Beziehung ist ... kompliziert?"

Ariane schnaubte. „Sie untertreibt! An deiner Stelle würde ich mir die Haare schneiden lassen, Josh."

„Nein! Lou, rede einfach mit deiner Mutter und mit deiner Großmutter."

„Ich glaub, ich muss auf Toilette", sagte ich hastig und stand auf.

Josh biss die Zähne aufeinander. „Das machst du immer, wenn es unangenehm wird!"

„Das kann nicht sein", murmelte ich. „Denn dann würde ich jeden Sonntagsbrunch bei meiner Familie pausenlos auf dem Klo verbringen und meine Mutter hätte mich bereits dazu aufgefordert, ihr ein ärztliches Attest über meinen Reizdarm oder mein Magengeschwür vorzulegen."

Bevor jemand widersprechen konnte, eilte ich in Richtung der Toiletten. Ich wusste nicht, wie viel Zeit ich hier verbringen musste, damit das Thema gewechselt war, wenn ich zurückkam. Aber wenn ich schon einmal hier war, konnte ich auch tun, was man auf Toiletten eben so tat: Pipi machen und Candy Crush spielen.

Ich kombinierte gerade erfolgreich zwei gestreifte Bonbons miteinander, als ich hörte, wie die Tür aufging.

„… wir haben doch Samstag schon die Feier, wieso müssen wir heute auch noch mal mit allen essen gehen?“

„Ach, Klein zahlt, mir ist es also egal.“

Ich kannte die Stimmen der beiden Frauen nicht, aber es war offensichtlich, dass sie zur Rheinländer Rundschau gehörten. Hastig zog ich die Beine an, damit sie dachten, sie wären allein. Doch sie schienen ohnehin nicht auf ihre Umgebung zu achten.

„Hey, wenn Trimovitz wegbleibt, dann kriegst du seinen Posten, oder nicht?“

Frau eins seufzte. „Ja, aber dann muss ich mich auch um den dämlichen Probedruck kümmern und du weißt doch, was für ein Abfuck das immer ist.“

„*Jeder* muss sich mal darum kümmern. Ich finde es okay“, erwiderte Frau eins. Ich hörte, wie der Wasserhahn anging. Die beiden mussten offenbar gar nicht, sondern waren nur hergekommen, um kurz miteinander zu quatschen. Und das war der Grund, warum es das Gerücht gab, dass Frauen nie allein auf Toilette gingen.

„Diese Druckerei ist verflucht, Christina“, beschwerte sich die andere. „Erst hat Harry den Schlüssel und wird kurz darauf wegen Mordes verhaftet. Und jetzt Trimovitz! Willst du die Nächste sein?“

Ein Schnauben war die Antwort. „Oh, komm schon. Simon hat sein Auto nie abgeschlossen, es war immer offen. Das wussten wir *alle und es war* einfach unvorsichtig. Geschieht ihm recht, dass eine Leiche drin landet."

Nicht-Christina seufzte. „Na, es ist trotzdem ein wenig tragisch. Vor allem diese Woche, wo alles schon stressig genug ist. Hey, meinst du, Sabine kriegt endlich den Job als Chefredakteurin, wenn Klein jetzt in Rente geht?"

„Keine Ahnung. Sie haben noch keinen Nachfolger bestimmt, oder? Ich schätze, das verkündet Klein dann auch Samstag. Mann, ich würde auch lieber in Frührente und auf Weltreise gehen, anstatt mir Sabines Gezeter anhören zu müssen, wenn sie schon wieder übergangen wird. Sie beschwert sich andauernd darüber, dass sie seit fünfzehn Jahren auf diese Beförderung wartet."

„Ich würde es ihr gönnen", murmelte Nicht-Christina.

„Sie wäre eine anstrengende Chefin", warnte Christina. „Ich hatte gehofft, dass der Vorstand einen jüngeren Mitarbeitenden auswählt. Wir haben noch mehr Energie."

„Na, Simon wird es jetzt auf jeden Fall nicht", prustete Nicht-Christina. „Er –"

Sie verstummte. Die Tür war aufgegangen und offenbar war jemand hereingekommen, der nicht hören sollte, was Nicht-Christina zu sagen hatte.

„Oh, hallo … Frau Trimovitz", stotterte Christina.

Jap.

„Hallo", erwiderte eine ruhige Stimme. „Ihr stehlt euch also ins Bad, um über meinen Mann herzuziehen?"

Weiteres Gestotter war die Antwort und ich erwischte mich dabei, wie ich lächelte.

„Nein, nein. Wir waren gerade fertig", sagte Nicht-Christina und im nächsten Moment ging die Tür.

Ein erschöpftes Seufzen war die Antwort darauf und ich beschloss, dass jetzt der richtige Zeitpunkt war, die Toilettenkabine zu verlassen.

„Oh mein Gott!" Frau Trimovitz zuckte sichtlich zusammen, als sie mich sah.

„Nein, eigentlich bin ich Louisa Manu", erwiderte ich freundlich, nickte ihr zu und stellte mich ans Waschbecken, um meine Hände zu waschen. „Entschuldigung, ich wollte Sie nicht erschrecken."

Frau Trimovitz schluckte, eine Hand auf ihre schmale Brust gelegt. Sie war dünn. Ihre Augen lagen tief. Ihre Haut war seltsam papieren. Man sah ihr die Krankheit deutlich an. „Sie sind ... Louisa Manu? Die Frau, die Simon dabei helfen will, nicht ins Gefängnis zu müssen?"

„Niemand glaubt wirklich, dass er der Täter ist", versicherte ich ihr und hielt meine Hände unter den Handtrockner, der sehr gut darin war, die Feuchtigkeit auf meinen Fingern zu verteilen, aber nicht darin, sie verdunsten zu lassen.

„Nein. Er gibt nicht das Bild eines Täters ab, oder?", meinte sie mit zitternder Stimme. „Aber wenn sie keinen anderen Schuldigen finden ... dann ist er immer noch der überzeugendste Verdächtige."

Ich schwieg, denn sie hatte recht. Es sah nie gut aus, wenn man in seinem Wagen Leichen herumkutschierte. Kein Richter fand das akzeptabel.

„Wo ist Simon denn? Wollte er nicht zum Essen kommen?" Die Polizei hatte ihn vorerst aus dem Gewahrsam entlassen. Rispo hielt ihn für unschuldig und da nur die Leiche im Kofferraum auf ihn als Täter hindeutete …

„Nein, er ist zu Hause. Er hat Angst, dass der Killer ihn als Nächstes ins Visier nimmt."

Ich zog eine Grimasse. Würde es ihn wohl beruhigen, zu wissen, dass der Auftragsmörder meine und nicht seine Adresse in der Hand gehalten hatte?

Sie strich sich über das Seidentuch um ihren Kopf. „Aber irgendwer musste der Rundschau die Schlüssel zur Druckerei zurückbringen."

„*Die* Schlüssel? Mehrzahl?"

Sie zog die Schultern höher. „Simon kennt sich selbst. Er ist ein Schussel. Er verliert Dinge. Er hat ihn nachmachen lassen. Vermutlich hat er das gar nicht gedurft, aber … Nun, das ist jetzt wohl sein kleinstes Problem." Sie hielt ihre Handgelenke unter kaltes Wasser und betrachtete ihr Spiegelbild. „Kann es nicht … ein Versehen gewesen sein?", fragte sie leise. „Ein Zufall, dass es ausgerechnet sein Auto war? Es muss doch überhaupt nichts mit Simon zu tun haben. Er kann einfach zur falschen Zeit am falschen Ort gewesen sein."

„Das ist möglich."

Sie hob den Blick. „Aber Sie glauben nicht daran?"

Ich seufzte. „Ich weiß es nicht. Der ganze Fall ist … seltsam. Unsinnig."

Sie nickte. „Ja. Haben Sie denn eine Vermutung, wo die Leiche in seinen Kofferraum gelegt wurde?"

„Nun, ich denke, es muss hier auf dem Restaurant-
parkplatz, bei der Druckerei oder bei Ihnen zu Hause
passiert sein."

„Aber bei uns zu Hause kann es unmöglich Absicht
gewesen sein." Ihre Miene erhellte sich. „Simon hat
ganz woanders als sonst parken müssen. Er hat sich
nachts darüber beschwert, als er zu mir ins Bett kam.
Dass er früher würde aufstehen müssen, weil er allein
zehn Minuten zu seinem Auto bräuchte."

Mit verengten Augen sah ich sie an. „Wussten viele
Leute, wo er normalerweise bei Ihnen zu Hause parkt?"

„Nicht sonderlich viele, aber die Nachbarn, schätze
ich, und er hat seinen Kollegen natürlich immer gesagt,
wo sie gut parken können, wenn sie zu Besuch kamen.
Überhaupt … es wäre doch dämlich, absichtlich die Leiche bei ihm finden zu lassen. Wenn der Mörder wirklich jemand sein sollte, der bei der Zeitung arbeitet –
und Simon meinte, Sie vermuten das? –, warum die Leiche dann nicht im Rhein versenken? Warum bei einem
Kollegen im Kofferraum verstecken?"

Ich runzelte die Stirn. Sie hatte nicht unrecht. Abgesehen davon: Was, wenn die Leiche wirklich nicht bei
Simon hatte gefunden werden sollen? Er hatte selbst
gemeint, dass er seinen Kofferraum kaum benutzte.
Was, wenn jemand die Leiche nur kurz bei ihm verstaut hatte, und dann Simons Auto nicht hatte finden
können, um die Leiche wieder zu entfernen?

Ich schnaubte. Das war absurd! Das erklärte immer
noch nicht, warum der Mörder sich zu schade war, seinen eigenen Leichenwagen zu fahren. Bei dem Plan, die
Leiche bei jemand anderem unterzubringen, konnte zu
viel schiefgehen.

Und wenn der Mörder keinen Plan gehabt hatte? Wenn der Mörder eher Manu als Rispo war?

Aber nein. Josh hatte absolut recht. Wenn man einen Profi-Killer töten wollte, war ein Plan unabdingbar.

Nein. Der Mörder musste klug sein. Ich verwarf den Gedanken also wieder, er ergab zu wenig Sinn. Außerdem gab es gerade ohnehin Wichtigeres. Ich räusperte mich.

„Ähm, Frau Trimovitz ... Ich möchte Sie nicht in Schwierigkeiten bringen, aber weiß irgendjemand, dass Simon einen Extra-Schlüssel hat anfertigen lassen?"

Sie blinzelte mich verwirrt an. „Nein. Wieso?"

Ich hob eine Schulter. „Nun, würde es Ihnen was ausmachen, ihn mir zu geben? Für ... Recherchezwecke?"

Ich traute der Papierfabrik nicht und es konnte nicht schaden, sich selbst einmal dort umzusehen. Egal, ob die Polizei dort gewesen war oder nicht. Wenn man wusste, dass die Polizei kam, versteckte man Dinge. Wenn man *nicht* wusste, dass jemand kam ...

„Sie wollen dort einbrechen?", übersetzte Frau Trimovitz ganz richtig.

„Nein, es kann nur nicht schaden, ihn zu besitzen", sagte ich hastig. Wenn ich einen Schlüssel hatte, war es kein Einbrechen, oder? „Um Simon weiter zu entlasten."

Starr sah sie mich an. Dann nickte sie jedoch, zog einen Schlüsselbund aus ihrer Handtasche und löste einen Schlüssel für mich ab.

„Sie sagen nicht, von wem Sie ihn haben, oder?", flüsterte sie.

„Nein. Versprochen. Ich finde andauernd nützliche Dinge auf dem Boden. Das Glück ist auf meiner Seite."

„Danke." Sie lächelte müde und wandte sich zur Tür. „Und viel Erfolg", murmelte sie noch, dann verschwand sie zurück ins Restaurant.

Ein Kribbeln setzte in meinen Fingern ein, während ich den Schlüssel darin betrachtete. Josh würde es überhaupt nicht gut finden, wenn er wüsste, dass ich plante, nachts allein in die Papierfabrik zu spazieren. Ich hätte ihn ja gefragt, ob er mitkommen wollte, aber dann wären sicherlich wieder so hässliche Worte wie *„illegal"* oder *„wahnwitzig"* oder *„Nein"* gefallen, was ich heute einfach nicht fühlte. Ich war heute eher in einer *„kluge Idee"-* und *„Ja"*-Stimmung. Abgesehen davon: Eine Papierfabrik zu besuchen, war nicht gefährlich. Die Räumlichkeiten würden leer sein. Ich hatte einen Schlüssel. Niemanden würde meine Anwesenheit dort interessieren. Es war wie eine kleine, harmlose Nachtwanderung ... Mann, ich wurde wirklich jeden Tag besser darin, mich selbst zu belügen.

Zufrieden öffnete ich die Tür zum Gastraum – und stieß dabei prompt mit Marvin zusammen, der davor herumlungerte.

„Das hier ist die Damentoilette, Marvin", informierte ich ihn.

Er blinzelte. „Was? Ach so. Das weiß ich natürlich. Ich ... ich wollte nur kurz mit dir sprechen. Allein."

Überrascht hob ich die Augenbrauen und sah über seine Schulter zu unserem Tisch. Doch weder Rispo noch Ariane sahen zu uns herüber. Ariane studierte die Nachtischkarte und Rispo sah mit verengten Augen zur

Eingangstür des Italieners, zu der gerade der junge Rezeptionist der Rheinländer Rundschau hereingehetzt kam. Damian trug wie immer eine zu dünne Krawatte und einen Gesichtsausdruck, als rieche er gerade etwas sehr Unangenehmes. Oder als sähe er etwas sehr Unangenehmes. Oder beides. Ungefähr wie ich gestern in einer Umkleide mit Trudi, nachdem sie „Ups, da hab ich doch vor Aufregung gepupst", gesagt hatte.

Er nickte seinen Mitarbeitern zu und ließ sich dann auf den freien Stuhl neben Trimovitz' Frau sinken, die er mit einer knappen Umarmung begrüßte.

„Also, Lou, ich habe eine Frage ..." Marvin räusperte sich vernehmlich.

Ich blinzelte und konzentrierte mich wieder auf den Mann vor mir. „Ja?"

„Da du mir doch geholfen hast, eine Freundin zu finden", er räusperte sich auf ein Neues, „dachte ich, könnte ich dich um einen weiteren Ratschlag bitten."

„Klar. Solange es wirklich nur ein Ratschlag und kein Radschlag ist."

Marvin lächelte nervös. „Nun, ich habe mich gefragt ... Wann wusstest du, wann der richtige Zeitpunkt war, um die drei Worte zu Rispo zu sagen?"

„Welche drei Worte? ‚Halt die Klappe?' Am ersten Tag. ‚Sei kein Blödmann?' Tag zwei."

„Nein, nein. Ich meine ..." Er lief scharlachrot an, bevor er flüsterte: „Ich liebe dich."

„Oh. *Oh!*" Ich machte große Augen und mein Herz flatterte freudig auf. „Marvin ... Liebst du Ariane?"

Er senkte den Blick, als wollte er sein Lächeln verstecken. „Es war nicht zu vermeiden. Sie ist wundervoll."

Ich gab mir gar nicht die Mühe, *mein* Lächeln zu verstecken. „Das ist sie. Oh, Mann. Wie süß! Ich freu mich sehr für euch. Für dich. Aber zu deiner Frage ...“ Stirnrunzelnd neigte ich den Kopf. Puh, wann hatte ich das erste Mal *„Ich liebe dich“* gesagt? Es war schon einige Jahre her.

„Also, Josh hat mir das erste Mal gesagt, dass er mich liebt, als ich fast gestorben wäre“, überlegte ich laut. „Ich fand das Timing damals etwas unglücklich, würde dir also empfehlen, auf einen Moment zu warten, in dem du *nicht* um Arianes Leben bangst. Ansonsten“, ich drückte seine Schultern, „es gibt kein Richtig oder Falsch, Marvin. Wenn du ihr sagen willst, was du fühlst, dann sag es einfach. Kein Zeitpunkt ist perfekt und wiederum jeder Zeitpunkt ist perfekt, wenn sie die Worte hören will.“

Marvin nickte eifrig, als hätte ich ihm gerade eine besonders lehrreiche Unterrichtsstunde gegeben. „Okay. Dann gehe ich jetzt auf Toilette. Übrigens: Du hast Klopapier am Schuh.“ Er deutete auf meine Füße und verschwand dann in der Tür zu meiner Linken.

Seufzend sah ich auf den Boden. Natürlich hatte ich Klopapier am Schuh. Kopfschüttelnd bückte ich mich, um das Papier von meiner Sohle zu zupfen. Ich wollte mich schon wieder aufrichten, als mein Blick unter den Tisch der Zeitungsmitarbeiter fiel, präziser auf die Hand eines Mannes auf dem Knie einer Frau.

Ich blinzelte, ließ den Blick weiter nach oben wandern ... und landete auf Bernhard und Sabine.

Hm.

Also, wenn ich Leonie oder Emily so betatschen würde, müsste ich mir was anhören. Von ihnen und vielleicht von der Polizei. Doch Sabine hatte scheinbar überhaupt nichts dagegen, denn sie sprach einfach weiter mit ihrer Nebenfrau, so als lägen Bernhards Hände ständig auf ihrem Körper.

Als ich Josh gefragt hatte, ob es skandalöse Affären innerhalb der Rheinländer Rundschau gab, hatte er Nein gesagt. Allerdings waren die beiden vielleicht einfach ein Paar. Da musste gar nichts Skandalöses dran sein.

Ich stand wieder auf, kehrte an unseren Tisch zurück und fragte leise in Joshs Ohr: „Sag mal, sind Sabine und Bernhard in einer Beziehung?"

Er blinzelte. „Was? Nein."

Oh. Aber die Hand ... „Bist du sicher?"

„Ja. Hubert Klein untersagt Beziehungen am Arbeitsplatz."

„Oh ja. Und so ein Verbot hat schon immer dafür gesorgt, dass Mitarbeiter es nicht noch aufregender finden, sich zu vernaschen", meinte ich ironisch.

„Es spielt keine Rolle, selbst wenn sie in einer Beziehung wären. Niemand von ihnen ist verheiratet. Was hätte das mit der Leiche zu tun?"

Das war ein guter Punkt. „Jaja, okay."

„Was tuschelt ihr beiden?", wollte Ariane wissen.

„Wir müssen jetzt leider gehen", sagte Josh. „Keine Zeit für einen Nachttisch."

Ich sah ihn verwirrt an. Er wusste genau, dass ich diese fünf Worte genauso verachtete wie Trudi Kleidung ohne Tiermuster. Doch bevor ich mich beschweren konnte, sagte Josh lauter: „Entschuldige, Ariane. Die Arbeit ruft und wir haben einige neue gute Hinweise, denen wir nachgehen müssen."

Wie gesagt: Es war nicht ungewöhnlich, dass Josh laut wurde. Tatsächlich war es sogar ziemlich normal. Aber ich hatte nichts Verwerfliches getan – wovon er wusste – und wir befanden uns in der Öffentlichkeit. Ein Ort, an dem er seinen Fall niemals besprechen würde.

„Was denn für Hinweise?", fragte Ariane sofort neugierig.

„Wir konnten die Feuer in der Kanalisation mit dem Mord in Verbindung bringen", fuhr er fort.

Verwirrt sah ich ihn an. Vielleicht sollte er seine Stimme etwas senken! Alle Mitarbeiter der Rundschau waren leiser geworden und sahen mittlerweile neugierig zu uns herüber. Was Josh natürlich nicht sehen konnte, weil er mit dem Rücken zu ihnen saß und ... Oh. Mein Zwerchfell zog sich zusammen und entspannte sich dann wieder. Er wusste es. Das hier war Absicht und der einzige Grund, aus dem wir hier waren und er das Essen nicht abgesagt hatte.

„Die Feuer, bei denen sie all diese Pappmachéfiguren verbrannt haben?", hakte ich weiter nach.

Rispo hob einen Mundwinkel. „Ja. Sie stammen von den Bocklemünder Balgbuben. Das ist der Karnevalsverein, über den meine Mutter ihren letzten Artikel geschrieben hat. Was einfach kein Zufall sein kann. Wir werden morgen früh mal bei ihren Lagerräumen in Bocklemünd vorbeifahren. Überprüfen, was fehlt. Ob es noch Hinweise an dem Wagen gibt, den sie 2007 zu Ehren der Fußballweltmeisterschaft im Jahr zuvor gebaut haben. Der Leiter meinte, dass der Dieb einige der Pappmachéköpfe übersehen hätte. Also finden wir dort vermutlich noch ein paar Hinweise, die der Täter nicht zerstört hat. Dank der Papaver-Rhoeas-Analyse ist heute ja alles möglich."

Ich musste beinahe schmunzeln. Ich hatte die Papaver-Rhoeas-Analyse erfunden und war keine begabte Wissenschaftlerin, sondern nur eine begnadete Schwindlerin.

Ariane blinzelte verblüfft. „Oh, das hört sich wichtig an. Aber warum fahrt ihr nicht heute direkt vorbei?"

Rispo winkte ab. „Heute ist keiner da. Der Leiter kommt morgen zurück und kann uns mehr Infos zu den Dingen geben, die gestohlen wurden. Deshalb warten wir einfach. Das macht nichts. Wir haben noch genug Indizien, denen wir den Rest des Tages nachgehen können. Wir sollten jetzt auch los. Ich habe schon gezahlt, Lou."

Josh stand auf und ich folgte seinem Beispiel. Es war sehr schade um den Nachttisch, aber ich schätzte, Mörder fangen ging vor. Innerlich seufzte ich. Wann waren meine Prioritäten so durcheinandergeraten?

Ich umarmte Ariane zum Abschied und sagte ihr, sie solle Marvin lieb grüßen, bevor ich meine Jacke überzog und zusammen mit Josh das Restaurant verließ.

„Du bist gar kein schlechter Schauspieler, weißt du?", meinte ich, als wir uns zwei Minuten später in sein Auto setzten.

Er schnaubte. „Und da durfte ich beim Krippenspiel nur den Esel spielen ..."

Meine Mundwinkel zuckten. „Das hätte ich gern gesehen."

„Oh ja. Es war ein Bild für die Götter. Finn war Josef und Mo der Erzengel, der die frohe Kunde überbringt. Mama hat mir erzählt, dass der Esel ebenso wichtig sei, aber ich bin mir im Nachhinein ziemlich sicher, dass sie gelogen hat."

Diesmal lachte ich laut. „Sie wollte nicht, dass du dich schlecht fühlst! Und es war offensichtlich eine Verschwendung deines Talents", meinte ich ernst und drückte seinen Arm. „Aber glaubst du ernsthaft, deine kleine Rede eben hat etwas bewirkt?"

Er hob die Schultern, den Blick auf den Rückspiegel geheftet, in dem er den Eingang des Restaurants beobachten konnte. „Der Täter wird sich nicht darüber freuen, dass wir die Verbindung zwischen dem Feuer und der Karnevalsgesellschaft gezogen haben. Ebenso wenig wie über die gefundenen Überreste der Pappmachéfiguren, die natürlich absoluter Schwachsinn sind. Aber Täter, die sich nicht freuen und nervös werden, verhalten sich dämlich. Also ... warten wir ab, welcher der Mitarbeiter sich dämlich verhält und dementsprechend vielleicht etwas mit dem Mord zu tun hat."

Ich stieß einen Schwall Luft aus. „Was wäre denn zum Beispiel dämlich?"

Rispo lächelte, während ich eine Bewegung im Rückspiegel wahrnahm. „Dämlich wäre es, fluchtartig ein Firmenessen zu verlassen, nachdem der Kommissar erst vor fünf Minuten die Info mit dem Karnevalsverein herausposaunt hat."

Verwundert drehte ich mich um, um zu sehen, wer da aus dem Restaurant getreten war.

Es war Bernhard, der Fotograf.

Kapitel 11

Wenn der Duden mich angerufen und eine sofortige bildliche Erklärung für das Wort *nervös* verlangt hätte … dann hätte ich ihm wohl ein Foto von Bernhard geschickt, Nachname Halvig, wie mir Josh verriet.

Der Fotograf stand vorm Eingang und sah immer wieder unruhig über seine Schulter in das Restaurant, während er an den Fransen seines dünnen Schals zupfte, der eine modische, keine wetterbedingte Entscheidung gewesen sein musste, da dieser September noch recht warm war. Er wartete scheinbar auf etwas … bis nach ein paar Minuten ein Taxi vor ihm hielt, in das er einstieg.

Josh runzelte die Stirn und gab dem Taxi einige hundert Meter Vorsprung, bevor er aus der Parklücke zurücksetzte.

„Warum nimmt er ein Taxi?", wollte er wissen.

„Keine Ahnung", sagte ich reflexartig, während mein Gehirn ratterte und mir Sekunden später eine andere Information ausspuckte. „Oh, nein! Ich habe doch eine Ahnung." Überrascht lehnte ich mich vor. „Bernhard kann aus irgendeinem Grund nicht mehr gut fahren. Simon Trimovitz hat ihn oft herumkutschiert, glaub ich. An dem Morgen, als ich Trimovitz in seinem Büro aufgesucht habe, hat er auf jeden Fall etwas in die Richtung behauptet."

Josh hob die Augenbrauen, während er ein Auto zwischen sich und das Taxi ließ. Vermutlich, um mehr Abstand zu wahren. „Und das fällt dir *jetzt* ein?"

„Ja! Hat Bernhard dir das nicht erzählt? Du hast ihn doch befragt."

„Nein. Das hat er mir verschwiegen. Und nicht fahren zu können, ist ein guter Grund, die Leiche in einen anderen Wagen zu stopfen, weißt du? Wenn Trimovitz ihn herumkutschiert hat, wusste Bernhard auf jeden Fall, dass er sein Auto gern mal unabgeschlossen ließ."

Ja, jetzt, da er das sagte ... „Aber wenn er zum Beispiel schlechte Augen hat", gab ich zu bedenken, „wie hoch wäre da die Wahrscheinlichkeit, einen Mörder zielsicher mit Chlor zu besprenkeln?"

„Kommt auf die Menge an Chlor an, die einem zur Verfügung steht."

Das war ein guter Punkt.

Bernhard fuhr zu einem kleinen Mehrfamilienhaus in Frechen, was direkt um die Ecke von Hürth lag, stieg aus dem Taxi und verschwand hinter der blauen Eingangstür.

„Hier wohnt er", murmelte Josh, der dreihundert Meter entfernt vor einer Einfahrt gehalten hatte.

„Also ... ist er nur nach Hause gefahren?", fragte ich verwundert.

Josh verengte die Augen. „Das Taxi steht noch da. Warten wir kurz."

Keine fünf Minuten später trat der Fotograf wieder auf die Straße, steckte etwas Handliches, Quadratisches, das aus unserer Entfernung unmöglich zu erkennen war, in seine Jackentasche und ließ sich zurück ins

Taxi fallen. Das Auto fuhr an, bog nach links und Josh folgte in gediegenem Abstand.

Trudi hätte wohl gesagt, dass es aufregend war, einen Tatverdächtigen zu verfolgen. Doch in Wahrheit war es ziemlich langweilig. Das hier war keine Verfolgungsjagd. Es war eine Verfolgungs-Kaffeefahrt, an der selbst meiner Mutter nichts hätte aussetzen können.

„Sag mal, hat dein Vater eigentlich die Kiste mit dem Bastelzeug deiner Mutter gefunden?", fragte ich gähnend nach zehn Minuten ereignislosem Herumkurven.

„Nope."

„Schade. Ich brauche immer noch was Blaues und was Geliehenes zur Hochzeit."

Josh hielt an einer Ampel und sah mich von der Seite her an. „Du weißt schon, dass die Tradition albern ist, oder? Sie basiert auf einem altenglischen Reim aus dem neunzehnten Jahrhundert. In dem Bräuten übrigens auch empfohlen wird, sich einen Sixpence in den Schuh zu stecken, weil einem sonst in der Ehe kein Wohlstand vergönnt wäre."

„Und das erzählst du mir erst jetzt? Wo zur Hölle soll ich bis morgen einen Sixpence herbekommen?"

Josh warf mir einen ironischen Blick zu. „Ich meine ja nur. Die Farbe Blau war nur dafür da, den bösen Blick abzuwehren – was du bei deiner anwesenden Familie ja wohl vergessen kannst –, und stand für Liebe, Reinheit und Treue. Und wenn ich so unseren Wohnzimmerboden ansehe, wann immer du dich um deine Pflanzen kümmerst, hast du das Reinheitssymbol nicht verdient. Der Brauch ist übrigens mindestens genauso alt wie die Tradition, dass Frauen sich von ihrem Vater zum Altar führen lassen. Das war damals praktisch nur eine Warenübergabe, bei der die Frau vor dem Altar lediglich ihren Besitzer gewechselt hat und von da an nicht mehr Eigentum vom Vater, sondern Eigentum vom Bräutigam war. Für mich fällt das alles in dieselbe Kategorie."

Kopfschüttelnd sah ich Josh an. „Woher zum Teufel weißt du das alles?"

„Ich habe recherchiert. Für mein Ehegelübde. Hast du etwa nicht für dein Ehegelübde recherchiert?" Unschuldig sah er mich an.

„Ich habe noch Zeit, es zu schreiben!", sagte ich verärgert. Kein Grund, länger so zu tun, als wüsste ich nicht, was er wusste. „Und es wird dich von den Socken hauen."

Er grinste. „Ich freu mich drauf. Und ich heirate dich auch, wenn du nichts Altes, Neues, Blaues und Geliehenes hast."

„Sehr freundlich. Gott sei Dank bist du nicht zynisch, was Hochzeiten angeht", sagte ich leichthin. „Das könnte einem sonst echt die Stimmung vermiesen."

Er lachte leise, während Bernhard sein Ziel offenbar erreicht hatte. Das Taxi hielt, er stieg aus ... und spazierte auf ein Gelände zu, das sich mit großem Schild als Heimatort für *Lagerhallen zur Miete* auswies.

„Okay, ich gebe zu", überlegte ich laut, „das ist wirklich dämlich auffällig. An den Ort zu fahren, den der Kripobeamte gerade vor versammelter Mannschaft erwähnt hat."

„Ich sag doch: Nervöse Täter sind die besten", meinte Josh zufrieden, parkte am Straßenrand und schnallte sich ebenfalls ab.

„Was genau ist der Plan?“, wollte ich wissen, als Josh den Wagen abschloss. Er wäre nie so fahrlässig wie Simon Trimovitz, dafür war er viel zu paranoid – und dafür hatte sein Audi schon zu viel mitgemacht.

„Wir werden gucken, was Bernhard macht, und ihn dann höflich fragen, *warum* er es macht.“

„Klingt ... freundlich und angenehm?“

Josh hob die Augenbrauen, als seien ihm die Worte *freundlich* und *angenehm* gänzlich unbekannt. Schließlich sagte er jedoch hart: „Mhm, klar“, und lief mir voran aufs Gelände, direkt an dem *Zutritt für Nichtmieter verboten*-Schild vorbei.

Ich brauchte zwei Schritte für jeden von seinen und stolperte mehr als einmal, weil ich mich gleichzeitig unsicher umsah. Die Lagerhallen, die aus größtenteils grauem Wellblech bestanden und alle paar Meter ein blaues Fenster eingesetzt hatten, waren in einem breiten U um eine riesige Einfahrt angeordnet, auf der mehrere Lastwagen standen.

Es war nicht leer hier, so wie Josh vorhin im Restaurant angedeutet hatte, im Gegenteil. Er hatte ungefähr fünf Schritt zurückgelegt, Bernhard fest im Visier, der hundert Meter entfernt an Lagerhalle zwölf und dreizehn vorbeieilte, als die ersten Hallenarbeiterinnen und Lastwagenfahrer uns entdeckten und misstrauisch ins Visier nahmen. Die meisten von ihnen im Overall oder mit sehr tief sitzenden Hosen, als würden sie in den Neunzigern feststecken oder unzureichend über die Funktionsweise eines Gürtels informiert sein.

Mich ignorierten sie. Alle beäugten nur Josh skeptisch und einer von ihnen formte unmissverständlich das Wort *Bulle* mit den Lippen.

Oh Mann, wenn sie uns verrieten, bevor Bernhard an seinem Ziel angekommen war, war das alles hier umsonst. Ich schloss hastig zu Josh auf und zupfte an seinem Ärmel.

„Ähm, kannst du vielleicht ein bisschen weniger aussehen wie ... ein Polizist?", schlug ich leise vor.

Schnaubend sah er zu mir. „Und wie genau stellst du dir das vor?"

„Keine Ahnung ... Lächle mehr? Mach deine Schultern ... schlaffer? Ich weiß, deine Muskeln stehen dir da im Weg, aber –"

„Weil Menschen mit schlaffen Schultern keine Polizisten sein können, oder was?", überging Josh meine Worte. „Hast du dir Marvin mal angesehen?"

„Genau mein Punkt! *Niemand* würde Marvin für einen Polizisten halten. Er wäre der perfekte Maulwurf für Undercover-Einsätze."

„Marvin kann seinen Kollegen nicht einmal vorlügen, dass er ihre Krawatten mag. Geschweige denn einem Drogenboss erzählen, dass er selbst vertickt", meinte Rispo trocken. „Und jap ... Halvig verschwindet in der Nummer vierzehn."

Hastig sah ich zurück zu Bernhard, der gerade hinter der Tür zu Lagerhalle vierzehn verschwand. „Ist das die Halle des Karnevalsvereins?"

„Nein, da vertreibe ich in meiner Freizeit Duftkerzen, Lou", erwiderte er kopfschüttelnd und beschleunigte seinen Schritt, als ihm einer der Lkw-Fahrer in den Weg trat.

„Hey!", blaffte der fremde Glatzkopf, der aussah, als stamme er geradewegs aus *Grand Theft Auto*. „Das Grundstück dürfen nur Lagerhallenmieter betreten."

„Ich miete hier", sagte Josh schroff.

Der Glatzkopf schnaubte. „Nee. Sie sind von der Polizei!"

Ich verzog das Gesicht. Klasse. Wir waren enttarnt worden ...

„Ja, bin ich", sagte Josh grob und trat düster dreinblickend auf den Kerl zu, der mindestens fünfzig Kilo mehr auf den Knochen hatte. „Kommissar Rispo, um genau zu sein, und es ist gerade ein Tatverdächtiger in die Lagerhalle da gelaufen, also gehen Sie aus dem Weg und seien Sie still, bevor ich ungemütlich werde. Ich bin nämlich keiner dieser Polizisten, die nur mit Pfefferspray herumlaufen und Angst davor haben, ihre Waffe zu benutzen."

Oh.

Überrascht machte ich einen Schritt zurück. Ich hatte vergessen, dass Josh sich nicht als jemand anderes ausgeben musste, um Zutritt zu Orten zu bekommen, an denen fremde Menschen nicht erlaubt waren.

Wie ungewohnt.

Der Lkw-Fahrer blinzelte perplex, bevor er die Schultern hochzog und hastig aus dem Weg trat. „'tschuldigung. Wusste ich nicht. Wollte nicht stören", murmelte er. Er sah sichtlich vor den Kopf gestoßen aus und tat mir fast leid. Josh war wirklich etwas hart gewesen.

„Er meint es nicht böse", rief ich deswegen über die Schulter, während wir weiter in Richtung Lagerhalle hetzten. „Er drückt seine Zuneigung nur anders aus als andere Menschen."

„Lou", knurrte Josh. „Könntest du aufhören, dem Lagerhallenfritzen in meinem Namen die große Liebe zu gestehen, und dich auf wichtigere Dinge konzentrieren?“

„Höflichkeit ist wichtig!“, sagte ich atemlos.

„Jetzt klingst du wie deine Mutter.“

Schockiert sog ich die Luft ein. „Das nimmst du zurück! Das sind haltlose Anschuldigungen, die jeder Richter –“

Josh legte den Arm um meinen Hals und presste von hinten eine Hand auf meinen Mund, die andere am Griff der Tür zur Lagerhalle.

„Ernsthaft“, meinte er kopfschüttelnd. „Wie schleichst du dich jemals irgendwo erfolgreich rein?“

Na ja, ich fand, erfolgreich war zu viel gesagt. „Wenn mich gerade niemand wütend macht, kann ich eine Katze sein, okay?“

Skeptisch zog Josh die Augenbrauen zusammen.

„Na ja, zumindest ein Panda“, revidierte ich. Ich hatte mir dummerweise angewöhnt, in seiner Anwesenheit so ehrlich wie möglich zu sein. „Und gehen wir jetzt da rein oder nicht?“

Josh seufzte, zog jedoch im nächsten Moment die unverschlossene Tür auf und ließ mir den Vortritt.

In der Lagerhalle roch es nach feuchtem Papier und Kleber, für den Junkies gutes Geld bezahlt hätten. Die Decke war hoch, der Raum breit genug, um drei Frachtschiffe oder eben zwölf Karnevalswagen zu beherbergen. Normalerweise wurden nicht alle Wagen behalten, die meisten wurden meines Wissens nach wieder dekonstruiert und die Deko vernichtet, damit die Gesellschaft den Wagen für das kommende Jahr wiederverwenden konnte. Aber ich verstand, warum diese Exemplare instandgehalten worden waren. Sie waren schlichtweg zu schön, zu originell oder zu witzig, um sie zu zerstören. Angefangen bei einer Zwei-Meter-Statue von der nackten Angela Merkel, die den Sündenfall im Garten Eden nachstellte, bis zu einem bunten Wagen, der den brasilianischen Karneval nachempfand und so hübsch war, dass ich ihn gedatet hätte, hätte ich nicht mit Rispo abgemacht, ihn morgen zu heiraten.

Josh hatte im Gegensatz zu mir keine Augen für die karnevalistische Schönheit um uns herum. Er hatte den Blick nach vorn gerichtet, eine Hand an seiner Waffe, während er so elegant und leise, wie ich in meiner Vorstellung aussah, zwischen den Wagen herschlich. Ich zog die Schultern hoch und tapste auf Zehenspitzen hinterher. Schritte, die von blecherner Decke und Wänden widerhallten, drangen an meine Ohren. Doch sie vermengten sich so sehr mit ihrem eigenen Echo, dass es mir schwerfiel, zu bestimmen, aus welcher Richtung sie kamen.

Rispo schien nicht dasselbe Problem zu haben. Er lief zielsicher um einen Wagen herum, der mit tausend Pappmaché-Augen und dem Schriftzug *Big Brother is watching you* beklebt war, und hielt inne.

Vorsichtig schob ich mich an seine Seite und folgte seinem Blick, der auf einen Wagen in zehn Metern Entfernung und den danebenstehenden Mann geheftet war.

Ich wusste jetzt, welcher der Wagen bis auf das Gerüst ausgezogen worden war und wie ein Karnevalswagen aussah, bevor er geschmückt wurde. Josh hatte erzählt, dass der Wagen aus 2007 stammte und mit einer Horde Fußballer von der WM aus dem Jahr davor geschmückt worden war. Aber wer hasste Philipp Lahm und Michael Ballack so sehr, dass er ihren Wagen kaputtmachte und sie dann wie zwei Voodoopuppen in der Kanalisation verbrannte? Das kam mir schon etwas extrem vor. Und es musste verdammt viel Arbeit gewesen sein, auch noch die letzte Figur, den letzten Fetzen Papier von der Metall-Holz-Struktur zu entfernen.

Bernhard stand davor, holte das handgroße quadratische Etwas aus seiner Jackentasche, hielt es sich vors Gesicht und sah dann wieder zum Wagen. Das wiederholte er ein paar Mal, bevor er es zurück in seine Tasche stopfte, zum Wagenheck lief und sich bückte. Er nestelte an dem Holz direkt über dem hinteren Reifen herum … das sich im nächsten Moment zu einer Luke öffnete. Bernhard nickte, wie um sich selbst zu bestätigen, dass er sich das Loch nicht eingebildet hatte, steckte die Hand rein – und zog einen Fußball heraus. Aber es war kein echter Ball, er war nicht rund, sondern etwas in sich zusammengesunken, als sei ihm die Luft ausgegangen. Die schwarz-weiße Struktur war unverkennbar, doch er bestand nicht aus Leder oder Gummi, sondern aus Papier.

Halvig drehte den unförmigen Ball in seinen Händen und musterte ihn mit gerunzelter Stirn, bevor er im nächsten Moment ein Feuerzeug aus der Hosentasche zog und den Ball darüber hielt.

„Oh, nein", knurrte Rispo. „Kein Feuer mehr in meiner Gegenwart."

Bevor ich auch nur den Mund öffnen konnte, hatte Josh die Distanz zum Fotografen auch schon im Sprint überwunden. Er schlug ihm mit einer blitzschnellen Bewegung seines Handballens das Feuerzeug aus den

Fingern, packte Handgelenk und Trizeps und zog Halvigs Arm an seinem Körper vorbei. Dann schlug er ihm mit der Handkante ins Kreuzbein, sodass der Fotograf einmal an der Hüfte nach hinten knickte und mit den Schulterblättern an Rispos Brust landete. Es hätte gemütlich und kuschelig aussehen können, hätte Josh das nicht ausgenutzt, um seinen freien Arm um seinen Hals zu legen, die Armbeuge an Bernhards Kehlkopf. Als Josh dann noch sein Knie in Halvigs Kniekehle drückte, woraufhin er nach vorn knickte und nur noch durch Joshs Arm um seinen Hals aufrechtgehalten wurde, verstand ich die Panik auf seinem Gesicht.

Bernhard konnte sich nicht mehr wirklich bewegen und seinem schockierten Ausdruck nach zu urteilen, offenbar auch nicht mehr atmen.

„Hallo, Herr Halvig", sagte Josh freundlich. „Ich an Ihrer Stelle würde den Ball fallen lassen. Wenn ich Sie nämlich nicht loslasse, werden Sie in etwa fünf Sekunden ohnmächtig. Und ich werde Sie nicht auffangen."

Der Fußball fiel sofort zu Boden.

Wow. Wenn ich Josh nicht ohnehin schon heiß gefunden hätte, dann spätestens jetzt. Manchmal war es ganz gut, Rispo und nicht Trudi dabeizuhaben. Er war ... effizienter. Und bei ihm hatte ich kaum Angst, dass er sich ein zweites Mal die Hüfte brach.

„Du kannst sehr überzeugend sein, wenn du willst", meinte ich und schlenderte auf die beiden zu. Josh hatte den Griff um den Hals des Fotografen gelockert, aber ihn immer noch nicht losgelassen.

„Danke. Meine Argumente waren diesmal einfach sehr gut", erwiderte er leichthin, bevor er ruhig hinzufügte: „Herr Halvig, werden Sie weglaufen, wenn ich Sie loslasse?"

Bernhard schüttelte mit aufgerissenen Augen kaum merklich den Kopf.

„Gut." Ruckartig zog Rispo den Arm weg.

Halvig stolperte nach vorn, rieb sich den Hals und japste nach Luft. „Poli–, Polizeigewalt!", röchelte er.

Josh schnaubte. „Oh, bitte. Sie haben nicht einmal einen blauen Fleck abbekommen. Ich war sehr vorsichtig. Sie müssen schließlich bei Bewusstsein bleiben, um uns ein paar Fragen beantworten zu können."

Bernhard Halvig sah aus, als läge er jetzt lieber ohnmächtig auf dem Boden.

„Also, woher wussten Sie von dem Fach, Halvig?"

Vor zwei Sekunden war der Fotograf noch bleich gewesen. Doch jetzt schoss mit einem Mal Röte in sein Gesicht. „Ich ... Sie ... Manchmal gibt es solche Fächer eben! Mit Ersatzmaterial. Damit man den Wagen ausbessern kann, falls zwischen den Umzügen etwas abfällt", erwiderte er stotternd.

„Und *woher* wissen Sie das?", fuhr Josh ihn lauter an, sein Gesicht so düster, dass er zum nächsten Karneval problemlos als Sonnenfinsternis oder Bond-Villain würde gehen können.

Gequält schob der Fotograf den Unterkiefer vor, sodass sein Schnurrbart zitterte. „Von ... von damals! Von den Fotos."

Rispo verengte die Augen. „*Welchen* Fotos? Ich muss Sie warnen: Wenn Sie nicht anfangen, mir mehr Infos zu geben, als auf eine Messerspitze passt, werde ich richtig wütend. Und das wollen Sie nicht erleben. Oder, Lou?“

„Oh, nein“, bestätigte ich pflichtbewusst. „Das wäre weder für Ihr noch mein Trommelfell gut. Ganz abgesehen davon, dass es sehr viel Papierkram bedeutet, wenn ein Tatverdächtiger mit Knochenbrüchen im Krankenhaus endet.“

„Scheiße, stimmt. All die Unterschriften und Berichte bedeuten Stunden an Mehraufwand. Wäre schön, wenn wir das vermeiden könnten.“

Halvig war wieder weiß geworden, als wäre er eine panische Warnschranke. „Sie beide sind wirklich ein schreckliches Paar!“, krächzte er.

Joshs Mundwinkel zuckten und er sah zu mir. „Hat sich das für dich auch wie ein Kompliment angefühlt?“

Ich musste lachen. „Ein wenig, ja.“

„Und dabei haben wir nicht einmal damit angefangen, schrecklich zu sein“, meinte Josh unbeeindruckt. „Aber wenn Sie mir nicht in drei Sekunden sagen, von was für verdammten Fotos Sie sprechen –“

„Schon gut, schon gut!“, platzte Halvig gequält heraus und zerrte im nächsten Moment aus seiner Jackentasche, was er vor wenigen Minuten noch betrachtet hatte. Es war ein dünner Stapel Fotos.

„Aber … es … es ist nicht, wonach es aussieht!“, setzte er stammelnd hinzu, da zog Josh sie ihm bereits wortlos aus der Hand, sah darauf hinab – und erstarrte.

Er öffnete den Mund, neigte den Kopf, ging Foto für Foto durch, während seine Miene sich mit jedem Bild weiter verdüsterte.

„Was ist?“, fragte ich alarmiert. „Was ist drauf?“

Ich trat zu ihm, blickte an seiner Schulter vorbei auf die Fotos ...

„Oh.“

Kapitel 12

Die Bilder zeigten exakt diese Halle und exakt diesen Wagen. Nur dass er mit Dutzenden Pappmachéköpfen von Fußballern geschmückt war und anstelle von uns eine schlanke Frau Ende vierzig mit dunklen langen Haaren und ebenso dunklen Augen danebenstand. Sie hatte ein warmes Lächeln auf dem Gesicht und zerknitterte Falten in ihrem grauen Hosenanzug. Leicht vornübergebeugt stand sie da und sah in die Luke, die Halvig zuvor geöffnet hatte. Sie war mir vertraut und fremd zugleich.

„Warum zur Hölle haben Sie Fotos von meiner Mutter in Ihrer Jackentasche, Halvig?", fragte Rispo abgehackt, reichte mir die Fotos und fixierte zornig den Fotografen.

Ich schluckte und betrachtete auch die anderen Bilder. Joshs Mutter war auf jedem einzelnen. Lachend. Nachdenklich. Mit einem Block in der Hand, wie um sich Notizen zu machen, so wie ich Josh schon an die hundert Male gesehen hatte. Mit einer Zeitung zwischen den Fingern, während sie scheinbar einen Artikel las. Sie war manchmal ernst, trug manchmal ein schiefes Lächeln, das ich an ihrem Sohn so liebte wie Nüsse in Schokolade. Der Wagen, an dem sie stand, war erkennbar, aber unscharf. Der Fokus lag in jedem einzelnen Bild auf Frau Rispo. Er hatte sie zentral im Blick, als hätte die Linse sie als bestes Motiv in der gesamten Halle auserkoren. Als hätte Bernhard ... Als wäre er ...

Ja.

Mein Magen flatterte nervös und ich hob das Kinn, um den Fotografen anzusehen.

„Ich ... ich habe die Fotos von zu Hause geholt“, meinte er kleinlaut.

„Das haben wir gesehen. Wieso besitzen Sie diese Bilder?“

„Ich ...“ Zitternd atmete er ein. „Ich war ... ich war der Fotograf damals, der Ihre Mutter zu ihrem letzten Auftrag begleitet hat.“ Sein Blick flackerte unruhig zu Rispo. „Wir waren öfter zusammen unterwegs.“

„Und wieso zur Hölle kenne ich diese Fotos nicht?“, donnerte Josh ungehalten. „Ich habe vor mehr als einem Jahr darum gebeten, *alle* Materialien ausgehändigt zu bekommen, die mit dem letzten Zeitungsartikel meiner Mutter in Zusammenhang stehen!“

„Sie gehören nicht zur Zeitung. Sie ... Es sind meine Privatbilder.“

„Und warum in Gottes Namen haben Sie Privatbilder von meiner *Mutter?*“ Rispos Stimme wurde immer lauter.

„Nun, ich ... ich ...“

„Er war verliebt in sie“, murmelte ich und ließ die Fotos sinken, die genauso gut ein Liebesbrief hätten sein können. „Das hier sind Fotos von *ihr*, Josh. Nicht von dem Wagen oder ihrer Arbeit. Die wurden nicht für die Zeitung gemacht, sondern ... für ihn.“ Ich nickte zu Bernhard.

Perplex sah Josh mich an. „Was?“

„Es war harmlos, okay!“, rief Bernhard laut und hob beide Hände, als fürchte er bereits jetzt, dass Josh seine Waffe zog. „Ich habe es ihr nie gesagt oder ihr Avancen gemacht, sie war schließlich verheiratet. Niemand wusste davon! Ich ... Es war nur eine Schwärmerei. Und ohnehin aussichtslos.“

Josh sah aus, als hätte er den Fußball, der noch immer auf dem Boden lag, ins Gesicht geschossen bekommen. „Sie waren in meine Mutter verliebt?“

Fahrig strich Halvig sich durch die dünnen Haare. „Sie war ... sie war eine tolle Frau! Ich war am Boden zerstört, als sie gestorben ist.“

Kopfschüttelnd sah Josh ihn an. „Warum zur Hölle haben Sie mir das nicht gesagt? Warum haben Sie mir nicht von den Fotos erzählt?“

„Na ja, sie zeigen nichts Interessantes. Und ich wollte nicht, dass Leute erfahren, dass ich verliebt in sie war. Es ging niemanden etwas an. Die Leute hätten vielleicht ... nicht gut reagiert.“

„Leute? Oder Sabine?“, fragte ich, einer plötzlichen Eingebung folgend, interessiert.

Er wurde schon wieder bleich. „Was?“, krächzte er.

„Na ja, seit wann schlafen Sie mit Sabine?“, fuhr ich fort und sah ihn neugierig an. „Erst seit Kurzem oder ... seit Jahrzehnten?“

Bernhard sank in sich zusammen wie ein Luftballon, dem die Luft ausging. „Woher ...?“

„Sagen wir einfach, ich bin immer auf der Suche nach einer guten, alten skandalösen Affäre“, meinte ich leichthin. „Also: seit wann?“

„Wir haben keine Affäre!“, sagte er echauffiert. „Das ist nur ein Wort, das junge Leute benutzen, um dem Sex weniger Bedeutung zu geben.“

„Also sind Sie in einer Beziehung?“, übersetzte Josh trocken.

Er nickte.

„Und wann genau sind Sie zusammengekommen?“, fragte ich drängend.

Er schluckte sichtlich. „Ich ... Nun, es war ein paar Monate nach *ihrem* Tod. Vielleicht ein halbes Jahr. Sabine ging es nicht gut. Sie hatte die Beförderung zur Chefredakteurin nicht bekommen, obwohl wir alle dachten, dass der Posten ihr gehört, da Ihre Mutter sich nicht mehr bewerben konnte ...“ Ängstlich sah er zu Josh. „Doch es hat nicht geklappt und sie war am Boden zerstört. Ich habe sie getröstet und ... Na ja, eins führte zum anderen ...“

„Sie sind seit mehr als fünfzehn Jahren zusammen?“, rief Josh ungläubig.

„Nein, nein!“ Hastig schüttelte er den Kopf. „Wir hatten ein paar Jahre Pause, haben unsere Beziehung aber vor fast einem Jahr wieder aufgenommen. Kurz bevor Sie mit all Ihren Fragen zum Mord an Ihrer Mutter bei uns waren.“ Unsicher sah er zu Rispo. „Deswegen habe ich die Fotos, die ich zu Hause hatte, nicht erwähnt. Es hätte Sabine verletzt, wenn sie erfahren hätte, dass ich damals, kurz bevor ich mit ihr zusammengekommen bin, noch in jemand anderen verliebt gewesen war. Obwohl ich schon damals wusste, dass sie, nun, eine Schwäche für mich hatte, ich mich aber nie darum geschert habe.“

„Großer Gott", murmelte Josh. „Wann ist Köln zu einer Soap-Opera geworden?"

„2013, Josh", sagte ich und klopfte ihm auf die Schulter. „*Köln 50667*. Läuft auf RTL. Noch nichts davon gehört?"

Er schnaubte, bevor er sich wieder Halvig zuwandte. „Das ist ja alles schön und gut, aber erklärt nicht, was Sie hier machen."

„Ich ... wollte mich nur umsehen."

„Wieso?"

„Nun, beim Essen haben Sie von diesem Karnevalsverein und dem Fußball-WM-Wagen gesprochen, den wir damals in unserem Bericht erwähnt haben. Ich wusste, dass es diese eine geheime Luke gab, und Sabine hatte den Bericht damals zu Ende geschrieben und ..." Er brach ab. Seine Lippen fingen an zu zittern.

Ich blinzelte und hatte Schwierigkeiten damit, den Zusammenhang zu erkennen.

„Oh mein Gott." Josh kniff die Augen zusammen und rieb sich über die Stirn. „Sie denken, dass Sabine Müller etwas mit dem Mord an meiner Mutter zu tun hat, und wollten mögliche Beweismittel für sie zerstören." Es war eine Feststellung, keine Frage.

„Nein, nein! Ich wollte nur gucken, ob es Hinweise auf sie gibt. Damit ich es ... gewusst hätte", stotterte Halvig.

„Klar", sagte Josh trocken. „Deswegen wollten Sie den Fußball verbrennen."

„Das war eine Kurzschlussreaktion", jammerte er. „Sabine ist unschuldig. Ich spüre es! Sie hat nichts mit dem Tod Ihrer Mutter zu tun und auch nichts mit dem armen Mann in Simons Kofferraum. Wenn Sie jemanden im Team ins Visier nehmen wollen, dann Damian. Unser Rezeptionist *hasst* die Zeitung. Er hasst uns alle!"

„Und warum tut er das?", fragte Josh desinteressiert.

„Weil er das Mädchen für alles sein muss. Er muss Trimovitz' Wäsche abholen, seine Frau andauernd zur Chemo fahren, wenn er nicht kann, das Geld von Huberts Abschleppkosten überweisen, Sabines Rezepte in der Apotheke einlösen. Alles, was wir nicht tun wollen, wälzen wir auf ihn ab."

„Das ist ja alles hochinteressant", meinte Josh trocken. „Aber das macht einen noch lange nicht zum Mörder."

„Aber zu einem Verdächtigen!", sagte Halvig sofort.

„Nein." Josh trat auf ihn zu. „Wissen Sie, was jemanden zu einem Verdächtigen macht? Wenn er sich Zugang zu einer Lagerhalle verschafft und versucht, Beweismittel zu vernichten."

„Beweismittel?", sagte Halvig mit hoher Stimme. „Was an diesem Ball ist ein Beweismittel?"

„Sagen Sie es mir. Sie wollten ihn verbrennen."

„Aber doch nur, weil Sie meinten, er könne auf den Mörder hindeuten", beschwerte er sich. „Nicht weil er auffällig ist. Schauen Sie selbst, daran ist nichts besonders!"

Ich hob den angedötschten Ball vom Boden auf, studierte die Oberfläche und drehte ihn in den Händen. Leider musste ich Bernhard recht geben. Es war ein Ball aus Pappmaché und nicht einmal ein besonders guter. Die schwarzen Fünfecke waren krumm, das Weiß gelblich angelaufen.

„Vielleicht ist etwas", Josh nahm ihn aus meiner Hand und riss ihn in einer einzigen Bewegung entzwei, „drin", schloss ich und sah neugierig in das hohle Innere der Ballhälfte. Die absolut leer war.

Mist. Ich hatte mir eine geheime Botschaft oder zumindest einen abgetrennten Finger erhofft, von denen hatte ich schließlich schon ein paar Monate lang keinen mehr gesehen. Aber der Ball war nur ein Ball.

Ich nahm Josh eine der Hälften ab und blickte ins Innere, das mit dickem Zeitungspapier ausgelegt war. Die Schrift war so verblichen, dass ich kaum noch die Schlagzeilen ausmachen konnte.

Schulkind findet toten Vogel in Butterbrotdose!

Kölner Ehepaar feiert siebzig Jahre Ehe.

Gutes Wetter für Karneval vorhergesagt!

Das war bedeutungsloser lokaler Schund! Genau der Grund, aus dem man solche Zeitungen wie die *Rheinländer Rundschau* las.

„Warte mal", murmelte Josh und durchsuchte Bernhards Fotos auf ein Neues, bis er bei dem hängenblieb, auf dem seine Mutter eine Zeitung hielt. „Ist das dieselbe Schlagzeile?"

Er tippte mit dem Finger auf das Foto und dann auf die Innenseite meiner Fußballhälfte.

Ich verengte die Augen und studierte das Foto genauer. Dort konnte *Kölner Ehepaar* stehen, aber es war sehr klein und ...

„Oh ja, ziemlich sicher sogar", meinte Bernhard. „Sie haben diesen gesamten Wagen aus unseren Zeitungen hergestellt. Es gab damals einen Fehldruck, den wir nicht verwenden konnten, also haben wir ihn in Gänze an die Bocklemünder Balgbuben gespendet. Das machen wir manchmal. Unsere Papierreste spenden. Wäre doch schade, wenn sie zerstört und somit nutzlos wären. Das war überhaupt erst der Grund, aus dem wir einen Beitrag über diesen speziellen Wagen hier gemacht haben. Damit wir unsere gute Tat veröffentlichen konnten und die Karnevalisten etwas Werbung bekamen: Beide Seiten haben davon profitiert.“

Ich blinzelte verblüfft. „Dieser gesamte Pappmachéwagen, inklusive der Fußballer-Köpfe, bestand aus dem Papier von ein und derselben Ausgabe? Und dann ist jemand hier aufgetaucht, hat den Wagen Stück für Stück auseinandergenommen, nur um die Einzelteile in der Kanalisation zu verbrennen, bis nichts mehr von der Zeitungsausgabe übrig geblieben ist außer diesem Fußball?“

Bernhard nickte.

„Warum war es ein Fehldruck?“, fragte Josh scharf.

„Ich weiß es nicht mehr. Es ist schon ewig her.“

„Dann denken sie besser nach“, sagte er kalt. „Stand irgendetwas in dieser Zeitung, das nicht gedruckt werden sollte?“

Ich beugte mich vor, versuchte die einzelnen Artikel zu entziffern, doch das Papier war leicht vergilbt, weich und ein wenig wächsern unter meinen Fingerspitzen. Die Tinte darauf fast vollkommen unkenntlich.

„Nein. Wir haben inhaltlich, soweit ich weiß, überhaupt nichts verändert.“ Der Fotograf kratzte sich am Kopf. „Ich glaube, es war irgendein Formatierungsfehler. Ich weiß noch, dass Trimovitz damals gerade bei uns angefangen hatte und völlig gejetlagged aus seinen Flitterwochen zurückgekommen war. Er hat irgendeinen Kasten falsch gesetzt oder so was, weshalb diese Ausgabe unbrauchbar war. Aber wir haben keinen Artikel rausgenommen."

„Aber warum will dann jemand diese Exemplare zerstören?", flüsterte ich verständnislos, während Josh erschöpft seufzte.

Ich nahm ihm vorsichtig das Foto aus der Hand, auf dem seine Mutter die Zeitung las. Ihre Augen waren verengt, ihre Stirn gerunzelt. Gott, genauso runzelte Josh auch seine Stirn, wenn er irgendetwas sah, was … nicht passte, keinen Sinn für ihn ergab. Sehr ernst und etwas zu intensiv.

Langsam legte ich den Kopf schief. Hatte Frau Rispo irgendetwas in dieser Zeitung entdeckt, das ihr merkwürdig erschienen war? Aber wenn kein Artikel gestrichen worden war, was war es dann?

„Okay", sagte Rispo steinern, die Zähne aufeinandergebissen, sodass deutlich ein Kiefermuskel in seiner Wange hervorsprang. „Herr Halvig, denken Sie jetzt einmal gut nach: Erinnern Sie sich an irgendetwas Merkwürdiges von damals? Als meine Mutter den Artikel über diesen Karnevalsverein und diesen speziellen Wagen geschrieben hat? Wenn Sie in meine Mutter verliebt waren, dann waren Sie doch sicher aufmerksamer bei allem, was sie getan und gesagt hat, als andere Menschen. Also: Gab es irgendetwas, das Ihnen seltsam an ihrem Verhalten vorkam?"

Bernhard strich sich nervös über seinen Schnäuzer und trat von einem Bein auf das andere. „Ich weiß es

nicht. Also …“ Er rieb sich den Nacken. „Na ja, da war …
Also …“ Er brach ab. „Nee, es war albern. Es war nichts.“

„Was war nichts?“, presste Josh hervor.

„Also … ich weiß, dass sie darum gebeten hat, ihren Abgabetermin nach hinten verschieben zu dürfen. Das hat sie sonst nie gemacht, sie war immer sehr pünktlich. Als ich sie gefragt habe, warum sie mehr Zeit braucht, hat sie nur geheimnisvoll gelächelt und gemeint, dass die Story wohl doch ein wenig größer werden würde als angenommen und ihr den Job als Chefredakteurin einbringen werde. Aber mehr wollte sie mir nicht erzählen. Das wars!“

Josh schloss die Augen. „Sie hat nicht erwähnt, *warum* die Story größer werden könnte als angenommen?“

„Nein.“

„Fuck“, war Joshs einziger Kommentar.

Ich wusste, was er meinte.

Josh beugte sich vor, atmete tief durch und rieb sich mit Daumen und Zeigefinger über die Augen, bevor er die Schultern erneut straffte. „In Ordnung. Sie können gehen, Herr Halvig“, sagte er schließlich erschöpft.

Überrascht hob der Fotograf das Kinn. „Wirklich? Ich werde nicht … festgenommen?“

„Wollen Sie gern?“, fragte Josh harsch. „Ich kann da bestimmt etwas deichseln und es würde zu meiner Stimmung passen.“

„Nein, nein!“ Hastig stolperte er ein paar Schritte zurück. „Ich bin zu alt für den Knast. Und unschuldig! Aber … werden Sie Sabine festnehmen?“, fragte er kleinlaut.

„Wir werden sehen“, erwiderte Josh kühl.

„Aber –“

„Noch einmal biete ich Ihnen nicht an, zu gehen, Herr Halvig."

Das ließ er sich kein drittes Mal sagen und innerhalb weniger Sekunden hatte er die Lagerhalle verlassen. Zurück blieben Josh, ich, die Fotos und der Pappmachéfußball.

„Hältst du Sabine für eine gute Mordverdächtige?"

„Ich weiß es nicht."

„Den Rezeptionisten?"

Er seufzte. „Das weiß ich auch nicht. Sie alle haben kein wirkliches Alibi, weil sie sich leider nicht beim Schlafen haben filmen lassen. Sie alle wussten, dass Trimovitz seinen Kofferraum nicht abschließt und wo er wann sein würde. Aber ... Scheiße. Keine Ahnung." Er rieb sich den Nacken. „Die Motive sind meiner Meinung nach nicht stark genug. Schön, dann war Damian genervt von den Aufgaben, die er für Trimovitz erledigen musste. Aber ihm deswegen eine Leiche unterjubeln? Und dann wollten Sabine und meine Mutter eben denselben Job. Aber deswegen heuert man doch keinen Auftragskiller an! Und zur Hölle: Welche einfache Zeitungsmitarbeiterin besitzt überhaupt die Kontaktdaten eines Auftragskillers? Ich kenne genug Verbrecher beim Vornamen, aber könnte dir trotzdem keine Nummer aus dem Hut zaubern. Gott, es kann doch nicht sein, dass wir uns immer noch im Kreis drehen", sagte Josh frustriert. „Ich wusste nicht, dass es damals einen Fehldruck gab, aber wenn es stimmt, was Halvig sagt, und am Inhalt nichts geändert wurde? Er könnte falschliegen, aber wir haben keine Chance, es herauszufinden ..."

Ich nickte. Er hatte recht. Die Zeitungen, die für den Fußball benutzt worden waren, konnte man nicht mehr wirklich lesen. Man könnte mit einer Lupe oder anderen Hilfsmitteln nach Infos suchen, die jemand unter Verschluss zu halten versuchte, aber ich glaubte nicht daran, dass sich kein einziger Mitarbeiter an einen krassen Artikel erinnerte, der in der Ursprungsausgabe dringestanden hatte und dann gelöscht worden war. Dann müsste es schon eine Verschwörung innerhalb der ganzen Rheinländer Rundschau geben und ... Herrgott, es war die *Rundschau*! Ein bedeutungsloses Käseblatt.

Josh hob die andere Hälfte des Fußballs auf, studierte Innen- und Außenseite, doch schien nichts zu finden.

„Also, nehmen wir nur mal an, es war wirklich nichts Inhaltliches“, überlegte ich laut. „Aus welchem Grund könnte deine Mutter gedacht haben, dass der Bericht über diesen Karnevalswagen doch größer werden könnte als gedacht?“

Erneut strich ich über das Zeitungspapier in dem Ball. Wie viele Schichten waren wohl übereinandergeschichtet worden, um es so dick zu bekommen? Normalerweise war Zeitungspapier doch ... Stirnrunzelnd knibbelte ich an einer Ecke des Zeitungspapiers und zog einen dünnen Streifen aus der Innenseite des Balls. Aber so dünn war der Streifen nicht. Zumindest nicht so dünn, wie ich Zeitungspapier eigentlich kannte. Er war auch viel schwerer ...

Mein Herz sank.

Einen Zentimeter.

Zwei Zentimeter.

Moment. Wenn es wirklich nicht der Inhalt war, was blieb dann noch übrig? Von dem Probedruck, der Zeitung von damals, all den Pappmachébergen und den Unterlagen, die in der Kanalisation verbrannt worden waren ...

„Papier", flüsterte ich.

„Was?"

Blinzelnd hob ich den Blick. „Papier", wiederholte ich.

Josh sah mich verständnislos an. „Wovon redest du?"

„Papier!", sagte ich schärfer. „Die Zeitung. Die *Rheinländer Rundschau*. Sie spendet Papier. Das hat Bernhard gerade gesagt. Sie spendet nicht die Zeitung. Sondern Papierreste. Und scheiße, dasselbe hat Leonie mir schon Anfang des Jahres erzählt! Die Rundschau spendet ihre restlichen Zeitungen. Und die Karnevalsvereine verarbeiten sie zu Pappmachéköpfen. Der Probedruck, der Trimovitz gestohlen wurde, bestand aus Papier. Dem Papier aus derselben Fabrik. Josh: All die Dinge, die verbrannt wurden, waren mit scheinbar nutzlosem Zeug bedruckt. Was, wenn es nicht um die Informationen geht, die auf dem Papier stehen, sondern um das Papier selbst!"

Josh erstarrte. Weitete die Augen. „Papier?"

„Ja! Der Probedruck. Er wurde gestohlen. Was, wenn er aufs falsche Papier gedruckt worden ist? Das Papier hier, es fühlt sich nicht nach Zeitungspapier an. Es ist zu dick. Zu fest." Ich hielt den Schnipsel hoch. Zog daran. Doch er gab nicht nach. Zeitungen zerrissen, sobald man zu fest ausatmete. Doch dieses hier ... „Was ist, wenn deine Mutter auf dem Foto nicht den Inhalt der Zeitung studiert hat, sondern das *Papier!*"

Josh nahm mir das Papier aus den Händen, zog daran, rieb darüber.

„Ich versteh nur nicht, welche Art von Papier man verbrennen müsste, damit niemand erfährt, dass es …"

„Scheiße, es geht um Falschgeld", unterbrach Josh mich und legte den Kopf in den Nacken. „Gott, Lou, ich bin so dämlich! Und du ein verdammtes Genie!" Er ließ den Ball fallen, umschloss fest meine Schultern und küsste mich hart. „Es wurden drei verdammte Männer von demselben Killer getötet: Rubens, der bei einer Metallfabrik arbeitete. Metall, das man für Druckplatten benötigt. Ein Supermarktinhaber, dem Falschgeld untergekommen sein könnte oder der es in Umlauf gebracht hat. Und meine Mutter … die verdammt noch mal klug genug und vertraut genug mit dem Rohstoff war, um zu erkennen, dass eine Zeitung aus dem falschen Papier bestand." Kopfschüttelnd rieb er sich mit beiden Händen übers Gesicht. „Fuck. Der Täter hat Kummerkicker nur das Portemonnaie gestohlen, nicht das Handy. Weil ihm das Handy scheißegal war. Aber wenn er Falschgeld dabei hatte …"

„Dann hätte ihn das verraten", meinte ich atemlos. „Es geht also nicht um die Rundschau. Es geht nicht um die Druckerei. Es ist die Papierfabrik! Nicht der Inhalt, nur das Papier?"

„Scheiße", flüsterte Josh und zerrte im nächsten Moment sein Handy aus der Tasche. „Ich kenn mich nicht mit Falschgeld aus, aber …" Er wählte eine Nummer und sagte eine Minute später in den Hörer: „Marvin: Sie hatten vor einem Jahr was mit einem Falschgeldfall in Berlin zu tun. Was unterscheidet normales Papier von dem, welches man für Geld benutzt?"

„Schalt den Lautsprecher an!“, flüsterte ich und zu meiner Überraschung gehorchte Josh.

„Ui, das ist eine schöne Frage“, sagte der ehemalige Recherchist begeistert. „Normales Papier wird aus Holz und Altpapier gewonnen. Das Papier für Banknoten stellt man dagegen weitestgehend aus Baumwolle her. Es ist fest und griffig und sehr viel reißfester und weicher als handelsübliches Papier.“

„Würden Sie es erkennen, wenn Sie es in den Händen hielten?“

„Sofort.“

„Wundervoll. Dann haben Sie gleich eine Aufgabe.“

„Oh … Moment.“ Ich konnte ihn praktisch hektisch blinzeln sehen. „Es geht um … Falschgeld? Im Kummerkicker-Fall?“

„Ja. Es könnte sein, dass die Papierfabrik *Walzen und Falzen* das Papier für irgendeinen Falschgeldring herstellt.“

„Oh, das ist gar nicht so einfach!“, erklärte Marvin. „Es braucht das richtige Equipment, um Baumwollpapier herstellen zu können. Wenn man einen Experten hätte, sollte es ein Leichtes sein, herauszufinden, ob die Fabrik *Walzen und Falzen* –“

„Oh mein Gott, das Equipment!“, stieß ich hervor und griff nach Joshs Arm. „Die Gerätschaften werden Samstag ausgewechselt, Josh. Das ist morgen! Sie haben gestern schon angefangen, die ersten Teile wegzuschaffen. Ich glaub … Mist, was, wenn sie ihren Stützpunkt verlegen und das Papier woanders herstellen wollen? Wenn sie *deswegen* all ihre Falschgeld-Papierreste *jetzt* verbrennen. Weil sie keinen einzigen Hinweis zurücklassen wollen?“

„Scheiße." Joshs Kiefer arbeitete, während er einen Blick auf seine Uhr warf. Es war kurz nach vier. „Okay, Marvin", sagte er laut. „Wenn wir uns beeilen, schaffen wir es, bis morgen früh einen Experten, genug Beamte und einen Durchsuchungsbeschluss zu haben, um –"

„Morgen früh?", sagte ich ungläubig. „Ganz abgesehen davon, dass wir morgen früh heiraten: Wir können nicht bis morgen früh warten!"

„Lou", sagte Josh leise. „Ich weiß, in Louland, dem Kontinent, auf dem Vernunft und Regeln durch Schokolade und Kekse ersetzt wurden, kann man einfach machen, was man will. Aber wir können nicht einfach die Papierfabrik stürmen. Ich halte mich für relativ klug, aber ich kann normale Papierfabrikmaschinen nicht von denen für Baumwollpapier unterscheiden. Dafür brauchen wir einen Experten. Und ohne Durchsuchungsbeschluss, der uns das Recht einräumt, *alle* Räumlichkeiten einzusehen, brauchen wir gar nicht erst aufkreuzen. Denn dann haben wir vor Gericht ein Problem und die Bösewichte kommen am Ende aufgrund bürokratischer Lappalien auf freien Fuß. Also: Ich fahre zur Wache und lasse das Papier testen." Er deutete zum Fußball in meinen Händen. „Wenn wir recht haben und es für die Herstellung von Falschgeld benutzt werden kann, habe ich genug Beweismittel, um einen Durchsuchungsbeschluss zu beantragen, den wir hoffentlich spätestens morgen früh von einem Richter unterschrieben vorliegen haben. Erst dann fahren wir zur Fabrik, stellen sie auf den Kopf und befragen jeden einzelnen Mitarbeiter. Und das noch vor unserem Termin auf dem Standesamt."

„Aber –"

„Alles andere wäre *illegal*“, sagte er hart. „Verstanden?“

Ich biss mir auf die Lippen.

Das war ja schön und gut, aber was war, wenn sie die restlichen Beweismittel *jetzt* gerade loswurden? Wenn die Polizei morgen früh nichts mehr finden würde?

Mit verengten Augen sah Josh mich an. „Hör auf, zu denken, was du denkst, Lou!“

„Wir sind im einundzwanzigsten Jahrhundert, Frauen dürfen denken, Josh“, sagte ich unschuldig.

„Nicht, wenn sie dabei so gucken wie du!“

„Diese Regel sagt mir nichts.“

„Das sollte sie aber! Ich habe sie vor vier Jahren aufgestellt.“

Ich hob eine Schulter. „In Louland sind Regeln Kekse, Josh. Das hast du gerade selbst gesagt.“

„Louisa!“

Oh, oh. Mein ganzer Name. Er meinte es ernst. „Jaja, schon gut.“ Ich winkte ab. „Ich denke … gar nichts.“

„Aber vor allem nicht, dass du etwas Gefährliches tun wirst, bevor ich morgen mit zwei Dutzend Beamten die Papierfabrik stürme.“

„Mhm“, machte ich und wandte den Blick ab. „Genau.“

„Gib mir eine bessere Antwort!“

„Wenn ich dir eine bessere Antwort geben soll, müsste ich darüber nachdenken, und denken hast du mir gerade verboten, also … Was willst du genau von mir, Josh?“

Frustriert stöhnte er auf.

„Äh, soll ich auflegen?“, wollte Marvin wissen.

Ich musste lachen. Ich hatte ihn ganz vergessen.

„Ja", knurrte Rispo. „Ich bin auf dem Weg zum Präsidium. Bereite schon mal den Durchsuchungsbefehl vor, und wenn du einen Falschgeldexperten kennst, immer her damit!"

„Oh, ich glaub, Frau Müller von der Spurensicherung hatte letztes Jahr damit zu tun."

„Fantastisch." Josh legte auf und fixierte mich auf ein Neues. „Sollte es wirklich um Falschgeld und dessen Vertuschung gehen, können wir die Mitarbeiter der Rundschau als Mordverdächtige eigentlich fast gänzlich ausschließen."

„Warum?"

„Nun: Wo steckt das Geld, das jemand damit verdient? Wir haben alle Mitarbeiter der Rheinländer Rundschau überprüft. *Niemand* hat die Art von Kohle, die man bekommt, wenn man einen Falschgeldring leitet oder auch nur Teil davon ist. Also bleiben die Arbeiter aus der Papierfabrik, die wir noch gar nicht auf dem Schirm hatten." Wieder seufzte er. „Okay. Ich muss zur Wache, das Papier prüfen lassen und mich um den Rest kümmern ... Ich melde mich bei dir, wenn ich mehr weiß, okay?"

„Okay", murmelte ich und nickte fest. „Kannst du mich dann bei uns zu Hause rauslassen, damit ich mein Auto holen kann?"

„Klar."

„Und wehe, du vergisst, dich bei mir zu melden!"

„Wehe, du vergisst, worüber du nicht nachdenken sollst", gab er zurück.

„Mhm." Ich legte den Kopf schief. „Wenn ich vergesse, worüber ich nicht nachdenken soll, denke ich dann während des Vergessens darüber nach?"

Josh blinzelte mich einige Sekunden lang ausdrucks-
los an, dann legte er den Arm um meine Schultern und
schob mich langsam in Richtung Ausgang. „Es ist schön
in Louland, oder?“

Ich grinste. „So viele Kekse, Josh … Du kannst es dir
nicht vorstellen.“

Kapitel 13

Um kurz nach acht hatte ich bis auf eine kurze Nachricht, in der Josh bestätigte, dass es sich bei dem Material des Fußballs tatsächlich um Baumwollpapier handelte, das dem, aus dem Geld gemacht wurde, zum Verwechseln ähnlich war, immer noch nichts von ihm gehört. Weil mir klar war, dass ich durchdrehen würde, wenn ich allein zu Hause saß, hatte ich mich dazu entschlossen, noch etwas im Laden zu arbeiten. Emily war geblieben, um mir zu *helfen* – auch wenn ich es nicht hilfreich fand, dass sie andauernd auf Stellen deutete, an denen noch Blumenreste auf dem Boden zu finden waren, den ich gerade fegte –, und Trudi war hier, weil Manfred ein Konzert gab und sie es nicht aushielt, seine Groupies dabei zu beobachten, wie sie ihm hinterherlechzten.

Jaja. Die Akkordeon-Groupies, die hinter haarlosen ehemaligen Steuerberatern her waren. Eine sehr schlimme, immer größer werdende Gruppe an Frauen. Der Staat sollte etwas unternehmen.

Leider besetzten die beiden meine zwei einzigen Stühle, was wirklich sehr tragisch war, denn ich war unfassbar müde. Dieser Tag fühlte sich an wie hundert Tage zusammen. War ich erst heute Morgen in die Kanalisation gestiegen? Das schien bereits Ewigkeiten zurückzuliegen. Mein Kopf brummte, ich gähnte so viel, dass ich eigentlich längst hyperventilieren müsste, und jetzt tat mir auch noch der Rücken vom ständigen Bücken weh. Die Leute hatten recht. Mit dreißig ging es bergab.

Ich zog mein Handy aus der Jeanstasche, hatte jedoch keine Nachricht und keinen entgangenen Anruf, also steckte ich es wieder zurück. Das hier war frustrierend! Ich kehrte Dornen von meinem Fußboden, während ein paar Kilometer entfernt vielleicht ein Falschgeldring Beweise vernichtete. Und die Polizei *wartete* auf einen dämlichen Beschluss.

Ich war nicht gut im Warten. Das war der Grund, warum ich als Kind so lang gebraucht hatte, bis ich verstanden hatte, dass der Weihnachtsmann nicht existierte. Jannis hatte den ganzen Tag lang in einem Versteck in der Nähe des Baums gehockt und darauf gewartet, dass Santa hereinschneite. Ich hatte mich nach zehn Minuten derartig gelangweilt, dass ich stattdessen aus den heruntergefallenen Nadeln vom Baum ein Bett für den Weihnachtswichtel, der meiner Fantasie nach in meiner Schlafzimmerwand wohnte, direkt neben meinem Kopfkissen gebaut hatte. Jannis hatte am selben Abend herausgefunden, dass Papa es war, der die Geschenke unter den Baum legte. Ich hatte herausgefunden, dass Läuse und Spinnen in den Nadeln des Baums gelebt hatten, sich sehr wohl in meinem Bett fühlten und offenbar keine Ohren besaßen. Denn mein Schrei hatte selbst die Nachbarn geweckt, aber die Insekten überhaupt nicht gestört.

So oder so: Ich hatte eine Menge Talente, Geduld und Warten gehörten nicht dazu. Ich fing dann meistens an ...

„Loubalou, hör auf, so rumzuzappeln! Wenn du schwanger wärst, würde dein Baby jetzt seekrank werden", bemerkte Emily kritisch.

„Ich bin nervös!" Was der Grund war, warum ich meiner Schwester und Trudi einfach von allem erzählt hatte, was heute Nachmittag passiert war, inklusive dem, was wir herausgefunden hatten.

„Wegen der Hochzeit oder der Falschgeldsache?", wollte Trudi wissen und schürzte die Lippen.

Oh Gott. Morgen war die Hochzeit und Josh hatte sich immer noch nicht die Haare geschnitten und mein Ehegelübde hatte ich auch noch nicht geschrieben! „Jetzt wegen beidem", meinte ich leicht panisch.

„Ach, Kokolores. Heiraten ist sehr einfach", meinte Trudi unbeeindruckt. „Du musst nur Ja sagen und aufpassen, nicht über deinen Rocksaum zu stolpern."

Gequält sah ich sie an. Nicht zu stolpern, war auch keine meiner – sehr vielen! – Stärken.

„Ich finde die Falschgeldsache viel frustrierender", fuhr meine alte Mitarbeiterin unbeeindruckt fort. „Ich muss sagen, dass mich das Ganze etwas enttäuscht. Es ist so … undramatisch. Wegen Geld zu morden. Und dann auch noch wegen falschem! Es ist schrecklich unpersönlich."

Also, ich fand umgebracht zu werden schon *sehr* persönlich. Intimer als ein Besuch beim Proktologen, würde ich behaupten.

„Du hast recht!", bestätigte Emily, die meinen Bürostuhl aus dem kleinen Raum hinter dem Verkaufstresen geschoben hatte, tief in der Rückenlehne versank und parallel einen Keks auf ihrem Bauch balancierte. Den letzten von Trudis heutiger Lieferung. Das machte mich fast nervöser als Hochzeit und Falschgeld. „Geld ist ein blödes Motiv. Richtig langweilig. Ich mag, wenn es Eifersucht oder so was ist. Dann schreien und weinen mehr Leute. Das gibt dem Ganzen ...“

„Mehr Pepp!“, bestätigte Trudi zufrieden. „Wohl wahr. Aber jemanden zu töten, weil er ...“ Sie brach ab und runzelte die Stirn. „Ja, warum eigentlich? Wurde der Auftragskiller-Bursche wegen dem Falschgeld umgebracht?“, fragte Trudi laut. „Weil er es produziert hat und jemand das blöd fand?“

Ich blinzelte. „Na ja, nein. Er hat vermutlich nichts mit der Produktion zu tun gehabt, er war nur der ... Lieblingskiller des Falschgeldrings?“

Trudis Stirnfalten waren das reinste Himalayagebirge. „Aber wenn er für sie gearbeitet hat, warum sollten sie ihn umbringen? Er war ihnen ja offenbar eine gute Hilfe all die Jahre?“

„Ähm ...“ Das war eine gute Frage. Ich war so begeistert von dem Durchbruch im Fall gewesen, dass ich nicht darüber nachgedacht hatte, inwiefern das Ganze mit dem Mord an Kummerkicker zusammenhing. „Vielleicht wollte er doch alles verraten? Deswegen haben sie ihn umgebracht?“

„Warum wollte er alles verraten, nachdem er schon über fünfzehn Jahre für sie gearbeitet hat?“, fragte Emmi verwirrt.

Mist. „Na ja, vielleicht ...“ Ich dachte an das, was Ariane heute Mittag gesagt hatte. „Vielleicht sollte er einen Mitarbeiter des Falschgeldrings oder aus der Papierfabrik umbringen, aber sein Opfer kam ihm zuvor.“

„Und warum hatte der Killer dann eure Adresse in der Hand?“, wollte Trudi wissen.

„Na ja ...“ Mein Kopf fing an zu rauchen. „Vielleicht hätten Josh oder ich als Nächstes auf der Liste gestanden? Und der Mörder des Killers hat ihn davon abgehalten, uns umzubringen?“

„Also ist der gesuchte Mörder ein netter Bursche?“, folgerte Trudi.

Ich verzog das Gesicht. Oh Gott, ich hatte das Gefühl, dass gerade eine Menge Blödsinn aus meinem Mund kam. Das passierte recht oft, aber diesmal war es keine Absicht. „Vielleicht?“

„Sie hat mal wieder keine Ahnung, Trudi“, verkündete Emily das Offensichtliche.

Ich stieß einen Schwall Luft aus. „Ein paar Punkte im Fall sind vielleicht noch etwas ... neblig“, gab ich zu. „Ich weiß nur, dass der Auftragsmörder eine Menge Leute umgebracht hat, die vom Falschgeldring erfahren haben könnten oder zumindest etwas mit ihm zu tun hatten und zum Schweigen gebracht werden mussten. Meine Theorie ist ... na ja, vielleicht sollte er eine weitere Person zum Schweigen bringen und diese wollte wirklich nicht sterben?“

„Louisa, du benutzt das Wort *vielleicht* wirklich auffällig oft“, informierte mich Trudi mit einem großmütterlichen Blick. „Du solltest deinen Wortschatz erweitern, falls du nicht willst, dass es peinlich wird. Wenn du magst, kannst du mal zu mir ins Seniorencenter kommen und in meinem Brockhaus stöbern. Ich habe alle dreißig Bände.“ Stolz reckte sie die Brust.

Emily grinste. „Lou hat den Brockhaus bei uns zu Hause immer nur genutzt, um Blütenblätter zu pressen. Sie kann nur von deiner Deutschnachhilfe profitieren.“

„Ja, ich bin ein kleiner Croissant in dem Bereich“, sagte Trudi.

„Du bist ein was?“, fragte ich verblüfft.

„Ein Croissant, Louisa!“, sagte Trudi mit großmütterlicher Nachsicht. „So nennt man das auf Französisch, wenn man sich auskennt.“

„Connaisseur?“, wollte ich wissen und biss mir auf die Unterlippe, um nicht zu lachen.

„Ja, hab ich doch gesagt.“ Sie schnalzte missbilligend mit der Zunge. „Die anderen Seniorinnen in der *Himmelspforte* waren total beeindruckt, als ich das Wort *Diggah* richtig in einem Satz benutzt habe! Ich bin einfach sehr modern.“

Emilys Grinsen war so breit, dass ich kurz daran zweifelte, dass sie kein Gras mehr rauchte, seit sie schwanger geworden war.

„Trudi“, verkündete meine Schwester. „Meiner persönlichen Meinung nach kannst du das Wort *Diggah* gar nicht oft genug benutzen! Also hau es so oft raus, wie du willst.“

„Danke, Diggah“, sagte sie stolz.

Ich musste lachen, und zog noch einmal mein Handy aus der Tasche, um auf das Display zu starren. Keine Nachricht von Josh. Mist.

Emily schnalzte missbilligend mit der Zunge. „Lou, ich glaub nicht, dass er sich heute noch melden wird.“

„Doch, natürlich. Josh hält seine Versprechen.“

„Ja, aber manchmal …“ Sie zuckte mit den Achseln. „Manchmal hält einen eine höhere Gewalt davon ab, am Abend vor der Hochzeit mit seiner Verlobten zu sprechen.“

Perplex öffnete ich den Mund. „*Höhere Gewalt*", echote ich. „Was für eine *höhere Gewalt*?"

Emily grinste. „Höhere Gewalt eben. Sagen wir einfach so: Wenn du etwas Illegales machen willst, ohne dass Joshi es mitbekommt, dann heute Nacht."

In meinem Kopf gingen sämtliche Alarmglocken los. „Warum?"

„Weil Finn, Mo und die anderen ihn", sie sah auf ihr eigenes Handy, „vor einer halben Stunde zu seinem Junggesellenabschied entführt haben."

Ungläubig sah ich sie an. „Aber er will keinen haben."

„Ja, aber sie respektieren seine Meinung nicht. Als sie dachten, dass du es bist, die es Josh verbietet, wollten sie darauf verzichten, aber so?"

Meine Augen wurden groß. „Oh, bitte, sie hatten immer vor, ihn heute Abend zu entführen. Finn wollte schon gestern wissen, was Josh und ich heute Abend machen. Sie planen das schon länger!"

„Joshi meint doch immer, seine Brüder sollen mehr an die Zukunft denken", meinte Emily unschuldig. „Da kann er ihnen nicht übel nehmen, dass sie Pläneschmieden geübt haben."

Oh Gott. Stöhnend legte ich den Kopf in den Nacken. Bedeutete das dann, dass ich heute gar kein Update mehr bekommen würde? Dass ich nicht einmal darüber informiert sein würde, ob die Polizei *Walzen und Falzen* morgen früh direkt als Erstes einen Besuch abstattete?

„Oh, aber das ist doch super." Trudi klatschte begeistert in die Hände. „Dann ab zur Papierfabrik, oder? Du hast einen Schlüssel, wir die Zeit ..."

Möglicherweise war es ein taktischer Fehler gewesen, Trudi von dem Schlüssel zu erzählen. Aber wie gesagt: Ich war nervös! Und wenn ich nervös war, redete ich zu viel.

Doch zu meiner Überraschung war es Emily, die zweifelnd die Schultern hob.

„Ich weiß nicht Trudi", sie strich über ihren Bauch. „Ihr könnt natürlich gehen, aber ich …"

Trudi presste die Lippen zusammen. „Emily. Wirklich. In letzter Zeit unterstützt du mich gar nicht mehr."

Schuldbewusst sah Emily zu dem Keks auf ihrem Bauch. „Nur weil ich Lou nicht dazu zwingen wollte, ebenfalls einen Junggesellinnenabschied zu feiern, nachdem beim letzten eine Leiche auf ihrer Couch lag …"

„Ich habe vorgeschlagen, dass wir es diesmal ohne Leiche machen, oder?", echauffierte sich die alte Dame.

Emmi verdrehte die Augen. „Trudi, hör auf, beleidigt zu sein! Das mit den Leichen kann Lou offensichtlich nicht steuern."

„Na ja, ich finde nur, Emily, dass du in letzter Zeit ein wenig auf mir rumhackst", sagte sie sichtlich getroffen. „Es ist ja schön, dass die anderen es dir durchgehen lassen. Aber erst willst du nicht einmal über Gertrude als Namen für euer Baby nachdenken, dann kommst du zu keinem unserer Recherchierereien mit und dann verbietest du mir auch noch, Narziss, den Blumen-Stripper, für Louisa zu engagieren. Ich bin solchen Nonsens von Louisa gewohnt, aber nicht von dir."

Narziss, der Blumen-Stripper? Ich hatte Fragen.

„Trudi", sagte Emily plötzlich ungewohnt sanft. „Du
weißt, dass ich und Finn dich noch genauso lieben werden wie vorher. Egal ob mit Kind oder ohne. Du musst
keine Angst haben, dass sich unsere Beziehung verändert."

Trudi presste die Lippen zusammen. „Es wird … anders werden."

„Nee, Trudi!" Emily schnaubte. „Wir werden dich sogar *noch mehr* lieben! Du bist reich und wirst auf jeden
Fall Patentante."

Trudis Miene erhellte sich. „Wirklich?"

„Ja!", meinte Emily laut.

„Aber weil du ein toller Mensch bist, nicht wegen deines Geldes!", erinnerte ich meine Schwester warnend.

Sie winkte ab. „Jaja, voll. Wegen deines schillernden
Charakters. Und weil du Finn dafür bezahlst, dass er
dein Memoiren-Schreiber ist, was ihm echt Spaß
macht."

Trudi lächelte zufrieden. „Danke. Er hat auch wirk-
lich Talent. Mir wäre es nicht im Traum eingefallen,
Trudi auf *Brudi* zu reimen. Also – du kommst heute
Abend mit?"

Emily stieß einen langen Schwall Luft aus, nickte
dann jedoch. „Okay, schön. Ihr habt mich überredet.
Ich komm mit."

Ich blinzelte sie perplex an. „Wohin?"

„Zur Papierfabrik! Bleib mal up to date, Lou!"

„Wir fahren nicht zur Papierfabrik", sagte ich laut.
„Und Emily, sollst du nicht Stresssituationen vermeiden?"

„Ja. Kommen Mama oder Oma mit auf Mörderjagd?"

„Nun … nein."

„Na, dann habe ich keinen Stress zu befürchten“, sagte sie zufrieden. „Gehen wir?“

„Ja!“, rief Trudi.

„Nein“, sagte ich. „Ich habe Josh versprochen –“

„Josh betrinkt sich gerade mit vier Rispos und Marvin“, informierte mich Emily. „Der kriegt gar nicht mit, dass du dein Versprechen brichst. Und was, wenn sie heute alle Beweise, die aufs Falschgeld hindeuten, entfernen, Lou? Denk dran, wie schuldig du dich deswegen fühlen würdest.“

Stöhnend kniff ich die Augen zusammen. Sie hatte einen Punkt. Was, wenn sie heute alle wichtigen Materialien vernichteten, und niemand etwas dagegen unternahm? Es konnte nicht schaden, wenigstens mal unverbindlich auf dem Gelände herumzuspionieren ...

„Wir fahren nur mal vorbei“, beschloss ich. „Wir müssen gar nicht reingehen. Wir gucken nur, ob etwas Komisches vor sich geht. Vom Auto aus. Wenn alles gut ist, überlassen wir es der Polizei, den Laden morgen in aller Ruhe auseinanderzunehmen.“

„Klar“, sagte Emily ironisch. „Wir werden auf gar keinen Fall reingehen.“

Böse sah ich sie an. „Eben! Und ich weiß wirklich nicht, ob das so eine gute Idee ist, dass du mitkommst. Was, wenn wir wegrennen müssen?“

„Wir gehen doch gar nicht rein. Warum sollte ich wegrennen müssen?“, fragte Emily scheinheilig.

„Emily ...“

„Ach, bitte“, sagte sie hart. „Ich rolle schneller, als Trudi mit ihrer Plastikhüfte humpelt!“

„Ich humpele nicht, ich stolziere egozentrisch. Außerdem besteht meine Hüfte aus Titan. Wenn man es genau nimmt, bin ich also ein Cyborg – aber mit dem Rest hat sie natürlich recht“, erklärte Trudi und reckte das Kinn.

Schwer seufzend rieb ich mir übers Gesicht. Prima. Meine Gangster-Crew bestand aus McSchwanger und McTitanhüfte. Was sollte da schon schiefgehen?

Kapitel 14

„Warum heißt Falschgeld eigentlich Falschgeld?“, wollte Trudi eine halbe Stunde später wissen, als ich meine Scheinwerfer ausschaltete und langsam auf das leere Fabrikgelände rollte. Ich wollte nicht gesehen werden, falls … Na ja, falls etwas passierte. Was es nicht würde! Das hier war harmlos, absolut harmlos.

„Weil sich *Nichtgeld* und *Haha-reingefallen-Geld* blöd anhören“, meinte Emily.

„Aber warum heißt Richtiggeld dann einfach nur Geld? Das erscheint mir nicht logisch.“

„Schreib dem Duden einen Brief und frag nach“, schlug meine Schwester vor. Sie hatte das Schnick-Schnack-Schnuck-Spiel um den Beifahrersitz gewonnen – kaputte Hüfte und schwanger waren offensichtlich ungefähr gleichwertige Handycaps – und starrte neugierig aus dem Fenster. „Frag mich nicht warum, aber ich hab mir immer vorgestellt, dass bei einer Papierfabrik mehr … Papier herumliegt.“

„Drinnen wird es Papier geben“, murmelte ich, ließ den leeren Parkplatz vorm Haupteingang links liegen und wollte um die Ecke zur Hinterseite des Lagerhallenblocks rollen … auf der ein gigantischer Lastwagen mit offener Lade stand.

„Shit“, flüsterte ich, hielt abrupt an und stellte den Motor ab. Der Passat stand halb hinter der Ecke verborgen und war nicht direkt zu sehen, aber auch keine gestreifte Mütze im *Wo ist Walter?*-Wimmelbuch. Ich hätte noch weiter zurücksetzen können, aber dann hätte ich keine Sicht mehr auf …

„Ui, das sind aber dicke Wummer, die sie da schleppen", murmelte Trudi. „Die sind so groß, dass ich sie selbst mit meinen schlechten Augen sehen kann."

Sie hatte recht. Mindestens acht Männer und zwei Gabelstapler trugen gigantische Walzen, Metallbecken, Rohre und andere Gerätschaften aus einer weit geöffneten Lagerhalle heraus und verfrachteten es in dem Laster, hinter dem gerade ein weiterer Lkw anrollte. Beide LKWS waren weiß, hatten keinen Schriftzug auf ihrer Seite, der mir eine Firma verraten hätte, und die Lade unten, sodass ich keinen Blick auf ein Nummernschild erhaschen konnte.

„Scheiße", wiederholte ich und zog mit zitternden Fingern mein Handy aus der Tasche. Was, wenn wirklich *alle* Maschinen bis morgen früh weg waren und die Polizei keine Beweise mehr finden konnte? Ich wählte Joshs Nummer, doch nach dem zweiten Klingeln ging sofort die Mailbox dran. Ich rief Marvin und Finn an, dann Moritz, Florian, Jonas, doch keiner der Rispo-Brüder hob ab.

„Sie werden ihm das Handy weggenommen und ihre ausgeschaltet haben", meinte Emily.

„Scheiße!", sagte ich lauter.

„Oh, komm schon, Louisa", echauffierte sich Trudi. „Wir brauchen deinen sexy Kommissar nicht. Wir müssen überhaupt nichts Gefährliches machen. Wir gehen mit deinem Schlüssel zur Hintertür rein, machen Fotos von den Gerätschaften und allem, was uns ins Auge sticht, und gehen dann wieder raus. Das wird ganz leicht und wir bleiben unauffällig.“

Ich sah an Trudis Leopardenleggings hinab. „Unauffällig ist keine unserer Stärken“, erinnerte ich sie.

„Na, aber haben wir eine andere Wahl?“, gab Emily zu bedenken. „Ich finde das mit den Fotos keine schlechte Idee.“

Ich leider auch nicht. Was wirklich nicht für mein Urteilsvermögen sprach.

„Schön“, wisperte ich. „Gebt mir einen Moment.“ Ich öffnete WhatsApp, suchte nach Rispos Chat und flüsterte ins Handymikro: „Ich weiß, du hasst Sprachnachrichten, aber da musst du jetzt durch: Wir stehen vor der Papierfabrik. Sie laden hier Gerätschaften im Sekundentakt in einen Truck, und das kann nichts Gutes bedeuten. Die gute Nachricht ist: Wir machen nichts Gefährliches. Die schlechte: Wir machen das nicht Gefährliche in der Papierfabrik. Also ...“

„Tüdelüü“, rief Trudi von der Rückbank.

Ich beendete die Sprachnachricht und zog eine Grimasse. Josh würde sich freuen, dass ich Unterstützung dabei hatte ... richtig?

„Emily, da Finn nicht da ist, um das hier für meine Memoiren festzuhalten ...“, sagte Trudi von hinten.

„Jap, ich mach das“, meinte sie sofort, zog ihr Handy aus der Tasche und startete eine Voice-Aufnahme. „Ich nehme einfach alles auf, dann haben wir einen Live-Action-Mitschnitt.“

„Keine Action!“, sagte ich warnend und hob den Zeigefinger. „Es wird keine Action geben.“

„Sie wird die ernste Patentante und ich die Spaßtante, oder?“, flüsterte Trudi laut.

Ich verdrehte die Augen.

Emily nickte. „Das hab ich schon mit Finn besprochen. Genau so machen wir es."

Klasse. Wenigstens hatten sie einen Plan.

Wir mussten uns nicht die Mühe machen, zu schleichen. Die Gerätschaften, die verladen wurden, klirrten und knarzten schlimmer als Trudis Hüfte und machten so viel Lärm, dass eine sechzigköpfige Kindergartentruppe ihn nicht hätte übertönen können.

Ich war froh, den Schlüssel zu haben. Denn ansonsten hätten wir uns an zehn Leuten vorbei durch das offene Lagerhallentor stehlen müssen, und ich mochte gut darin sein, mir Ausreden auszudenken, aber mich unsichtbar zu machen, hatte ich immer noch nicht gelernt. Also drückten wir uns im Schatten der Außenwand herum, machten Fotos von den Arbeitern und den Walzen und Gerätschaften, die sie abtransportierten, und stahlen uns schließlich zur Hintertür.

„Okay", flüsterte ich und zog den Schlüssel, den Frau Trimovitz mir heute Mittag gegeben hatte, aus meiner Jackentasche. „Wir müssen vorsichtig sein. Ich glaub, es ist eine einzige riesige Halle. Vielleicht laufen noch weitere Arbeiter dort drinnen rum. Vielleicht gibt es doch Kameras und ein Sicherheitsteam, das Herr Bauer uns gestern verschwiegen hat und ..."

„Womöglich, vermutlich, denkbar, schätzungsweise", murmelte Trudi.

Ich blinzelte. „Was?"

„Synonyme für *vielleicht*, Louisa."

Ich stöhnte innerlich. „Schön!", sagte ich genervt. „*Womöglich* ist die Halle gut einsehbar, also: Passt einfach auf, dass euch niemand sieht!"

„Puh", machte Emily. „Du hast gut reden. Du bist von Natur aus unscheinbar, aber seit ich schwanger bin, *strahle* ich, Lou."

„Ich strahle auch auf ganz natürliche Art und Weise", ergänzte Trudi.

„Na, dann ... erstickt eure Feuer, bevor ich es tue", wies ich sie an. „Feuer in einer Papierfabrik ist nämlich eine grundbeschissene Idee! Spoiler Alert: Papier brennt." Mit diesen Worten öffnete ich die Tür.

Rein objektiv betrachtet, war es eine dämliche Idee, in einen Raum einzubrechen, in dem knapp ein Dutzend Leute herumwuselten und möglicherweise illegale Machenschaften ausführten. Es beruhigte meine Nerven auch nicht gerade, dass die Deckenbeleuchtung der zum Vorschein kommenden riesigen Lagerhalle heller strahlte als Trudi und Emmi zusammen und der Geräuschpegel es mit dem beim Sonntagsbrunch meiner Familie aufnehmen konnte.

Mann war ich froh, einen Schlüssel zu besitzen und somit nicht einbrechen zu müssen!

Vorsichtig machte ich einen Schritt nach vorn, den Zeigefinger an die Lippen gelegt. Doch Emmi und Trudi waren ohnehin zu sehr mit Starren beschäftigt, um Lärm zu machen. Die Münder zu stummen Os geformt, blickten sie von dem sperrangelweit offenen Tor zu den vier Muskel-Ottos, die Gerätschaften auseinanderbauten, denen ich ebenso wenig einen Namen geben konnte wie Emmi und Finn ihrem ungeborenen Baby.

Dünne Metalltreppen führten in eine zweite Ebene, die aus Dutzenden Metallbrücken zu bestehen schien, die über die verschiedenen Gerätschaften wachten und zu zwei weiteren Türen führten. Zur Linken stapelten sich imposante mintgrüne Metallboxen, die ein wenig wie riesige Wäschetrockner mit U-Boot-Türen aussahen. Zur Rechten wurde endlos viel Papier in Form der größten Klopapierrollen, die ich je gesehen hatte, aufbewahrt.

Da waren Becken, die mit klarer Flüssigkeit gefüllt waren, Metallzylinder, Quader, Kugeln ... Ich könnte vermutlich noch minutenlang geometrische Figuren aufzählen: Es gab sie alle. Die meisten aus Metall.

„Mensch, hier könnte man richtig gut jemanden umbringen", flüsterte Trudi beeindruckt. „Es ist laut und chaotisch, man kann sich hinter jeder Gerätschaft verstecken oder elegant von oben attackieren –"

„Lasst uns hochgehen", unterbrach ich sie hastig, meine Stimme so leise wie möglich, und nickte zu einer der Brücken. „Von da aus hat man einen besseren Blick und kann gute Fotos machen." Und nicht von oben attackiert werden. Die Brücken hatten ein hohes Geländer aus Metall, hinter dem man sich gut verstecken könnte. Abgesehen davon, dass die Arbeiter ohnehin nicht nach oben blickten und vollkommen auf ihre Aufgabe konzentriert schienen.

Ich zog mein Handy aus der Tasche, machte einige Fotos und nickte dann zur Treppe, keine fünf Meter von uns entfernt. „Okay, Leute, ihr müsst euch gleich bücken, damit euch niemand sieht."

„Hmpf", machte Trudi unzufrieden. „Mein Arzt hat mir von Bücken abgeraten. Ebenso wie vom Treppensteigen."

„Meiner auch", stimmte Emmi mit ein. „Er meinte, möglicherweise komm ich dann nicht mehr hoch."

Ich rieb mir über die Stirn. Ich hätte meine Komplizinnen besser auswählen sollen, aber ich wollte alte oder schwangere Menschen nicht diskriminieren.

„Versucht es, sonst müssen wir krabbeln. Die Arbeiter dürfen uns nicht sehen.“

Die beiden nickten, bevor sie auf Zehenspitzen vor mir her zur ersten Stufe liefen.

„Das da sieht aus wie ein Küchenmaschinenrührbottich“, murmelte Trudi und deutete auf den Behälter direkt neben der Treppe.

„Ja, voll“, erwiderte Emily. „Sagt mal, wenn ihr ein Küchengerät wärt, welches wäre das? Finn wollte letztens die Mikrowelle für sich beanspruchen, weil er so schnell ultraheiß werden könnte.“ Sie verdrehte die Augen. „Aber ich finde ja total, er ist ein Messer. Ziemlich scharf, aber nicht jeder kann gut mit ihm umgehen.“

„Ich wäre ein Holzlöffel mit ganz viel Strass geschmückt“, sagte Trudi ohne Umschweife.

„Weil du einen Holzkopf hast?“, fragte Emily unschuldig.

„Nein, junge Dame. Weil ich gern in fremden Leben herumrühre und eher praktisch veranlagt bin – außerdem natürlich elegant und schick.“

Emily nickte, als würde das einleuchten. „Was ist mit dir Lou?“

„Ich wäre ein Kopfkissen.“

„Das ist kein Küchengerät.“

„Eben. Können wir uns jetzt *bitte* konzentrieren?“

Emily verdrehte die Augen, schloss jedoch den Mund, während sie Trudi dabei half, die Stufen zu meistern, auch wenn sie selbst bei jedem Schritt ächzte wie …

nun, eine Frau, die im neunten Monat schwanger war. Sie waren sehr, sehr langsam und ich nutzte die Zeit, um durch die Streben des Treppengeländers weitere Bilder zu machen.

Von den Papierwalzen.

In den Rührtopf rein, der mit einer milchigen Flüssigkeit gefüllt war.

„Gott, ich habe keine Ahnung, was ich hier fotografiere", flüsterte ich verzweifelt, als wir endlich auf dem oberen Absatz angekommen waren. „Was weiß ich, wie sich die Geräte unterscheiden, die Baumwoll- und Nicht-Baumwollpapier herstellen? Wir brauchen irgendetwas ... Stichhaltigeres."

„Wie zum Beispiel wichtigen Papierkram aus dem Büro von dem Leiter dieser Halle?", wollte Trudi wissen und deutete nach rechts.

Ich folgte ihrer Geste und blieb an dem Schild *Gunter Bauer – Leiter Walzen und Falzen hängen*. Direkt daneben befand sich eine von zwei nebeneinanderliegenden massiven Metalltüren mit schwarzem Griff. Auf der anderen Seite war ein Fenster eingelassen, das jedoch von innen mit Jalousien verkleidet war.

„Mhm", machte ich. Es war keine schlechte Idee. Falls es Gunter Bauer war, der beauftragt hatte, dass die Gerätschaften abgeholt und ersetzt wurden, hatte er vielleicht etwas mit dem Falschgeldring zu tun. Und wenn er das Ganze als völlig normal verkaufen – und steuerlich absetzen – wollte, musste er das irgendwo schriftlich festgehalten haben. Es musste eine Rechnung geben, auf der ein Name für die Firma stand, die er mit dem Abtransport beauftragt hatte. Ein Name, der weder auf den Overalls der Arbeiter noch auf den Lkws draußen zu finden war. Und wenn wir einen Namen hatten, könnten wir nachverfolgen, wo die Maschinen hintransportiert worden waren, und sie womöglich trotzdem als Beweismittel benutzen, selbst wenn sie nicht mehr vor Ort waren. Das war zumindest meine Theorie. Und mehr als eine Theorie hatte ich ohnehin nie, also ...

„Okay", flüsterte ich. „Ist sie offen?"

Trudi lief halbgebückt nach vorn und drückte die Klinke. „Nein", stellte sie fest.

Nun, das war unpraktisch.

„Wir könnten die Tür einfach aus ihren Angeln heben", schlug Trudi vor.

„Würdest du behaupten, dass du stark genug bist, eine Metalltür hochzuhieven?", wollte ich wissen.

„Nein. Du?"

„Nee. Emily?"

„Ich kann zurzeit kaum mich selbst hochhieven", erwiderte sie und zeigte mir den Vogel.

„Also bleibt die Tür in ihren Angeln. Emily, Finn ist gut darin, Schlösser zu knacken, hast du was von ihm gelernt?"

„Das Einzige, das ich von Finn gelernt habe, ist, keinem Mann zu vertrauen, der dir sagt: ,*Natürlich ist es safe, ein Kondom mit den Zähnen zu öffnen!*'"

Gut, das war etwas, das *jeder* wissen sollte. Aber Metalltüren mit den Zähnen zu öffnen, war genauso genial, wie Latex mit den Zähnen zu bearbeiten, also ...

„Oh, wir können warten, bis Gunter Bauer die Tür selbst öffnet, den Raum wieder verlässt und danach reingehen", meinte Trudi. „Das da ist doch der Papierfritze, oder?" Sie nickte die Treppe hinunter ... an dessen Fuß gerade Herr Bauer persönlich mit einem Arbeiter sprach.

„Scheiße", fluchte ich atemlos. „Verstecken! Verstecken!" Wild gestikulierte ich zur zweiten Tür, deren Klinke Emily augenverdrehend betätigte, woraufhin sie nach innen aufschwang.

Oh, Gott sei Dank! Ich trieb Trudi und Emily wie eine sehr träge Schafsherde vor mir her in die vollgestopfte Besenkammer, die sich vor uns aufgetan hatte, und zog die Tür gerade hinter uns zu, als ich das metallische Klicken von Füßen auf der Treppe hörte.

Es war eng hier drin, was vor allem an Emily lag, deren Kinderüberraschungs-Kugel mit den Besen und Wischmopps – eine reine Vermutung meinerseits, es war zu dunkel, um etwas zu erkennen – um Platzanteile buhlte. Sie fluchte laut.

„Pscht!", zischte ich.

Emily pupste.

„Das Baby wars!", stellte sie sofort klar.

Trudi kicherte.

Ich versuchte es mit einem weiteren: „Pscht! Sonst werden wir noch erwischt."

Niemand pupste. Trudi hörte auf zu kichern. Eine dumpfe männliche Stimme drang durch das Metall.

„... soll ich eurer Meinung nach tun? Gebt einfach das verdammte Geld raus. Dann haben wir eine wahnsinnige Person weniger, um die wir uns kümmern müssen." Ein Schlüssel klackerte im Schloss. „Nein, ich glaube nicht, dass es eine leere Drohung war. Erwähnte ich nicht: *wahnsinnig?* Absolut wahnsinnig! Ich begrenze den Schaden so gut ich kann, aber ... Ja ... Ja, ich hole das Teil jetzt, ich habe etwas gebraucht, um sie zu finden ... Nein, natürlich darf sie nicht mit mir in Verbindung gebracht werden, jaja ..." Eine Tür fiel ins Schloss und dann war es still.

Mein Mund wurde trocken. Wer war wahnsinnig? Was für ein Schaden musste begrenzt werden? An wen sollte das verdammte Geld rausgegeben werden? Was für eine leere Drohung? Und was für ein Teil holte er gerade?

Meine Güte, warum konnten Verdächtige nicht mal Klartext reden? Es war, als wollten sie gar nicht, dass ich sie verstand. Als wären sie ... eine gemeine Krimiautorin, die absichtlich nur mit ominösen, unzufriedenstellenden Hinweisen um sich warf.

„Was macht er hier wohl nachts?", flüsterte Trudi. „Muss er die Arbeiter beaufsichtigen?"

„Ich habe keine Ahnung", erwiderte ich leise, hielt den Atem an und presste mein Ohr an die Tür. Horchte darauf, ob Bauer wieder zurückkam.

Was er tat. Da war das unverkennbare Quietschen der Tür und dann ...

And I would walk 500 miles. And I would walk 500 more.

Ich zuckte so heftig zusammen, dass ich meinen Ellbogen schmerzhaft an der Metalltür anschlug. Panisch tastete ich nach meinem Handy in der Tasche, das nicht aufhören wollte, zu singen!

Just to be the man who walks a thousand miles to fall down at your door.

Fuck!

Da d-da da, da d-da da, da d-da da, da d-da da

Da-da-da dun-diddle un-diddle un-diddle a da da.

Ich zerrte das Mistteil aus meiner Tasche, sah gerade noch, dass Joshs Bild aufblitzte und drückte ihn dann sofort weg. Doch die Schritte auf der anderen Seite hatten bereits innegehalten.

Mein Herz schlug mir bis zum Hals, während ich mein Handy zwischen den Fingern zerquetschte. Ich hatte vergessen, es auf stumm zu schalten Scheiße, scheiße!

Hoffentlich dachte Bauer, dass er sich die Musik nur eingebildet hatte. Hoffentlich ging er einfach weiter und …

And I would walk 500 miles. And I would walk 500 more.

Mein Handy fing auf ein Neues an zu vibrieren, und stumm fluchend drückte ich auf dem Bildschirm herum. Ich wischte anscheinend zum grünen Hörer, denn im nächsten Moment hörte ich Josh dumpf fragen: „Lou?"

Die Tür wurde aufgerissen und ich kniff die Augen vor dem plötzlichen Licht zusammen.

„Was zur Hölle tun Sie hier?", donnerte Herr Bauer und sah uns schockiert an.

Ich schluckte, hob das Handy an meinen Mund und flüsterte: „Es ist gerade schlecht." Dann legte ich auf, bevor Josh dazu kam, weiter nachzufragen. Denn Herr Bauer sah wütend aus und ich wollte ihn nicht weiter verärgern. Nicht in dieser Situation, in der wir wortwörtlich eingepfercht waren.

„Pscht, Loubalou", sagte Emily trocken. „Sonst werden wir noch erwischt."

Blut schoss in mein Gesicht und brannte in meinen Wangen, während Herr Bauer uns anstarrte, als wären wir eine Gruppe Funken, die es auf sein kostbares Papier abgesehen hatte.

Mir war nicht viel peinlich oder unangenehm. Man konnte einfach nicht mit Emily und Jannis als Geschwister aufwachsen, ohne sich eine Überlebensstrategie zurechtzulegen, wenn es um peinliche Situationen ging. Und meine Strategie war meistens gewesen, es einfach auf die leichte Schulter zu nehmen.

Dank Jannis, der mir vollkommen besoffen nicht ein, sondern zwei Kaugummis in die Haare geschmiert hatte, um die Klebrigkeit zwischen *Hubba Bubba* und *Juicy Fruit* zu vergleichen, hatte ich mehrere Wochen mit einem Haarschnitt wie ein Straßenköter, dessen Fell sich in einem Mixer verfangen hatte, in der Schule herumlaufen müssen. Doch ich hatte gelächelt und jedem erzählt, dass *Hubba Bubba* der klare Sieger war, und mir eingeredet, dass es Schlimmeres gab. Auch wenn mir mein vierzehnjähriges Ich nicht geglaubt hatte.

Und Emily hatte vor zwei Jahren jedem, der es nicht hören wollte, ihre Lieblingsstellungen aus dem Kamasutra erklärt, meistens während ich neben ihr stand. Doch ich hatte gelächelt, selbst alberne Positionen erfunden, um die Stimmung aufzulockern, und mir gedacht, dass es doch schön war, dass Emily sich sexuell weiterbilden wollte.

Ganz abgesehen davon, war ich natürlich mit meiner Mutter aufgewachsen. Meiner Mutter, die jeden Jungen, den ich mit nach Hause gebracht hatte, gefragt hatte, ob er wusste, wie man ein Kondom benutzte. Die richtige Antwort auf diese Frage war übrigens „Nein" *gewesen.* Denn Jungs, die wussten, wie man ein Kondom benutzte, hatten ja bereits Sex und das war inakzeptabel.

Also ja, ich war mit peinlichen Situationen vertraut und meistens machten sie mir nichts aus. Meistens stand ich darüber. Meistens konnten ich und mein Gegenüber darüber lachen und sie mit einem Schlenker meines Handgelenks als albern abtun. Doch jetzt gerade war nicht meistens und mein Gegenüber sah aus, als würde er eher zu Asche verfallen, als zu lachen anfangen.

Ich öffnete den Mund ... und obwohl ich mich sonst darin rühmte, wirklich sehr fit im Kopf zu sein, vor allem wenn es um Ausreden oder darum ging, Blödsinn zu reden, kam nur heiße Luft über meine Lippen. Mein Kopf war leer. Ein einziges Vakuum gefüllt mit ... nun, nichts.

„Louisa!" Trudi stupste mich nervös mit ihrem Ellbogen an. „Louisa, du musst deinen Mund nicht nur öffnen, sondern ihn auch benutzen. Sag was! Irgendetwas."

Ich nickte ruckartig und versuchte mir meine Gedanken in Reih und Glied zu schütteln, während die stillen Sekunden dahinflossen und zusammen mit meinem heißen Atem Löcher in die Luft brannten. Fieberhaft ließ ich den Blick an Herrn Bauer hinabschweifen und überschlug rasch im Kopf, wie groß die Chance war, dass wir alle drei an ihm vorbeistürzen und weglaufen konnten, kam jedoch bei minus dreitausend raus. Ich suchte gerade meinen Rechenfehler, denn es war offensichtlich, dass es hätte minus fünftausend sein müssen, als ich an der Mappe hängen blieb, die er sich vor die

Brust geklemmt hatte. Sie verdeckte zur Hälfte die goldenen Knöpfe seines schwarzen Mantels, die rund, mit nur einer Öse waren und mich an meine alte Blaskapellen-Uniform erinnerten.

Mein Herz setzte einen Schlag aus.

Mein Mund wurde trocken.

Meine Handflächen klamm.

Mit offenen Lippen griff ich in meine eigene Jackentasche und zog den Knopf daraus hervor, den ich heute Morgen in der Kanalisation gefunden hatte.

„Ist das Ihrer?", fragte ich etwas dümmlich. „Und warum zur Hölle steht da *Für Kommissar Rispo* auf der Mappe?" Ich nickte zu seinen Händen.

Bauer weitete die Augen. Er sah auf den Knopf zwischen meinen Fingern, auf die Mappe zwischen seinen ... drehte sich auf dem Absatz um und stürmte zu den Treppen.

„Er läuft weg", stellte Trudi verdutzt fest.

„Lou, warum rennst du noch nicht? Er kommt davon", sagte Emmi verwirrt. „Die Mappe in seinen Händen sah wichtig aus."

Gott, ich hasste es, wenn meine Schwester recht hatte.

Fluchend nahm ich die Beine in die Hand und hetzte ihm nach. Meine Füße klatschten auf das metallene Gitter unter mir, während Bauer bereits die Treppen erreicht hatte. Die Mappe so fest an seine Brust gepresst, dass auch ja kein Blatt daraus verloren ging.

Wir machten so viel Lärm, dass einige der Arbeiter verdutzt zu uns aufsahen, doch ich hatte keine Zeit, sie eines weiteren Blickes zu würdigen. Denn mir wurde innerhalb von drei Metern klar, warum ich so selten rannte: weil es scheiße war! Und ich nicht gut darin.

Man musste die Füße zu hoch heben, die Arme zu schnell bewegen, seine Brüste festhalten und gleichzeitig auch noch atmen. Wer auch immer Rennen erfunden hatte: Ich hoffte, er schämte sich zutiefst und saß dafür in der Hölle!

Das einzig Gute war, dass Herr Bauer auch kein Freund von schnellen Fußbewegungen zu sein schien. Der untersetzte Mann war Mitte fünfzig, körperlich also ungefähr auf meinem Niveau. Er befand sich nur einen Treppenabsatz unter mir und verlor wertvolle Sekunden, als er sich zu mir umdrehte, ängstlich die Augen weitete und dann die nächsten Stufen herabstürmte.

Das hatte ich nie verstanden. Warum taten Menschen das? Sich umdrehen, während sie rannten. In jedem Hollywoodstreifen lernte man, dass ein schlimmer Sturz darauf folgte, weshalb ich den Blick nach vorn gerichtet hielt, als Trudi von oben: „Lauf, Forrest, Lauf!", schrie.

Bauer umklammerte immer noch die Mappe, während ich mich am Geländer festhielt, um einige Stufen gleichzeitig hinabspringen zu können, und versuchte *„Stehenbleiben"* zu schreien. Doch meine Lunge hatte genug Probleme damit, nicht vollends zu kollabieren, also brachte ich nur ein „Strgahh!" heraus.

Ich konnte es Bauer nicht zum Vorwurf machen, dass er nicht sofort anhielt. Meine Anweisung war nicht klar genug gewesen.

Ich rechnete damit, dass Bauer die letzte Stufe herabsprang und nach rechts bog, auf den Ausgang zu. Doch stattdessen hielt er auf dem letzten Absatz, noch immer in zwei Meter Höhe, auf der Treppe inne, sah zum Becken mit der milchigen Flüssigkeit herab, das an einen Küchenmaschinenrührbottich erinnerte ... und seine Augen blitzten unheilvoll auf. Als wisse er, dass es egal war, ob sich in dem Bottich Wasser oder Chemikalien befanden. Feuer war nicht das Einzige, was Papier schaden und Schrift unkenntlich machen konnte.

„Nein!", brüllte ich, doch wie ungefähr jedes Mitglied der Familie Rispo hörte er nicht auf mich. Er warf die Mappe in das Becken und sie sank wie ein Stein.

Fuck!

Wieder sah Bauer über die Schulter und einen Moment lang war ein Anflug von Erleichterung auf seinem Gesicht zu erkennen, bevor er den letzten Treppenabsatz heruntersprang, einen der verwirrten Arbeiter anrempelte, der wissen wollte, was los war, und wieder lossprintete. Jetzt in Richtung Ausgang. „Haut alle ab!", brüllte er, und die Arbeiter verstanden schnell. Sie ließen fallen, was sie gerade trugen, und stoben auseinander.

Nein!

Nein, nein, scheiße, nein!

Wut und Verzweiflung schossen durch meine Adern. Meine Lunge brannte, meine Beine protestierten, doch ich trieb sie weiter an. Ignorierte meine brennenden Muskeln, die *„Teilnehmerurkunde bei allen Bundesjugendspielen"* schrien, konzentrierte mich nur noch auf mein Ziel. Stellte mir vor, dass Bauer eine Pflanze war, die ein Kunde vom Tisch geschubst hatte und die sterben würde, wenn ich sie nicht rechtzeitig auffing. Und ich holte auf. Ich war nicht so oft stehen geblieben wie Bauer und stieß mit weniger Mitarbeitern zusammen, die eilig zu den Lkws oder einfach davonrannten. Meine Schritte wurden länger, während Bauer an den Fahrzeugen vorbeisprintete in Richtung des kleinen Parkplatzes am Hinterausgang, und ein roter, heißer Ball formte sich in meiner Brust.

Es war sein Knopf gewesen, den ich gefunden hatte, was bedeutete: Er hatte heute Morgen Beweise in der Kanalisation verbrannt. Er hatte die Mappe zerstört und die Arbeiter zur Flucht animiert. Er wusste von dem Falschgeld, vermutlich auch von den Morden. Er war *alles*, was wir gerade noch hatten.

Und wenn Gunter Bauer der einzige lebende Mann war, der Josh die Informationen geben konnte, die er brauchte, um endlich Ruhe zu finden, würde ich ihn verdammt noch mal nicht davonkommen lassen!

Ich war nur noch drei Meter von ihm entfernt, als ein Scheinwerfer am Ende der Straße vor uns aufblitzte, Bauer sich wieder nach mir umdrehte – und vor Schreck stolperte, als er sah, wie nah ich an seinen Fersen klebte. Das war alles, worauf ich gewartet hatte. Ich sprang. Das Adrenalin in meinen Adern würde mich beflügeln und ich würde die Distanz überwinden! Das war mir glasklar. Außerdem machte ich Yoga. Manchmal. Wenn ich Nackenschmerzen und nichts Besseres vorhatte. Egal! Ich war schon in der Luft und hatte einen Plan. Das Adrenalin würde die Zeit verlangsamen. Jetzt, jede Sekunde. Ich würde Bauer mithilfe meines keksgenährten Körpers umschubsen, leichtfüßig neben ihm landen, zu Boden sinken, seine Hände auf dem Rücken fixieren, ihm das Knie ...
Wumms.

Mein Gesicht kollidierte mit einem sehr harten Ellbogen, während ich seitlich gegen Bauers Rücken krachte. Ein scharfer, pochender Schmerz fuhr durch mein Jochbein und für einen Moment sah ich Sterne, bevor ich leichtfüßig wie ein Felsbrocken, der wirklich nie Yoga machte, mit meinem Ziel zu Boden ging.

Bauer machte „Uff".

Ich machte „Argh".

Bauer landete mit den Händen voran auf dem harten Boden. Ich mit den Knien voran größtenteils auf Bauer. Seinem Jaulen nach zu urteilen, war ich überhaupt nicht so leicht, wie meine Waage vor zehn Jahren, das letzte Mal, als ich sie benutzt hatte, behauptet hatte. Mein eines Knie landete auf Bauers Hüfte, das andere leider auf dem Asphalt, sodass der Schmerz in meinem Gesicht nun auch noch von einem Brennen in meinem Bein begleitet wurde. Ich hörte rauschendes Blut in meinen Ohren, Bauers Fluchen ... und dann einen Motor. Wieder blitzte Scheinwerferlicht auf, so grell, dass ich die Augen zusammenkniff. Dann hörte ich, wie Türen aufgingen.

„Ey, Lou! Voll nicht dein Ernst", erklang Finns genervte Stimme eine Sekunde später. „Du darfst heute Abend nicht mehr Spaß als wir haben. Das ist total asozial von dir!"

„Er muss es wissen", kam eine zweite männliche Stimme dazu. Das war Mo, Bruder Nummer eins von Josh. „Er ist der Experte."

„Oh Gott", hauchte ich und rollte mich stöhnend von Bauer auf den Rücken. Vorsichtig betastete ich mein Gesicht, zuckte jedoch zischend zurück, als ich die

Stelle direkt unter meinem rechten Auge berührte. Scheiße, das tat weh!

„Alter", stellte Florian, Bruder Nummer drei, derweil fest. „Das war ein richtiger Kamikaze-Sprung, Louisa. Hätte ich dir gar nicht zugetraut. Also, deine B-Note war scheiße, aber du hast erreicht, was du erreichen wolltest, oder? Der Kerl da unten ist im Eimer."

„Mann, das geht doch nicht klar", murmelte Jonas, Joshs jüngster und vierter Bruder. „Wie können wir alle blau sein und trotzdem ist es Lou, die sich auf die Fresse legt?"

„Was nicht klargeht ist, dass wir auf Joshis Junggesellenabschied sind und er der Einzige war, der noch fahren konnte", gab Flo zu bedenken.

„Ui, das Auge von Lou wird ziemlich blau, oder?", fragte Jonas kritisch.

„Ja, das ist ein richtig schickes Veilchen, Lou", meinte Moritz beeindruckt.

„Damit kriegst du ordentlich Street Cred", stimmte Finn zu. „Fuck, Trudi wird so neidisch sein. Egal, ich schreib ihr eins in ihre Memoiren."

Langsam öffnete ich die Augen, sah in die Gesichter von vier Rispos ... und suchte nach meinem, der sich eine Sekunde später ebenso wie seine Brüder über mich beugte. Hastig suchte er mit seinem Blick meinen Körper ab, vermutlich um nach Verletzungen Ausschau zu halten.

„Kannst du sie zum Schweigen bringen?", flüsterte ich hilflos.

Josh hob einen Mundwinkel. „Schwierig. Aber hey: Du wolltest doch noch was Blaues für die Hochzeit ..."

Ich reckte meinen Mittelfinger in die Höhe.

Kapitel 15

Joshs Vater hatte mal bei einem gemeinsamen Abendessen gesagt, dass seine Frau unbedingt ein Mädchen hatte haben wollen, sie aber nach dem dritten Jungen wohl hätten aufgeben sollen. Denn seine fünf Söhne waren an guten Tagen *etwas zu viel* und an schlechten *eine nervenzerreißende Zumutung.*

Er hatte es mit einem Lächeln in den Augen gesagt, doch Lächeln tat mir weh, deswegen konnte ich es gerade nur sehr, sehr ernst über die Lippen bringen.

„Ihr seid eine beschissene Zumutung", krächzte ich. „Lasst einfach eine unschuldige, verletzte Frau auf dem kalten Boden liegen – wahre Gentlemen seid ihr!"

Finn runzelte die Stirn und sah sich um. „Ich sehe keine unschuldige Frau. Ihr?"

„Nee", meinte Florian grinsend.

Ich reckte auch den zweiten Mittelfinger. Ich liebte sie alle, es war unmöglich, die Kerle nicht ins Herz zu schließen, aber das änderte nichts daran, dass sie allesamt Idioten mit dem Empathievermögen einer Topfpflanze waren. In Finns Fall auch mit den Kondomkenntnissen einer.

„Also, ich sehe eine schwangere und eine sehr alte Frau", bot Jonas an und nickte in Richtung der Lagerhalle, aus der sicherlich gerade Emmi und Trudi kamen.

„Und ich sehe einen Kerl, der versucht, wegzurobben“, murmelte Moritz hart, trat vor und setzte sich im nächsten Moment einfach auf den Rücken von Bauer, der mit einem erneuten „*Uff*“ zu Boden ging. „Er hat was Böses getan, oder?“, fragte er unschuldig und hob fragend eine Augenbraue in meine Richtung. „Du wolltest nicht, dass er wegläuft?“

„Nein. Er muss bleiben“, meinte ich atemlos und nickte, während ich mich zischend in eine sitzende Position hievte. Alles tat weh. Hinfallen war eigentlich eine meiner Stärken, ich übte es seit dreißig Jahren, aber einen Verdächtigen niederzuringen und unversehrt auf den Füßen zu landen, war etwas anderes. Das musste ich eindeutig noch trainieren.

Meine Jeans war am Knie zerrissen, meine Hüfte lädiert und ich wollte gar nicht wissen, ob mein Gesicht wirklich so schlimm aussah, wie die Jungs hatten vermuten lassen. Dass Josh sich vor mich hockte und kritisch mein rechtes Auge und dann meine Wange betrachtete, deutete ich als schlechtes Zeichen.

„Hat der Kerl dir das angetan?“, fragte er schroff und ein Kiefermuskel sprang hervor, als er grob zu Bauer nickte, der es nicht zu genießen schien, dass Mo auf ihm saß. Und das,

obwohl Joshs Bruder so hübsch war, dass achtzig Prozent der Frauen in Köln gern mit ihm getauscht hätten.

„Aus Versehen“, sagte ich hastig. Ich war mir noch nicht sicher, ob Bauer es verdient hatte, dass Josh ihn verprügelte, und wollte es nicht herausfordern. „Ich bin … in seinen Ellbogen gerannt.“

„Aha", sagte er langsam. „Und könntest du mir vielleicht erklären, nur wenn es dir nicht zu große Umstände bereitet", sein Blick verdüsterte sich, „warum zur Hölle du *hier* bist und Herrn Bauer verfolgt und dann getacklet hast?"

Ich schluckte. „Ich wollte nur gucken ..."

„Gott, Lou." Josh schüttelte den Kopf.

„Es war gut, dass ich geguckt habe, Josh!", verteidigte ich mich und streckte eine zitternde Hand nach seiner Schulter aus. „Er war es, der das Zeug heute Morgen verbrannt hat. Ich habe seinen Jackenknopf gefunden. Und –"

„Der Lausbub hielt eine Mappe in den Händen, auf der dein Name stand", verkündete Trudi, die uns soeben mit Emily erreicht hatte.

„Was?", kam es aus gleich vier Mündern. Nur Finn schien nicht neugierig. Er war zu sehr damit beschäftigt, mit dunklen Augen und verschränkten Armen Emily anzufunkeln.

„Du warst *dabei*? Heilige Scheiße, Emmi, du bist im neunten Monat schwanger! Du kannst keine Mörder jagen."

Emily reckte das Kinn. „Ach, ich stand nur eine Menge rum, Finn. Es war wirklich nicht gefährlich. Stell dich nicht so an."

„Aber es hätte gefährlich *werden* können!", fuhr er ungehalten auf. „Das ist voll nicht okay!"

Ich hob die Augenbrauen. Wow, jetzt hörte er sich an wie Josh.

„Finn." Sie verdrehte die Augen. „Mach keine Szene. Ich bin erwachsen, ich kann entscheiden, was ich –"

„Nein, fuck, kannst du nicht!“, rief Finn zornig. „Wir sind ein *Wir*, okay? Du und das Ü-Ei seid gerade alles auf der Welt, was mir wichtig ist, und es ist scheiße von dir, das zu riskieren!“

Seine Brüder machten große Augen und Emily schloss ihren Mund, während ihre Wangen rot anliefen. „Okay“, sagte sie dann perplex. „Tut mir leid. Aber … uns geht es gut.“ Sie deutete mit dem Zeigefinger auf ihren Bauch. „Alles paletti hier.“

„Gut!“, brüllte er. „Wir fahren.“

Sie schnaubte. „Finn, wir müssen nicht –“

„Wir fahren!“, wiederholte er, drehte sich um und stapfte davon.

Emily starrte ihm verwundert hinterher. „Womit will er fahren?“, fragte sie dann. „Seid ihr nicht alle mit demselben Auto gekommen?“

„Jop“, meinte Jonas. „Wir laufen ihm wohl lieber mal hinterher, was? Er wird sowieso nicht hier sein wollen, wenn gleich die Bullen kommen.“

Emily seufzte. „In Ordnung.“

„Nehmt Trudi und Flo mit und ruft euch zwei Taxis“, sagte Josh ruhig, strich mir abwesend mit dem Zeigefinger über die Schläfe und reichte mir im nächsten Moment die Hände, um mir vom Boden aufzuhelfen. „Mo wird bleiben wollen und wir brauchen nicht mehr als drei Leute, um unseren netten Gast hier zu befragen. Außerdem habe ich keine Lust, heute noch alle meine Brüder eine Aussage auf dem Präsidium machen zu lassen. Und Trudis Zubettgehzeit ist auch schon überschritten.“

„Das ist wahr“, bestätigte die Seniorin. „Ich habe Manni versprochen, vor zehn zu Hause zu sein, also …“

Sie gingen.

„Das war süß von Finn", murmelte ich, als sie außer Reichweite waren, und ließ meine Schultern kreisen. Einfach, um zu gucken, ob es noch ging.

„Ja, manchmal habe ich fast das Gefühl, er wird erwachsen", meinte Josh trocken.

„Lass ihn das nicht hören." Mo schüttelte den Kopf. „Das wird er persönlich nehmen."

„Jap", stimmte Josh zu. „Und steh mal lieber auf. Bauer sieht nicht aus, als könne er gut atmen."

Widerwillig erhob sich Mo, woraufhin Bauer ein Keuchen entwischte. „Von was für einer Mappe hat Trudi da geredet?", wollte er wissen und klopfte sich den Dreck von der Hose.

„Er hat eine Mappe aus seinem Büro geholt", sagte ich und wischte seufzend die schweißnassen Strähnen aus meinem Nacken. „Eine Mappe, auf der dein Name stand." Ich blickte zu Josh. „Na ja, zumindest: *Kommissar Rispo*. Doch er … er hat sie in einen der Behälter in der Halle geworfen. Sieht aus wie ein Küchenmaschinenrührbottich. Ich weiß nicht, was drin war, aber die Mappe ist gesunken und wurde vermutlich in ihre Einzelteile zersetzt."

„Der Pulper?", meinte Josh und runzelte die Stirn.

„Der was?"

„Pulper. So nennt man das Gerät in der Papierindustrie, das Altpapier und Zellstoff auflöst."

„Woher zur Hölle weißt du das?"

„Ich habe mich heute Nachmittag informiert. Damit ich die Geräte so gut wie möglich voneinander unterscheiden kann", murmelte er. „Der Pulper ist das, wo das alte Papier reinkommt und zu einem Brei verarbeitet wird. Mo, dreh den Kerl mal um.“

Mo tat, wie ihm geheißen, während ich schluckte.

„Okay. Dann kenne ich jetzt wenigstens den Namen des Geräts, das ein wichtiges Beweismittel zerstört hat.“

Josh nickte abwesend und ließ die Fingerkuppen auf sein Bein prasseln, den Blick auf Gunter Bauers rotes Gesicht gerichtet. Bauers Blick glitt hektisch zwischen den Brüdern hin und her, die zugegebenermaßen beide gleichermaßen einschüchternd angepisst aussahen. Ich verstand es. Auch ihnen musste klarsein, dass er höchstwahrscheinlich etwas mit dem Mord an ihrer Mutter zu tun hatte, und das war nun einmal ein wundes Thema.

„Warum hatten Sie eine Mappe mit meinem Namen in Ihrem Büro, Herr Bauer?“, fragte Rispo Nummer eins schroff.

„Und warum hatten Sie das Bedürfnis, sie zu zerstören? Ebenso wie all die Pappmachéköpfe vom Karnevalswagen?“, wollte Rispo Nummer zwei scharf wissen.

Herr Bauer sagte nichts. Er presste nur die Lippen zusammen und schüttelte kaum merklich den Kopf.

„Aha. So“, sagte Josh in einer übermäßig freundlichen Stimme, die mir die Nackenhaare zu Berge stehen ließ. „Jetzt haben wir noch ungefähr“, er sah auf seine Uhr, „drei Minuten, bis die ersten Beamten hier aufschlagen werden. Drei Minuten, in denen ich machen kann, was ich will, ohne dass ich es zu Protokoll geben muss.“

Bauers rotes Gesicht wurde schlagartig bleicher, doch er schwieg noch immer beharrlich. Seelenruhig hockte Josh sich auf den Boden.

„Passen Sie mal auf. Mir wird nachgesagt, dass ich ein vernünftiger Kerl bin. Aber Männer, die möglicherweise in den Mord meiner Mutter verwickelt sind – und dann auch noch meiner Verlobten ein blaues Auge verpasst haben –, lassen mich gern mal vergessen, dass ich Freund des Gesetzes bin und mir beigebracht wurde, dass Gewalt keine Lösung ist." Seine Stimme war sanft, aber so unfassbar kalt, dass mein Atem stockte.

„Sie sind Polizist", krächzte Bauer. „Sie würden mir nicht wehtun."

„Nein, natürlich nicht." Josh sah zu seinem Bruder. „Mo, bist du auch Polizist?"

„Nee", meinte der und lächelte.

„Spannend", murmelte Josh. „Und wie schätzt du so deine Selbstkontrolle ein, wenn es um den Tod unserer Mutter geht?"

Mo hob eine Schulter. „Ganz, ganz schlecht."

„Das dachte ich mir. Also, Herr Bauer. Noch einmal: Was war in der Mappe drin?"

„Ich weiß es nicht."

Rispo biss die Zähne zusammen.

„Ich weiß es wirklich nicht!", sagte er flehentlich. „Ich wusste, dass sie existiert, und habe sie ... in der Kanalisation gefunden. Jemand hat sie dort versteckt. Aber ich habe nicht reingesehen!"

„Welcher jemand?"

„Jemand halt."

„Woher wussten Sie, dass sie existiert?"

„Mir ... mir hat es jemand gesagt."

„Wer?"

Er schluckte und seine Augen glänzten verdächtig, während er auf ein Neues den Kopf schüttelte. „Niemand."

„Das ist verdammt noch mal nicht gut genug", fuhr Mo ihn zornig an. „*Warum* haben Sie sie zerstört, wenn Sie nicht einmal wussten, was drinsteht?"

„Je weniger Beweise es gibt, desto besser", murmelte er und schloss die Augen. „Dann kann mir niemand ... die Schuld geben."

Mit geöffnetem Mund sah ich ihn an. Er hatte so offensichtlich Angst wie Trudi kein Farbgefühl, aber er fürchtete sich nicht vor den Rispos. Nein. Vor jemand anderem.

„Herr Bauer", sagte ich sanft und hockte mich hin. „Sie wissen, dass die Polizei sie schützen kann, oder? Wenn Leute es ... schlecht aufnehmen würden, dass sie uns Dinge erzählen, die niemand wissen sollte."

Er lachte trocken. „Schützen, klar."

„Ja." Ich nickte. „Also, erzählen Sie uns einfach: Woher kannten Sie Herrn Kummerkicker?"

Er blinzelte. „Wen?"

„Karl Kummerkicker", sagte Josh ungeduldig. „Der Mann, der vor zwei Nächten bei Ihnen in der Papierfabrik mit Chlor überschüttet und dann erstochen wurde! Der Kerl, der eine Horde Menschen auf dem Gewissen hatte, nur damit niemand von ihrer Falschgeldoperation erfährt."

Der Mann auf dem Boden wurde schlagartig so bleich, dass er ebenso gut ein Geist hätte sein können. „Sie ... Sie wissen von dem ... von dem ... dem Falschgeld?"

„Ja", sagte Rispo schroff. „Also, möchten Sie mir erklären, was zur Hölle hier vor zwei Nächten passiert ist?"

Er weitete die Augen, sah von mir zu Josh, zur Fabrik, dann sagte er: „Ich war es." Er setzte sich aufrecht hin. „Ich habe Karl Kummerkicker umgebracht."

Mir klappte die Kinnlade herunter und als ich mich zu Josh und Mo umblickte, sahen sie nicht minder schockiert aus.

„Was? *Warum?*", fragte Mo schockiert.

„Er", Bauer blinzelte, „er wusste zu viel. Über die Operation. Über das Falschgeld. Es war seine Mappe! Er wollte mehr Kohle haben oder Ihnen die Mappe bringen und uns verpetzen." Er nickte Josh zu. „Also haben wir entschieden, dass wir ihn lieber umbringen, bevor er Ärger macht."

„Wer ist *wir*?", knurrte Josh und sein Blick huschte über Bauers Gesicht, als wollte er keine Regung verpassen.

Der Betriebsleiter schluckte, bevor er kaum hörbar flüsterte: „Ich kann es Ihnen nicht sagen, die bringen mich um. Sie haben Leute im Gefängnis, Kommissar Rispo. Ich kann nichts verraten, denn wenn ich es tue, bin ich tot. Ich habe schon zu viel Mist gebaut. Als wir die Druckmaschinen abgebaut haben, bin ich mit dem dummen Papier durcheinandergekommen. Deswegen war der Probedruck von Trimovitz auf dem falschen. Um es wiedergutzumachen, habe ich ... Kummerkicker umgebracht."

„Und dann haben Sie den Probedruck gestohlen?", fragte Josh langsam.

„Klar", flüsterte er. „Ich war es. Ich habe", er räusperte sich, „ihn aus Trimovitz' Auto vor seinem Haus gestohlen und ... und Karls Leiche bei ihm reingepackt. Damit er verhaftet wird und ... sich keine Gedanken mehr um den Probedruck machen muss."

Ich starrte ihn an. Er hatte ihn aus Trimovitz' Auto vor seinem Haus geholt – doch Trimovitz hatte nicht vor seinem Haus geparkt.

Mein Blick glitt zu Josh und Mo. Mos Gesicht war zornverzerrt, doch Joshs wirkte glatt. Absolut reglos.

„Und waren Sie es auch, der Kummerkicker vor siebzehn Jahren auf unsere Mutter angesetzt hat?", fragte er ruhig. Fast gelassen.

Bauer schluckte und hob die Schultern. „Ich ... also ... ich habe niemanden auf sie angesetzt. Aber ... ich habe weitergegeben, dass sie zu viel rausgefunden hatte und uns gefährlich werden könnte. Ich habe allerdings nicht die Entscheidung getroffen, sie zu töten."

„Woher wussten Sie, dass sie zu viel herausgefunden hat?", fragte Josh gefährlich leise.

„Sie ... hat hier herumgeschnüffelt. In der Fabrik. Nach der Art von Papier gefragt, die wir nutzen."

„Und wegen ein paar Fragen haben Sie sie verraten?", explodierte Mo. Er ballte die Hände zu Fäusten, auf seinem Gesicht blanker Hass, doch Josh stellte sich vor ihn und schirmte ihn mit dem Rücken von Bauer ab.

„Es ist die Sache nicht wert", murmelte er.

„Er hat recht!", bestätigte Bauer sofort mit zitternder Stimme. „Bin ich wirklich nicht. Und Sie nehmen mich sofort mit, oder? Ich ... ich bin direkt in einer Zelle?"

Ich blinzelte. Dieser Verbrecher war wirklich sehr erpicht darauf, endlich hinter Gitter zu wandern. Rispo schien dasselbe zu denken.

„Haben Sie noch irgendeinen Partner hier draußen, vor dem Sie sich fürchten, Herr Bauer?", fragte er schneidend.

Er schluckte und schüttelte den Kopf. „Nein. Niemanden. Ich bin allein für diesen Standort zuständig. Allerdings nur für das Papier, mit dem Rest habe ich nichts zu tun. Mehr sage ich nicht."

Josh verengte die Augen und streckte den Arm aus, um Mo zurückzuhalten, der noch nicht sicher schien, wohin mit seinen Fäusten.

„Und dabei bleiben Sie? Selbst wenn Sie deutlich weniger Zeit absitzen müssten, sollten Sie reden?"

Er nickte. „Für die Falschgeldproduktion gibt es nur bis zu fünf Jahre."

Josh verengte die Augen. „Sie haben den Mord und die Anstiftung zum Mord vergessen."

„Oh, richtig. Ja. Das ist ... okay."

Er winkte zitternd ab, als die ersten Polizeiwagen die Straße in blau flackernde Schatten hüllten .

Kapitel 16

Keiner der Polizeibeamten wagte es, einen dummen Kommentar darüber zu machen, dass ich schon wieder an einem Tatort herumlungerte. Oder ein blaues Auge hatte – das wirklich schlimm aussah. Ich hatte einen Blick in meinen Seitenspiegel riskiert. Ich sah aus, als hätte ich mich für ein Gesichtstattoo mit dem Motiv *Pflaume* entschieden.

Doch niemand sprach auch nur ein Wort mit mir. Ich vermutete, weil Josh die Ausstrahlung eines schwarzen Lochs hatte.

Er hatte Mo nach Hause geschickt, da er angetrunken war und sich nur in Schwierigkeiten bringen würde. Dann hatte er eigenhändig Bauers Mappe aus dem Pulper geborgen, die nichts mehr außer absolut unbrauchbarer Papierglibsch war, und das Büro des Papierfabrikleiters Zentimeter für Zentimeter durchsucht. Ich hatte ihm mit Handschuhen, die mir von der Spurensicherungsfrau Müller, die ich schon kannte, in die Hand gedrückt worden waren, geholfen. Aber auch innerhalb von zwei absolut stillen Stunden fanden wir nichts.

Bauer hatte zugegeben, seit zwanzig Jahren Papier an Falschgelddrucker zu verkaufen. Er hatte zugegeben, die Pappmachékunstwerke der Karnevalsgesellschaft verbrannt zu haben, um alle Spuren des speziellen Papiers, das sie herstellten, verschwinden zu lassen. Er hatte erklärt, dass sie die Maschinen entsorgen und den Standort verschieben hatten wollen, weil die Fabrik „zu *heiß*" geworden sei.

Und er gab immer und immer wieder aufs Neue zu, Karl Kummerkicker getötet zu haben.

Doch ich glaubte ihm kein einziges Mal.

In meinem Kopf schwebte immer noch herum, was er Stunden zuvor an seinem Büro ins Telefon gesagt hatte: „Gebt einfach das verdammte Geld raus. Dann haben wir eine wahnsinnige Person weniger, um die wir uns kümmern müssen."

Ich hatte es Josh erzählt und er hatte genickt, doch nicht mehr gesagt. Er war tief in seinen Gedanken gefangen. An einem Ort, wo niemand ihn erreichte, selbst ich nicht. Aber das war okay, er brauchte nur ein paar Stunden auf dem Polizeirevier, würde noch einmal Bauer befragen und musste dann gedanklich Abstand zu allem finden, um eine neue Perspektive einzunehmen, bevor er wieder zu mir zurückkehren würde.

Auch wenn es heute leider erst um halb drei Uhr morgens war.

Ich wachte auf, weil mir kalt war.

Ich hatte anscheinend so unruhig geschlafen, dass ich die Decke von meinem Körper gestrampelt hatte. Normalerweise trat ich Josh während des Prozesses, sodass er aufwachte und mich pflichtbewusst mit Daunen und seinem Körper wieder zudeckte. Doch die Betthälfte neben mir war leer, mit Ausnahme von Twinky, der auf Joshs Kopfkissen schlief. Licht schimmerte durch den Türspalt zum Wohnzimmer hervor. Josh war also vom Revier nach Hause ... aber nicht ins Bett gekommen.

Mein Herz wurde schwer und ich schwang die Beine über den Rand der Matratze. Der Laminatboden war kalt, und fröstelnd schlang ich die Arme um meinen Körper, als ich ins Wohnzimmer tapste.

Josh sah auf, als ich die Tür öffnete. Er saß auf der breiten Ledercouch, in seinem Schoß und auf dem Couchtisch ein Arsenal an Fotos, Berichten und selbst geschriebenen Notizen. Josh hasste Chaos, aber war wohl etwas durch den Wind.

„Sorry, ich wollte dich nicht wecken", murmelte er und rieb sich den Nacken.

„Das hast du nicht." Gähnend sah ich aus der großen Fensterfront, die die Wand gegenüber der Couch gänzlich einnahm. „Mir war kalt."

„Ah, du hast dich wieder mit deiner Decke duelliert."

Ich nickte und ließ den Blick über die Bilder vor ihm schweifen. Da war das Foto vom toten Auftragskiller im Kofferraum. Von dem Messer, das ich in der Kanalisation gefunden hatte. Von dem Fußball aus Pappmaché. Ein Bild von einem Mülleimer, in dem eine Handtasche steckte ...

„Sind das ... alle Informationen zum Mord an Karl Kummerkicker?"

„Ja. Und alle zu dem an meiner Mutter sowie Konstantin Rubens."

„Aha. Ich schenk dir zu Weihnachten besser ein Whiteboard und ein paar rote Fäden, dann kannst du FBI-Special-Agent-Psycho spielen."

Er hob einen Mundwinkel. „Wir haben solche Teile auf dem Revier."

„Und warum bist du dann hier?“

„Weil es spät wurde und ich nicht wollte, dass du dir Sorgen machst … Und weil es meine Nerven beruhigt, dich nebenan schnarchen zu hören.“

„Ich schnarche nicht“, sagte ich verärgert. „Ich atme manchmal vielleicht etwas expressiv, aber das nur, damit du weißt, dass ich noch lebe.“

Sein zweiter Mundwinkel folgte. „Das ist sehr umsichtig von dir.“

„Ich weiß. Und ich dachte, du bist vielleicht noch wach, weil du … nervös bist.“ Ich strich mir die Haare hinter die Ohren.

„Nervös? Weshalb?“, fragte er verwirrt.

Ich musste schmunzeln. „Wir heiraten morgen, Josh.“

„Ach ja, richtig.“ Er lachte leise. „Aber nein. In meinem Kopf bin ich schon längst mit dir verheiratet. Die Zeremonie morgen ist also nur eine Formalie und ich war mir bei noch nichts in meinem Leben sicherer. Bist du nervös?“

Ich hob eine Schulter, sank neben ihm auf die Couch und zog die Füße unter meinen Körper. „Ein wenig. Aber größtenteils weil meine Mutter, meine Oma und Trudi sich im selben Raum befinden werden.“

Josh lachte leise und zog eine Stoffdecke von der Armlehne neben ihm, um sie über meine Beine auszubreiten. „Das Ordnungsamt ist alarmiert. Keine Sorge. Ach, und zu deiner Info: Meine Brüder sind sauer auf dich, weil du den Junggesellenabschied vorzeitig beendet hast. Danke übrigens dafür.“

Ich schnaubte und lehnte mich gegen seine Schulter. „Na, das ist ja nichts Neues, dass irgendein Mitglied der

Familie Rispo wütend auf mich ist. Was habt ihr überhaupt gemacht, bis ihr zur Papierfabrik gefahren seid?"

„Wir waren auf Mannis Akkordeon-Konzert und haben jedes Mal getrunken, wenn er ‚Pottsblitz' ins Mikrofon gesagt hat oder eine seiner älteren Fan-Damen geseufzt hat."

Ich musste lachen. „Wie betrunken wart ihr?"

„Ich habe Apfelsaft gekippt, aber die anderen waren gut dabei, bis ich es geschafft habe, Mo mein Handy zu stehlen, und deine Nachricht gesehen habe." Sein Blick verdüsterte sich. „Fürs Protokoll: Ich hasse Sprachnachrichten jetzt noch mehr."

Entschuldigend zog ich eine Grimasse. „Wir mussten uns beeilen und ... Du hast auf deinem eigenen Junggesellenabschied nicht getrunken?"

Er lehnte sich zurück und schlang den Arm um meine Schultern. „Ich werde doch schon von deiner Oma dafür verflucht, dass ich mir meine Haare nicht habe schneiden lassen, und hielt es für keine gute Idee, auch noch verkatert zu meiner eigenen Hochzeit aufzutauchen", sagte er im Plauderton. „Und du weißt doch, dass ich nicht gern die Kontrolle verliere." Sein Blick glitt über mein Gesicht, bevor er ein wenig dunkler hinzufügte: „Außer in manchen Bereichen. Über die ich ganz sicher nicht mit meinen Brüdern spreche."

Mein Nacken kribbelte und ich lächelte. „Was ich sehr begrüße. Wo habt ihr Marvin eigentlich gelassen? War er nicht dabei?"

„Oh, doch. Aber Marvin ist ein Leichtgewicht, er musste nach zwei Drinks praktisch nach Hause. Hat die ganze Zeit davon gefaselt, dass er Ariane liebt."

Ich grinste. „Es hat ihn schwer erwischt."

„Jap. Als Flo gefragt hat, wer Ariane ist, hat Marvin gemeint: ‚Der Engel, der die Welt zu einem besseren Ort macht.‘“

„Ach, er ist ein solcher Romantiker.“

„Er wird ein schlechtes Gewissen haben, weil er Bauer nicht zusammen mit mir vernehmen konnte.“

Ich nickte, kuschelte mich enger an ihn und betrachtete den Stapel an Hinweisen. „Du … gehst wieder alle Notizen durch?“

„Immer noch.“

„Obwohl Bauer gestanden hat?“

Josh senkte den Blick. „Es ist möglich, dass er der Täter ist. Er kannte meine Mutter zumindest lose, hatte Zugriff auf Chlor und wollte seine Falschgeldoperation schützen …“

„Das hört sich nach einem Aber an“, murmelte ich.

„Aber“, fuhr Josh fort, „es fühlt sich nicht richtig an.“

Ich nickte. Ich wusste genau, was er meinte. „Es ist, als hätten wir das Puzzle beendet, aber es ergibt das falsche Bild, oder?“

„Ja. Es passt alles, aber …“

„Das Bild ist verzerrt“, murmelte ich. „Ich habe ihm seine Geschichte auch nicht abgekauft. Nicht alles zumindest.“

Überrascht hob Josh die Augenbrauen. „Nicht alles? Was hast du ihm geglaubt?“

„Na ja, die Sache mit der Mappe …“ Zögerlich knibbelte ich an einem Fleck auf der Stoffdecke über meinen Beinen. „Was ist, wenn er diesbezüglich die Wahrheit gesagt hat? Es ist schwer, sich aus dem Stegreif eine glaubwürdige Ausrede zu überlegen, Josh. Ich weiß das.

Es macht die Sache leichter, wenn man ein paar Wahrheiten zwischen seine Lügen streut", erklärte ich. „Was, wenn die Mappe Kummerkicker gehört hat und dieser sie dir wirklich bringen wollte. Wenn er unsere Adresse aufgeschrieben hat, weil er die Infos bei dir abgeben, nicht etwa uns umbringen wollte."

„Aber wozu? Wozu mir alles verraten? Kummerkicker hat doch selbst bis zur Nasenspitze in der Scheiße gesteckt. Wenn er mir wirklich dabei geholfen hätte, die Köpfe des Falschgeldrings festzunehmen – sie hätten ihn doch allesamt verraten. Er wäre genauso in den Knast gewandert wie sie."

Das war leider ein guter Punkt. „Vielleicht hat er auf eine Haftverkürzung gehofft, wenn er auspackt?"

Josh schüttelte kaum merklich den Kopf. „Kummerkicker war Auftragskiller. Er hätte lebenslänglich bekommen. Warum sollte er sich freiwillig ins Gefängnis begeben, in dem sich laut Bauer Insassen befinden, die Spitzel töten? Und warum hat Bauer damit gewartet, die Mappe zu zerstören? Er hätte sie einfach in der Kanalisation mit ins Feuer werfen können. Warum hat er sie behalten, wenn er selbst darin belastet wird?"

Ich schloss den Mund und mein Herz sank. „Ich weiß es nicht. Aber ich habe eine Drohnachricht bekommen und niemand hat wirklich was deswegen gemacht. Wenn jemand uns töten will, dann würde derjenige es doch *jetzt* versuchen, während wir uns so ausführlich mit dem Fall auseinandersetzen."

„Ja. Vielleicht", murmelte Josh und rieb sich übers Gesicht. „Letztendlich ist es egal. Der Leiter der Papierfabrik hatte die Mappe und hat jahrzehntelang dabei geholfen, Falschgeld zu drucken. Er ist schuldig. Ich ... ich weiß nur noch nicht, ob für die Taten, die er uns gestanden hat."

„Josh, er meinte, er hätte den Probedruck vor dessen Haus aus Trimovitz' Auto gestohlen. Aber Simon hat nicht vor seinem Haus geparkt."

„Ich weiß, es muss noch jemand anderen geben. Vermutlich der oder die Wahnsinnige, die Bauer in dem Telefongespräch, das du belauscht hast, ausbezahlen wollte."

„Der Rezeptionist der Rheinländer Rundschau?", überlegte ich. „Bernhard meinte, dass er alle hasst, und als ich vor ein paar Tagen bei der Rundschau war, hat er sich gerade am Telefon darüber beschwert, dass irgendjemand einen Deal hat platzen lassen."

Josh lächelte. „Das wird der Kuchenbäcker gewesen sein, der die Bestellung storniert hat."

Ich blinzelte. „Was?"

„Damian organisiert die Ruhestandsfeier von Hubert, die morgen stattfindet. Ich wurde dazu sogar eingeladen, auch wenn ich natürlich nicht kann, weil ich dich heirate. Aber Trimovitz hat mir ebenfalls ans Herz gelegt, dass Damian Dreck am Stecken haben könnte. Vermutlich, weil er sich so gut mit seiner Frau versteht, die er zur Chemo fährt, wenn Trimovitz nicht kann. Er hat allerdings von allen Mitarbeitern das passabelste Alibi für die Nacht, in der Kummerkicker ermordet wurde, und meinte, er töte keine Menschen – außer ich würde ihm noch länger dämliche Fragen stellen."

„Und da sage noch jemand, unsere Jugend sei nicht höflich", meinte ich und schnalzte mit der Zunge. „Dann weiß ich auch nicht."

„Dito. Vermutlich ist es niemand von der Rundschau. Vermutlich war Simon Trimovitz einfach nur zur falschen Zeit am falschen Ort." Josh küsste sacht meine Wange, bevor er sein Kinn auf meinem Scheitel ablegte.

„Das heißt, ich habe noch nicht gewonnen, oder? Ich habe nicht den letzten Hinweis zum Lösen des Falls geliefert? Du nimmst nicht meinen Namen an?"

„Es ist noch nichts entschieden, würde ich sagen."

„Schade." Ich gähnte und zog eines der Fotos zu mir heran, die in Joshs Schoß lagen. Es zeigte das Messer, das die Flammen fast bis zur Unkenntlichkeit verkohlt hatten. Ich erkannte das rostige, spitze Metallende am Griff und dass das Holz wirklich schon bessere Tage erlebt hatte. Es war nicht viel und trotzdem ... trotzdem nagte etwas an mir, während ich das Bild betrachtete. Irgendetwas störte mich daran, doch ich wusste nicht, was, und es war spät, mein Kopf träge ...

Seufzend legte ich das Foto zurück und ließ mich tiefer in Joshs Arme sinken.

„Wir heiraten morgen", stellte ich leise fest.

„Ich weiß", murmelte Josh und zog mich auf seinen Schoß.

„In manchen Ländern ist es Tradition, dass Braut und Bräutigam in der letzten Nacht in getrennten Betten und Räumen schlafen, damit sie sich erst am Hochzeitstag wiedersehen."

Josh runzelte die Stirn. „Und warum sollte ich dafür bestraft werden, dass ich dich heiraten will?"

Ich grinste. „Ich meine ja nur."

„Ich schlaf nicht gern ohne dich, Lou", murmelte er und vergrub die Nase in meinen Haaren.

„Ich weiß, ich auch nicht gern ohne dich. Deswegen sollten wir vielleicht einfach ins Bett gehen, morgen erst mal heiraten und uns danach um den Mord und all das andere Zeug kümmern."

„Klingt nach einem Plan", sagte Josh und stand im nächsten Moment einfach mit mir in seinen Armen auf.

Erschrocken quietschte ich auf und schlang die Arme um seinen Hals, während die Fotos und Zettel von seinem Schoß zu Boden segelten.

„Josh! Du musst mich erst morgen über die Schwelle tragen!"

„Ich übe nur schon mal", meinte er und lief ins Schlafzimmer. „Was willst du deiner Mutter morgen eigentlich erzählen, woher du das blaue Auge hast?"

Ich seufzte schwer und ließ den Kopf auf seine Schulter sinken. „Keine Ahnung. Vielleicht sieht man es morgen ja gar nicht mehr ..."

Kapitel 17

Mein Veilchen blühte am nächsten Morgen noch immer in den schillerndsten Blautönen. Als stünde es stolz auf einer Frühlingswiese, bereit gepflückt zu werden.

Es war egal, wie viele Wundermittel die Visagistin, die ich für meinen Hochzeitstag engagiert hatte, in mein Gesicht klatschte, sie konnte es nicht zur Gänze abdecken und am Ende sah ich immer noch aus, als hätte ich überlegt, mich als Waschbär zu verkleiden, es mir auf halbem Weg jedoch anders überlegt.

Trudi fand, ich sah badass aus. Meine Mutter fand, ich sah aus, als hätte ich eine Schlägerei angezettelt. Emily meinte, so würde wirklich alle Aufmerksamkeit auf mir liegen, was der Traum einer jeden Braut wäre. Meine Oma meinte: „Du kannst froh sein, dass dein Vagabund von Verlobter dich so überhaupt noch nehmen will!"

„Joshua ist kein Vagabund", sagte meine Mutter gereizt und reckte die Nase. „Er ist ein sehr freundlicher, höflicher Mann und außerdem Polizist! Somit also rechtschaffen."

Oh ja. Josh hatte gestern Nacht noch sehr rechtschaffene Dinge mit mir angestellt. Wenn Oma das wüsste, würde sie mir verbieten, das weiße Kleid zu tragen, an dem Ariane gerade die letzten Knöpfe schloss. Ich lächelte bei dem Gedanken daran und ignorierte den scharfen Kommentar meiner Großmutter, der Polizisten und ihre Rechtschaffenheit im Allgemeinen anzweifelte. Stattdessen betrachtete ich mich im klobigen Spiegel vor mir, der von einem großzügigen goldenen Rahmen umgeben war. Josh und ich hatten uns dazu entschieden, uns auf Schloss Wahn, im gleichnamigen Stadtteil Kölns, trauen zu lassen, während die Feier in den Räumlichkeiten des Kölner Zoos stattfand. Der Trausaal war nicht nur der älteste Raum des Schlosses, sondern mit seinen dunklen, hölzernen Dielen, stuckverzierten Deckenleisten und deckenhohen Ölgemälden, die eine Gartenszenerie aus dem achtzehnten Jahrhundert an die Wände malten, einfach hübscher als auf dem Standesamt – und die Beamtin für die freie Trauung war im Preis mitinbegriffen. Meine Mutter hatte versucht, mich dazu zu überreden, kirchlich zu heiraten, doch da ich nur an die Macht der magischen Mousse au Chocolat und Josh nur an Peilsender in der Handtasche seiner teilzeitkriminellen Verlobten glaubte, hatten wir abgelehnt. Allerdings hatten wir den Kompromiss mit meiner Mutter geschlossen, dass die Beamtin keine der Mordfälle erwähnte, in die Josh und ich über die Jahre hinweg verwickelt gewesen waren.

Ich durfte mich im Zimmer neben dem Trausaal fertig machen, was Trudi, Emily, Finn, meine Mutter und meine Großmutter als Anlass genommen hatten, *„mir beizustehen und mir meine Nervosität zu nehmen"*. Dabei hatte ich eigentlich nur Ariane bei mir haben wollen.

Aber es war egal. Mich störte nicht, dass Emily immer wieder eine Grimasse zog und sich über ihren Bauch strich. Oder dass Finn auf seinem Handy lautstark

Pflanzen gegen Zombies antreten ließ. Oder dass Trudi jedem erzählte, dass die quietschrote Farbe ihres rückenfreien, dafür hochgeschlossenen und nicht transparenten Kleides symbolisierte, dass sie die Geliebte des Bräutigams war – oder werden könnte. Oder dass meine Mutter und Großmutter kurz davor waren, eine Schlägerei anzuzetteln. Und ich war auch nicht nervös. Ich hatte damit gerechnet, dass ich aufgeregt sein, mein Magen schlingern und mein Puls heftig schlagen würde. Doch von allem, was die letzten Tage passiert war, erschien mir das hier wie das Natürlichste, Vernünftigste, Normalste und Logischste auf der ganzen Welt.

Josh und ich hatten so viel durchgemacht. So viele Probleme geteilt und bewältigt. Hatten uns getrennt, waren wieder zusammengekommen, hatten uns fast wieder getrennt, aber wieder zueinandergefunden. Wir hatten gelernt, zu reden. Immer. Egal, wie schwer es war. Und es mochte Jahre gedauert haben und würde vermutlich noch etliche weitere brauchen, aber ... wir wussten, wie wir am besten miteinander kommunizierten. Solange wir das weiter hinbekamen, würde alles gut werden, oder?

„Och, Mensch, Lou. Du bist so wunderhübsch!", sagte Ariane und schluckte hörbar, während sie mich im Spiegel betrachtete.

„Danke." Mein Lächeln wurde breiter und ich gab ihr recht. Man sah dem Kleid gar nicht mehr an, dass es schon einmal in Dreck und Bier gewälzt worden war. Es war schlicht und cremeweiß, hatte einen weit auslaufenden Rock und eine spitzenbesetzte Schulterpartie, die in lange, grazile Ärmel überging, ebenfalls vollkommen aus Spitze. Ich trug meine Haare offen, weil ich wusste, dass Josh es am liebsten mochte – und ich jede Hochsteckfrisur innerhalb von zwei Stunden zerstört hätte. Das Make-up war dezent, aber schön, und das blaue Auge war mir egal. Wofür gab es Photoshop?

„Also, manche Bräute nehmen ja lieber noch mal ab, bevor sie heiraten", überlegte Oma laut. „Aber ich schätze, es ist okay, dass du dich dagegen entschieden hast."

Meine Mutter presste wütend die Lippen aufeinander, während Trudi sagte: „Also, manche alte Hexen wurden ja auf dem Scheiterhaufen verbrannt. Ich persönlich finde, an einigen wenigen Traditionen hätte man festhalten sollen."

Meine Mutter wandte den Blick ab – um ihr Lächeln zu verbergen –, bevor sie meinte: „Das Kleid steht dir wirklich sehr gut, Louisa."

„Jo. Ist heiß!", bestätigte Finn.

„Mhm", machte Emily, die wieder eine Grimasse zog und die Schultern anspannte.

Verwundert sah ich sie an. Normalerweise beschwerte sie sich immer, wenn Finn jemand anderen außer ihr als heiß bezeichnete. „Danke", wiederholte ich langsam. „Ist alles okay, Emily?"

„Jaja", sagte sie hastig. „Alles super." Sie reckte den Daumen in die Höhe.

„Der Ausschnitt ist ein wenig tief", bemerkte Oma. „Louisa, du bist eine Blumenverkäuferin, keine Stripperin."

„Blumenladeninhaberin", korrigierte Trudi sie angriffslustig, bevor ich es tun konnte. „Und ein wenig Haut zu zeigen, hat noch nie geschadet."

„Find ich auch", sagte Emily, verlagerte das Gewicht auf dem Stuhl, auf dem sie saß, und setzte hinzu: „Und Lou war so lange unschuldig und wurde erst so spät entjungfert, dass ich es sogar okay finde, dass sie Weiß trägt."

Ich stöhnte leise und schloss kurz die Augen, während Oma missbilligend mit der Zunge schnalzte. „Emily, du solltest es eigentlich sein, die heute hier steht!", meinte sie dann. „Ihr solltet längst verheiratet sein. Ihr könnt keinen Bastard zur Welt bringen!" Sie gestikulierte zu Emilys Bauch.

„Bastarde sind immer die interessantesten Charaktere in Fantasyfilmen", sagte meine Schwester leichthin.

„Ja, genau", stimmte Finn zu. „Kennst du nicht Jon Snow, Oma Manu?"

Das brachte ihnen nur ein Schnauben von meiner Großmutter ein. „Das ist der Grund, aus dem ihr nicht heiraten wollt?"

„Nee. Die Ehe ist bescheuert", sagte Emily laut, bevor sie zu mir sah. „Nichts für ungut."

„Ja, warum heiraten? Das machen nur Leute, die zu viel Geld haben und mit ihrer Beziehung angeben wollen", stimmte Finn zu und blickte ebenfalls zu mir. „Nichts für ungut."

„Oh, kein Problem", sagte ich lächelnd. „Das muss jeder selbst wissen."

Oma schnappte nach Luft, doch bevor sie weiter Gift versprühen konnte, ging die Tür auf und mein Vater trat herein.

„Es sind so weit alle fertig, Loubalou. Wenn du willst, kannst du …" Er brach ab und legte eine Hand auf seine Brust. „Meine liebe Güte, Louisa, du bist ja schön."

Die Sonne ging in meinen beiden Wangen auf. „Danke, Papa."

Er schloss die Tür hinter sich, und zu meinem Entsetzen traten im nächsten Moment Tränen in seine Augen. „Mann, es fühlt sich an, als wäre es erst gestern gewesen, dass ich dich zum ersten Mal in den Armen gehalten habe."

Ich schluckte. „Es war so gut wie gestern. Dreißig ist überhaupt nicht alt."

Er lächelte. „Ich bin sehr stolz auf dich! Sind der Ort, das Kleid, der ganze geplante Tag … Ist das alles, was du dir je gewünscht hast?"

Ich lächelte und jetzt brannten auch meine Augen. „Weißt du, ich habe mir nie wirklich vorgestellt, wo ich heirate oder wie ich heirate. Ich habe immer nur darüber nachgedacht, *wen* ich heirate. Und da der richtige Mann auf mich wartet", ich hob eine Schulter, „kann doch eigentlich nichts schiefgehen, oder?"

Papa lächelte. Trudi seufzte schwer. Sogar Emily sah ich schlucken, während meine Oma sagte: „Vielleicht ist es wirklich besser, tief zu stapeln, Louisa. Wenn man weniger Erwartungen ans Leben hat, wird man nicht so oft enttäuscht. Bei Gott, ich hätte weniger Erwartungen an den Tag legen sollen, als dein Vater mir von seiner neuen Freundin –"

„Es reicht jetzt!", donnerte eine weibliche Stimme und alle zuckten zusammen. Meine Mutter hatte gesprochen.

Überrascht sah ich sie an, doch sie achtete gar nicht auf mich. Sie fixierte mit steinernem Blick meine Großmutter.

„Ja, Ursula: Meine Kinder haben eine Menge Fehler. Ja, Emily und Finn sollten heiraten, damit ihr Kind kein Bastard wird. Ja, Louisa steckt ihre Nase zu oft in fremde Angelegenheiten. Ja, Jannis sollte seine Töchter nicht dazu anhalten, zu testen, wie viele Kaugummis sie gleichzeitig kauen können."

„Es waren fünfzehn", murmelte ich pflichtbewusst. „Das war beeindruckend!"

Mama ignorierte mich und fuhr fort. „Aber trotz des ganzen Blödsinns, den sie über die Jahre verzapft haben, sind es *gute* Kinder. Sie sind tolle, intelligente, kreative Menschen mit einem großen Herzen. Und das ist das Wichtigste! Sie haben Mitgefühl und eine Menge Liebe zu geben. Etwas, von dem du viel zu wenig hast, Ursula!"

Etwas Warmes breitete sich in meiner Brust aus. Etwas, das Fingernägel und Reißzähne hatte ... sich aber trotzdem nach Liebe anfühlte. Nach Liebe, die man nur für seine Mutter empfinden konnte. Denn ja, Mama meckerte viel und war gut darin, die Dinge an mir zu kritisieren, über die ich mich selbst am meisten ärgerte. Aber sie liebte uns, verteidigte uns und war für uns da. Wir hatten eigentlich ziemliches Glück mit ihr.

Meine Großmutter schien das nicht so zu sehen, denn sie öffnete bereits den Mund ... doch es kam kein Ton daraus hervor. Es wirkte ein wenig so, als befände sie sich in Schockstarre.

Unsicher blickte ich zu meinem Vater. Ich rechnete damit, dass er in Schweiß ausbrach und ängstlich zu seiner Mutter sah, doch er ... lächelte nur.

„Sorry, Papa", murmelte ich. „Mama hätte das nicht so ausdrücken sollen. Aber die letzten Tage waren ... etwas viel für sie."

„Machst du Witze, Loubalou?", fragte er amüsiert, seine Stimme gesenkt, sodass nur ich ihn hören konnte. „Das hier ist der Grund, aus dem ich deine Mutter geheiratet habe. Sie ist nicht perfekt – aber, meine Güte, ist sie eine beeindruckende Persönlichkeit. Also: Wenn dein Polizist dich in drei Dekaden noch immer so überraschen und beeindrucken kann wie Gitti mich, dann habt ihr es gut getroffen." Im nächsten Moment fügte er laut hinzu. „Komm, Mutter, wir suchen dir schon einmal einen Platz. Die Zeremonie beginnt in wenigen Minuten." Er nahm Oma am Ellbogen und dirigierte sie sanft, aber bestimmt aus der Tür. Nichts als schockierte Stille blieb zurück.

„So", sagte Mama und räusperte sich, bevor sie imaginäre Falten an ihrem Kleid glatt streifte. „Hast du alles, Lou?" Ihr Gesicht war wieder überaus freundlich, als wäre überhaupt nichts passiert.

Ich blinzelte. „Ähm, ja, ich denke schon. Ich habe was Blaues." Ich deutete auf mein Auge. „Was Altes." Ich zeigte auf Trudi. „Was Neues." Ich strich über das Kleid. „Und ... Oh, scheiße!" Ich kniff die Augen zusammen. „Ich habe nichts Geliehenes."

Über den ganzen Mordsstress hinweg hatte ich vergessen, noch einmal bei Joshs Vater nach einem von Frau Rispos Kunstwerken zu fragen.

„Oh, nein", sagte ich enttäuscht und sah zu Finn. „Ich wollte mir was von eurer Mutter leihen, damit sie bei der Zeremonie dabei ist."

„Kein Ding, leih was von mir", meinte er achselzuckend und zog den Schlüssel aus seiner Anzugtasche. „Den hier hat Mama gemacht." Er deutete auf seinen Schlüsselanhänger, den ich bereits kannte. Er bestand aus diversen angelaufenen Büroklammern, verschrammten Knöpfen und Zeitungspapier und stellte einen Engel mit absurd großem Kopf dar.

Mein Herz zog sich zusammen, als Finn ihn mir einfach in die Hand drückte.

„Wirklich?", fragte ich vorsichtig. Ich wusste, wie viel ihm der Anhänger bedeutete.

„Jap. Ich will den nur heil zurück."

Ich lächelte. „Das ist die Definition von *leihen*."

„Mhm." Er neigte nachdenklich den Kopf. „Ich hab das wohl bisher immer falsch gemacht."

Ich prustete. „Ich halte ihn in der Hand, okay? Und gebe ihn dir am Ende der Trauung unversehrt zurück, versprochen. Ich –"

„Seid ihr dann endlich fertig?", rief Emily plötzlich laut.

Ich verdrehte die Augen und sah zu ihr. „Ja! Ist ja schon gut. Wir können."

„Gott sei Dank." Sie seufzte erleichtert. „Ich fände es cool, wenn wir uns etwas beeilen könnten. Meine Fruchtblase ist nämlich gerade geplatzt."

Mein Herz sprang in meinen Hals.

„Was hast du gesagt?“, fragte Ariane schockiert.

„Na ja, entweder das oder ich hab gerade gepinkelt“, meinte sie und sah zu ihren Füßen ... und der Pfütze, in der sie stand.

„Scheiße!“, rief Finn und bekam Augen in Größe meiner Hochzeitstorte.

„Was?“, bellte Mama. „Und du hast noch keine Wehen? Als ich euch bekommen habe, hatte ich schon stundenlang Schmerzen, bevor meine Fruchtblase geplatzt ist.“

Emily wurde blass. „Echt? Nun, dann sagen wir mal, ich hätte so seit sechs Stunden Bauchschmerzen ...“

„Wehen meinst du?“, rief ich ungläubig.

„Ja ... Keine Ahnung!“, erwiderte sie entnervt. „Ich hatte jetzt schon so oft falsche Wehen, die anscheinend normal sind, woher hätte ich wissen sollen, dass es diesmal *echte* sind?“

„Was?“, fuhr auch Finn sie an. „Ich hab dich den ganzen Morgen gefragt, ob alles okay ist!“

„Ja, aber wenn ich die Bauchschmerzen erwähnt hätte, hättest du nur wieder gesagt, dass ich hochschwanger keinen Mördern nachrennen sollte“, sagte sie verärgert.

„Du bist *was*?“ Die Stimme unserer Mutter rutschte eine Oktave höher.

„Okay, ihr fahrt ins Krankenhaus“, sagte ich bestimmt.

„Nee, du heiratest, ich will dabei sein!“ Emily schüttelte den Kopf.

„Emmi! Wir fahren!“, rief Finn ungläubig.

Meine Schwester presste die Lippen zusammen. „Nein!“

„Emmi ...“

„Finn, ich bin noch nicht so weit!“, platzte es aus ihr heraus und Tränen traten in ihre Augen. „Ich brauch noch Zeit!“

„Quatsch. Du bist du so weit“, sagte Finn selbstsicher.

Sie schniefte laut. „Woher weißt du das?“

„Weil du krass bist!“, erklärte er geduldig und legte sanft den Arm um ihre Mitte, um sie vorsichtig zur Tür zu schieben. „Also komm, wir fahren ins Krankenhaus.“

„Wir haben noch immer keinen Namen, Finn.“

„Na, wir gucken, was aus dir rauskommt, und entscheiden dann, was zum Aussehen passt.“

„Oh, scheiße. Unser Baby wird Knautschi heißen, oder?“, jammerte Emily.

„Oder Glitschi.“ Finn grinste. „Ich bin da flexibel. Sorry, Lou, dass wir die Hochzeit verpassen.“

„Oh, ich finde, das ist ein guter Grund“, meinte ich hastig. „Also fahrt endlich!“

„Heilige Mutter Gottes“, murmelte Mama und legte sich eine Hand über die Augen. „Zumindest kann jetzt nichts anderes mehr schiefgehen, oder?“

Ich lachte. „Ich wüsste nicht, was. Also ... sollen wir? Ich glaub, alle warten schon. Und hey, wenn das Kind noch heute kommt, fällt es mir leichter, mir meinen Hochzeitstag zu merken.“

Kopfschüttelnd sah Mama mich an. „Du hattest schon immer das Talent, in den unpassendsten Momenten Witze zu reißen.“

„Ich hab dich auch lieb, Mama“, sagte ich sanft, beugte mich zu ihr hinunter und küsste sie auf die Wange. „Also: los?“

„Ja", meinte Ariane und pustete sich eine Haarsträhne aus dem Gesicht. „Bei dir wird es wirklich nie langweilig, Lou."

„Danke."

Sie nickte und hielt mir die Tür zum Vorraum des Trausaals auf. „Wo ist denn dein Ehegelübde, Lou? Soll ich es für dich halten, bis du es brauchst?"

Das Blut floss aus meinem Gesicht und eine Welle aus Panik flutete meinen Körper. Oh mein Gott, das Ehegelübde! Es war so viel passiert in den letzten Stunden ... Scheiße. Wie hatte ich das vergessen können!?

„Ich ... ich hab es im Kopf", sagte ich hastig, auch wenn meine Handflächen feucht wurden und ich Finns Schlüsselanhänger fester drückte. Egal, ich würde einfach improvisieren. Das war doch ohnehin mein Lebensmotto.

„Louisa." Mama schnalzte mit der Zunge. „Es hängt noch ein Schild am Hochzeitskleid!"

Ups. Ich hatte heute wohl einiges vergessen. „Schneid es ab!"

„Womit?"

„Einer Schere? Einem Messer?"

Meine Mutter sah mich irritiert an. „Niemand hat einfach so ein Messer oder eine Schere dabei."

„Ich habe ein Messer", verkündete Trudi prompt und öffnete ihre Handtasche. „Moment."

Mama sah sie überrumpelt an. „Wieso hast du ein Messer dabei?"

„Gitti, mit den Jahren lernt man, besser auf alles vorbereitet zu sein", sagte sie altklug. „Und ich habe gern ein Notfallmesser dabei. Wenn ich irgendwann einmal dazu gezwungen werden sollte, spontan jemanden umzubringen, möchte ich kein Messer von mir zu Hause benutzen. Die Polizei sieht doch sofort, wenn eines in meinem Messerblock fehlt, und verhaftet mich."

„In welchem Szenario solltest du spontan jemanden umbringen müssen, Gertrude?", fragte meine Mutter angespannt.

„Du bist nicht oft mit deiner Tochter unterwegs, was?", erwiderte Trudi mitleidig.

Dazu hatte meine Mutter eine Menge zu sagen, doch ich hörte ihr nicht zu. Mein Herz hatte sich ruckartig zusammengezogen und klopfte mittlerweile in sechsfacher Geschwindigkeit.

Denn das, was Trudi gesagt hatte ... Scheiße. Ich wusste, was mich am Messer störte, das Bauer versucht hatte, in der Kanalisation zu verbrennen.

Ich *kannte* es! Ich hatte es schon einmal gesehen – oder zumindest dieselbe Art. Den angelaufenen Griff mit der metallenen Spitze ... Dasselbe Fabrikat hatte im Messerblock in der Küche der Rheinischen Rundschau gesteckt. Und es hatte ein Messer gefehlt. Nein, es hatten sogar mehrere gefehlt.

„Es ist doch einer von der Rundschau", flüsterte ich. Oder aber jemand, der dort ein und aus ging. Denn warum sollte man ein Messer aus seiner Wohnung für einen Mord benutzen, auf dem sich nur die eigenen Fingerabdrücke befanden, wenn man ein anderes mit Dutzenden von Fingerabdrücken nehmen konnte? Nur zur Sicherheit, falls man es nicht vernichten konnte. Ein Messer, bei dem nicht auffallen würde, wenn es fehlte – weil schon längst andere fehlten?

„Das Messer", wiederholte ich.

„Wie bitte?", wollte meine Mutter wissen, während Trudi sich an meinem Rücken zu schaffen machte.

„Nichts", stieß ich aus. „Ich habe nur gerade gedacht, dass ... Josh das Messer zu meinem Block ist. Das ist alles."

„Natürlich, aber hebe dir diese schillernden Vergleiche doch lieber für dein Gelübde auf", empfahl sie mir. „Ich sage Bescheid, dass sie beginnen können."

Sie schlüpfte durch die großen Holztüren und zog Trudi mit sich, sodass Ariane und ich allein waren.

„Bist du nervös?", wisperte sie und drückte meine Hand.

„Nein, eher verwirrt."

„Was meinst du? Bist du dir nicht mehr sicher, ob du heiraten willst?", fragte sie schockiert.

„Nein!", sagte ich hastig. „Das hat überhaupt nichts mit der Hochzeit zu tun."

Die Musik setzte ein und Ariane sah mich noch immer verständnislos an, doch schließlich öffnete sie die Tür und schritt mir voran den Gang entlang.

Okay.

Ich straffte die Schultern und trat vor.

Dann heiratete ich mal.

Kapitel 18

Ich war als Kind naiverweise davon ausgegangen, dass ich an meinem Hochzeitstag nur an meine Hochzeit denken würde. An die Torte. Die vielen Luftballons. Vielleicht noch meinen Bräutigam.

Doch zwanzig Jahre und zehn Leichen später war ich klüger als noch in der Präpubertät. Ich hatte mich gegen Luftballons und für Rosen entschieden und konnte *Scheiße, ich heirate* sowie *Bloß nicht auf diesen hohen Schuhen hinfallen!* und *Wer zur Hölle benutzt ein Messer von der Rheinländer Rundschau, um einen Auftragskiller umzubringen?* gleichzeitig denken.

John Legend sang davon, dass er alles an mir liebte, und ich hätte mich ja geschmeichelt gefühlt, wenn ich nicht leichte Konzentrationsschwierigkeiten gehabt hätte.

„Louisa, du musst laufen", flüsterte Ariane scharf und verwirrt sah ich auf. Ich hatte gar nicht gemerkt, dass ich stehen geblieben war.

„Richtig", sagte ich und nickte steif, bevor ich mich wieder in Bewegung setzte, den Blick hob und dem von Josh begegnete, der sieben Meter von mir entfernt amüsiert lächelte – und für einen Moment vergaß ich alles.

Das Messer.

Den Mord.

Dass Emily in den Wehen lag.

Ich sah nur ihn.

Denn, Shit, Josh sollte *immer* im Anzug herumlaufen. Ich würde darauf bestehen, dass er all seine Jogginghosen und weiten T-Shirts durch Anzughose und Hemd ersetzte. Als Ehefrau hatte ich diese Macht, oder? Auch wenn ich mich als Einzige derartig an seine Schultern klammern dürfen sollte. Aber für seine Anzugjacke würde ich eine Ausnahme machen.

Er hatte seine Haare nicht geschnitten. Sie waren noch immer fast schwarz und wellten sich über seine Ohren. Doch ich liebte es, weil ich mich so leichter in ihnen festkrallen konnte und sie mein Kinn kitzelten, wenn er den Kopf auf meine Brust legte, wann immer er einen schlechten Tag gehabt hatte. Seine dunklen Augen waren hellbraun, deutlich heller als sonst, aber genauso warm. Immer warm, wenn er mich ansah. Egal, ob er wütend auf mich war oder nicht. Als würde er mir jede Sekunde das stumme Versprechen geben, dass der Funke zwischen uns nie erlöschen würde, weil er immer in seinem Blick und auf meiner Haut brannte.

Ein Kloß bahnte sich meinen Hals hinauf. Aber kein schlechter. Es war ein Ball voller Emotionen, der auf meine Tränendrüsen drückte und mein flatterndes Herz anstupste.

Haben Sie keine Augen im Kopf? Das war das Allererste, was Josh jemals zu mir gesagt hatte. Direkt, bevor er mich gefragt hatte, ob ich meinen Führerschein mit einem Rubbellos gewonnen hätte. Ich hatte Augen im Kopf, was sehr wichtig war, denn sonst könnte ich ihn nicht so ungeniert anstarren. Und ich hatte keinen einzigen Tag bereut, ihm vor all diesen Jahren hinten drauf gefahren zu sein. Es war womöglich das Beste, was ich je getan hatte.

Ich war nicht die Einzige, die starrte. Ich sollte Josh allein aufgrund seines Blickes wegen sexueller Belästigung anzeigen, aber ich hatte in den letzten Jahren wirklich genug Zeit bei der Polizei verbracht, und die Hitze, die sein Blick in mir auslöste, war besser als Trudis Peanutbutter-Cookies.

„Du bist lächerlich schön", flüsterte er, als ich ihn endlich erreicht hatte, beugte sich zu mir herunter und küsste meine Wange, bevor er murmelte: „Allerdings hat dein Kleid sehr viele Knöpfe. Das ist unpraktisch."

Ich musste lachen und wurde rot. Als hätte mein Gesicht sich überlegt, wie es mein Veilchen am besten in Pose setzen konnte. „Ich dachte, du stehst auf Herausforderungen. Und du bist – wie würde es Trudi ausdrücken? – heißer als ein Ofen."

Er lachte leise und die dunklen Töne, die über seine Lippen kamen, flossen in Form einer Gänsehaut meinen bloßen Rücken hinab.

Wir setzten uns vor den Tisch der Standesbeamtin, die uns glücklich anlächelte und alle begrüßte, und als Josh seine Hand mit meiner verschränken wollte, strich er über das Zeitungspapier der Engelspuppe, die Finn mir geliehen hatte.

„Wo hast du die denn her?"

„Finn", murmelte ich. „Er entschuldigt sich übrigens dafür, dass er nicht da sein kann. Er ist mit Emily auf dem Weg ins Krankenhaus. Ihre Wehen haben eingesetzt."

Er lächelte. „Natürlich haben sie das."

Zu meiner eigenen Überraschung musste ich ebenfalls grinsen. „Unser Timing war noch nie das Beste, oder?"

„Nein. Und was das betrifft ...“ Ich hielt inne, sollte vermutlich nichts sagen, das hier war schließlich unsere Hochzeit und es sollte um Liebe und nicht um Mord gehen, aber ... lagen die beiden Dinge in unserem Fall nicht irgendwie sehr nah beieinander? Und ich wusste, dass Josh nicht wütend sein würde. Dass ihm wichtiger war, dass ich sagte, was ich dachte, als dass dieser Tag ohne das Wort *Messer* auskam. Also flüsterte ich noch hastig: „Josh, das Messer, das ich in der Kanalisation gefunden habe: Es stammt aus der Küche der Rheinländer Rundschau. Sie haben exakt dasselbe Fabrikat.“

Er weitete die Augen, öffnete den Mund ...

Die Standesbeamtin räusperte sich vernehmlich. „Wenn jetzt auch das Brautpaar endlich ruhig wäre, könnten wir anfangen“, sagte sie.

Ups.

„Klar“, meinte ich freundlich. „Legen wir los.“

Josh verengte die Augen, und ich wusste genau, was er dachte: Der Täter war doch von der Rheinländer Rundschau. Bauer hatte definitiv gelogen. Doch wir wussten, wie man Prioritäten setzte. Erst einmal wurde geheiratet!

Heiraten, ging mir nach ein paar Minuten auf, war ein wenig wie ein Verdächtiger in einem Mordfall zu sein. Es fühlte sich fast an, als würden wir eine Aussage auf dem Polizeipräsidium machen. Zuerst einmal wurden unsere Personalien aufgenommen. Dann wurde uns der Tathergang dargelegt, den wir zuvor zu Protokoll gegeben hatten.

Wir hatten uns vorab mit der Standesbeamtin zusammengesetzt und ihr ein paar persönliche Details darüber verraten, wie wir uns kennengelernt hatten und wie unsere Beziehung seither verlaufen war. Sie ließ wie besprochen unsere Mordfälle aus, was ich persönlich sehr schade fand, denn mit dem, was Josh und ich erlebt hatten, könnte man ganze Bücher füllen. Aber ich schätzte, es klang romantischer, zu sagen: *„Da das Brautpaar ohnehin die meiste Zeit zusammen verbrachte, entschied es sich relativ schnell dazu, zusammenzuziehen."* Anstatt zuzugeben, dass *das Brautpaar zusammenziehen musste, da bei der Braut eine Leiche auf der Couch gelegen hatte und ihre Wohnung ein Tatort, somit absolut unerträglich gruselig, gewesen war.*

Nannten wir es künstlerische Freiheit!

Schließlich wurden wir dazu aufgefordert, aufzustehen und die Frage aller Fragen zu beantworten.

Bei der Polizei war ich immer sehr vorsichtig damit gewesen, Ja zu sagen. Aber die Frage danach, ob man das Opfer umgebracht hatte, war auch deutlich unangenehmer als: „Ich frage Sie, Louisa Josephine Manu, ist es Ihr freier Wille, mit dem hier anwesenden Joshua Rispo die Ehe einzugehen, so beantworten Sie meine Frage mit: Ja."

Ich sah Josh an, lächelte breit und nickte. „Ja. Doch. Schon."

Ich hörte meine Mutter in der ersten Reihe gequält seufzen, doch Joshs Lächeln wurde noch breiter, als er ebenfalls bejahte.

Marvin und Ariane traten vor, um uns unsere Ringe zu geben, die wir austauschten, bevor die Beamtin sagte: „Sie dürfen sich jetzt küssen, bevor ich noch einmal das Protokoll vorlese."

Romantischer wurde es nicht. Also stellte ich mich grinsend auf die Zehenspitzen, schlang die Arme um Joshs Hals und zog seinen Kopf zu mir heran. Er glitt mit der einen Hand in meinen Nacken, mit der anderen in meine Taille, bis nichts mehr außer Gefühle zwischen uns Platz fanden.

Ich hatte Josh Hunderte Male geküsst. Zum Abschied, zur Begrüßung, nach einem Streit, während eines Streits, einfach nur, weil ich es konnte, weil ich es wollte, weil ich meine Sorgen vergaß, wenn mich nichts außer sein Geruch und seine Wärme umhüllte.

Doch dieser Kuss war etwas Besonderes. Nicht weil er sich anders anfühlte oder besser war. Sondern weil er ein Symbol dafür war, dass ich Josh den Rest meines Lebens küssen durfte. Konnte. Würde.

Und das war alles, was ich über meine Zukunft wissen musste.

Ich hörte das Klatschen und Jubeln meiner Freunde, meiner Familie, und meine Augen brannten. Mit der Hand fuhr ich in seine Haare, um mich an ihm festzuhalten und ihm stumm zu vermitteln, was ich dachte und was ich fühlte.

Dabei vergaß ich leider, dass ich noch immer den Müll-Engel seiner Mutter darin trug, dessen rostige Büroklammer-Struktur leider genauso stabil war, wie man es von jahrzehntealtem Schrott erwarten konnte: überhaupt nicht.

Ich löste mich aus dem Kuss – und der Kopf löste sich von dem Engel.

„Oh, Shit", stieß ich aus, als ich sah, wie die Zeitungs-
papierkugel unter den Tisch der Beamtin rollte.

Josh lachte leise. „Ja, das ist die Reaktion, die ich mir
auf den ersten Kuss meiner Ehefrau erhofft hatte."

Ich musste lachen. „Sorry, aber noch haben wir nichts
unterschrieben. Und Mist ... Finn bringt mich um! Ich
habe ihn kaputtgemacht." Ich sah die Standesbeamtin
entschuldigend an, die ehrlich gesagt nicht mehr ganz
so glücklich aussah wie zu Beginn der Zeremonie.
„Ähm, lesen Sie ruhig schon mal das Protokoll vor. Das
ist doch ohnehin sehr langweilig", sagte ich und sank
zu Boden, was im Hochzeitskleid gar nicht so leicht
war. Mein Rock bestand aus einer dicken Tüllschicht,
und sich zu bücken, war ja schon ohne Monsterkleid
eine Herausforderung.

Doch die Standesbeamtin las, wie von mir angeleitet,
das Protokoll vor, das wir gleich noch unterschreiben
mussten, während ich elegant wie eine weiße Babyrobbe unter die Tischplatte rutschte und den Engels-
kopf barg.

Ich hätte der Zeitungskugel keine weitere Beachtung
geschenkt. Ich hätte sie in meine Faust geschlossen, sie
keines Blickes mehr gewürdigt und mich zurück auf
meinen Platz gesetzt. Wenn ich nicht die eine Über-
schrift gelesen hätte und mir die Worte *Walzen und Falzen* praktisch ins Gesicht gesprungen wären.

Ich stutzte, glitt mit den Fingerspitzen in den Zei-
tungsball und zog ihn vorsichtig auseinander. Das Papier war bereits gelblich angelaufen. Ein Datum in der
oberen Ecke verriet mir, dass die Zeitung zwanzig Jahre
alt war, ein paar Jahre vor dem Tod von Joshs Mutter
verfasst. Doch der Artikel, den sie zusammengeknüllt

hatte, war noch deutlich zu lesen, und der Titel hätte dröger nicht sein können: *Der Alltag in einer Papierfabrik*. Mann, wenn das auf der Frontseite der *Rundschau* gestanden hatte, war diese Ausgabe definitiv kein Verkaufsschlager geworden. Doch es handelte sich um die Fabrik *Walzen und Falzen* und direkt im zweiten Satz stand, dass sie mit Chlor arbeitete. Dass viele Fabriken sich dagegen entschieden hätten, weil es so umweltschädlich sei, aber sie damit noch immer das beste Ergebnis erzielen würden und es Tradition hätte.

Das alles hätte mir egal sein können. Das alles hätte so unfassbar belanglos sein können, wäre mein Blick nicht auf das Ende des Artikels und den Namen des Journalisten gefallen, der ihn geschrieben hatte.

Hubert Klein.

Mein Mund wurde trocken, als ich auf die zwei Worte sah. Hubert Klein hatte vor zwanzig Jahren eine Reportage über die Papierfabrik *Walzen und Falzen* geschrieben. Er hatte recherchiert, dass sie mit Chlor arbeiteten und wie sie ihr Papier produzierten.

Langsam kroch ich unter dem Tisch hervor, mein Zwerchfell ein schwarzer Stein, den Blick noch immer auf das Stück Zeitungspapier in meinen Händen gerichtet.

Hubert Klein, der nach dem Tod von Rispos Mutter Chefredakteur geworden war. Hubert Klein, der heute in Frührente ging. Der die Zeitung verlassen zur selben Zeit würde, zu der die Papierfabrik beschlossen hatte, kein Baumwollpapier mehr zu drucken.

Meine Lunge vergaß, zu arbeiten. Das ergab keinen Sinn!

Hubert Klein besaß nicht viel Geld. Josh hatte alle Konten der Mitarbeiter überprüft. Abgesehen davon hatte *er* mich doch erst darum gebeten, mir den Fall anzusehen! Er war es gewesen, der mich praktisch angefleht hatte, Simon Trimovitz zu entlasten. Warum sollte er mich dazu anstiften, mich einzumischen, wenn er selbst der Täter war?

Doch er hatte mich angelogen. Ich hatte ihn gefragt, ob er wüsste, ob die Papierfabrik *Walzen und Falzen* Chlor benutzte, und er hatte behauptet, sich noch nie mit der Herstellung von Papier beschäftigt zu haben. Dabei hatte er einen verdammten Artikel darüber geschrieben! Und das war es, was meinen Puls in die Höhe trieb. Er hatte mir eine dumme Lüge aufgetischt, die keinen Unterschied gemacht hätte, außer ... außer ...

„Lou? Was ist los?", fragte Josh besorgt.

Ich starrte ihn an und legte langsam den Zeitungsartikel auf den Tisch. Ich ignorierte, dass wir nicht allein waren. Dass fünfzig Leute hinter uns im Raum saßen und nicht verstanden, warum ich in einer Schockstarre steckte.

Josh würde es verstehen.

„Er hat mich angelogen", flüsterte ich und deutete auf Hubert Kleins Namen am Ende des Artikels. „Er hat mir erzählt, er wüsste nicht, ob die Fabrik mit Chlor arbeitet. Er hätte sich nie näher mit der Herstellung von Papier beschäftigt. Aber das hat er. Sehr intensiv sogar. So intensiv ..."

„Dass er hätte herausfinden können, dass sie nicht nur Zeitungspapier dort herstellen, sondern aus irgendeinem Grund mit Baumwolle arbeiten", schloss Josh langsam, dessen Blick über den Artikel huschte.

„Es ist nur eine Theorie. Es muss gar nichts heißen. Er kann auch einfach vergessen haben, dass er diesen Artikel geschrieben hat, aber ...“

„Meine Mutter hat keinen einzigen Artikel vergessen, den sie jemals geschrieben hat“, sagte Josh hart. Seine Stimme unendlich leise ... unendlich wütend. „Keinen einzigen.“

Ich schluckte. „Okay. Also, was ist, wenn er absichtlich gelogen hat, weil er genauso wie deine Mutter, nur eben schon ein paar Jahre vor ihr, herausgefunden hat, dass sie das Notenpapier für Falschgeld herstellen? Wenn er herumgeschnüffelt hat, um sicherzugehen“, ich runzelte die Stirn. „Aber nein, dann hätten sie ihn umgebracht, oder? Wenn die Falschgeldleute spitzbekommen hätten, dass ihnen ein Reporter auf der Spur ist, hätten sie ihn umgebracht, wie sie Jahre später deine Mutter umgebracht haben.“

„Nicht, wenn er es klug angestellt hat“, murmelte Josh angespannt. „Er könnte erst genug Informationen gesammelt haben, mit denen er sie unter Druck gesetzt und erpresst hat. Er könnte ihnen ebenso gut für die richtige Bezahlung seine Hilfe angeboten haben, ihre Operation unter Verschluss zu halten. Denn sie waren offenbar nicht sehr talentiert darin, ihre Arbeit geheim zu halten.“

Mein Mund wurde trocken und Übelkeit stieg in mir auf. „Und er hat sich sein Geld verdient, indem er ein paar Jahre später ... deine Mutter hat töten lassen?“

Joshs Augen huschten hin und her, als würde er noch immer den Artikel lesen, doch ich war mir sicher, dass er die Worte längst nicht mehr las. „Es ergibt so viel mehr Sinn. Wie hätte Herr Bauer als Chef der Papierfabrik herausfinden sollen, dass meine Mutter dem Falschgeldpapier auf der Spur ist? Sie hat einen Artikel über einen Karnevalswagen geschrieben, verdammt! Sie wäre nicht so dumm gewesen, zur Fabrik zu fahren und ihnen einfach Fragen zur Herstellung ihres Papiers zu stellen. Sie wäre zunächst sichergegangen, dass es sich bei dem Papier wirklich um das Material handelt, welches man für Falschgeldnoten braucht. Hubert Klein jedoch hat eng mit ihr zusammengearbeitet. Sie waren *befreundet*, verdammt! Er hat jeden ihrer Artikel gegengelesen. Sie hat ihm vielleicht sogar erzählt, dass sie befürchtete, dass etwas in der Papierfabrik nicht mit rechten Dingen zuging. Er hätte *gewusst*, welcher Organisation sie da auf der Spur war. Er –"

„Also, wirklich! Ich habe noch nie ein Brautpaar erlebt, das derartig unaufmerksam ist", beschwerte sich die Standesbeamtin laut, und überrascht sah ich auf. „Ich habe Sie etwas gefragt!"

„Was?", wollte Josh schroff wissen.

„Sie haben sich beide entschlossen, Ihre Namen zu behalten. Ist das noch aktuell?"

Ich wollte nicken – als Josh „Nein" sagte.

„Was?"

Er hob einen Mundwinkel. „Du hast gewonnen. Du hast den letzten Hinweis gefunden. Wir hatten einen Deal, also ..."

„Nein!" Ich weitete die Augen. „Du weißt nicht, ob die Theorie stimmt, und es war Glück, also ..."

„Ist mir egal", murmelte er und küsste mich erneut. Diesmal fester. „Wir werden es gleich herausfinden, vorausgesetzt wir fahren bei der Rundschau vorbei und ..." Er räusperte sich und hob unsicher eine Schulter. „Na ja, wir müssen natürlich nicht. Es ist schließlich unser Hochzeitstag, man könnte also behaupten, dass wir andere Pläne haben. Wenn du willst, können wir auch einfach meinen Kollegen Lothring schicken und ihm sagen, dass er sich darum kümmern soll. Wir müssen nicht –"

„Bist du bescheuert, natürlich fahren wir selbst hin!", sagte ich ungläubig. „Ich will in sein verdammtes Gesicht sehen, während ich ihn frage, ob ich recht habe."

Josh hob auch den anderen Mundwinkel. „Gott, jedes Mal, wenn ich denke, dass ich dich nicht noch mehr lieben kann –"

„Entschuldigung!", rief die Standesbeamtin verzweifelt. Sie schien Angst zu haben, völlig die Kontrolle über die Situation zu verlieren. „Was ist es denn jetzt? Welchen Namen soll ich hier eintragen?"

Josh hob den Blick. „Louisa Josephine Manu ... und Joshua Rispo-Manu." Er warf mir einen Blick zu. „Ist ein Doppelname in Ordnung für dich?"

Wärme breitete sich in meiner Brust aus und meine Augen brannten schon wieder verdächtig. „Sehr. Ich werde dich ohnehin in meinem Kopf andauernd Rispo nennen, also ..."

„Gut. Dann Rispo-Manu. Und könnten Sie sich etwas beeilen? Wir haben noch was vor."

Die Beamtin sah uns verdattert an, doch dann ratterte sie die letzten Informationen herunter und zeigte erschöpft auf die beiden Linien, auf denen wir unterschreiben mussten.

Ich hatte meinen Namen noch nie so schnell geschrieben und noch bevor Marvin und Ariane ihre Namen als Trauzeugen hinzusetzen konnten, stand ich bereits auf.

„Ähm, hatten Sie nicht noch ein Ehegelübde vorbereitet, das Sie am Ende vortragen wollten?", fragte die Beamtin schwach.

„Nein!", riefen Josh und ich gleichzeitig, bevor mein frischgebackener Ehemann sich seinem Partner zuwandte.

„Marvin, wären Sie so freundlich, in etwa einer Dreiviertelstunde einen Streifenwagen zur Rheinländer Rundschau zu schicken? Kommen Sie am besten auch vorbei, ich kann einen guten Mann vor Ort gebrauchen."

Marvin blinzelte perplex wie ein Recherchist im Scheinwerferlicht. „Was? Warum? Und warum erst in einer Dreiviertelstunde?"

„Ich würde gern erst allein mit dem Mörder meiner Mutter reden", sagte Josh sachlich, seine Stimme jedoch leise genug, sodass nur ich und Marvin ihn hören konnten.

Marvins Augen wurden so groß wie das Versprechen, das Josh und ich uns gerade gegeben hatten. „Oh, oh", machte er. „Das ist vielleicht keine gute Idee ..."

„Schenken Sie es mir zur Hochzeit, Marvin. Eine halbe Stunde, um hinzufahren. Eine Viertelstunde, um ihn zu befragen."

Marvin schluckte, doch schließlich nickte er.

„Ich pass auf ihn auf", versprach ich leise, bevor ich lauter für den gesamten Raum hinzufügte: „Fangt schon mal ohne uns mit der Feier an. Draußen gibt es

Sekt und im Zoo warten sie auf uns. Wir müssen nur noch kurz was erledigen.“

„Was?“ Die Stimme meiner Mutter war unnatürlich hoch.

„Ich glaub, sie wollen es erst einmal miteinander treiben“, sagte Trudi neunmalklug.

„Richtig“, stimmte ich zu, denn es war eine praktische Ausrede. „Das ist es.“ Grinsend sah ich zu Josh und nahm seine Hand. „Wollen wir?“

„Gern“, meinte er, und dann liefen wir in langen Schritten in Richtung Ausgang. So lang, dass ich auf meinen hohen Schuhen ausrutschte und vermutlich hingefallen wäre, wenn Josh nicht den Arm um meine Taille geschlungen hätte. „Laufen üben wir noch.“

„Hey! Es ist deine Jobbeschreibung, mich aufzufangen“, stellte ich klar.

„Ja, aber ich dachte eher *emotional.*“

„Nun, in meinem Fall ist das vielleicht wörtlicher zu nehmen“, flüsterte ich. „Scheiße, ich brauche andere Schuhe. Wir nehmen mein Auto.“

„Alles klar. Hier, Flo.“ Er warf seinem Bruder seine Schlüssel zu. „Du darfst meinen Wagen zum Zoo fahren.“

„Wow“, hörte ich ihn noch sagen, als wir aus der Tür stürzten. „Sie haben alle recht: Liebe macht dumm. Ey, Mo, veranstaltest du ein Rennen mit mir?“

Dann waren wir an der frischen Luft und feierten unsere Hochzeit, wie es immer hatte kommen müssen ...

Auf der Jagd nach einem Mörder.

Kapitel 19

Es drang Musik aus dem Legobaustein-Gebäude der Rheinländer Rundschau, als wir sechsundzwanzig Minuten später davor anhielten. Josh wusste, dass dort die Ruhestandsparty stattfand, da er selbst eine Einladung bekommen hatte. Wir hatten den Passat genommen, doch Josh war gefahren, weil es unmöglich war, in einem Tüllrock die Kupplung vernünftig zu bedienen. Aus dem Auto auszusteigen, war ja schon eine Herausforderung, die ich nur mit Joshs Hilfe bewältigte.

„Wenn er wegrennt, musst du laufen!", meinte ich bestimmt. „Ich würde mich dabei nur selbst umbringen."

„Oh, ich sorge dafür, dass er nicht wegläuft", murmelte Josh kühl.

Ich schluckte und griff nach seiner Hand, während er auf den Eingang der Zeitung zuhielt. „Josh, ich weiß, die Wut und der Hass fressen dich gerade auf, aber ... du musst einen kühlen Kopf bewahren, okay? Selbst wenn er wirklich derjenige sein sollte, der deine Mutter verraten und den Killer auf sie angesetzt hat, sie würde nicht wollen, dass du dich deswegen verlierst." Denn ich wusste wirklich nicht, was Josh mit Hubert Klein anstellen würde, wenn er ihn in die Finger bekam.

Er nickte ruckartig. „Dafür habe ich dich", murmelte er und trat durch die elektrische Schiebetür.

Die Rezeption war unbesetzt, die Tür zum Flur der Rundschau stand offen. Gelächter und kölsche Schunkelmusik drangen zu uns vor.

„Wir werden jetzt eine ordentliche Szene machen, oder?“, murmelte ich, während wir den Gang entlangschritten.

„Vermutlich.“

„Oh Mann, Trudi verzeiht mir nie, dass wir sie nicht mitgenommen haben.“

„Sie kann ja in ihren Memoiren behaupten, dass sie dabei war“, sagte Josh schroff, wandte sich nach rechts und stieß die Tür zur Küche auf.

Der Raum war gerappelt voll. Trotzdem fiel mein erster Blick auf den Messerblock auf der Anrichte. Nur, um mein Hirngespinst zu bestätigen. Aber ja, es war dieselbe Art von Messer. Die rostige Spitze am Griff hatte ich noch bei keinem anderen Modell gesehen und war unverkennbar. Da war ich mir so sicher, wie dass wir von allen Anwesenden in diesem Raum den gleichen Blick zugeworfen bekamen.

Schockiert, neugierig, verwundert; das waren die Adjektive des Tages. Möglicherweise, weil wir ein wenig overdressed waren. Zu einer Ruhestandsfeier zog man vielleicht eine hübsche Bluse an, aber nicht unbedingt ein Hochzeitskleid. Vielleicht war auch Joshs düsterer Blick schuld, der Höllenhunde sofort dazu bewegt hätte, Sitz, Platz und eine Rolle zu machen.

Er blickte an Sabine und Bernhard vorbei. Ignorierte Simon Trimovitz und seine Frau zur Gänze. Starrte nur Hubert Klein an, der Jeans und ein weites Sakko trug.

„Hallo“, sagte ich ein wenig peinlich berührt und winkte. „Coole Party.“

„Danke. Und ... hübsches Kleid", sagte Trimovitz verdutzt.

Damian presste die Lippen zusammen, ging zur Musikbox, die auf einem Regal stand, und schlug mit der Faust auf den Ausknopf.

„Nein. Das geht so nicht! Sie haben zurückgemeldet, dass Sie nicht kommen würden, Herr Rispo", beschwerte sich der Rezeptionist lauthals. „Sie können nicht einfach doch auftauchen. Es gibt nicht genug Kuchen!"

Ich war die erste Person, die Panik aufgrund von Kuchenknappheit nachvollziehen konnte, aber ich fand ihn dennoch ein wenig dramatisch.

„Es heißt Rispo-Manu", sagte Josh ruhig und hob seine rechte Hand, um seinen Ehering zu zeigen. „Und wir wollen gar nicht lange stören." Seelenruhig wandte er sich an den Chefredakteur. „Herr Klein, könnten Sie kurz mit rauskommen? Wir haben ein paar Fragen." Seine Stimme war ruhig, doch seine Augen waren es nicht. In ihnen tobte ein schwarzer Sturm, und ich wusste, dass ich nicht die Einzige war, die das merkte. Nicht als Einzige sah, wie Josh die Hände zu Fausten ballte. Wie sein Kiefer steinhart wurde, seine Schultern zum Zerspringen angespannt.

Zumindest Hubert Klein bemerkte es auch, da war ich mir fast sicher – denn der Kerl zog eine Waffe aus seinem Hosenbund.

„Ich gehe nirgendwo hin!", sagte er scharf und zielte direkt auf Joshs Brust.

Meine Lunge zog sich so ruckartig zusammen, dass mir jegliche Luft daraus gepresst wurde. Ich musste feststellen, dass ich es nicht mochte, wenn man meinen

Verlobt–, nein, wenn man meinen Ehemann mit einer Pistole bedrohte. Es gefiel mir in etwa so gut wie das Wort *Diät*. Vielleicht fand ich es sogar noch schlimmer. Denn wenn jemand eine *Diät* erwähnte, zog sich nur eine Gänsehaut meinen Rücken hinab. Doch jetzt gerade zitterten auch meine Knie, mein Herz, mein gesamter Körper.

Die umherstehenden Leute schrien auf, stoben von Hubert Klein davon, in Richtung Ausgang.

Josh hob langsam die Hände. Entspannt, als würde ihn die Waffe in Kleins Händen nicht sonderlich jucken, bevor er ruhig sagte: „Ich hatte gehofft, dass diese Situation nicht ganz so eskalieren würde, aber … nun gut. Sie sollten verschwinden. Alle. Und das am besten noch ein wenig schneller."

Ein paar der Mitarbeiter ließen sich das nicht zweimal sagen, doch andere hatten ein paar Probleme damit, Anweisungen zu befolgen.

„Was soll das?", schrie Sabine. „Hubert, nimm die Waffe runter!"

„Oh, lieber Gott im Himmel", murmelte Bernhard.

„Hubert", sagte Simon verwirrt, „was zur Hölle …?"

„Raus!", unterbrach Hubert ihn kalt. „Ihr alle: raus. Das hier geht dich nichts an, Simon. Du hast deine Frau, an die du denken musst. Das hier ist etwas zwischen mir und Kommissar Rispo."

Der Journalist schluckte und sah unsicher zwischen mir, Josh und seinem Boss hin und her. Dann zog er seine schockiert aussehende Ehefrau mit sich aus dem Raum.

„Lou, ich habe gesagt, dass *alle* gehen sollen", murmelte Josh, die Hände noch immer erhoben, als wollte er sich ergeben, auch wenn er Herrn Klein keine Sekunden aus den Augen ließ. „Das gilt auch für dich."

„Das kannst du vergessen", sagte ich mit zitternder Stimme und schluckte den bitteren Geschmack herunter, der meine Zunge flutete. „Ich gehe nirgendwohin." Ich würde ihn ganz sicher nicht allein lassen!

„Lou", knurrte Josh, bevor er im Plauderton an Herrn Klein gewandt hinzusetzte: „Sie wollen nicht wirklich noch einen weiteren Mord auf Ihre Kappe nehmen und mich umbringen, oder? Machen Sie es nicht noch schlimmer, indem Sie den Tod eines Polizisten auf Ihr Gewissen laden. Meine Kollegen wird das nur zu noch besserer Arbeit und zu einer Menge Rachegelüsten animieren. Also, nehmen Sie einfach die Waffe runter."

Herr Klein schnaubte. „Was macht einer mehr schon aus? In Deutschland vergeben wir kein doppeltes Lebenslänglich, und ich habe nicht vor, lang genug im Land zu bleiben, um dafür festgenommen zu werden, Sie umgebracht zu haben. Ich bereite diesen Moment seit Monaten vor und habe alle meine Angelegenheiten geregelt. Ich werde mir meine Flucht und mein restliches schönes Leben auf einer paradiesischen Insel nicht kaputtmachen lassen."

Mir wurde übel und mein Magen stülpte sich um. Es waren nicht seine Worte, die mir Angst machten. Es war die Ruhe, die er ausstrahlte. Die Tatsache, dass seine Hände, mit denen er den Revolver hielt, nicht zitterten. Nicht einmal zuckten.

Er war nicht nervös, er war nicht unruhig. Scheinbar hatte er hiermit gerechnet und sich darauf vorbereitet, Josh zu töten.

„Mhm", machte Josh. „Sie überraschen mich. Ich muss sagen, dass ich nicht gedacht hätte, dass Sie mit geladener Pistole zu Ihrer eigenen Ruhestandsfeier auftauchen."

„Hatten Sie gehofft, mich einfach so abführen zu können?" Er lachte. „Nein. Ich bin seit Jahrzehnten auf jede Eventualität vorbereitet und Sie sind mir in den letzten Wochen viel zu nah auf die Spur gekommen. Ich musste mich absichern und das anscheinend zu Recht."

„Das sehe ich …", meinte Josh gelassen. „Also, was ist Ihr Plan? Sie wollen das Land verlassen?"

„Ja", knurrte Herr Klein.

„Mit welchem Geld?"

„Soso, Sie haben also herausgefunden, wie beschissen die Rundschau zahlt, ja?", fragte Hubert kalt. „Jahrzehntelang habe ich mich abgerackert und bekommen habe ich Tausende Beschwerdeanrufe, unzufriedene Mitarbeiter und ein mittelmäßiges Leben. Wer kann es mir bitte übel nehmen, dass ich mir was dazuverdienen wollte?"

„Aber wo ist das Geld, das Sie dazuverdient haben?", wiederholte Josh ruhig. „Wir haben Ihre Konten überprüft und –"

„Ja, ich konnte das Geld in den letzten Jahren natürlich nicht ausgeben", unterbrach er ihn unwirsch. „Für wie dumm halten Sie mich? Es wäre zu auffällig gewesen, also habe ich stattdessen auf die Frührente hingearbeitet und die Falschgeldwichser hätten mir mein Geld nur endlich überweisen müssen. Ich habe es mir zwanzig Jahre lang damit verdient, ihre Unachtsamkeiten auszubügeln und ihre Operation geheim zu halten. Aber stattdessen wollten sie mich umbringen! Doch ich bin nicht blöd." Er lachte trocken und hoch auf. „Ich habe mich abgesichert und all die Jahre weiter Informationen gegen sie gesammelt, um den ganzen verdammten Falschgeldring mit nur einem DIN-A4-Umschlag in die Knie zu zwingen. Also habe ich dafür gesorgt, dass bei meinem plötzlichen Tod alles verschickt worden wäre. Doch die Arschlöcher haben einen anderen Weg gefunden und den verdammten Killer Ihrer Mutter zu Ihnen geschickt, damit er Ihnen die Beweise dafür liefert, dass ich in Ihren Tod verwickelt bin. Es wäre genug gewesen, um mich hinter Gitter zu bringen, und die miesen Penner haben Leute im Gefängnis, die mich aus dem Weg geschafft hätten, wenn ich geredet hätte. Sobald ich der Polizei auch nur einen Namen gegeben hätte, wäre ich tot gewesen. Doch nicht mit mir." Sein Griff um die Waffe wurde fester. „Ich habe es *verdient*, meinen Ruhestand zu genießen. Also ... also *musste* ich Kummerkicker umbringen, bevor er Ihnen die Beweise in dieser verdammten Mappe in den Briefkasten wirft." Er nickte Rispo verächtlich zu. „Mein Plan war gut, okay? Ich hätte irgendeines seiner Körperteile als Warnung an die Oberbosse geschickt und sie hätten gewusst, dass sie es nicht mit einem blutigen Anfänger zu tun haben. Sie hätten mir mein Geld gegeben oder zumindest genug, um auf eine einsame Insel zu verschwinden. Aber es musste ja *alles* schiefgehen!" Er kniff die Augen zusammen und atmete einmal schwer durch, als wäre das eine Enttäuschung, über die er noch hinwegkommen musste. „Doch das ist jetzt egal. Bauer hat sie dazu überredet, mir endlich mein Geld zu überweisen. Er wird ihnen verklickert haben, dass ich zu gefährlich bin und sie mich nicht unterschätzen sollten. Selbst ihr Auftragskiller konnte mich schließlich nicht aus dem Weg schaffen. Ich habe ihn in einen Hinterhalt gelockt, bevor er seinen Plan, mich zu töten und die Mappe bei Ihnen abzuliefern, in die Tat umsetzen konnte. Er hatte das Ding leider nicht dabei, weshalb ich das belastende Material nicht selbst zerstören konnte, aber das ist jetzt ohnehin irrelevant. Meiner wohlverdienten Rente steht nichts mehr im Wege. Aber bevor ich verschwinde, möchte ich wissen: Woher wussten Sie es?" Böse funkelnd sah er Josh an. „Ich habe alle meine Spuren über Jahrzehnte hinweg verwischt. *Niemand* war klug genug, auch nur zu erahnen, dass ich etwas mit dem Mord an Ihrer Mutter zu tun hatte. Also ... wie sind Sie jetzt darauf gekommen? Bauer, der Idiot, hat die Mappe behalten, oder? Gott, ich hätte ahnen sollen, dass er gelogen hat, nachdem er sie in Kummerkickers Versteck in der Kanalisation gefunden hat! Er wollte sich genauso absichern wie ich – nur eben vor *mir!* Aber er hat trotzdem zu viel Schiss gehabt, mich zu verraten. Also ... war es die Mappe?"

„Nein", meinte Josh kalt. „Es war meine Mutter. Sie hat Ihren Artikel über die Papierfabrik *Walzen und Falzen* aufgehoben. Abgesehen davon haben Sie Louisa angelogen und behauptet, Sie wüssten nichts über die Herstellung von Papier. Warum sollten Sie das sagen, wenn nicht, um auf keinen Fall mit der Fabrik in Verbindung gebracht zu werden? Sie kannten Herrn Bauer noch von damals und er hat Ihnen Zugang zum Chlor verschafft. Sie hatten vermutlich auch noch einen Schlüssel für die Druckerei – und somit auch zur Papierfabrik –, weil Sie irgendwann während ihrer Karriere dafür zuständig waren, die Probedrucke der Zeitung abzuholen. Und Sie haben ein Messer aus dieser Küche hier benutzt. Das war sehr unvorsichtig von Ihnen."

„Ich habe vergessen, ein Neues zu besorgen, okay?", fluchte er. „Ich habe erst sehr spät erfahren, dass Kummerkicker in der Stadt ist. Ich hatte nur ein paar Tage Zeit, um seinen Tod vorzubereiten, und ich habe bei all dem Stress einfach nicht daran gedacht, ein neues Messer zu kaufen. Aber der Rest meines Plans war gut!"

„Nun, ein paar Tage reichen, oder? Ich bin neugierig: Wie viele haben Sie meiner Mutter gegeben, nachdem Sie wussten, dass sie herausgefunden hat, mit welchem Papier die Fabrik arbeitet, Herr Klein?", wollte Josh kalt wissen. „Sie haben schon knietief in der illegalen Scheiße gesteckt, oder nicht? Sie hätte nicht nur den Falschgeldring, sondern auch Sie verraten."

„Es war nichts Persönliches", sagte Klein unwirsch. „Sie hätte nicht sterben müssen, wenn sie ihre verdammte Nase nicht in die Papierfabrik gesteckt und zu viele Fragen gestellt hätte. Sie war zu ... nah, okay? An mir. Ich war erst ein paar Jahre dabei und musste mir das Vertrauen der Bosse erst noch verdienen. Was blieb mir anderes übrig, als sie zu verraten und dafür zu sorgen, dass sie still ist? Sie hätte alles kaputtgemacht. Es war ihre eigene Schuld!"

Joshs Zähne schabten übereinander und seine Hände sanken ein paar Zentimeter Richtung Boden. „Und Trimovitz den Mord an Kummerkicker unterzujubeln, war auch nichts Persönliches, ja?", hakte er weiter nach.

Ich schluckte und blickte unsicher zu ihm. Er schindete Zeit, oder? Weil er wusste, dass die Polizei längst auf dem Weg war. Er hielt Klein in ein Gespräch verwickelt, damit die Beamten mehr Zeit hatten, uns zu retten. Also spielte ich mit.

„Ja, warum?", flüsterte ich verwirrt. „Warum das alles? Warum zur Hölle hätten Sie die Leiche bei Trimovitz ins Auto packen sollen? Warum nicht in Ihr eigenes? Das ist sehr stümperhaft für einen Mann, der behauptet, einen guten Plan gehabt zu haben."

„Ich *hatte* einen guten Plan", widersprach er sofort. „Mein Wagen stand bereit und ich hätte die Leiche so entsorgt, dass sie niemand gefunden hätte. Das mit Trimovitz war keine Absicht, ich musste improvisieren."

„Warum?", fragte Josh, während meine eigenen Gedanken ratterten.

Sein Wagen hatte bereitgestanden ...

„Oh mein Gott." Ich schloss die Augen. „Er konnte die Leiche nicht mitnehmen, weil sein Wagen abgeschleppt worden ist, Josh. Es stand ein mobiles Halteverbotsschild in der Seitenstraße zur Papierfabrik. Der einzige Ort auf dem Gelände, wo man unbemerkt parken kann. Bernhard hat uns selbst gesagt, dass der Rezeptionist die Abschleppgebühr für Hubert zahlen musste! Er hat seinen Fluchtwagen ans Ordnungsamt verloren."

„Ja!", herrschte Hubert. „Köln ist eine solche Drecksstadt. Seit zwanzig Jahren parke ich hinter der verdammten Papierfabrik und es gab nie ein Problem, und plötzlich stellen sie am Mittwoch wegen den dummen Gerätschaften, die sie zusammen mit mir aus dem Weg schaffen wollten, ein mobiles Halteverbotsschild auf. Und dann finde ich auch noch Simons verdammtes Auto nicht! Er parkt sonst immer vor der Tür, doch am Mittwoch muss er ja im Nirgendwo stehen, weshalb ich die ganze Nacht die verdammte Leiche nicht wiedergefunden habe. Zu allem Überfluss kommen ausgerechnet Sie hier am nächsten Morgen vorbei", er sah mich mit einer gehörigen Portion Abscheu an, „und bringen ihn dazu, den Kofferraum zu öffnen, den er sonst nie anrührt!"

„Aber warum haben Sie mich dann dazu aufgefordert, mich in den Fall einzumischen, wenn ich Ihnen dermaßen auf den Geist gegangen bin?", fragte ich verständnislos.

„Weil du seine verdammte Schwachstelle bist!", fuhr er mich an und winkte mit seiner Pistole zu Rispo. „Das weiß *jeder* hier. Er ist unkonzentriert, sobald er Angst um dich hat. Und ich brauchte ihn *unkonzentriert*. Also habe ich dich dazu gebracht, dir den Fall genauer anzusehen, und habe *dir* eine Drohnachricht geschickt anstelle von ihm. Und scheiße, bin ich froh, dass du noch hier bist, denn so wird es ein Leichtes sein, von hier zu verschwinden. Er würde nicht auf die Idee kommen, etwas Dummes zu tun", er schwenkte den Pistolenlauf um, sodass er genau auf meinen Kopf zielte, „solange die Waffe auf dich gerichtet ist."

Das Blut floss aus meinen Wangen, als versuchten sie, Schadensbegrenzung zu betreiben und für möglichst wenig Blutverlust zu sorgen, sollte mir wirklich ins Gesicht geschossen werden.

Doch ich glaubte nicht, dass das helfen würde. Ich hatte zwar kein weitreichendes medizinisches Wissen, aber trotzdem die Ahnung, dass ein gezielter Kopfschuss zu einem sofortigen Tod führen würde.

Und jetzt war ich es, die die Hände hob, während Josh seine langsam sinken ließ. Kaum merklich. Zentimeter für Zentimeter.

„Okay, Josh", sagte ich mit zitternder Stimme und schluckte. „Jetzt wäre der Moment, in dem du deine eigene Waffe ziehst, damit das Ganze hier fair bleibt."

„Ich … ich habe keine dabei", murmelte er angespannt.

Hubert Klein lächelte breit. Ich persönlich fand Joshs Worte allerdings überhaupt nicht witzig.

„*Was?*", zischte ich. „Warum hast du deine Pistole nicht dabei?"

„Ich dachte nicht, dass ich sie auf meiner eigenen Hochzeit brauchen würde", meinte Josh knurrend.

Ungläubig sah ich ihn an. „Es ist, als würdest du uns überhaupt nicht kennen!"

Josh seufzte und wandte sich erneut Klein zu. „Lassen Sie sie einfach gehen", sagte er ernst. „Oder erschießen Sie mich anstelle von ihr, wenn Sie Rache dafür wollen, dass ich Ihren Plan, einfach abzuhauen, zunichtegemacht habe."

„Spinnst du?", rief ich schockiert. „Nein!"

Klein stieß einen frustrierten Ton aus. „Lass das, es wird nichts bringen. Ich werde sie als Geisel mitnehmen, damit du mich gehen lässt."

Rispo ignorierte ihn und sah stattdessen angespannt zu mir herüber. „Lou, jetzt ist keine Zeit für Blödsinn", sagte er ernst … und sah mir in die Augen. Fest. Ein paar Sekunden zu lang. Da war ein Glitzern in seinen Iriden. Ein Zucken in seinem Mundwinkel.

Ich verstand ihn ohne Worte. Er wollte ihn weiter hinhalten. Ihn ablenken. Und wenn es jemals einen Zeitpunkt gegeben hatte, an dem meine Fähigkeit, Blödsinn zu reden, mir das Leben retten konnte: dann war es jetzt.

„Was nennst du hier Blödsinn?", giftete ich ihn an. „Das ist schon okay, er soll mich mitnehmen. Oder lieber zuerst erschießen! Ich habe absolut keine Lust, dir beim Sterben zuzusehen. Wenn ich mich stundenlang quälen will, guck ich mir Avatar zwei noch einmal an!"

„Lou", sagte Josh warnend und ich sah, wie seine Hände weiter sanken. Zum Saum seines Sakkos. „Halt die Klappe."

„Ja, halt die Klappe", fuhr jetzt auch Klein mich an.

„Nein!", schrie ich laut, woraufhin Kleins Blick zu mir herüberzuckte und er Josh aus den Augen ließ. „Sie müssen mich schon erschießen, um mich zum Schweigen zu bringen. Und ernsthaft, Josh: Es ist logischer, dass ich zuerst sterbe."

„Blödsinn!", erwiderte Josh hitzig. „Ich bin älter als du. Ich habe schon mehr erlebt."

„Eben, ich bin zu jung, um Witwe zu sein!"

„Du wärst keine Witwe, wir sind seit nicht einmal einer Stunde verheiratet. Du könntest das Ganze sicher noch annullieren lassen."

„Na, dann bin ich eben zu alt, um allein zu sein", fuhr ich ihn an und musste mir überhaupt keine Mühe geben, meine Stimme hysterisch laut und schrill klingen zu lassen, sodass Klein erneut zu mir blickte. Nicht mitbekam, wie Josh einen kleinen Schritt nach rechts, von mir weg machte. „Ich lieb dich mehr als du mich, Josh."

„Schwachsinn. Ich habe dich selbst geliebt, als ich mit dir schlussgemacht habe."

„Ich hätte *nie* mit dir schlussgemacht und hab dich schon geliebt, als du mit einer Mohnblume vor meiner Tür standest."

„Ich habe dich schon geliebt, als du mir deinen Mittelfinger anstelle des Fingers im blöden Holzkästchen gezeigt hast", flüsterte Josh.

„Das ist gelogen." Meine Stimme brach. „Du hast mich damals für durchgeknallt gehalten."

„Newsflash, Lou, ich halte dich *immer noch* für durchgeknallt."

„*Ich* bin durchgeknallt?", fuhr ich ihn an. „Wie kannst du –"

„Oh mein Gott, Ruhe!", brüllte Hubert Klein entnervt, ließ seine Waffe einen Zentimeter sinken und schwenkte dabei ein paar Zentimeter in Joshs Richtung …

Das war wohl, worauf Josh gewartet hatte, denn in der nächsten Sekunde bewegte er sich so schnell, dass ich den Schuss hörte, bevor ich die Waffe in seiner Hand sah.

Der ohrenbetäubende Knall zerriss mein Trommelfell und ich warf mich zu Boden, die Hände über dem Kopf zusammengeschlagen. Etwas krachte, ein weiterer Schuss löste sich und hallte in meinen klingelnden Ohren wider. Ein scharfer Schmerz zuckte meinen Arm entlang und mir wurde schwindelig. Ich hörte Schritte. Einen dumpfen Aufschlag. Sah schemenhaft durch die Lücke zwischen meinen Armen hindurch, dass Josh nach vorn gestürzt war. Er kickte die Waffe weg, die vor dem stöhnenden, auf dem Boden zusammengesunkenen Hubert Klein lag, bevor er ihm mit der stumpfen Seite seiner Waffe einen Schlag gegen die Schläfe verpasste. Mit einem *„Uff"* fiel er seitlich zu Boden und blieb reglos liegen. Erst dann wandte Josh sich in meine Richtung und fiel vor mir auf die Knie.

„Lou ..." Seine Stimme war drängend, unruhig. Unendlich dumpf. Meine Ohren piepten immer noch von dem Knall. „Lou, ist alles okay? Geht es dir gut? Fuck. Es hat sich ein verdammter Schuss aus seiner Waffe gelöst, als sie zu Boden gefallen ist ... Lou! Shit, du blutest ..."

„Was?", murmelte ich verwirrt. Ich zog die Arme weg ... und wimmerte auf vor brennendem Schmerz. Alles vor meinen Augen war verschwommen, doch als ich nach links, meinen Arm hinabsah, erkannte ich rotes Blut, das über die blütenweißen Spitzenärmel meines Kleides floss. „Oh mein Gott", hauchte ich schockiert. „Ich wurde erschossen!"

Josh gab einen trockenen Ton von sich, von dem ich nicht sicher war, ob er erleichtertes Lachen oder ängstliches Schnauben ausdrückte. „Es ist nur ein Streifschuss", murmelte er sanft und beugte sich vor, um sich die Wunde genauer anzusehen. „Es ist halb so wild", stellte er erleichtert fest, zog im nächsten Moment sein Hemd aus der Hose und riss den Saum davon ab.

Schwer atmend sah ich auf das Blut. „Also ... sterbe ich nicht?"

„Nicht wegen dieser Wunde, nein", murmelte er, zog vorsichtig meinen Arm zu sich heran und legte den

Streifen Stoff um die Wunde. „Aber ich kann mir vorstellen, dass deine Mutter dich mit einem Kuchenmes-
ser angreift, weil du deine eigene Hochzeit verlassen
hast.“

Ich biss die Zähne zusammen, als Josh den Stoffstrei-
fen festzog, um eine Art Druckverband zu erzeugen.
Doch der Schmerz war dumpf, vermutlich weil ich immer noch unter Schock stand. „Das Kleid ist ruiniert“,
wisperte ich.

„Die Frau darin nicht, das ist wichtiger.“

Ich schluckte. „Ich hätte von vornherein Rot tragen
und davon ausgehen sollen, dass Blut drauf kommt.“

„Nein, hättest du nicht“, sagte Josh steif und tastete
den Rest meines Körpers ab. So wie er es immer tat,
wenn ich in einer gefährlichen Situation gewesen war.
Als müsse er sich versichern, dass ich noch ... heil war.

„Ich dachte, du hast keine Pistole dabei.“

„Nun, ich habe wohl ziemlich überzeugend gelogen.
Das habe ich von meiner talentierten Frau gelernt.“

Ich lächelte zittrig. „Aber *warum* hattest du sie dabei?“

„Weil du eine Drohnachricht bekommen hast, Lou“,
sagte er heiser. „Weil Klein recht hat. Weil ich nicht
klar denken kann, wenn du in Gefahr bist, und unsere
Hochzeit die perfekte Möglichkeit gewesen wäre, um
meine Ablenkung auszunutzen und dich dranzukrie-
gen. Das konnte ich nicht riskieren.“

Mein Herz zog sich zusammen und ich blickte in sein
Gesicht. „Mir geht es gut, Josh. Was ist mit ... Klein?“

„Ich habe ihm ins Bein geschossen“, sagte er rau. „Er ...
er wird es überleben. Auch wenn ich ihm keinen
Druckverband anlegen werde.“ Seine Kehle arbeitete
und einen Moment lang dachte ich, er wolle sich zu

Klein umdrehen. Doch dann ließ er es bleiben und kniff die Augen zusammen. „Shit. Ich hätte einfach nur höher zielen müssen, um ihn … um ihn …" Er schüttelte den Kopf und rieb sich mit den Händen übers Gesicht. „Es wäre so leicht gewesen, höher zu zielen. Ihm nicht nur eine Fleischwunde zu verpassen. Die Polizei ist immer noch nicht da, niemand hätte es hinterfragt, wenn ich zweimal geschossen hätte … Ich …"

„Hey", flüsterte ich, ging auf die Knie und umschloss seine Wangen, auch wenn mein Arm bei der Bewegung höllisch wehtat. „Du hast das Richtige getan. Du bist kein Mörder. Deine Mutter hätte nicht gewollt, dass du ihretwegen einen Menschen tötest."

„Aber er hätte es verdient", flüsterte er und einzelne Tränen rannen über meine Hände. Hinterließen feuchte Spuren. „Allein dafür, dass er dich töten wollte. Er hat unsere Familie kaputtgemacht. Er hat uns alle zerstört. Uns so viel Leid und Trauer und Wut beschert …"

„Und dafür wird er büßen", sagte ich fest.

„Ja, aber … Fuck", flüsterte Josh und ließ sein Gesicht in meine Hände sinken. „Ich würde ihn so verdammt gern tot sehen."

„Ich weiß, Josh. Aber er wandert ins Gefängnis. Er bekommt, was er verdient. Und du … bekommst Frieden."

Josh nickte. Langsam. Zögerlich. Und als hätte ich sie mit meinen letzten Worten heraufbeschwören, erklangen in der nächsten Sekunde Sirenen. Die Türen flogen kurze Zeit später auf und Leute spülten in den Raum. Doch wir beachteten sie gar nicht, sondern knieten weiter auf dem Boden und sahen einander an.

„Lass uns das hier nie wieder machen, ja?", flüsterte
ich schwach.

Josh lächelte gequält. „Deal."

Kapitel 20

Es dauerte Stunden, bis Josh und ich von den Rettungssanitätern durchgecheckt und von der Polizei befragt worden waren. Und dann noch einmal Stunden im Krankenhaus, weil Josh darauf bestand, dass ich mich einmal komplett durchchecken ließ und sich noch ein zweiter Arzt die Streifwunde ansah.

Es dämmerte bereits, als mir endlich gesagt wurde, dass alles okay war und ich gehen konnte. Ich hätte mich ja entspannt, wenn man im Krankenhaus Frauen in Brautkleidern nicht genauso intensiv anstarren würde wie auf Ruhestandspartys, aber ich gab mir Mühe, die neugierigen Blicke so gut es ging zu ignorieren. Mittlerweile war ich es gewohnt, mehr Aufmerksamkeit zu bekommen, als mir lieb war. Anstatt mich darüber aufzuregen, ließ ich mich mit einem schweren Seufzen neben Josh fallen, der auf einem der Plastikstühle im Wartezimmer auf mich gewartet hatte.

„Ich werde leben", verkündete ich. „Also, bis meine Mutter erfährt, dass ich unsere eigene Hochzeit verlassen habe, um mich in Lebensgefahr zu begeben und anschießen zu lassen. Ich würde die nächsten zwölf Stunden also gerne noch so intensiv genießen, wie es geht."

„Also willst du auf unsere Hochzeitsfeier und die gigantische Torte essen?", schlussfolgerte Josh.

Ich lächelte breit. „Ja! Du kannst meine Gedanken lesen. Sollen wir?"

Josh lächelte, stand auf und reichte mir die Hand. „Gleich. Bevor wir feiern, dass wir verheiratet und nicht tot sind, dachte ich, willst du lieber noch kurz einen Stopp machen."

Skeptisch ließ ich mich von ihm auf die Füße ziehen. „Was für einen Stopp?"

Er zog mich an der Hand zu den Aufzügen, stieg ein und drückte die Zwei. „Nun, da wir uns schon im Krankenhaus befinden", murmelte er, „wäre es sehr unhöflich von uns, nicht kurz unser neustes Familienmitglied zu begrüßen."

Mit offenem Mund sah ich ihn an, während der Fahrstuhl zum Stillstand kam. „Das Baby ist schon da?", hauchte ich. „Aber ich dachte, Wehen dauern Stunden!"

„Das haben sie. Emily ist wohl erst sehr spät ins Krankenhaus gefahren. Finn hat mich vorhin angerufen."

Zum hundertsten Mal an diesem Tag brannten meine Augen. „Ist es ein Junge oder Mädchen?"

„Keine Ahnung."

„In welchem Zimmer sind sie?"

Er runzelte die Stirn, als wir zusammen auf den Flur der zweiten Etage traten. „Ich weiß es nicht, aber …"

„Nein, Finn! Das ist die *Regel*", schallte es über den Flur. „Du darfst nie wieder ‚Aua' sagen, wenn du deinen Finger in der Kühlschranktür einklemmst oder dir den Zeh stößt. *Nie wieder.* Denn es kann nicht so schmerzhaft gewesen sein, wie den Scheiß, den ich gerade durchgemacht habe."

Ich lächelte zu Josh hoch und wir bewegten uns in Richtung der Geräuschquelle, die aus dem zweiten Zimmer zu unserer Rechten kam. „Manchmal ist es praktisch, dass unsere Familien so laut sind, oder?"

Die Krankenpflegerin auf dem Flur sah das anders. „Pscht!", machte sie und steckte verärgert den Kopf in das Zimmer, in dem nun Emily und Finn zum Vorschein kamen. „Seien Sie bitte leise. Sie wecken die Babys und Mütter."

„Klar, sorry, sorry", sagte Emily sofort. Sie lag in einem Bett, dessen Rückenlehne hochgestellt worden war, ein kleines weißes Bündel auf ihrer bloßen Brust.

Finn murmelte, sobald die Pflegerin weg war: „Unser Baby wird sich ohnehin an einen hohen Geräuschpegel gewöhnen müssen."

„Oder wir gewöhnen uns einfach an, leise zu sein", schlug ich vor.

Meine Schwester sah auf und ihre Augen füllten sich prompt mit Tränen. „Was macht ihr denn hier?"

„Finn hat angerufen", murmelte Josh.

„Hast du?" Sie sah zu Finn. „Das ist süß. Ich ..." Sie schniefte wieder, bevor sie dem Baby, das sich leicht regte, einen Kuss auf den Kopf gab. „Sorry, ich bin eklig emotional! Und mir tut alles weh. Und ich bin müde. Und es ist so schön, dass ihr hier seid! Ist die Hochzeit schon vorbei?"

„Nein. Wir gehen gleich zu der Feier", meinte ich lächelnd. „Aber wir wollten euch erst zu dem kleinen Wesen gratulieren, das ihr in die Welt gesetzt habt."

Sie schniefte und blickte zu Finn. „Das haben wir gut gemacht, oder?"

„Du", sagte er. „Du! Ich hab nicht viel dazu beigetragen."

Emily lächelte. „Nein, hast du nicht. Aber okay. Ihr solltet wirklich zu eurer eigenen Hochzeitsfeier zurückkehren. Heb mir Torte auf, Loubalou ... Und was hast du an deinem Arm gemacht?"

Ich öffnete den Mund ... und zögerte. Ich wollte nicht überschatten, dass sie gerade ein kleines Wunder zur Welt gebracht hatte. Emily war erschöpft, sie und Finn so glücklich. Ich konnte ihnen später von der Schießerei und dem Rest erzählen.

Josh schien etwas Ähnliches zu denken, denn er meinte: „Sie hat sich mit einem Rosenbusch angelegt."

Emily nickte, als hätte sie selbst darauf kommen können. „Und da meinst du immer, *alle* Pflanzen wären deine Freunde."

„Sie hat sich nur verteidigt. Das ist okay", beschützte ich den fiktiven Rosenbusch. „Was ist es denn geworden? Mädchen oder Junge?" Ich lächelte zu dem Baby auf ihrer Brust.

„Ein Mädchen", flüsterte Finn. Er sprach das Wort wie etwas Heiliges aus, bevor er auf seine Tochter starrte, als wäre sie das Kostbarste, was er je gesehen hatte.

Meine Kehle schnürte sich enger. Voll mit all den Emotionen, die in meiner Brust zusammenfanden. Als spürte Josh, dass ich ihn brauchte, legte er sacht den Arm um meine Schultern und zog mich an sich, darauf bedacht, nicht meine Wunde zu streifen.

„Und? Hat sie einen Namen?", fragte er.

Emily lächelte breit und sah zu Finn. „Willst du?"

Das Lächeln auf Finns Gesicht ließ die Neonlichter über ihren Gesichtern erblassen. „Sie heißt Charlotte. Nach unserer Mutter."

Kapitel 21

Eine Woche später ...

Rispo
(Sorry. Rispo-Manu.)

„Ich versteh das nicht. Wieso war ‚Wir haben gerade ein Kind bekommen‘ nicht gut genug als Ausrede, um den Brunch zu verpassen?"

„Weil wir vor sechs Tagen ein Kind bekommen haben, Finn", sagte Emily geduldig und lief meinem Bruder voran den gewundenen Weg zur Tür von Lous Elternhaus hoch. „Und weil ich nicht mehr im Krankenhaus bin."

Hilfe suchend sah er sich zu mir um. „Verstehst du das?"

Ich hob die Schultern. „Du darfst nur aus drei Gründen den Brunch verpassen", sagte ich auf, was mir vor ein paar Jahren beigebracht worden war. „Du hattest einen Unfall und liegst im Sterben, du hast vor weniger als zwei Tagen ein Kind bekommen oder du bist im Urlaub und hast dich mindestens vier Wochen im Voraus abgemeldet. Und niemand darf zu spät kommen – außer Frau Manu selbst."

Mit offenem Mund sah Finn zu Louisa. „Alter, ist eure Mutter die Deutsche Bahn?"

Lou lachte und warf mir einen Blick über die Schulter zu. „Meine Güte, Herr Rispo-Manu, hast du das Regelwerk meiner Familie endlich auswendig gelernt, so wie ich es dir schon vor Jahren empfohlen habe?"

Meine Mundwinkel zuckten. „Für dich immer noch Risotto-Mandu", informierte ich sie trocken.

Ich würde mich an den Namen gewöhnen müssen, aber er störte mich nicht wirklich. Mir war nur wichtig, dass es irgendeinen offiziellen Mist gab, der uns auf den ersten Blick miteinander verband. Und wenn das ihr Nachname war ... Meinetwegen.

Außerdem war Lou mehr als einmal während des Falls schneller als ich gewesen. Das Arschloch Klein mochte behauptet haben, dass das daran lag, dass ich nicht klar denken kann, wann immer sie in einen Mordfall involviert ist ... aber das war Lou gegenüber nicht ganz fair. Denn es hätte bedeutet, dass sie schlauer gewesen wäre, weil ich dümmer gewesen war. Nicht weil sie einfach scheiße klug und intuitiv war.

Das war eines der Dinge, vor denen ich am meisten Schiss hatte – und die ich am meisten an ihr bewunderte. Liebte.

Ihr ganzer ... Kopf. Die grünen Augen, die braunen Haare, die große Klappe. Aber vor allem, was darin steckte. Auch wenn eine Menge lateinische Pflanzennamen und verquere Ansichten zu gesundem Nachtischverhalten dazugehörten.

Finn ließ sich mit der Babyschale in der Hand ein paar Meter zurückfallen, während Lou und Emily bereits klingelten, und fragte: „*Das* sind ernsthaft die Regeln? Für … den Rest unseres Lebens?"

Ich musste lächeln. Es wunderte mich nicht, dass er ein Problem damit hatte. Finn war noch nie ein Freund von dem R-Wort gewesen. „Pass auf, ich gebe dir jetzt einen Tipp", murmelte ich mit gesenkter Stimme und beugte mich vor. „Bei der Familie Manu ist es manchmal besser, die Dinge einfach zu akzeptieren und nicht weiter zu hinterfragen."

„Das habe ich gehört!", rief Lou und sah mich verärgert an, bevor sie die Stirn runzelte und hinzufügte: „Aber er hat recht, Finn. Und der Preis dafür, Emily als Freundin zu haben, ist, einmal die Woche mit meiner Mutter zu brunchen."

„Was ich ja wohl wert bin", sagte Emmi warnend. „Also hör auf, dich anzustellen!"

Finn seufzte schwer, während die Tür aufging und Gitti Manu im Rahmen erschien. Sie blickte auf ihre Armbanduhr, schürzte die Lippen und öffnete den Mund, vermutlich, um zu sagen, dass wir zwei Minuten zu spät waren, als Emily Finn hastig die Babyschale entriss und sie ihrer Mutter entgegenstreckte. „Charlotte hat vorhin die ganze Zeit gegähnt. Es war so süß, guck mal!"

Ich senkte den Blick, um mein Lächeln zu verbergen, während Gitti augenblicklich vergaß, warum sie ihre Töchter hatte kritisieren wollen, sich hinunterbeugte und ihr Enkelkind ausgiebig betüddelte.

„Emmi lernt schnell", murmelte Lou, die einen Schritt zur Seite gemacht hatte, um ihrer Schwester und Finn den Vorrang in den Flur zu gewähren. „Und falls sie wieder fragt, woher die Wunde an meinem Arm kommt: Das ist beim Kochen passiert."

Ich schnaubte. Also jetzt wurde sie unrealistisch. „Deine Familie weiß, dass du nicht kochst."

„Exakt. Dann ist es umso glaubhafter, dass ich nicht mit einem Messer umgehen kann."

„Und wie genau hast du dich beim Kochen mit einem Messer am Oberarm verletzt?", fragte ich interessiert.

„Ich hab damit … jongliert?", überlegte sie langsam. „Gibt es nicht diese Sushi-Meister, die mit ihren Messern werfen?"

„Erinnere mich daran, dir zu verbieten, jemals Sushi zuzubereiten", murmelte ich kopfschüttelnd. „Mir reicht es, wenn ich um dein Leben bangen muss, weil du gern mit Mördern spielst."

Sie lächelte breit … und ich seufzte innerlich. Ich würde es ihr niemals sagen, denn es konnte nichts Gutes dabei rumkommen, aber ihr Lächeln war gefährlich. Ihr Lächeln war der Grund, warum wir vier Aloe-Vera-Pflanzen in unserem Schlafzimmer stehen hatten und unser Gefrierschrank jetzt mit Hochzeitstorte vollgestopft war. Nicht zu vergessen der Auslöser dafür, dass ich mich vor Jahren nicht von der verrückten Blumenladeninhaberin hatte fernhalten können.

Aber wie gesagt: Es war besser, sie wusste das nicht. Sie würde ihre Macht schamlos ausnutzen.

Lous Handy klingelte, was ihr einen warnenden Blick ihrer Mutter einhandelte.

„Jaja, ich nehme es kurz draußen an", meinte sie, lief ein paar Schritte den Weg hinunter und hob ab.

Gitti ging zufrieden in Richtung Wohnzimmer, doch ich blieb, wo ich war. Ich brauchte Lou als Schutzschild. Ich mochte eine Menge Muskeln haben und legal eine Waffe mit mir führen dürfen – aber für den Sonntagsbrunch würde ich nicht auf Verstärkung verzichten.

Das letzte Mal, als ich allein mit Louisas Mutter in einem Raum gewesen war, hatte sie mir eine Liste von Vergehen ihrer Nachbarn aufgezählt, für die ich sie belangen sollte. Und es war überhaupt nicht gut angekommen, ihr zu erklären, dass eine zwei Zentimeter zu hohe Hecke keine Angelegenheit für die Polizei war – außer sie brachte ihren Nachbarn wegen seines fahrlässigen Verhaltens um. Sie war einige Sekunden erschreckend still geworden, als überlege sie, ob sie damit davonkommen würde. In diesem Moment hatte sie mich verdammt an Lou erinnert, was ich unerwähnt gelassen hatte. Ich war kein Vollidiot und hatte keine Lust, auf der Couch zu schlafen.

Lous Lachen riss mich aus den Gedanken und ich fuhr mit dem Blick zu ihr.

„Welch eine Überraschung!", sagte sie gerade in ihr Handy. „Wer hätte damit gerechnet, dass Marvin dich liebt?"

Erleichtert ließ ich die Schultern sinken. Mein Partner hatte es endlich geschafft, seiner Freundin seine Gefühle zu gestehen, was bedeutete, dass er mich nicht mehr mit seinen Nachfragen nerven würde, wie er es am romantischsten tat. Ich wusste nämlich nur, wie man es *nicht* machte.

Lou sah zu mir und nickte. „Ja, ich gebe dir recht. Ich denke genau dasselbe. Ich ruf dich später wegen der

Einzelheiten an, okay, Ari? Meine Mutter wartet. Bis dann." Sie legte auf und schlenderte zu mir.

„Du denkst genau dasselbe?", wollte ich wissen.

„Ich denke ebenso wie Ariane, dass es gut war, dass ich damals den Finger im Sperrmüll gefunden habe", meinte sie lächelnd und griff nach meiner Hand.

Ich hob die Augenbrauen und ließ mich in ihr Elternhaus ziehen. Ich gab ihr grundsätzlich recht, fand aber, dass es die falsche Botschaft vermittelte, wenn ich ihre Angewohnheit, Leichenteile zu finden, befürwortete. Also drückte ich nur ihre Hand und sagte nichts weiter dazu.

Im Wohnzimmer des Haushalts Manu war bereits die Hölle los. Ich war ein volles Haus gewohnt, mit vier Brüdern in einer Hundert-Quadratmeter-Wohnung aufzuwachsen, hatte mich abgehärtet – und bei Lous Eltern roch es deutlich besser.

Aber Lous zwei Nichten, die auf dem Sofa herumhopsten und Aluminiumfolienbälle mit ihren Händen zurückschlugen, die Lous Vater nach ihnen warf, gemischt mit Gittis lauter Stimme, dass Lara und Isa keine Katzen wären und aufhören sollten, sich so zu benehmen, war eine andere Hausnummer.

Jannis, Lous Bruder, und seine Frau Stephanie saßen bereits am Tisch, die Augen geschlossen, den Kopf in den Nacken gelegt. Als würden sie die Schreie ihrer Kinder gar nicht hören. Das war ihre sonntägliche Zeit der Entspannung, hatte Jannis mal gemeint. Dann, wenn es andere Erwachsene gab, die ihre Töchter bespaßen konnten, und seine einzige Aufgabe es war, die Schüssel mit Rührei entgegenzunehmen.

„Nein, Emmi", sagte Finn laut. „Stell Charlotte in die Nähe des Fensters, aber nicht ins Sonnenlicht."

„Warum?", fragte Emily verwirrt.

„Weil: Kinder brauchen Licht und Wasser. Zum Wachsen!", sagte Finn neunmalklug.

Ich seufzte. „Kinder sind keine Pflanzen, Finn."

„Na ja, Licht und Wasser in Form von Milch brauchen sie trotzdem, oder?", warf Lou ein.

Gegen das Argument konnte ich leider nicht angehen.

„Ihr setzt euch jetzt alle hin!", rief Gitti laut. „Auch die beiden Katzen."

Isa und Lara gaben ein miesepetriges Miau von sich, taten jedoch, was ihre Oma von ihnen verlangte, während ich einen kurzen Blick auf mein vibrierendes Handy warf.

Die Klage gegen Bauer wegen Mordes wurde fallengelassen, er wird jetzt nur noch wegen des Falschgelddruckens belangt. Außerdem haben sie gerade den letzten Drahtzieher des Falschgeldrings in Berlin hochgenommen ... Und ich habe Ariane gesagt, dass ich sie liebe! Was für ein Tag! Marvin Held.

Ich hatte es aufgegeben, Marvin zu sagen, dass er seine WhatsApp-Nachrichten nicht mit seinem Vor- und Nachnamen unterschreiben musste. Er tat es trotzdem immer, um nicht unhöflich zu sein. Also ignorierte ich diesen Teil der Nachricht und ließ nur den anderen auf mich wirken.

Ein Gefühl der zufriedenen Genugtuung durchflutete mich und ich atmete einmal schwer durch, bevor ich das Handy zurück in meine Jeanstasche schob.

Das war gut. Das war sehr gut. Es war … vorbei.

Fuck. Seit siebzehn Jahren rannte ich den Leuten hinterher, die Mamas Tod zu verantworten hatten, und jetzt … es war vorbei.

Der Gedanke war so seltsam wie befreiend.

So absurd wie schön.

So befremdlich wie endgültig.

Meine Brust wurde enger – und Lous Griff um meine Hand fester. Sie sah fragend zu mir auf, während sie mit dem Daumen sacht über meinen Handrücken strich, als wolle sie mich trösten. Obwohl sie unmöglich wissen konnte, dass ich gerade Trost brauchte. Aber … sie wusste immer, wenn es etwas gab, was mich beschäftigte. Wenn ich zu viel fühlte und keine Ahnung hatte, wohin mit meinen Emotionen. Was oft der Fall war, weil ich die Hälfte meines Lebens damit verbracht hatte, meine Emotionen zu ignorieren. Zumindest alles, was nicht Wut war.

Ich hatte aufgegeben herauszufinden, wie sie es machte. Manche Geheimnisse waren selbst für meine gute Aufklärungsquote zu schwer zu entschlüsseln.

„Alles okay?", fragte sie leise und zog mich zu zwei freien Plätzen gegenüber von Jannis und Stephanie.

„Sie haben sie festgenommen", murmelte ich. „Die letzten Mitglieder des Falschgeldrings."

Ihre Augen leuchteten auf. „Das ist ja fantastisch! Mann, wenn die im Gefängnis rausbekommen, dass ihr sie nur hochnehmen konntet, weil Klein euch praktisch alle Informationen über die letzten zwanzig Jahre zusammengesucht hat, hat er ein Problem."

Ja. Ich war noch immer nicht sicher, ob es genial oder einfach nur dumm von Klein gewesen war, einen DIN-

A4-Umschlag mit allen wichtigen Namen, Orten und Eckpunkten der Falschgeldoperation als Versicherung bei einem Anwalt zu hinterlegen. Aber der Gedanke, dass er deswegen mit einer Menge Leuten Probleme im Gefängnis bekommen würde, war befriedigender als er vielleicht sein sollte, wenn ich mich weiterhin als guter Mensch bezeichnen wollte.

Es reichte mir nicht, dass Hubert Klein im Gefängnis saß. Es würde niemals genug sein, und Mo war immer noch sauer auf mich, weil ich den Kerl nicht einfach umgebracht hatte. Aber ... Lou hatte recht. Meine Mutter hätte nicht gewollt, dass ich mir die Finger blutig machte, nur um eine Rechnung zu begleichen. Es hätte sie nicht zurück- und mir nichts als Schwierigkeiten, wenn nicht sogar Zeit im Gefängnis, eingebracht. Und das Einzige, was hinter Gittern noch weniger gern gesehen wurde als Spitzel und Verräter waren Polizisten.

Es war okay. Es reichte, um mir Ruhe zu geben und die Sache endlich hinter mir zu lassen. Ich wollte ohnehin lieber nach vorn sehen. Das war alles, was ich plante, seit ich Lou kannte: eine Zukunft. Kein Leben in der Vergangenheit mehr.

„Lou, Joshi", meinte Finn, als er sich neben mich setzte. „Ich hoffe, es ist okay, dass ich in Trudis Memoiren festhalte, dass sie es war, die Mamas Mörder gefasst hat. Ihr werdet aber eine Fußnote bekommen."

„Klar", meinte ich leichthin, denn es war mir unfassbar egal.

Lou verengte jedoch die Augen. „Schön! Aber eigentlich sollte ich an deiner Bezahlung beteiligt werden, Finn. Ich schreibe das Buch praktisch mit."

„Darüber können wir reden, wenn das Buch fertig ist“, meinte Finn. „Aber ich tendiere zu Nein.“

„Ich auch“, sagte Emily. „Wir brauchen das Geld, damit wir aus der Wohnung eures Vaters ausziehen können. Zu viel Kindergeweine.“

„Sie ist ein Baby“, meinte Lou. „Natürlich weint sie.“

Emily blinzelte perplex. „Ich spreche von Jonas. Der heult die ganze Zeit rum, dass er zu wenig Platz hat. Charlotte ist ein Engel.“

Ich lachte leise. Ja, Jonas hatte mich die letzte Woche sehr oft angerufen, um sich zu beschweren. Aber da musste er jetzt durch.

„Tante Emmi, ich versteh das nicht ganz“, meinte Isa laut, die sich gerade neben Emily gesetzt hatte und kritisch ihre Cousine betrachtete. „Sie ist voll groß. Wie ist sie von da“, sie deutete auf Emilys Bauch, „nach da gekommen?“ Sie gestikulierte zur Babyschale.

„Nun, Lara“, meinte Emily freundlich und beugte sich vor. „Weißt du, was ein Dammriss ist?“

„Oh, halleluja“, murmelte Jannis und öffnete schlagartig die Augen.

„Nicht bei Tisch, Emmi!“, rief Gitti schockiert.

„Der Horror, Alter, der Horror!“, meinte Finn mit gequältem Gesichtsausdruck.

„Meinetwegen darf sie es erklären“, sagte Stephanie. „Eine Geburt ist ein völlig natürlicher Prozess.“

„Ein Damm ist dieses Ding, das Wasser festhält, oder?“, fragte Isas Schwester Lara und runzelte die Stirn.

„Ja“, sagte Lou ernst. „Und ... andere Dinge, die ein wenig fester als Wasser sind.“

„Louisa, bestärk deine Schwester nicht in ihrem Blödsinn", sagte Gitti streng, während ich zu Tisch sah, um mein Lächeln zu verbergen. Es wurde wirklich nie langweilig hier.

Louisas Vater verkündete, dass er gern das Rührei hätte. Damit er etwas im Magen hatte, bevor Emily weiterredete. Jannis und seine Frau stritten darüber, ob ihre Töchter alt genug waren, um das Wunder der Natur nähergebracht zu bekommen. Finn versuchte Emily davon zu überzeugen, dass sein Geburtstrauma mindestens genauso schlimm war wie die Schmerzen, die Emily durchlebt hatte – ein Kampf, den er nicht gewinnen konnte! – und ich saß da und hörte ihnen einfach zu.

Als ich das nächste Mal aufsah, um das Rührei von Lous Vater entgegenzunehmen, bemerkte ich, dass Lou mich ansah.

„Was?", wollte ich wissen.

„Wie machst du das?", fragte sie mit fast so etwas wie Bewunderung in der Stimme. „So absolut ruhig zu bleiben, während das Chaos um dich herum ausbricht und alle durcheinanderschreien."

Ich musste lächeln. „Ich höre einfach zu und suche in meinem Kopf bereits nach dem nächsten Termin auf dem Schießstand."

Sie lachte. „Kannst du mich bitte das nächste Mal mitnehmen? Das hört sich nach einer guten Aggressionsbewältigungsstrategie an."

Oh Gott. Louisa mit einer Waffe in der Hand. Die Vorstellung war heiß und beängstigend zugleich.

„Ich meine das Ernst, weißt du?“, fuhr sie mit gesenkter Stimme fort. „Ich finde nach dem, was letzte Woche passiert ist, sollte ich schießen lernen.“

Gequält sah ich sie an. „Ja, ich fürchte auch, dass ich dich mitnehmen muss.“

„Wieso?“

„Weil es mein Hochzeitsgeschenk an dich ist.“ Sie fragte mich seit Jahren und es war mir wie die perfekte Geste vorgekommen.

„Ernsthaft?“ Ihre Miene erhellte sich.

„Ja. Ich wollte dir zuerst eine *Sie kommen aus dem Gefängnis frei*-Karte schenken. Aber mein Chef meinte, das geht nicht“, bemerkte ich trocken.

„Schande.“

„Seh ich genauso. Es ist nur ...“

„Was?“

Tief atmete ich durch. „Ich habe Angst, dich mitzunehmen.“

„Warum?“ Skeptisch sah sie mich an. „Weil du denkst, dass ich mir selbst wehtue?“

Na ja, wenn sie mit einer Waffe umging wie mit einem fiktiven Sushi-Messer ... „Nein. Ich habe Angst davor, dass du ein Talent besitzt, mit einer Waffe umzugehen.“

„Aber das wäre doch gut“, meinte sie aufgeregt.

Ich schüttelte den Kopf. „Nein, wäre es wirklich nicht.“

Sie schnaubte. „Nun, deine Meinung in dem Bereich ist mir egal. In einer Ehe muss man Kompromisse eingehen.“

Nachdenklich neigte ich den Kopf. „Na ja, technisch gesehen sind wir noch nicht zu hundert Prozent verheiratet."

„Warum das nicht?"

„Wir haben keine Ehegelübde ausgetauscht."

Louisas Wangen fingen Feuer und ich unterdrückte ein Lächeln. Sie hatte keins geschrieben, das war mir klar, und sie wusste, dass ich es wusste.

„Es war unmöglich, die richtigen Worte für das zu finden, was ich empfinde", meinte sie und zog eine Grimasse. „Vor allem nachdem ..." Sie brach ab.

Ich grinste. „Nachdem du meins gelesen hast?"

Die Farbe in ihren Wangen übersprang Tomatenrot und wurde direkt zu Ampelrot. „Woher ...?"

„Ich bin Kriminalkommissar, Lou. Das hatten wir doch schon ..." Außerdem redete sie im Schlaf.

Sie stöhnte leise. „Es war wirklich gut. Mir hat vor allem die Stelle gefallen, an der du mich mit einer Mohnblume verglichen hast. Auch wenn ich dir vehement widersprechen muss: Die Papaver-Rhoeas-Analyse war nicht die erste Analyse, die ich erfunden habe. Als ich sechs war, gab es noch die Schokolyse, die mich dazu gezwungen hat, alle Halloweensüßigkeiten auf einmal zu essen. Wegen der Wissenschaft."

Ich lachte leise und drückte ihr Knie. „Ist schon okay, Lou. Du musst mir kein Ehegelübde schreiben. Ich weiß auch so, was du fühlst."

Denn es stand ihr immer ins Gesicht geschrieben. Lou konnte ihre Gefühle genauso gut verbergen wie Trudi ihre Leopardenmustervorliebe.

„Nein, nein. Pass auf, Josh", flüsterte sie und sah mich ernst an. „Ich kann dir kein ganzes Gelübde geben, aber … wenn ich mich zwischen Schokolade und dir entscheiden müsste, würde ich dich nehmen. Wenn all meine Pflanzen sterben müssten, um dich zu retten, würde ich nicht einmal zögern. Wenn –"

„Ich liebe dich auch, Lou", unterbrach ich sie lächelnd und küsste sie sacht.

ENDE

Danksagung

Ich habe gerade das Wort ENDE unter dieses Buch geschrieben – und bin nur am Weinen.

Es ist kein schlechtes Weinen. Es ist ein erleichtertes Weinen, weil ich mir so viel Druck bei diesem Buch gemacht habe. Weil es der Band ist, in dem ich endlich auflöse, was ich seit neun Büchern vorbereite. Es ist ein trauriges Weinen, weil dieses Ende endgültiger als alle anderen Enden ist, die ich je geschrieben habe. Es ist ein glückliches Weinen, weil ich lange mit mir gehadert habe, ob ich das letzte Kapitel aus Rispos Sicht schreiben soll, es sich dann aber einfach nur richtig angefühlt hat und ich es in einem Rutsch runterschreiben konnte. Weil ich schon immer genau wusste, wie er sich fühlt – es nur nie aufgeschrieben habe.

Es ist ein wunderschönes Weinen, weil es mir zeigt, wie unendlich wichtig mir diese Buchcharaktere sind. Wie sehr ich sie verinnerlicht, ins Herz geschlossen, geatmet und gelebt habe. Wie viel mir Louisa, Josh, Trudi, Emily und Co. bedeuten.

Es ist auch ein durchweg emotionales Weinen, weil meine Oma Charlotte heißt und vor zwei Jahren gestorben ist. Sie war eine verrückte Nudel und teilweise meine Inspiration für Trudi – und ich habe sie für mich für immer in diesem Buch verewigt.

Ich weiß nicht, wie viele von euch es wissen, aber ich habe mit neunzehn Jahren mein erstes Louisa Manu-

Buch geschrieben. Und zwar an einem Wendepunkt in meinem Leben. Ich war mit der Schule fertig, bin für mein Studium nach Köln gezogen, musste ein völlig neues Leben beginnen ... Und das habe ich. Zusammen mit Louisa Manu. Jetzt sind elf Jahre vergangen. Ich bin dreißig und habe Louisa endlich in ihrem Alter eingeholt.

Lou, Rispo, Trudi, Emmi und der ganze Rest haben mich fast mein halbes Leben lang begleitet. Mich zum Schwärmen, Träumen, Weinen, aber vor allem zum Lachen gebracht. Ich hab mich zusammen mit ihr entwickelt, schreibtechnisch, aber auch persönlich. Ich hab zusammen mit ihr herausgefunden, wie man seine Emotionen besser kommuniziert und was wirklich wichtig im Leben ist. Überhaupt nicht gelernt habe ich allerdings, zusammen mit ihr Pflanzen am Leben zu halten! Aber sie ist eben doch nur ein Buchcharakter und keine Wunderlampe.

Wenn ich die Bücher jetzt noch mal lesen würde, bin ich mir sicher, dass ich darin zwischen den Zeilen lesen könnte, wie ich reifer geworden bin. Wie mein Schreibstil besser und sicherer geworden ist. Wie Lou vernünftiger (oder langweiliger, wenn man Trudi glauben will) geworden ist.

Und Leute, das ist gruselig und wundervoll zugleich. Denn Lou ist nicht mehr dieselbe Person, die sie in „Mordsmäßig unverblümt" war, und ich bin es auch nicht. Es ist, als wäre ich mit ihr zusammen erwachsen geworden. Und jetzt bin ich bereit für etwas Neues. Weil ich Louisa nicht mehr brauche, um die Person zu sein, die ich jetzt bin. Und das ist schön, aber auch seltsam. Weil es sich anfühlt, als würde ich einen großen

Teil von mir abgeben. Oder vielleicht auch aufgeben. Einen Teil meiner Jugend, wenn ich dramatisch sein will. Und Trudi wäre voll dafür!

Ich sage nicht, dass Louisa Manu vorbei ist. Ich kenne mich zu gut und ich hänge zu sehr an den Charakteren. Aber es gibt noch so viel anderes, das ich ausprobieren möchte, dass ich zumindest für eine kurze Zeit erst einmal mit ihr abschließen muss. Und ich hoffe, ihr versteht das!

Aber bevor ich mich vorerst verabschieden kann, muss ich noch einer Horde Menschen Danke sagen.

Angefangen bei Gabi und dp, die Louisa Manu eine Chance gegeben und dafür gesorgt haben, dass ihr sie lesen könnt. Meiner wundervollen Lektorin Janina, die immer sanft, aber ehrlich war, mich zu einer besseren Autorin und jeden Louisa Manu-Band zu einem besseren Buch gemacht hat! Danke für jeden deiner Kommentare, die jedes Mal das „true" in Trudi waren!

Ein riesiger Dank geht an meine Mama, die mir erklärt hat, dass ich nach Band 4 unmöglich aufhören kann, und mir damit gedroht hat, eine Petition zu starten, wenn ich es doch tun sollte. Danke, Mama, dass du Gitti überhaupt nicht ähnelst, mich immer in meinen Träumen unterstützt hast, mich zu dem Menschen gemacht hast, der ich bin – und mir mein ganzes Leben lang das Gefühl gegeben hast, genug zu sein. Ich weiß erst jetzt, wie unfassbar wertvoll das war und ist. Deinetwegen finde ich es nicht schlimm, Fehler zu machen. Weil ich von dir gelernt habe, dass es mehr als okay ist. Danke auch an dich, Werner. Dafür, dass du mich bedingungslos liebst, obwohl ich sehr skeptisch war, als Mama dich das erste Mal mit nach Hause gebracht hat und ein fremder Mann in unserer Küche stand. Du bist wundervoll und ich liebe dich allein dafür, dass du Louisa Manu liest – obwohl du wirklich auf die ganze Küsserei verzichten könntest.

Danke an meinen Papa, der nicht die Hände über dem Kopf zusammengeschlagen hat, als ich mein Studium geschmissen habe, um Autorin zu werden. Du hast mir dabei geholfen, selbstbewusst genug zu sein, meine Bücher auf euch LeserInnen loszulassen. Und danke, dass du der Erste bist, der mir bei jedem neuen Buch, das ich veröffentliche, verlässlich eine Nachricht schreibt, um mir dafür zu gratulieren. Selbst nach über fünfzig Büchern!

Danke an Michaela, mit der zusammen ich den Namen „Saskia Louis" für mich ausgesucht habe. Du bist die Art von starker Frau, mit der jeder als Vorbild aufwachsen sollte. Dank dir habe ich gelernt, meine Meinung zu sagen, selbst wenn ich weiß, dass andere ein Problem damit haben könnten und es manchmal wirklich hart ist!

Danke an meine drei Brüder: Lars, Sven, Henning. Ihr seid der alleinige Grund, aus dem mir problemlos bei jedem Band neuer Blödsinn eingefallen ist, den Lous oder Rispos Geschwister verzapft haben. Ihr seid der Grund, aus dem ich weiß, wie unterschiedlich und trotzdem eng verbunden Menschen sein können. Danke, dass ihr mir immer wieder zeigt, warum Familie toll ist. Im gleichen Zug: Danke an meine wundervollen Neffen und Nichten, die mein Leben bereichern. Ihr seid wundervoll.

Danke an Marie und Pia, die Personen, denen ich Louisa Manu seit einem knappen Jahrzehnt als Erstes zum Lesen gebe. Ich bin so glücklich, euch als Freundinnen zu haben.

Danke an meine Testleserinnen, alle anderen Freunde von mir, meine wundervollen Autorenkolleginnen, die mich jeden Tag bestärken. Danke dem Sperrmüllhaufen vor meiner Tür, der mir die Idee zu Band 1 gegeben hat.

Danke an meinen eigenen Rispo. Weil du nie laut wirst wie Josh. Weil du mir das Gefühl gibst, witzig und klug und wundervoll zu sein. Selbst wenn ich mich selbst gerade anstrengend finde. (Ich verzeihe dir großzügig, dass du meintest, ich wäre lustig – wenn auch nicht ganz so lustig, wie ich selbst denke). Weil du mich gerade hast weinen hören und äußerst beunruhigt warst, bis ich dir erklärt habe, warum ich weine. Und weil du mich in den Arm genommen und getröstet hast, obwohl ich mich selbst albern fand. Ach ja, und weil du der Grund bist, dass überhaupt Pflanzen in unserer Wohnung überleben! Gott sei Dank gibt es dich.

Und zu guter Letzt: Danke an euch! Euch LeserInnen. Ich kann nicht in Worte fassen, wie viel mir eure Lesewut, eure Begeisterung, eure Liebe und eure Unterstützung bedeutet. (Und ich bin Autorin! Ich bin gut mit Worten!) Ihr seid der Grund, aus dem ich jeden Tag meinen Traum leben kann.

Danke, dass ich nicht die Einzige bin, die mich witzig findet!

Alles, alles Liebe

Saskia